СВЕТЛАНА И АНДРЕЙ
КЛИМОВЫ

АНГЕЛЬСКИЙ КОНЦЕРТ

СВЕТЛАНА И АНДРЕЙ
КЛИМОВЫ

АНГЕЛЬСКИЙ КОНЦЕРТ

КНИЖНЫЙ КЛУБ СЕМЕЙНОГО ДОСУГА
Харьков Белгород
2007

ББК 84.4УКР
К65

В оформлении обложки использован
фрагмент росписи Изенгеймского алтаря
кисти Матиаса Грюневальда

Дизайнер обложки *Людмила Кириленко*
Иллюстрации *Андрея Печенежского*

ISBN 978-966-343-694-4 (Украина)
ISBN 978-5-9910-0109-0 (Россия)

Различные моменты истории — этой человеческой и божественной драмы — не являются звеньями бесконечной цепи событий и человеческих судеб, возникающих только в какой-то момент настоящего, а затем навсегда исчезающих в прошлом, бесследно и бесповоротно. Эти события и судьбы образуют ткань, которую можно постичь разумом и которая вбирает в себя всю полноту всеобщей истории, а значит, имеют таинственную привилегию повторяться и в каждый момент становиться современными в соответствии с собственным вечным ритмом. Такая таинственная привилегия позволяет нашей вере прикоснуться к тайне истории и узнать то, что она — раскрываема и все ее основные события внутренне связаны между собой.

Мы можем использовать это знание как своеобразную решетку для чтения тайнописи — накладывая ее на события, которые переживаем сейчас, чтобы расшифровать их глубину и истинный смысл. Эта решетка закрывает в криптограмме все второстепенное и наоборот, выявляет все существенное. Хаос событий утрачивает свой случайный характер, и тогда проявляется их скрытая структура, указывающая на окончательную развязку…

Гастон Фессар

Нулевая отметка

Шестнадцатого июля 2006 года ксендз Владислав, настоятель костела Святого Сердца, обвенчал нас с Евой, и на этом завершилась целая эпоха в моей довольно беспорядочной жизни.

На венчании настояла Ева — и я согласился, хотя и был крещен в православии. Тем более что препятствий для этого не было никаких: обе церкви, с оговорками, признают общность совершаемых таинств. Присутствовали только мать Евы и свидетели — доктор Стацевич и его соседка Ирина. Кроме нас в эту субботу в храме находилось всего десятка полтора прихожан.

Вечером того же дня в тысяче километров от местечка Устье, где состоялась церемония, двое пожилых и весьма уважаемых людей, о существовании которых я не имел ни малейшего понятия, завершили свой земной путь.

Когда это случилось, уже совсем стемнело. Мы с Евой сидели вдвоем на берегу озера, и под влиянием второй бутылки «Каберне» я то и дело порывался поговорить о планах на будущее. Откуда мне было знать, что эта двойная смерть от большой дозы редкого токсина природного происхождения имеет к нашему будущему самое непосредственное отношение?

И в самом деле — я-то был попросту счастлив, а такое во все времена случается нечасто. Волосы Евы отливали медью, и от ее бедра исходило нежное тепло, которое я чувствовал даже на расстоянии, несмотря на то что мы были вместе давным-давно — с тех пор как я покинул сумасшедший дом, спасший жизнь мне, а отчасти и Еве.

Кое-кому все это может показаться странным, но в жизни вообще происходит столько необъяснимых вещей, что с возрастом просто устаешь удивляться. Реальность меры не знает, и нет ничего особенного в том, что я, Егор Башкирцев, двадцатишестилетний юрист, с успехом начавший карьеру адвоката в большом городе, уже год торчу без работы и средств к существованию в захолустном местечке в соседнем государстве, где недействительны мои диплом и лицензия, а профессиональные навыки могут пригодиться разве что в спорах между соседями по поводу границ картофельных соток. И при этом пребываю в здравом рассудке и полной памяти.

На все есть свои причины и основания — именно поэтому шестнадцатого июля, в один из лучших дней моей жизни, я трезво, несмотря на «Каберне», продолжал сознавать, что рано или поздно мне придется все начинать сначала — то есть с нуля.

Стечение обстоятельств, а также собственное упрямство и нежелание считаться с тем, что нашим миром правят не самые дружелюбные силы, привели к тому, что меня вышибло, как пробку из бутылки с теплой шипучкой, не только из юридического сообщества, но и из родного города и даже из страны — правда, не так уж и далеко. И тем не менее я не сожалел об этом ни секунды — и прежде всего потому, что встретил здесь свою Еву и почти целый год мы прожили с ней в раю, хоть и во грехе, как считала ее мать.

Однако и в раю приходится думать о пропитании, а к сельскому хозяйству я не испытывал ни малейшего влечения. К тому же я успел внушить себе, что прошло достаточно времени для того, чтобы все, что случилось дома, было основательно забыто. И, разумеется, ошибся.

Но об этом — позже.

— Ева, — произнес я, поднося огонек зажигалки к шалашику из сухих можжевеловых веток. — Ева, детка! Давай поговорим серьезно…

Шалашик занялся сразу — широким белым пламенем.

— Нет! — она так резко встряхнула головой, что комар, пристроившийся на ее щеке, панически бросился в сторону и угодил в самый жар. — Нет и нет! Я отсюда — ни ногой!

В подтверждение этих слов моя жена натянула на голые коленки подол зеленой шелестящей юбки и устроилась поудобнее, всем своим видом давая понять, что никакими ухищрениями переубедить ее не удастся.

Я хмыкнул. Прошли те времена, когда молодые, пусть и замужние женщины со сливочной кожей, усыпанной крохотными бледными веснушками, серо-зелеными глазами, слегка вздернутым носом и стальным характером рвались в Москву или, скажем, в Париж.

Впрочем, мировых столиц я Еве и не предлагал — в мои планы входило всего лишь возвращение в губернский промышленный город с двумя миллионами населения, посредственным климатом, запущенными дорогами и массой обычных проблем. Там у меня имелось жилье — пустующая уже год однокомнатная квартирка, за которой присматривала моя пожилая соседка и добрая приятельница Сабина Новак, с десяток друзей, знакомых и коллег и намного больше врагов. Пылкой привязанности к своему городу я не испытывал, да и он ко мне, судя по всему, тоже.

К чему тогда вся эта суета? Достаточно съездить туда на неделю, найти покупателя на квартиру и снова вернуться в Устье. Денег этих могло бы хватить, по здешним меркам, на несколько лет вполне обеспеченной жизни. Счастливых и спокойных. Рядом с женщиной, которую я люблю и ради которой готов принести в жертву что хотите. На берегу озера, где еще не перевелись угорь и лини с доброе полено. В бронзовых сосняках и черных ельниках, где в сентябре от боровика до боровика максимум пять шагов. И зимой здесь по пояс чистого, горящего синим огнем снега, а Рождество празднуют все вместе… Продолжать?

— Видишь ли, Ева, — осторожно начал я, но она, как всегда опережая меня, совершенно нелогично воскликнула:

— Ну хорошо! Пусть! Я готова. Но ты должен обещать, что мы вернемся. Мама просто не переживет, если мы уедем насовсем.

На секунду я почувствовал себя боксером, чей правый прямой через руку просвистел в пустоту. Изготовившись к длительной осаде без особой надежды на успех, в этот момент я испытывал что-то вроде разочарования.

Избавиться от этого чувства было проще простого: я отшвырнул сигарету и на четвереньках пополз к Еве, мыча что-то вроде «детка, я всегда знал, что ты настоящее сокровище!..» Однако когда я уткнулся физиономией в складки шелковой юбки, вдыхая ее чистый запах — что-то вроде поздних яблок с капелькой корицы, — Ева внезапно испуганно вскрикнула.

Я приподнялся. Из темноты, из самой гущи ольховых и можжевеловых зарослей на нас смотрела пара глаз, пылающих мрачным багровым огнем. Я свистнул, в озере в ответ плеснулась рыба, а глаза переместились на полметра в сторону. Я посвистел еще, и в круг, освещенный пламенем моего костерка, вступила собака — совершенно незнакомая, по крайней мере, в Устье такие мне на глаза не попадались. Черная с белым, какой-то коровьей масти, короткошерстная, остромордая и упитанная дворняга с огромными стоячими ушами и голым, как ивовый прут, хвостом.

В честь знакомства я бросил псине ломтик ветчины, но она только понюхала его и отвернулась.

— Похоже, что ее папаша был бультерьер, — сказала Ева.

— Ясное дело, — согласился я, обнимая ее. — А мама — летучая мышь.

Ева засмеялась, но как-то неуверенно. Дворняга развернулась и зашелестела прибрежной осокой. Стало слышно, как она лакает черную воду, и тогда Ева вдруг сжала мое запястье и проговорила вполголоса:

— Не нравится мне эта затея, Егор.

Руки у нее были как лед, хотя ночь стояла совершенно теплая и тихая, сильно пахло переспелой земляникой…

Спустя два месяца, в полдень, мы ступили на перрон Северо-Западного вокзала, и на нас тут же набросилась толпа потных голосящих людей с пивом, копчеными курами, помидорами и топорной работы фаянсовыми сервизами. Сентябрь выдался на редкость теплым, поезд шел транзитом на юг, набитый под завязку любителями бархатного сезона, и наш вагон покинули всего два пассажира — я и Ева.

Пока мы пробивались к туннелю, она ошеломленно вертела головой, а я, чертыхаясь, волок ее чемодан и отгонял прилипчивых таксистов, готовых мигом сгонять хоть на Ближний Восток. Мое личное имущество находилось в рюкзачке, который несла Ева.

Когда мы нырнули в метро, где было прохладнее и не так людно, она наконец взглянула на меня и насмешливо спросила:

— И это ты называешь почти Европой?

С визгом подлетел поезд, мы вошли, и когда двери вагона сомкнулись, я тупо прочел на рекламном листке прямо у себя под носом: «Первоклассный секонд-хэнд из Франции и Германии! Все новое!» — и покосился на Еву. Она тоже читала, а полвагона глазело на ее распущенные волосы и туго обтянутые короткими шортами ягодицы.

Вопрос я оставил без ответа, и после двух пересадок и короткой поездки в троллейбусе мы с ней уже стояли у подъезда нашего дома.

Здесь все было как прежде, если не считать магазинчика-стекляшки, выросшего в сквере напротив. Правда, старую дверь подъезда заменили на бронированную махину с кодовым замком — и это означало, что проникнуть внутрь с ходу не удастся.

Я грохнул чемодан на асфальт и опустился на скамью на самом солнцепеке, нащупывая в кармане сигареты.

— Что случилось? — удивилась Ева.

— Чертов замок... — смущенно пробормотал я. — Раньше его вроде бы не было. Придется подождать, пока кто-нибудь появится и откроет, — я не знаю кода.

— В самом деле? — Ева легко взбежала по ступеням и наклонилась, разглядывая панель с кнопками.

— Брось, детка, — сказал я. — Не трать время.

Она его и не тратила. Не прошло и минуты, как замок зажужжал, щелкнул и дверь распахнулась.

— Добро пожаловать! — Ева обернулась и похлопала ладошкой по нагретому металлу, выкрашенному сизой военно-морской краской. — Наш код — триста шестьдесят девять.

В лифте я попытался обнять ее, но она увернулась и стала смотреться в зеркало на стене кабины, в котором отражались две распаренные физиономии.

— Как ты это сделала? — спросил я.

— Ерунда, — отмахнулась Ева, сдувая прядь с влажного лба. — Поживи с мое в городе.

Я достоверно знал, сколько Ева там прожила. Одиннадцать месяцев, и те в общежитии педагогического колледжа. Поэтому, когда лифт добрался до пятого, я повторил:

— И все-таки?

Лифт застонал и остановился. Ева вышла и сразу же повернула направо, будто сотню раз здесь бывала.

— Господи, — проговорила она, останавливаясь и поджидая меня, — чего проще: в этих замках код подбирают так, чтобы дверь легко было открыть одной рукой, потому что другая занята сумкой. А домохозяйки, как известно, правят миром. Остальное несложно, потому что таких комбинаций раз-два и обчелся.

Пока я возился с ключом, она не позволила себе ни единого замечания — момент был почти торжественный. Наконец дверь поддалась, я перебросил чемодан через порог и глубоко вдохнул застоявшийся воздух моей берлоги. Стены пропитались мертвым табачным дымом годичной давности, а забытая на вешалке куртка смотрела угрюмо и укоризненно. Где-то в кухне из крана капала вода.

— Ну вот, — сказал я, разводя руками. — Родимое пепелище. Не пугайся.

— Вполне симпатично, — Ева шагнула в комнату, на ходу освобождаясь от рюкзака и сбрасывая кроссовки. — А окна у тебя открываются?

— Открываются, — я с треском рванул дверь на балкон, залитый солнцем.

С таким же успехом можно было включить духовку, но дышать определенно стало легче. Ева босиком прошлепала в ванную, и через минуту там зашумела вода.

В последний раз я покидал этот дом поздней ночью, причем в страшной спешке, чтобы кружным путем помчаться в аэропорт. Сорок минут в ожидании, пока объявят регистрацию на мой рейс, показались мне вечностью — большего страха и унижения мне не приходилось переживать ни до, ни после. И все потому, что некий влиятельный господин, чья судьба по чистой случайности пересеклась с моей, был досрочно освобожден из заключения по состоянию здоровья. А это означало, как доступно объяснил мой старый знакомец, в то время старший следователь городской прокуратуры Алексей Валерьевич Гаврюшенко, что наши с ним жизни болтаются на волоске. В списке тех, с кем намеревался разобраться досрочно освобожденный, сам Гаврюшенко стоял первым номером, а я — где-то четвертым.

Понятно, что за спиной я оставил руины. У меня и в мыслях не было наводить порядок перед тем, как смыться отсюда. По всей комнате валялись бумаги, одежда, пустые пластиковые бутылки и пакеты, пепельницы были забиты окурками, а свет я оставил включенным совершенно сознательно — в полной уверенности, что за домом ведется наблюдение и это хотя бы на время собьет с толку моих преследователей.

Теперь здесь было прибрано, пыль практически отсутствовала, телефон работал, а под ним лежала аккуратная стопка коммунальных счетов, оплаченных в срок. Всем этим я был обязан Сабине Новак, обитавшей вместе со своим скотчтерьером этажом выше. Той самой Сабине, которой я даже не удосужился позвонить и предупредить о нашем приезде. Полное свинство, с какой стороны ни посмотри.

Возвращаясь назад, скажу только, что остаток лета прошел как короткий вздох сожаления. Мы много бродили по пустынным озерным берегам среди сосновых рощ, ловили мелких травяных щук и линей, плавали до изнеможения, валялись в траве на солнцепеке и занимались любовью где попало, словно впереди у нас была целая вечность. И постепенно я начал жалеть, что втянул Еву в эту авантюру с возвращением. Может, и в самом деле стоило раз и навсегда поставить крест на моих амбициях, все забыть, наплевать и начать какую-то другую жизнь — скромную и непритязательную.

Но Ева с ее безошибочным чутьем точно знала, что я не успокоюсь до тех пор, пока не попробую еще раз. Наша с нею связь была намного глубже, чем та, что обычно соединяет любовников или мужа и жену, потому что однажды мы вместе заглянули за черту, где не действуют никакие правила, а человек не стоит ни гроша.

Такая вот история.

Потому-то я и торчал посреди этой комнаты со сползающими со стен обоями, уставившись в мертвый монитор моего старенького компьютера. И при этом понятия не имел, с чего начинать.

— Кофе, — сказала Ева, входя и ставя на стол перед монитором чашку. — Ты не помог бы мне открыть чемодан? Там замок заело, а чемоданы — не мой профиль.

На ней ничего не было, кроме моей старой фланелевой рубашки с продранными локтями. Влажные волосы развились, глаза блестели, как трава после дождя.

Я тут же забыл про кофе, про чемодан и про все остальное, однако у Евы оказались совсем другие планы…

Спустя четверть часа я уже бодро направлялся в ближайший супермаркет, на ходу размышляя о человеке по имени Луи Николя Робер. Точнее, не о нем, а о последствиях его изобретательности. Несмотря на то что еще в 1798 году этот самый Луи создал первую машину для изготовления бумаги, а еще через десять лет немцы Кениг и Бауэр опробовали первый типографский станок для печати больших тиражей, и все это вместе взятое вроде бы позволило решить проблему дефицита денег в Европе, — для нас с Евой финансовая проблема оставалась более чем насущной. Денег, которые мы привезли с собой, при самой зверской экономии должно было хватить максимум на пару месяцев, а значит, поиски работы нельзя откладывать ни на день.

Когда человек всерьез намерен решить какую-нибудь задачу, часто оказывается, что он готов к этому гораздо лучше, чем ему самому кажется. Домой я возвращался с пакетом покупок и списком имен тех, кому собирался позвонить в первую очередь. А также с убеждением, что город за год практически не изменился. Только на каждом углу лезли в глаза новые вывески банков, а на то, чтобы перейти дорогу, требовалось куда больше времени. Похоже, у соотечественников образовался избыток наличности.

Список вышел коротким. Там выстроились пятеро моих преуспевающих однокурсников, парочка пожилых юристов, с которыми мне приходилось в разное время поддерживать деловые отношения, а последним значился все тот же старший следователь Гаврюшенко. Хотя, по здравом рассуждении, с него бы и следовало начинать.

На обратном пути я поддался слабости — остановился у газетного киоска и приобрел несколько пестрых газетенок с объявлениями о найме.

Полагаться на объявления не приходилось, но и выбора особого у меня не было. Этот город, расслабленно вплывающий в осень со всеми своими подвяленными солнцем каштанами, плешивыми тополями, студентами с пивом, бродячими псами, лавчонками и супермаркетами, заводскими окраинами и пышными особняками исторического центра с точки зрения моих намерений ничем не отличался от пустыни Гоби. Меня здесь помнили, и это было хуже всего. Я принадлежал к корпорации, а полтора года назад эта самая корпорация сочла меня нежелательной персоной. Или, если быть точным, довела до моего сведения, что адвокатской практики мне не видать как собственных ушей.

Я проверил и убедился, что коллеги слов на ветер не бросают. Лучшее, на что я мог рассчитывать, — должность юриста в торговой фирме, то есть все, чего я терпеть не мог: фиктивные договора, отписки, тяжбы с поставщиками, тоска в хозяйственном суде, а на закуску — переговоры с контролирующими инстанциями. И это можно было считать удачей, если бы такая удача не означала полную капитуляцию.

В общем, вполне депрессивная ситуация.

В промежутках между совершенствованием интерьера (Ева сказала, что все уважающие себя люди спят лицом на восток, и в результате мой сиротский диванчик переехал, вызвав цепную реакцию среди остальной мебели), мытьем окон и наспех проглоченным обедом я время от времени закуривал, присаживался к телефону и набирал какой-нибудь номер из списка.

Прокуратура сурово молчала — в кабинете Гаврюшенко трубку не брали. Однокурсники по юридическому вспоминали меня с трудом, говорили сухо и озабоченно, а когда я заикался о работе, изображали такое недоумение, будто я заявлял претензии как минимум на шведский престол.

17

Только Люська обрадовалась мне совершенно искренне — та самая Люся Цимбалюк, которая единственная среди нас окончила курс с отличием и подавала большие надежды. Правда, вскоре она вышла замуж за владельца небольшого бара в центре и по уши увязла в своем бизнесе. По ходу разговора выяснилось, что с баром, как и с юриспруденцией, давно покончено, — теперь они с мужем содержали в пригороде элитный пансиончик для престарелых. Называется «Эдем». Не богадельня, разумеется, — заведение предназначалось для людей состоятельных, которым вдруг загорелось смотаться в отпуск или по делам, а хворого и беспомощного родича сбыть некуда.

Дела у нее, судя по всему, шли неплохо, но к моим поискам это не имело ни малейшего отношения. Люся продиктовала номер своего мобильного, после чего я позвонил коллеге Рафаловичу, с которым в прошлом трудился в юридической фирме «Щит».

Лев Борисович занимался имущественными вопросами и был в своей сфере ас, каких поискать. Пересекались мы нечасто — в основном выходя покурить и потрепаться на свежем воздухе. Этот старый, еще советского закала крючок косился на меня с иронией, но порой давал дельные советы. Я был в ту пору зеленым, нахальным, бестолковым, ни разу не битым и полным самого отъявленного идеализма, и в принципе, этот набор мог вызывать только сочувствие, но меня не покидало ощущение, что Рафалович мне в чем-то завидует. Хотя завидовать было нечему, кроме, разве что, молодости.

Вот и сейчас, когда я задал свои вопросы, Лев Борисович поперхал в трубку, помямлил и вдруг прямо спросил:

— А на кой вам все это сдалось, Егор?

— То есть как? — я оторопел. — В конце концов я — дипломированный юрист, и нет ничего странного в том, чтобы снова заняться своим делом. Не так уж и плохо у меня получалось.

— Это с какой стороны посмотреть, — задумчиво произнес Рафалович. — А хотите совет? По старой дружбе?

— Хочу, — сказал я, уже догадываясь, куда он гнет.

— Бросьте вы все это к чертовой бабушке и уезжайте отсюда. В ваших же интересах. Здоровье дороже.

— Понял, — сказал я. — Но это не мой вариант. То есть я хочу сказать, что никуда не поеду, иначе грош мне цена. Вы ведь тоже так думаете, Лев Борисович?

— Мало ли что я думаю, — проворчал он. — А что касается работы…

— С этим более-менее ясно, — успокоил я его. — Не берите в голову. Вы ведь, кажется, сказали, что покончили с практикой?

— И да, и нет, — туманно ответил Рафалович. — У нас ведь как у попов: хочешь не хочешь, а остаешься в деле пожизненно.

— Вот и я о том же.

В ответ на эту реплику из трубки донесся дребезжащий смешок — такой же двусмысленный, как и весь этот разговор.

На том мы и распрощались. Я остался в полной уверенности, что пройдохе Рафаловичу что-то известно, но это никак не меняло сути дела. Ничего не сдвинулось, и я попрежнему находился там, откуда начал. Уже ни на что не надеясь, я еще раз набрал номер прокуратуры.

На четвертом гудке ответил женский голос. От неожиданности я растерялся, а потом все-таки попросил пригласить Алексея Валерьевича.

— Сейчас, — рассеянно проговорила женщина. — Переключаю на секретаря.

В паузе в трубке наяривала бодрая компьютерная музычка. Наконец отозвался другой женский голос, постарше:

— Приемная!

Я повторил, что хочу поговорить с Гаврюшенко, но женщина перебила меня и велела представиться.

Пришлось назваться, после чего в трубке щелкнуло и знакомый голос старшего следователя произнес: «Ну, слушаю!»

— Это Башкирцев, — сказал я. — Здравствуйте, Алексей Валерьевич!

— Ага, — проговорил он так, будто мы расстались только вчера. — Значит, все-таки объявился… И что ты себе думаешь?

Тон был прежний. Я отчетливо представил, как он откидывает на подголовник кресла свою блондинистую, отлично вылепленную голову и, прижимая трубку к уху, скашивает глаза к кончику острого хрящеватого носа. Как у многих людей, наделенных сверхострым обонянием, кончик этот был раздвоенным, с неглубокой ложбинкой.

— Ищу работу, — сообщил я.

— И как успехи? — ехидно поинтересовался Гаврюшенко.

— Пока никак. Вообще-то я только что приехал.

В подробности моего отсутствия вдаваться я не стал, тем более что и он не проявил ни малейшего любопытства. Хватало и того, что сам Гаврюшенко жив-здоров и на прежнем месте. Косвенным образом это обнадеживало.

— Сегодня? — переспросил он. — Небось, резюме сочиняешь? Квалифицированный юрист с опытом работы в адвокатуре, два языка, ответственность, инициатива и все такое?

— До этого еще не дошло, — я засмеялся. — Мне, собственно, вот о чем хотелось потолковать…

— Стоп, — мгновенно среагировал Гаврюшенко. — Не по проводам. Сейчас у меня совещание, и сколько я там буду париться — одному богу известно. Поэтому давай приходи завтра в прокуратуру — скажем, в десять. Поднимешься на третий, мой кабинет теперь рядом с приемной. Да там и табличка есть с фамилией, найдешь.

«Третий» означало, что мой старый знакомец пошел на повышение, а положение кабинета указывало на статус начальника отдела или заместителя прокурора.

— Ого! — сказал я. — Мои поздравления, Алексей Валерьевич.

— Оставь их себе, — сердито огрызнулся он. — Побыл бы денек в моей шкуре — знал бы, с чем поздравлять. Все, меня нет.

Он швырнул трубку, а я принялся соображать, что бы все это могло значить.

— Ну? — спросила Ева, присаживаясь рядом и отмахиваясь от дыма сигареты, догоравшей в пепельнице.

Я пожал плечами.

— Завтра у меня встреча. В десять. Тебе не попадался на глаза мой галстук — серый с синим, шелковый?

Ева прищурилась и оглядела меня с ног до головы.

— Не представляю тебя в галстуке, — она вдруг прыснула, как подросток. — Ты будешь важный, как… как какой-то мормон!

Я задумчиво потрогал то место на собственном затылке, где еще год назад болталась стянутая резинкой косица, приводившая в тихое бешенство моих коллег. От нее и от многого другого мне пришлось избавиться как раз перед тем, как я отправился в аэропорт, — чтобы не выделяться в толпе. И только крохотная платиновая сережка в мочке левого уха оставалась как знак связи с прошлым.

— Ну при чем тут мормоны? — с упреком сказал я.

Еще по дороге с вокзала нам попалась на глаза парочка розовых юношей в отутюженных рубашонках с туго затянутыми галстучками. На бэйджах значилось: «Брат такой-то». Ева тут же спросила — что за братья, и я пояснил. Должно быть, румяные миссионеры с берегов Большого Соленого озера произвели-таки на нее впечатление, а еще большее — мое вранье о мормонском многоженстве и многодетности.

— Не знаю, — ответила она. — К слову пришлось.

— Мне случалось встречать и вполне приличных людей, которые время от времени надевали галстук.

— А как же, — согласилась Ева. — Ты рассказывал. Правда, все ваши встречи почему-то происходили в следственном изоляторе.

— Ничего подобного! — возмутился я. — Далеко не все.

— Может, нам стоит пойти прогуляться? — неожиданно переключилась она, одним махом вычеркивая мормонов, галстуки и адвокатуру из списка тем.

— Не думаю, — сказал я. — Слишком душно. Уж лучше я научу тебя играть в «Скрэббл».

— Во что? — заинтересовалась Ева, неосторожно приближаясь на расстояние вытянутой руки.

Любопытство погубило ее так же неотвратимо, как и первую женщину.

— В «Скрэббл»! — прорычал я, сгребая ее в охапку.

На этот раз Еве не удалось ускользнуть, поэтому она закрыла глаза, потеснее прижалась ко мне и проворковала:

— Какая удача, что у тебя нет даже телевизора!..

Несмотря на то что мой дряхлый диванчик был сориентирован точно вдоль пятьдесят шестой параллели, проходящей через город, спалось мне в эту ночь неважно. А когда рассвело и косой солнечный луч с энергией боевого лазера ударил мне прямо в лицо, последние остатки сна улетучились. Тем более что как раз перед тем мне виделись черные, как головешки, штурмовые вертолеты, длинные, полные зеленоватого тумана просеки в сосновом бору и человек по фамилии Риссенберг, похожий на то самое изваяние Будды, которое разнесли в куски талибы в Афганистане. День обещал быть таким же жарким, как и весь этот аномальный сентябрь.

Ева спала, отвернувшись к стене и закутавшись в простыню. Дыхание ее было легким, почти неслышным, и когда я посмотрел на нее, у меня почему-то сжалось сердце.

В кухне я сварил кофе, малость поколебался и закурил, сразу нарушив давний зарок не делать этого натощак. Потом налил стакан молока и отнес в комнату.

В половине девятого, когда я уже был готов к выходу, в кухне появилась сонная Ева со стаканом в руке.

— Доброе утро! — сказал я. — Как спалось?

Вместо ответа она почесала голой пяткой щиколотку и спросила:

— И вы тут это пьете?

Я рассмеялся, и все мое напряжение как рукой сняло. Отняв у нее стакан, я выплеснул остатки молока в раковину и сообщил:

— Я ухожу. Будь умницей, веди себя как воспитанная девочка. Чужим не открывай — на этот случай в двери тамбура есть глазок.

— А не рановато? — поинтересовалась она, сражаясь с зевком.

— В самый раз. Хочу немного пройтись, подышать здешним озоном.

Я и в самом деле собирался проделать большую часть пути до прокуратуры пешком. Цену таким прогулкам знает только тот, кто надумал заново войти в ту же реку. Иногда бывает полезно оценить температуру среды, скорость течения и настроение обитателей.

Незадолго до десяти я уже стоял на противоположной от трехэтажного здания прокуратуры стороне улицы, наблюдая, как под бдительным оком видеокамер паркуются автомобили сотрудников и шныряет через проходную всевозможный народ. Мелькнула пара знакомых лиц, затем к бордюру притерлась черная «ауди» с какой-то важной персоной, перекрыв обзор.

В две затяжки я докурил сигарету и пересек проезжую часть. Дежурный при входе небрежно проверил мои документы, после чего я миновал сумрачный вестибюль и стал подниматься, бодро помахивая рыжим кожаным портфельчиком, где не было ни единой бумажки.

Кабинет Гаврюшенко я обнаружил в конце коридора рядом с окном в торцовой стене здания. На табличке значилось: «Начальник следственного отдела». Повернув никелированную ручку, я оказался в крохотном пустом предбаннике, где едва помещался стол с компьютером и стеллаж с папками. Слева виднелась еще одна дверь, обшитая светлым деревом, — она была распахнута настежь, и я направился прямо туда.

Помещение оказалось попросторнее. Бывший старший следователь стоял на офисном столе прямо напротив открытого окна. И если бы не решетка в оконном проеме, человек неосведомленный мог бы предположить, что Алексей Валерьевич вознамерился свести счеты с жизнью. Вдобавок к уху он прижимал мобильник, словно отдавая последние распоряжения насчет движимого и недвижимого. Правда, звучали они почему-то непечатно.

Закончив орать, Гаврюшенко посмотрел на меня сверху вниз, а затем спрыгнул на ковер. И только оказавшись в одной плоскости с посетителем, он счел необходимым объясниться:

— Связь ни к черту. Все их обещания — рекламное вранье. А в этом кабинете приличная слышимость всего в одной точке, и та под потолком. Не прокуратура, а бронированный сейф.

Причину мы знали оба — еще перед войной в здании находилась пересыльная тюрьма НКВД. Метровой толщины стены возводили в начале тридцатых, и на арматурную сталь могучее ведомство не поскупилось.

— Ежовские штучки, — ухмыльнулся я. — Призраки не беспокоят?

— Смотри-ка, — удивился Гаврюшенко. — Так и не вышибли из тебя эту дурь. Умный, да? Чего ж ты тогда сюда вернулся?

Вытряхнув из пачки сигарету, он швырнул мобильник на стол и, пока я молчал, раздумывая, стоит ли рассказывать обо всем, что случилось со мною за минувший год, произнес:

— Присядем. Закрой-ка дверь поплотнее, а то сейчас моя церберша прискачет.

Перехватив его внимательный, но вполне дружелюбный взгляд, я расслабился и за полчаса выложил все подчистую, опустив лишь мелкие подробности, которые, с моей точки зрения, к делу не относились. А в обмен получил исчерпывающую информацию о том, что случилось за время моего отсутствия.

По словам Гаврюшенко, дело не обошлось без вмешательства потусторонних сил. Потому что всего через две недели после того, как мне пришлось уносить ноги из города, а сам он находился в положении загнанной в угол крысы, полностью сменилось руководство прокуратуры. И ровно в тот же день было снято открытое наружное наблюдение за старшим следователем и его семьей. Люди Риссенберга исчезли вместе со своим боссом, да так оперативно, что даже ментовские «кроты» недоумевали, куда вся эта многочисленная братва подевалась.

Это, однако, не означало, что все забыто и ситуация сама собой рассосалась. Прямо скажем, Риссенберг нисколько не походил на матушку Терезу. И тем не менее установилось длительное затишье, на фоне которого Гаврюшенко даже совершил карьерный рывок и стал начальником отдела.

Криминальный сюжет, в котором мы оба играли не последние роли, вроде бы был развязан, но финал получился размытый. Я давным-давно мог бы вернуться в город, вопрос заключался только в одном — зачем?

Об этом и осведомился мой собеседник. На этот раз вопрос звучал так:

— Ну и как ты жить собираешься?

— На зарплату, — огрызнулся я.

Тут дверь кабинета осторожно приоткрылась и в проеме показалась дама лет тридцати пяти — довольно симпатичная, с совершенно домашним растерянным лицом. Глаза у нее были карие и круглые, как мокрые пуговицы.

Гаврюшенко метнул на нее свирепый взгляд.

— Лидия Николаевна, во-первых, в сотый раз прошу не входить без стука. Во-вторых — не опаздывать на службу. А в-третьих, будьте любезны, принесите мне стакан минеральной, а молодому человеку — кофе. И еще минут пятнадцать меня нет на месте.

Не издав ни звука, дама юркнула в предбанник, и, когда дверь за ней захлопнулась, я закончил фразу:

— Если, конечно, кто-нибудь согласится мне ее платить.

— Ну да, — кивнул Гаврюшенко. — Вот именно. Но ведь опером ко мне ты не пойдешь?

— Нет, — сказал я. — Не пойду.

— Вот видишь, — в его голосе прозвучало что-то вроде удовлетворения. — Остается частная практика. Но для этого нужны деньги, и довольно серьезные. Известно тебе, сколько сейчас стоит аренда самого захудалого офиса?

Я подтвердил, что известно.

— Денег у тебя нет, это очевидно. Что касается юридических фирм, то там тебя только и ждали. Память у твоих коллег длинная, а ссориться они ни с кем не захотят. И вообще я не понимаю, чего ты так цепляешься за эту адвокатуру. Ты в газеты хоть иногда заглядываешь?

— Смотря в какие. — Я ослабил узел чертова галстука и повертел головой.

— Там ведь что пишут, заметь. — Он вдруг оживился, даже резко очерченные скулы порозовели. — Причем не журналюги, а ответственные чины, с самого верху…

На этом месте в дверь постучали, и вплыла Лидия Николаевна с подносом. Гаврюшенко проследил за нею отсутствующим взглядом:

— Адвокат у нас нынче кто? Известно — главная помеха торжеству справедливости, без которой народу ну никак. Поэтому прокуратура настойчиво позиционирует его как главного соучастника обвиняемого. Тут не до процесса, впору строить собственную защиту, тем более что сторона обвинения, опять же ради законности и порядка, готова на все — от профессиональной дискредитации до вброса липового компромата. И кому он, этот самый адвокат, спрашивается, нужен, если он у нас главное препятствие на пути к сотворению положительной отчетности? Где ж тут состязательность, блин?

Я уткнул нос в чашку. Прокурорский кофе оказался жидковат, на посетителях здесь экономили. Да и то, что говорил Гаврюшенко, было известно каждому мало-мальски сведущему первокурснику. На всякий случай я спросил:

— А суд?

— Что — суд? — поморщился он. — Ты и представить не можешь, какие чудеса творятся. Ты, что ли, им будешь доказывать, что без права на квалифицированную защиту даже для последнего мерзавца не будет защиты от произвола и для нормального человека? Возьми хоть меня — я тут, в конце концов, представляю интересы государства. Однако, в отличие от моего начальства, понимаю, что эти интересы редко совпадают с интересами тех, кого я доставляю в зал суда. И сами они эти интересы защитить не в состоянии, потому что…

Тут он постучал костяшками пальцев по крышке стола и воззрился на меня так, будто именно я всю эту кашу и заварил.

Я сказал:

— Пафос ваш, гражданин начальник, мне душевно близок. Как законопослушному обывателю. Но с точки зрения вашего служебного соответствия…

— Тьфу на тебя! — Гаврюшенко откинулся в кресле и захохотал. — Сказано: горбатого могила исправит… Так нужна тебе работа или нет?

— Нужна, — я мгновенно собрался. — Лицензия просрочена, остальные документы в порядке.

— Засунь эти бумажки подальше. Пойдешь юристом в гуманитарный департамент?

— Это клерком, что ли? — заворчал было я, но Гаврюшенко, искоса взглянув на часы, перебил:

— Случайно, не ты пять минут назад говорил, что намерен жить на зарплату?

— Допустим. Погорячился, бывает.

— И нужно только, чтобы кто-нибудь согласился тебе ее платить?

— Не отрицаю.

— Вот они и согласятся. Если я, конечно, им позвоню. Попаришься с полгода в этой конторе, а там видно будет. Звонить?

Я все еще колебался, совершенно не представляя, чем мне предстоит там заниматься. И хотя выбора у меня не было никакого, все-таки сказал:

— Подумать надо. Может, я свяжусь с вами в конце дня?

— Сюда не звони, — отрезал Гаврюшенко. — Все равно меня не будет. Сбрось сообщение — авось дойдет. Я попозже скажу, к кому обратиться.

Откуда он взял, что я соглашусь? Даже на самый поверхностный взгляд это было предложение из тех, от которых только и можно, что вежливо отказаться.

На этом мы обменялись рукопожатиями.

В приемной толпились и гомонили какие-то плотные мужички с озабоченными лицами, а секретарша на прощание подарила мне взгляд из тех, которыми окидывают незнакомца, неожиданно вскочившего в лифт, когда двери уже закрываются…

Не сказать, чтобы я летел домой как на крыльях. Мне попрежнему нечем было утешить Еву, и чувствовал я себя довольно паршиво. Конечно, я мог бы продолжать игру в поиски работы еще пару недель — рано или поздно в огромном городе что-нибудь подвернется. Но для этого требовались смирение и готовность принимать вещи такими, как они есть. А обе эти добродетели были мне совершенно чужды.

Домой я вернулся, чувствуя себя чем-то вроде двуглавого орла с вывихнутыми от постоянных конфликтов шеями. А ввалившись в прихожую, увидел, что в комнате, в кресле рядом с письменным столом, выпрямив спину и насмешливо подняв брови, восседает не кто иная, как моя пожилая приятельница Сабина Георгиевна Новак. Ева с ногами устроилась на нашем диванчике, и обе они, страшно довольные друг другом, болтали так, будто были знакомы тыщу лет — или больше.

— Сабина Георгиевна! — сконфуженно пробормотал я, косясь на пачку оплаченных счетов у телефона.

— Егор, дорогой мой! До чего же я рада!..

Несмотря на свои семьдесят с лишком, Сабина выглядела отменно: сухощавая, бодрая, с ясными глазами и все тем же хрипловатым смешком. Ее рыжеватые с проседью коротко стриженные волосы по обыкновению торчали во все стороны.

Мы обнялись, и тут Ева у меня за спиной сказала:

— Ты знаешь, пока тебя не было, я выходила за хлебом и, кажется, нашла работу.

— То есть? — я разжал объятия и подозрительно уставился на пожилую даму.

— Я здесь ни при чем, — мгновенно отреклась Сабина.

— У нас внизу, оказывается, есть маленькое кафе. Называется «Вероника». Им нужна официантка. Как ты думаешь, я справлюсь?

Мы с Сабиной быстро переглянулись, и я рыкнул:

— Через мой труп.

А потом добавил:

— Это не ты нашла работу, а я. И больше не хочу слышать об этом ни звука.

ЧАСТЬ I

Ганс Сунс: черный тополь

1

В конце рабочего дня в мою конуру, отгороженную от офиса инспекторов хлипкой гипсокартонной переборкой, ввалился сумасшедший. И не просто так, а с проектом введения в стране военно-теократической монархии. По его наметкам всех граждан надлежало разделить по вероисповедному признаку на три категории, а упорствующих агностиков массово сослать в Восточную Сибирь, справедливо распределив между истинно верующими их греховно нажитые недвижимость и активы. Что касается власти, то она должна сосредоточиться в руках императора, главнокомандующего и первоиерарха в одном лице, в провинциях же — Украине, Казахстане, Белоруссии и Молдове — учреждаются наместничества.

Этого типа отфутболили ко мне из приемной, и теперь девчонки-секретарши веселились от души, представляя, чем закончится наша беседа. Я слушал не перебивая, но когда сумасшедший произнес: «Мы с вами живем в те роковые дни, когда анголо-татарская рать кованой пятой попирает многострадальные земли постславянских государств…» — занервничал и переспросил:

— Какая-какая рать?

Псих метнул на меня подозрительный взгляд.

— Анголо-татарская, какая же еще, — неприязненно пояснил он.

Я поднялся со стула, и он вслед за мной. И ровно в ту же секунду, когда я протянул ему через стол листок с разборчиво написанным адресом епархиального управления, дверь моего кабинета приоткрылась.

— Вам — по этому адресу, — сказал я. — Там разберутся... Проходите, господа!

Псих недоверчиво фыркнул, сунул бумажку в карман мятых штанов и, бубня под нос и косолапо шаркая сандалиями, попер к выходу. В дверях он задел плечом плотного, начинающего лысеть мужчину лет сорока пяти, тот пробормотал «Извините!», но сумасшедший не пожелал его заметить.

Следом за мужчиной в мою клетушку протиснулась женщина помоложе, более рослая, чем ее спутник, и, я бы сказал, миловидная, если бы в ее лице было побольше красок. Оба были настроены решительно, в особенности дама. Опередив спутника, она схватила пластиковый стул, стоявший у стены, но не села, а дождалась, пока на него опустится мужчина, сама же осталась стоять.

Я почему-то сразу решил, что они родственники, — и не ошибся.

— Моя фамилия — Кокорин, — произнес мужчина, дергая заклинившую молнию на замшевом жилете, плотно обтягивающем намечающееся брюшко. Затем он извлек внушительных размеров носовой платок, промокнул горошины пота на лбу и добавил: — Кокорин Павел Матвеевич. А это моя сестра Анна...

Я поймал цепкий взгляд женщины — она пыталась оценить впечатление, которое на меня, очевидно, должна была произвести фамилия «Кокорин». Не имея ни малейшего понятия, кто это, я соорудил самую радушную улыбку.

— Вот как? Весьма рад. И что же вас ко мне привело?

— Мы по поводу «Мельниц Киндердийка»... — начал было Кокорин, но тут же спохватился: — Ах да, вы же ничего толком не знаете... Дело в том, что примерно два месяца назад из мастерской нашего отца была украдена картина. А теперь стало доподлинно известно, что некое лицо пытается получить разрешение министерства культуры на вывоз этой работы за рубеж.

— Ваш отец — художник? — спросил я, лихорадочно соображая, какое отношение к похищенной картине может иметь мелкий клерк гуманитарного управления. То есть я. Мои усилия не ускользнули от Анны — в ее взгляде отразилось насмешливое презрение.

— Да, — Кокорин поерзал на стуле. — Однако всеобщее признание он получил прежде всего как выдающийся реставратор. Поверьте — в том, что касается Северного Возрождения и барокко, равных ему нет. Это я вам говорю как профессионал. Странно, что вы не слышали его имени.

— Виноват, — я потянулся за сигаретой. — Вопросами искусствознания я занимаюсь всего две недели. До этого я специализировался в совершенно другой области.

— В какой же, если не секрет? — вежливо поинтересовался Кокорин.

— Уголовный процесс, — сказал я. — И смежные экстремальные виды спорта.

Шутку он оценил, но от его сестры по-прежнему веяло холодом.

— Значит, вы считаете, — продолжал я, — что лицо, похитившее картину, пытается вывезти ее из страны. Откуда у вас эта информация?

— Не важно, — насупился Кокорин. — Какая разница. У меня антикварный бизнес — маленькая галерея и магазинчик при ней. Как во всяком бизнесе, у меня есть свои каналы и связи. За разрешением на вывоз картины обратился некий Борис Яковлевич Меллер, стоматолог. Он перебирается на постоянное жительство в Германию, но я могу поручиться, что сам Меллер к краже отношения не имеет. Не тот персонаж.

— Вы хотите сказать, что он купил ее у похитителя?

— Именно. Больше того — Меллер представил в соответствующие инстанции документы, подтверждающие, что картина действительно принадлежит ему и приобретена законным путем. Липа, разумеется, но всегда найдется эксперт, которому будет выгодно этого не заметить.

— Серьезные хлопоты, — заметил я. — Во всяком случае для Меллера. И что, дело того стоит? Во сколько могут оцениваться эти ваши «Мельницы»?

— Здесь — тысяч десять от силы. В евро. В Германии или Голландии — от семидесяти до ста двадцати, в зависимости от текущего состояния рынка.

— Вот как? — удивился я. — Вы, кажется, сказали, что это работа вашего отца?

— Ничего подобного я не говорил. — Кокорин снова заерзал.

— По-моему, — вмешалась Анна, — мы просто теряем время. Это бессмысленно, Паша.

— Погоди, — отмахнулся он. — И перестань давить на меня ради бога. Я знаю, что делаю.

Тут брат и сестра уставились друг на друга, и стало видно, до чего же они похожи при всем внешнем несходстве. Потом Анна резко повернулась на каблуках и уже шагнула было к двери, но передумала.

— Проблема, Егор Николаевич, в том, — промямлил Кокорин, — что картина вообще не принадлежала нашему отцу…

— А кому же? — спросил я через плечо, так как в это время пытался справиться с рассохшейся оконной рамой. Глоток свежего воздуха не помешал бы нам всем.

— Константину Романовичу Галчинскому.

— А это еще кто?

— Вы, должно быть, приезжий, Егор Николаевич? — вдруг осведомился Кокорин.

— Нет. Правда, около года отсутствовал, но в остальном меня можно считать коренным жителем.

— Странно. Мне почему-то казалось, что Галчинского в городе знает каждая собака. Он в своем роде достопримечательность. Бог весть уже сколько лет читает этику в юридическом, историю искусства в педагогическом, а заодно курс философской антропологии в духовной семинарии. Это не считая публичных лекций.

Оказывается, я помнил Константина Романовича. Это был любопытный старикан. Далеко за семьдесят, спортивного сложения, с прямой спиной и совершенно целыми зубами, он зимой и летом ходил в линялых джинсах и растянутых свитерах. Стремительно влетая в аудиторию, он на мгновение застывал, окидывал взглядом скамьи, а затем провозглашал благозвучным баритоном: «Ну что, кворум налицо? Тогда начнем помолясь!» Ни одной лекции он не прочел по теме, однако слушали Галчинского разинув рты. Хотя не всякий потом мог вспомнить, о чем шла речь.

Тот факт, что в моей зачетке некогда красовалась подпись профессора, обнародовать я не стал.

— Весной, где-то в конце мая, — продолжал Кокорин, — Галчинский принес ко мне «Мельницы». Название, разумеется, условное — работа в ту пору была не атрибутирована и вызывала серьезные сомнения. Навскидку — голландская школа, самый конец шестнадцатого или, скорее, начало семнадцатого века. Невзрачный, почти утративший колорит пейзажик — таких немало в запасниках наших и европейских музеев. Знаете, все эти «Неизвестный мастер Нюрнбергской школы», «Мастерская Ван-Эйка» и тому подобное. Причем доска уже тогда показалась мне подозрительной...

— Какая доска, Павел Матвеевич? — спросил я.

Анна быстро отвернулась к окну, чтобы я не мог увидеть выражения ее лица.

— М-да... — Кокорин пожевал губами и на секунду задумался. — Дело тут вот в чем. Живописцы того времени еще не пользовались холстом. Основой для картины, как правило, служило дерево — тонкая, миллиметров в восемь-десять доска или несколько досок, скрепленных между собой шипами и альбуминовым клеем, который делали из смеси свежей бычьей крови с известью. В разных концах Европы применяли различные породы дерева, причем каждый художник имел еще и собственные предпочтения. Это уже позже доски стали сначала обтягивать холстом, а затем окончательно перешли на основы из льняной ткани. Между прочим, даже Рафаэлева «Мадонна» написана на дереве — громадном комбинированном щите с великолепной грунтовкой, твердой, как мамонтова кость... Кстати, и грунт в картине Галчинского мне тоже сильно не понравился. Что-то там было не так: голландцы для пейзажей обычно пользовались темной грунтовкой — она заставляет холодные тона звучать сильнее теплых и усиливает контрасты света и тени, «Мельницы» же были написаны на смеси тонко размолотого гипса со свинцовыми белилами. Такие вещи видны невооруженным глазом...

— Хотела бы я знать, зачем ты все это здесь излагаешь? — Женщина наконец села и сжала между коленями сцепленные пальцы. Тонкая веснушчатая кожа на ее скулах гневно порозовела.

— Прошу тебя, Анна, — дернул лобастой лысеющей головой Кокорин. — Можно подумать, у тебя есть какие-то варианты...

— Так что там с доской? — я попытался вернуть его к картине.

— А, — спохватился он. — Извините... Одним словом, она показалась мне очень странной. Черный тополь — эта порода для голландцев была табу, если можно так выразиться. Дуб еще туда-сюда, его использовали также и немцы, и фламандцы вместе с пихтой и липой. Но тополь!.. К тому же на задней поверхности были видны продольные ходы древоточцев...

Он умолк, собираясь с мыслями.

— И что это означает?

— Верный признак того, что толщину доски уменьшили, сняв слой древесины. Возможно, при этом изменился и первоначальный размер пейзажа, а также была утрачена подпись автора — если, конечно, она была. Но какое это имело значение — для себя я уже решил, что передо мной самая обычная подделка. Такие тысячами тиражировались в Германии в восемнадцатом веке. Берется старая доска с разрушенным красочным слоем и старыми клеймами, шлифуется, а потом поверх оригинального грунта пишется фальсификат… Кстати сказать, красочный слой «Мельниц» и сам по себе был в паршивом состоянии. Несколько заметных повреждений, сильный кракелюр, в особенности в левом нижнем углу, где автор использовал для теней египетскую «капут мортум» в смеси с жженой костью.

Я вопросительно поднял брови.

— Пардон, — спохватился Кокорин. — Это такое мелкое растрескивание красочного слоя — кракелюр. Похоже на то, как высыхает на солнце глинистая лужа. Что касается «капут мортум», то есть «мертвой головы»… Просто минеральная краска глухого фиолетового тона. Ею пользовались даже древние греки.

Я кивнул и спросил:

— Что Галчинский собирался сделать с картиной?

— Продать, разумеется. Иначе бы он пришел не ко мне, а прямо к отцу.

— Они разве знакомы?

— Естественно. Так сказать, по наследству. Профессор был большим приятелем отца нашей матери, их дружба завязалась еще в Казахстане, сразу после войны.

Про Казахстан я не стал спрашивать. Это могло означать все что угодно. Эвакуацию в войну, Джезказганские лагеря, какой-нибудь «сталинский призыв», попытку избежать ареста и приговора по пятьдесят восьмой — да мало ли что еще.

Тридцатые и сороковые битком набиты такими историями, что голова кругом.

— Галчинский располагает документами, подтверждающими, что картина принадлежит ему?

— Разумеется.

— Где он ее приобрел?

— А почему это вас интересует? — неожиданно набычился Кокорин. — Допустим, мне известен источник, но к делу он отношения не имеет. Скажу только, что все было оформлено в соответствии с законом, я лично знакомился с документами.

— Значит, картина все-таки не подделка, пусть и довольно старая?

— Нет. Хотя поначалу я сильно сомневался — и это еще мягко сказано. Потому и обратился к отцу. Он в своей области — господь бог, во всей Европе специалистов его уровня можно пересчитать по пальцам, причем одной руки... В некотором роде я был вынужден признать поражение. «Мельницы» оказались мне не по зубам. Вдобавок мне пришлось его уговаривать — отец редко и неохотно выступает в качестве эксперта в коммерческих сделках, даже если это связано с близкими и знакомыми.

— У вас с отцом деловые отношения?

— Можно сказать и так. Мы не всегда находили общий язык; он считал, что мне не следует начинать этот бизнес. Тогда я постарался доказать ему, что он не прав. И, похоже, доказал, но...

— У вас найдется сигарета? — резко спросила Анна. Судя по тому, как нервно она прикуривала, сигарета понадобилась ей только для того, чтобы одернуть брата, который, по ее мнению, вот-вот мог пересечь запретную черту.

Павел Матвеевич сообразил и круто свернул со скользкой дорожки.

— В общем, я передал картину отцу с просьбой хотя бы приблизительно атрибутировать ее, то есть установить более точное время написания, подлинность и круг вероятных авторов. Он, как всегда, не спешил, и работа заняла у него около полутора месяцев. Результат оказался сверх всяких ожиданий. Вот. — Он порылся в портфеле и протянул мне несколько листков, отпечатанных не на принтере, а на допотопной пишущей машинке.

Это было нечто вроде экспертного заключения, правда, без печатей и грифа какого-либо ведомства. Из него вытекало, что исследование основы и красочного слоя пейзажа, условно именуемого «Мельницы Киндердийка», — сорок шесть на двадцать девять с половиной, поврежден и нуждается в реставрации, — подтверждает аутентичность использованных материалов и дает возможность отнести эту работу к нидерландской школе начала семнадцатого столетия. Анализ сюжета, техники живописи, состава грунта и еще десятка компонентов позволяет предположить с достаточной степенью вероятности принадлежность картины кисти Ганса Сунса, северонидерландского живописца, который на пике своей карьеры много путешествовал по Италии и, случалось, пользовался приемами и техникой итальянских мастеров. Естественно, что в его багаже могла оказаться заготовка из черного тополя, с которым работали исключительно во Флоренции, Сиене и Брешии. Ее и использовал художник. Предположение об авторстве обсуждалось с сотрудниками Брюссельского королевского центра живописи и Муниципальной галереи Антверпена, где хранятся семнадцать уцелевших до нашего времени работ Сунса — все его наследие. Пейзаж с видом Киндердийка был создан на заказ и первоначально имел другие размеры, но впоследствии картину несколько раз подгоняли под имеющиеся у владельцев рамы, в результате чего подпись создателя была утрачена.

Там было еще много всякой всячины.

— И что это означает? — спросил я, бегло просмотрев листки.

Кокорин надул щеки и шумно выпустил воздух, досадуя на мою тупость.

— То есть как — что? Во-первых, стоимость картины выросла многократно. А во-вторых... Во-вторых, отец принял решение лично заняться реставрацией «Мельниц», с полным основанием считая, что доверить эту работу кому-либо другому слишком рискованно. Вот потому-то «Мельницы» и остались у него в мастерской.

Я намеренно обходил вопрос о том, как все произошло, — ждал, пока он дозреет и выложит подробности сам. Однако Кокорин не спешил.

— А Киндердийк — это что? — поинтересовался я.

Он побуравил взглядом оконный проем. Уже начинало смеркаться.

— Вам в Голландии бывать не доводилось?

— Нет, — сознался я. — Как-то не подвернулся случай.

— Это в дельте Мааса. Плоская мокрая равнина, вся сплошь изрезанная водоотводными каналами. На каждом шагу — дамбы и мельницы. Их там десятка два, стоят уже лет пятьсот, хотя ничего не мелют.

— То есть как?

— Очень просто. Воду качают. Для того и предназначены. Что касается ландшафта — опознать его ничего не стоит, он во всех путеводителях по Европе засвечен. Достопримечательность, хотя смотреть там особо не на что — зелень да вода. Ганс Сунс, правда, считал иначе. Или его заказчик, что, впрочем, уже все равно не имеет значения.

— Судя по всему, вам известно, где сейчас находятся «Мельницы»? — спросил я.

— Само собой. У Меллера. Борис Яковлевич украсил ими свою гостиную — так, во всяком случае, мне сказали. Раздобыл какой-то чудовищный базарный багет и демонстрирует картину совершенно открыто. Воры так себя не ведут. Я посылал к Меллеру человека, чтобы он проинформировал этого наглого зубодера о том, что картина краденая, но тот не пустил его дальше порога, сунув ему под нос те самые топорно сработанные фальшивки — паспорт картины и договор купли-продажи. А потом выставил… Кстати, ни продавец, ни покупатель, по-моему, понятия не имеют о том, что собой представляет эта работа на самом деле, то есть им ничего не известно о выводах моего отца. В договоре, например, работа значится как «Пейзаж неизвестного автора».

— Вы уверены?

— Да. Меллер не имеет ни малейшего отношения к кругу людей, с которыми отец мог поделиться своими соображениями о происхождении картины. Он полный профан, хотя, возможно, кто-то внушил ему мысль о том, что «Мельницы» представляют значительную ценность. Это в порядке вещей, когда в ходе сделки продавец хочет вздернуть цену. Но Меллеру, даже если он и переправит картину за границу, придется доказывать принадлежность «Мельниц» кисти Сунса. А в тех краях подобное удовольствие обойдется ему в ту же примерно сумму, которую он заплатил здесь за картину.

— А тот человек?

— Кто? Кого вы имеете в виду?

— Того, кто украл «Мельницы». Мог он знать, что это не подделка, не бездарная копия, не дешевая мазня, а работа живописца с именем?

— Сомневаюсь. Повторяю — круг общения отца всегда был очень узким. И у меня нет ни малейших оснований подозревать кого-либо из тех, кто в него входил. Если бы вор знал, что это работа Сунса, он, скорее всего, подделал бы подпись. Технически это несложно, по крайней мере я знаю с десяток людей в городе, которые бы справились с такой задачей. — Он неожиданно поморщился. — Кроме того, это раза в четыре увеличило бы первоначальную цену и вместе с тем затормозило процесс получения разрешения на вывоз. Меллеру это ни к чему.

Я согласился, отметив про себя, что вопрос о подписи тревожит Кокорина. И он тут же это подтвердил.

— Подписи художников — вообще больной вопрос. Из мастерских мэтров вышла масса полотен и досок с подлинными автографами, которых, однако, даже не касалась их кисть. Даже гиганты не гнушались такими вещами — взять хотя бы Рубенса, Тициана, Лукаса Кранаха. С большой охотой подписывал удачные холсты копиистов Коро. Однажды к Шагалу явился галерист с «Еврейской свадьбой», написанной в духе ранних работ знаменитости. Это была подделка, изготовленная известным в середине прошлого века фальсификатором Мальскатом. «Ну что ж, совсем недурная работа», — буркнул Шагал и тут же поставил на ней собственноручный росчерк. Но еще чаще встречаются подлинники мастеров, по какой-то причине не подписанные их рукой. На них стоят стопроцентно фальшивые автографы, сработанные всякими ловкачами. Даже солидные аукционные дома позволяют себе...

— При чем тут вся эта чепуха? — Анна ткнула окурком мимо пепельницы. — Твой человек мог бы по крайней мере поинтересоваться фамилией продавца. Ведь Меллер показал ему договор!

— Он и поинтересовался. Какая-то никому не известная фигура — Иванов, Петров, Расторгуев, черт его знает. Или нет — кажется, это какая-то дама. Мифический персонаж. Тут концов не найти, можете мне поверить.

— Тогда почему вы не обратились с заявлением в милицию и не сообщили о случившемся владельцу картины?

— С чего вы взяли? — Кокорин внезапно смутился, как мальчишка, которого поймали на горячем, но быстро взял себя в руки.

— Милиция! — натянуто хохотнул он. — Это же просто смешно... Только их нам не хватало! Достаточно того... — он опять осекся и быстро взглянул на сестру. — Разве не ясно: за все, что произошло с картиной, несу ответственность я и только я? Галчинский доверил мне ценную вещь, я передал картину в другие руки и не смог обеспечить ее безопасность. Таким образом...

— «Другие руки» — это вы об отце?

— Да. Но речь не о нем.

— И в чем же, по-вашему, должна заключаться моя роль?

— Необходимо остановить Меллера. Это просто — достаточно блокировать выдачу разрешения на вывоз «Мельниц». Сам я сделать этого не могу — необходимо, чтобы в министерство обратилась какая-либо инстанция, например гуманитарный департамент. Возможно, будет достаточно звонка или письменного запроса. Остальное я беру на себя: как только Меллер почует неладное, он сразу станет сговорчивее...

— И на каком же, извините, основании?

— Что? — недоуменно переспросил Кокорин. — Что вы имеете в виду?

— На каком основании я должен требовать приостановки выдачи разрешения? Вы разумный человек, Павел Матвеевич, и должны меня понять. От того, что у Галчинского имеются подлинные документы на «Мельницы Киндердийка», никому ни холодно, ни жарко. У Меллера, как вы убедились, документы ничуть не хуже, пусть в них картина и называется «Пейзажем неизвестного». Каким образом я смогу доказать, что обе упомянутые картины суть одна? И, заметьте, в отсутствие протокола, подтверждающего факт хищения. Задачка на любителя... Кстати — вы позволите мне снять копию с экспертного заключения?

— Позволю, — буркнул Кокорин. Вид при этом у него был несколько затравленный — он усиленно ломал голову над тем, означают ли мои слова согласие вляпаться в эту мутную историю.

Я прихватил листки и вышел, оставив эту парочку наедине. Ксерокс находился в дальнем конце коридора и, к счастью, еще не был выключен, хотя рабочий день уже закончился. Уж не знаю, о чем там они совещались, пока я возился с полуживым копиром, но когда я вернулся, Кокорин подозрительно спросил:

— Зачем это вам?

— Как зачем? — удивился я. — Уж если вы решили впутать департамент в свои дела, должен же я иметь хоть что-нибудь под рукой! Да, и еще: мне потребуются копии документов, которые есть у Галчинского, и как можно быстрее. Нравится вам это или нет. А до того я и пальцем не пошевелю, тем более что вы не потрудились даже мельком упомянуть о том, как все произошло.

— Да уж… — Кокорин некоторое время не сводил взгляда с плешивого линолеума у себя под ногами. Анна выпрямилась, ноздри ее раздулись, словно она учуяла подозрительный запашок. — Я и сам бы не прочь знать — как. Можете себе вообразить, что там, в доме, творилось в тот день! Подумать только — двойные похороны…

— В каком смысле двойные? — спросил я.

— В самом прямом. — Линолеум наконец перестал занимать Павла Матвеевича. — Шестнадцатого июля сего года наш отец Матвей Кокорин, известный, как говорится, деятель искусств, и его супруга Нина, наша с Анной мать, покончили с собой. Об этом самоубийстве писали все местные газеты, черт бы их побрал. Что касается картины, то она была похищена из мастерской отца в тот же день. Максимум — двумя днями позже.

— Я не читаю газет. По крайней мере в последнее время. О картине в них тоже писали?

— Нет, все обнаружилось гораздо позже. Когда уже закончилось следствие с целью установления факта самоубийства…

Переваривая эту информацию, я краем глаза следил за Анной. С ней явно что-то происходило.

Кокорин перевел дух и уже готов был продолжать, когда его сестра вдруг совершенно спокойно спросила:

— Зачем ты без конца повторяешь всякую чушь?

Павел Матвеевич запнулся. Лицо женщины сделалось похожим на античную маску.

— Кому нужно все это паршивое вранье? — добавила она таким тоном, словно забивала гвоздь. — Никакое не самоубийство, и ты, Паша, знаешь об этом не хуже меня. Их обоих убили, да только прокуратуре нет до того никакого дела. И весь наш разговор — впустую… потому что никто никому помочь уже не сможет!..

2

Переубеждать Анну я не стал.

Было начало десятого, когда мы покинули здание мэрии. Павел подвез меня на своем зеленом «ниссане»; сестру он высадил еще на полдороге, где-то в старом центре. С того момента как мы сели в машину, женщина не проронила ни слова, даже не попрощалась.

Дома, наспех заглатывая то, что Ева нахально назвала «спагетти-болоньез», я выложил ей всю историю с «Мельницами», а затем потянулся за кетчупом. Ева, однако, перехватила бутылку и отправила ее в холодильник.

— Кетчуп не полезен, — заметила она, — в особенности на ночь… А тебе не кажется, Егор, что дантиста просто использовали втемную?

Та же мысль давным-давно вертелась у меня в голове. Допустим, что человек, продавший картину Меллеру, знал о ней все. При заключении сделки покупателю намекнули, что в Германии «Мельницы» могут заинтересовать очень серьезных знатоков, и даже назвали адрес галереи, с которой стоит связаться. Дантисту, таким образом, отводилась роль вьючного мула: получить разрешение, перевезти «Мельницы» через кордон, честно уплатив положенные сборы, а на месте сдать товар, получив внушительную разницу. Коммерчески вполне оправданная операция, причем абсолютно безопасная для «мула». И в самом деле — ну зачем еще могла понадобиться человеку, который ни черта не смыслит в живописи, эта старая темная доска, покрытая слоем потрескавшейся масляной краски?

— Умница, — сказал я. — И еще неизвестно, заплатил ли Меллер хоть один кровный цент за свое приобретение.

— Может, и не заплатил, — заметила Ева, — но хотела бы я знать, как ты собираешься заставить его вернуть картину владельцу?

— Никак, — отрезал я, включая чайник. — Меня на это никто не уполномочивал. Все, что мне требуется, — основания для мотивированного обращения в министерство.

— Ну да, — сказала Ева с тем особым смешком, смысл которого я не берусь передать. — Впервые слышу, что тебе нужны какие-то основания, чтобы впутаться в чужие дела...

Она оказалась права: уже на следующее утро я околачивался у стоматологического кабинета «Дантэкс», находившегося на первом этаже нового жилого комплекса в соседнем районе. Владельцем заведения значился Борис Яковлевич Меллер, проживающий в том же здании, но пятью этажами выше.

Посетителей принимали с восьми, однако и в восемь, и в половине девятого стеклянная дверь оставалась запертой. Еще через четверть часа к кабинету подкатил фургон. Из него выбрались трое молодцов в комбинезонах транспортной фирмы, водитель отпер «Дантэкс», и все они принялись шустро таскать шкафы и никелированные плевательницы. Когда в дверях показалось зубоврачебное кресло, я развернулся и поехал на работу.

Борис Яковлевич паковал чемоданы. И хотя у меня имелся его телефон, звонить я не стал, решив, что обеденный перерыв — лучшее время для визита к скромному любителю голландской живописи. А до того я связался с Кокориным и буквально клещами вытянул из него адрес профессора Галчинского.

В час пополудни я стоял перед бронированной дверью квартиры Меллера. Звонок сыграл адажио из «Лебединого озера» — и тут же громыхнул сейфовый замок. Дверь распахнулась, и на пороге возникла фигура в цветастых шортах, шлепанцах и мятой футболке.

— Борис Яковлевич? — с сомнением спросил я.

— Ну, — хрипло каркнула фигура. — Чего надо? Вы из «Транзита», что ли?

При ближайшем рассмотрении стоматолог оказался крупным мужчиной. Не то чтобы он был толст — скорее широк. Борис Яковлевич имел объемистую грудную клетку, короткие мощные ноги, покрытые рыжей шерстью, и бицепсы с мое бедро. Меллер был небрит и, судя по многим признакам, накануне принял лишнего.

— Нет, — сказал я. — «Транзит» тут ни при чем. Я из Гуманитарного управления. Фамилия моя Башкирцев. Это по поводу разрешения на вывоз картины...

— Ну вы даете!.. — Меллер посторонился, освободив ровно столько дверного проема, чтобы я мог протиснуться. — Могли бы и позвонить. Проходите.

Из прихожей, заваленной пустыми картонными ящиками, я двинулся прямо в гостиную, обставленную массивной мебелью красного дерева. Еще на ходу я зафиксировал, что в простенке над развратного вида диваном, где должна была висеть картина, пусто. Виднелся только след от кронштейна.

— Сейчас, только за пивом схожу...

Меллер подался в кухню к холодильнику. Пока он там возился, я успел осмотреть комнату — горки с поддельным фарфором, резной буфет, обеденный стол на драконьих лапах, ампирные кресла, обитые зеленой тафтой. Весь этот помпезный новодел толпился на двадцати квадратных метрах, но «Мельниц» все равно нигде не было видно.

— Нам звонили из министерства, — сообщил я в пустоту. — Они просят уточнить реквизиты прежнего владельца произведения. На предоставленных вами нотариально заверенных ксерокопиях недостаточно отчетливо читаются адрес и инициалы.

Борис Яковлевич ввалился в гостиную с упаковкой «Праздроя», шваркнул ее на диван и закатил глаза. После чего широким золотым перстнем сорвал пробки с двух бутылок, одну сунул мне, а сам надолго припал ко второй.

— В гроб они меня вгонят, — переведя дух, наконец выговорил он. — Мне на следующей неделе ехать, а им опять приспичило перепроверяться. Да любому кретину же ясно: сделка чистая, документы в порядке, картина, хоть и старая, художественной ценности не имеет! Какого ж еще?

Одним глотком допив пиво, он откупорил следующую бутылку и полез шуровать в ящиках стола, где царил жуткий беспорядок.

— А саму картину вы где держите?

Я очень старался, чтобы вопрос прозвучал незаинтересованно, но Меллер мигом меня раскусил. Он оставил в покое стол и развернулся всем корпусом, держа в волосатой руке какую-то папку. Бизоньи глазки дантиста налились кровью.

— Вам-то она на фиг понадобилась? — подозрительно осведомился он.

— Не возражаете, если я закурю?

— Нет, — буркнул Меллер. — Курите, если хотите.

— Просто любопытно, — признался я, без спешки разминая сигарету и ожидая, пока дантист слегка успокоится. — Хотелось бы своими глазами взглянуть, из-за чего столько шуму.

— А! — Меллер оскалился, предъявив отменный зубной ряд. — И до вас эти Кокорины добрались! Был тут у меня от них человечек... Нате, смотрите сами!

Борис Яковлевич метнул папку мне на колени. То, что мне требовалось — имя продавца, — было прописано там совершенно отчетливо. Я перенес его в свою записную книжку вместе с адресом и номером телефона, а заодно убедился, что никакая это не липа, вопреки заверениям Павла Матвеевича. Бумаги были оформлены по всем правилам — не подкопаешься. Прежнего владельца «Мельниц» звали Евгений Степанович Солопов.

— А картину показать не могу, — с уже вполне осмысленной насмешкой продолжал Меллер. — Здесь ее нету. И вообще — осточертела мне эта возня…

Я пожал плечами — мол, мне, простому исполнителю, до этого дела нет. Возвращая бумаги, я еще раз взглянул в графу, где стояла сумма сделки, просто смехотворная, и спросил:

— Вы и в самом деле столько заплатили вашему э-э… комитенту?

— Сколько заплатил, столько заплатил, — отрезал Меллер. — Это никого не касается, кроме налоговой.

Тут у него на поясе, поддерживающем мешковатые шорты, заверещал мобильный. Но прежде чем ответить на звонок, дантист произнес:

— Еще вопросы ко мне имеются?

Я вежливо развел руками и поднялся. А в следующую минуту дверь его квартиры захлопнулась за моей спиной.

Вернувшись на работу, я запустил компьютер и воспользовался базами данных мэрии. Примерно полчаса ушло у меня на то, чтобы убедиться, что никакой Е. С. Солопов в нашем городе никогда не проживал, а указанные в документах адрес и телефон — чистейшая фикция. Автоматически это означало, что подпись и печать нотариуса на предъявленных мне Меллером документах поддельные.

Оставалось только связаться с нотариальной конторой. Этого будет вполне достаточно для обоснованного отказа в выдаче разрешения на вывоз картины.

Так я и поступил. Однако после того как нотариус Фурсенко официально подтвердила факт совершения законной сделки между гражданами Солоповым и Меллером, а также идентичность заверенных ее печатью документов, стало ясно, что это тупик. С точки зрения закона дантист был чист, откуда бы ни взялся призрачный Солопов — хоть из самой преисподней.

У меня не хватило терпения дождаться конца дня. Около четырех, под предлогом необходимости посетить областной архив, я покинул рабочее место и направился к Галчинскому. А получасом раньше я позвонил профессору и попросил о консультации по вопросу, который вряд ли следует обсуждать по телефону.

Голос в трубке — бодрый, хорошо артикулированный баритон, и саркастический смешок, которым Константин Романович встретил мою просьбу, казалось, принадлежат человеку на шестом десятке. Если бы я не знал, что Галчинскому вот-вот стукнет восемьдесят, наверняка бы ошибся. Но я хорошо представлял, с кем придется иметь дело: в середине девяностых профессор сильно смахивал на запоздавшего хиппи. Этакий реликт оттепели, позабывший сменить прикид. Знаток диалектики, отменный полемист, выпускник философского факультета МГУ, сделавший благополучную научную карьеру. За одним исключением: из-за того, что в середине семидесятых он процитировал в своей докторской блаженного Августина: «Что есть государство без справедливости? Всего лишь банда разбойников», — защиту пришлось отложить на год-другой.

Но эти подробности сейчас не имели значения. Единственное, что мне требовалось от Галчинского, — задать ему прямой вопрос и добиться абсолютно конкретного ответа.

Профессор открыл мне сам, хотя, как я вскоре убедился, здесь имелась прислуга — крепкая, как небольшой капустный кочанчик, пятидесятилетняя блондинка, одетая в глухое темно-серое платье с кружевным воротничком. В прихожей просторной квартиры в номенклатурном доме по улице Фрунзе, 7, расположенном позади здания районной управы, пахло пылью, несмотря на то что вокруг все сверкало — от старого дубового паркета до шкафов, набитых книгами и специальной периодикой. Там и сям на полках попадались мелкие фарфоровые безделушки.

Константин Романович ни в чем не походил на того отвязанного профа, которого я знал. Гладко выбрит, отменно постриженная сухая горбоносая голова сверкает благородной сединой, живой и проницательный взгляд из-под кустистых бровей, южный загар на лице. Картину довершали светлая домашняя куртка, брюки из легкой фланели и мягкие мокасины из оленьей замши. Хорошее здоровье, финансовый и профессиональный успех, полная уверенность в себе. То, что называется — жизнь состоялась.

— Располагайтесь, Егор Николаевич! — профессор широким жестом распахнул передо мною двери ближайшей комнаты. — Сейчас Агния подаст чай.

Я представился по телефону, и Галчинский, оказывается, безошибочно запомнил мое имя.

Прежде чем перейти к делу, я искоса огляделся. Эта гостиная ни в чем не походила на логово Меллера. Хотя бы потому, что служила хозяину еще и рабочим кабинетом: у окна располагался массивный письменный стол с кожаным креслом. Среди бумаг затерялись несколько бронзовых статуэток, одна из которых — сонный Будда размером с крупную сливу — стояла на закрытом ноутбуке. Серебристый пластик и древняя черно-пепельная патина составляли странное сочетание. Картин здесь было немного — два-три пейзажа. На всех была какая-то зеленеющая степь с пригорками, покрытыми алыми каплями маков, или дальние горы в дымке. Подпись художника ничего мне не говорила.

Я не успел открыть рот, как вплыла Агния, и пока она пристраивала на стеклянном столике между мной и профессором лаковый поднос с чайными принадлежностями, мне пришлось любоваться ее просторной спиной и мощным седалищем.

Как только женщина удалилась, Галчинский бережно разлил напиток. Мы пригубили, как два знатока чайной церемонии, затем я отставил тонкую, словно сделанную из папиросной бумаги, чашку и брякнул напрямик:

— Константин Романович, почему вы, узнав о пропаже принадлежащей вам картины из мастерской Кокорина, не сообщили о случившемся правоохранительным органам?

Галчинский вопросительно вскинул брови, пожевал губами, а затем в свою очередь отставил чашку.

— Так, — произнес он; бархатистые раскаты в его лекторском баритоне куда-то пропали. — Вот оно что… А я-то, старый дурень, ломаю голову — что от меня могло понадобиться Гуманитарному управлению… У вас есть какая-то информация?

— Нет, — сказал я. — Да и откуда ей взяться? Следствие-то не ведется. Вы знакомы с неким Меллером?

— Ну да, — кивнул, будто клюнул, Галчинский. — Это тот самый… Знаком — пожалуй, слишком сильно сказано. И зубы я у него лечить бы не стал. Так что же Меллер?

— Ничего. Картина находится у него. Документы оформлены как полагается, и основательно проверять их происхождение никто не станет, потому что сам факт хищения нигде не зафиксирован. А почему?

Профессор вздохнул и обхватил ладонями колено, сцепив пальцы в замок. Кисти у него были сильные и красивые, артрит еще не испортил его суставы, но только теперь я заметил, что одна его рука — левая — как будто суше и тоньше другой. Даже кожа на ней отличалась: веснушчатая, без загара. Словно эта рука принадлежала совершенно другому человеку.

— Сложная история, — наконец проговорил он. — Если бы все это не было в какой-то мере связано со смертью Нины и Матвея, я повел бы себя по-другому. Но тогда иначе я поступить не мог.

— Почему? — упрямо повторил я.

— Павел затеял возню с экспертизой без моего ведома. К тому же его отец понятия не имел, кому принадлежит картина. У одного был коммерческий интерес — чем выше стоимость, тем внушительнее процент комиссионных, а другому представилась возможность лишний раз подтвердить свою репутацию специалиста экстра-класса. Когда же Матвей Ильич выразил желание лично заняться реставрацией доски, я поначалу возражал, однако Павлу удалось меня убедить.

— В чем? Разве вы не доверяли старшему Кокорину?

— Боже упаси, Егор Николаевич! Как я мог не доверять человеку, которого знает пол-Европы? И все-таки…

— Что вы имеете в виду?

— Это несущественно. Просто когда Павел переместил картину в мастерскую отца, а спустя некоторое время она оттуда исчезла, я не стал поднимать шум. Прежде всего потому, что мне пришлось бы возложить часть ответственности на Павла, а он действовал из самых лучших побуждений. Да и сама ситуация требовала предельной деликатности.

— Ну разумеется, — сказал я без особой уверенности. — Как вы думаете, Константин Романович, у супругов Кокориных и в самом деле могло быть достаточно причин, чтобы решиться на самоубийство?

Галчинский безукоризненно владел собой. Но тут ему понадобился глоток остывшего чаю.

— Не знаю, — с неожиданной резкостью произнес он. — Не хочу даже обсуждать. Это их личное решение, и ни мне, ни вам туда не следует соваться.

С этого момента разговор пришлось поддерживать так, как поддерживают голову дорогого покойника. Отвечал Галчинский сухо, почти односложно, с видимой неприязнью, и даже пустившись в воспоминания об институтском курсе этики, я не смог его расшевелить.

Зато мне были предъявлены подлинные документы на «Мельницы Киндердийка», в которых все тоже оказалось в ажуре. Картина, поименованная как «Голландский пейзаж», в 1990 году была получена в дар гражданином Галчинским К. Р. от гражданки Ивантеевой С. Б. Профессор знал толк в обращении с предметами искусства и предпочел оформить акт дарения в установленном законом порядке. На мой вопрос, удастся ли при необходимости связаться с упомянутой госпожой Ивантеевой, Константин Романович ответил, что с местом ее теперешнего обитания прямая связь пока не установлена, так как уважаемая Светлана Борисовна скончалась весной текущего года в Южной Африке на ферме неподалеку от города Блумфонтейн, провинция Наталь.

Странная складывалась ситуация. Бумаги Меллера и бумаги Галчинского как будто подтверждали их права на владение произведением Ганса Сунса. Но на самом деле ни один из конкурирующих, так сказать, документов ровным счетом ничего не значил, потому что на момент их составления картина числилась безымянной. На ее месте могла оказаться мазня любого ремесленника. Единственное, что совпадало в описаниях, — размеры и порода дерева, из которого доска была изготовлена. То есть черный тополь.

Убедившись, что никакой зацепки в документах нет, я спросил:

— Вы присутствовали на похоронах Кокориных?

Галчинский уже едва скрывал раздражение. Что-то я делал не то, и теперь этот благополучный господин желал поскорее от меня избавиться.

— Ужасающе! — Щека профессора дернулась, уголок рта пополз вниз. На мгновение он сделался похожим на разбитого инсультом императора и философа Марка Аврелия. — Не считая нескольких преданных друзей, туда чуть не полгорода ротозеев сбежалось. Еще бы — сенсационное самоубийство, загадочная, понимаете ли, драма в семье известного специалиста в области истории искусства, живописца и реставратора... Нынешняя пресса просто отвратительна... — Он сделал паузу, чтобы перевести дух. — Конечно, я был там — с того момента, как тела обоих доставили из морга судмедэкспертизы. К чему вам это, любезный Егор Николаевич?

— Я всего лишь пытаюсь понять, что могло произойти с картиной. Павел Матвеевич сообщил мне, что мастерская его отца находится на втором этаже. В доме было много посторонних?

— Не было там никаких посторонних, молодой человек! Только родные и близкие. Всего несколько человек.

— А зеваки, о которых вы упоминали?

— Несмотря на потрясение, Павел и Анна сумели все четко организовать. Любопытных и прессу не пустили за ограду участка. Поэтому они, в основном, толпились на улице — где-то с полсотни человек.

— Вы поднимались в мастерскую?

— Зачем? В тот день я чувствовал себя неважно. Давление, вдобавок появилась аритмия. Я больше не вожу машину, и, чтобы добраться к Кокориным, пришлось попросить супругов Синяковых подвезти меня на их «дэу».

— Это тоже друзья семьи? — осторожно поинтересовался я.

— Нет. Мои знакомые. Потом Эдик уехал, а Женя осталась, и очень кстати. Атмосфера была крайне тягостной. Чтобы прийти в себя, мне понадобилось прилечь, и мы с Евгенией поднялись в комнату Нины. Дело в том, что оба гроба были закрыты, и мне не дали с нею проститься…

Тут он осекся — в комнате снова бесшумно возникла Агния со стаканом минеральной и таблеткой на блюдце.

— Эналаприл, Константин Романович, — строго произнесла она, пока я размышлял, с кем все-таки не позволили проститься почтенному профессору.

Галчинский поднялся и, когда подносил к губам стакан, чтобы запить лекарство, далеко отставил локоть и поднял острое плечо.

Прислуга удалилась. Я спросил:

— А почему вы так уверены, что картина и в самом деле находилась в доме Кокориных?

— Где же еще ей было находиться, если с момента гибели Матвея и Нины дом был опечатан и взят под охрану? — неподдельно удивился Галчинский. — Павел, по крайней мере, заверил меня, что вплоть до самого дня похорон она стояла на большом мольберте в мастерской. Его отец уже начал готовить доску к реставрации.

Я давно заметил, что профессор всячески избегает употреблять слово «самоубийство». Он трижды произнес «гибель», «умерли» и даже «скончались», словно речь шла о неизлечимой болезни или несчастном случае. В этом Галчинский был солидарен с Анной Кокориной.

Однако касаться этой скользкой темы я не стал. Сейчас требовалось то, что в психологии называется «переключением на негодный объект». На письменном столе торчал бронзовый Будда на нефритовом цоколе, в разных углах гостиной виднелся еще с десяток бронзовых фигур, о которых я при всем желании не смог бы сказать ничего вразумительного. Поэтому я спросил:

— Вы ведь еще и коллекционер, верно?

Тут Галчинский впервые выдавил из себя улыбку.

— Боже упаси! Не коллекционер, и уж тем более не знаток. Какие-то безделицы приходят и уходят — вот как эта бронза, например. Если вещь стоящая, вышедшая из рук настоящего мастера, ее судьба всегда значительнее судьбы хозяина… — Он потянулся за статуэткой, и я воспользовался паузой:

— А раньше, еще до того как Кокорин установил авторство картины, у вас были какие-либо основания предполагать, что «Мельницы» — работа крупного художника?

— Мало ли что я мог предполагать! В живописи собственное мнение и даже суждения специалистов всегда спорны. Славу произведения создают и уничтожают не художники, а эксперты. Давным-давно один неглупый эльзасец заметил:

мир хочет быть обманутым, в особенности в наше время. Знаете, как это бывает? Лет триста назад некий голландский антиквар Уленборх собрал в заднем помещении своей лавки полдюжины молодых даровитых художников и поставил на поток производство поддельной итальянской живописи. Два года спустя он с большой выгодой продал курфюрсту бранденбургскому три десятка этих «итальянских» полотен. Надувательство вскоре открылось, но Уленборх стоял как скала, терять-то ему было что, и для разбирательства была создана комиссия из пятидесяти лучших экспертов Европы. И что бы вы думали? Их мнения разделились. Половина признала картины подделками, а другая — самыми что ни на есть подлинниками. Все до единой!..

— И все-таки, — перебил я, — почему вы решили продать картину? Если не ошибаюсь, у вас ведь нет серьезных материальных проблем.

Реакция Константина Романовича меня поразила. Будто я поинтересовался, не случалось ли профессору растлевать малолетних. Он мигом позабыл о китайской бронзе и надменно выпрямился. Скулы его пошли пятнами склеротического румянца, а глаза угрожающе вспыхнули.

— Молодой человек!.. — зловеще начал Галчинский. — Эта сторона дела вас абсолютно не касается. И я попросил бы... У вас есть еще ко мне конкретные вопросы?

— Нет, — произнес я, вставая. — Благодарю вас, Константин Романович. И все же мне хотелось бы знать: вы действительно хотите получить обратно «Мельницы»?

С ответом Галчинский не спешил. Мы успели покинуть гостиную, миновать коридор и библиотеку-прихожую. И только оказавшись за порогом квартиры профессора, я наконец-то услышал сказанное вполголоса и словно через силу — «да, конечно».

Руки на прощание Константин Романович мне не подал, но он, похоже, вообще избегал этого традиционного жеста.

3

Дважды в течение дня меня без всяких церемоний выставили за дверь.

Однако сейчас моя голова была занята другим. Я сел на скамью у края детской площадки во дворе и уставился на табличку «Дом образцового содержания», висевшую у подъезда напротив. Я перечитал ее, наверное, раз двадцать, прежде чем сообразил, о чем речь. А затем воспользовался служебным мобильным для частного звонка, что было строжайше запрещено.

Для ответа Гаврюшенко понадобилось ровно столько времени, сколько требуется человеку его комплекции, чтобы забраться на письменный стол.

— Алексей Валерьевич, — торопливо проговорил я, — это Башкирцев. Я со служебного, поэтому коротко. Есть разговор.

— Культурное наследие? Вопросы отвода территорий в исторической зоне? — съязвил новоиспеченный начальник следственного отдела.

— Нет, — сказал я. — Ваше ведомство занималось делом Кокориных?

— Это еще кто такие? — удивился Гаврюшенко.

— Двойное самоубийство, — подсказал я.

Гаврюшенко чертыхнулся, помолчал и вдруг спросил:

— Сегодня у нас пятница? Ты в баню ходишь?

— Зачем? — оторопел я.

— Ну зачем люди туда ходят? В общем, в семь я освобожусь. Жди меня в скверике у бара «Гринвич».

На работу я прибыл за десять минут до того, как коллеги начали расходиться. Зафиксировал присутствие и успел подписать у начальства какую-то срочную бумагу. После чего навел порядок у себя на столе и позвонил Еве.

— Детка, — спросил я, — ты как?

— Плохо, — ответила она. — Хуже некуда. Тебя нет. Компьютер забит всякой чепухой. С утра сижу, как под арестом. Может быть, сходим куда-нибудь?

— Должен тебя огорчить, — сказал я, пересиливая желание немедленно рвануть домой. — Я отправляюсь в баню.

— Новости! — от возмущения ее голос зазвенел. — Раз так, предатель, то и я ухожу — к Сабине. И знай — вернусь поздно, а может, и вообще не вернусь. Уж мы с ней найдем чем заняться, пока ты шляешься неизвестно где и неизвестно с кем. Знаем мы ваши бани…

— Это деловая встреча, детка, — виновато пробормотал я. — Мне позарез нужно повидаться с одним человеком.

— Скатертью дорожка. Но помни — ты об этом еще пожалеешь!

Ева бросила трубку, а я, чувствуя себя законченным негодяем, сел в троллейбус, проехал две остановки и выгрузился у летнего бара «Гринвич».

Посетителей было еще немного, и мальчишка-бармен сварил мне кофе по всем правилам. В полном одиночестве я уселся за столик, вытянул ноги и немного поразмыслил о фантоме по имени Е. С. Солопов, однако ни к какому выводу не пришел.

В семь пятнадцать подкатил ядовито-желтый «хёндэ», за лобовым стеклом которого маячил острый профиль Гаврюшенко. Не без сожаления я покинул насиженное место и упаковался в эту пародию на автомобиль размером с коробку для ботинок. Мы обменялись рукопожатиями, и я деловито поинтересовался:

— Сауна?

— Пройденный этап, — лаконично ответил Гаврюшенко. Мы переждали светофор на углу, и он добавил: — У прокурорских теперь в моде баня по-черному. Экстрим!

— Это где ж у нас такой экстрим? — спросил я.

— Увидишь, — неопределенно пообещал он. — В частном секторе. Между прочим, в двух шагах от твоих Кокориных. Может, хоть теперь скажешь, зачем тебе понадобилась эта парочка психов?

Я промолчал, не желая обсуждать вопрос на ходу. Судя по тому, что я уже знал о Матвее Ильиче и его супруге, психами их можно было назвать только с большой натяжкой.

Уже смеркалось, когда мы вкатились в автоматические ворота трехэтажного особняка, укрытого под черными кронами мачтовых сосен. Прикинув периметр глухой ограды, я решил, что участок должен занимать не меньше гектара. Так оно и оказалось: за воротами, не считая особняка, было разбросано еще с полдесятка капитальных построек, ничем не напоминающих баню, связанных между собой вымощенными плиткой подъездными аллеями. По краям аллей из газона торчали садовые фонари.

— Чего озираешься? — спросил Гаврюшенко, выключая двигатель. — Хозяин — в прошлом полковник ГАИ, а ныне — мороженая рыба и морепродукты... Фрутти ди маре, как говорится.

Полковник уже шагал к нам прямо по газону в сопровождении здоровенного пса-кавказца. Это был отменно упитанный господин лет шестидесяти с тугими щеками, здоровым румянцем и походкой вразвалку. Глаз на лице видно не было — они прятались под светлыми бровями и постреливали из глазниц, как парочка камер наружного наблюдения. Пес трусил за ним в трех шагах с таким видом, будто выполнял непосильную работу.

Гаврюшенко распахнул дверцу и вышел из машины навстречу.

— Иван Иванычу — наше!

— Рад, рад. — Хозяин с достоинством пожал протянутую руку, одновременно фиксируя незнакомый персонаж — то есть меня. — Все готово, проезжайте…

Он отпихнул коленом подоспевшего пса, пошарил в кармане охотничьей куртки и вынул пульт дистанционки. Вспыхнула цепочка фонарей вдоль аллеи, полого уходящей вглубь участка. Мы проехали по ней с полсотни метров и окончательно остановились.

— Давай, — сказал Гаврюшенко. — На выход.

На берегу водоема, обложенного по берегам диким камнем, и в самом деле виднелась натуральная деревенская банька. Серый щелястый сруб, слепое оконце, дранка на кровле с пятнами мха. Трубы не было. Все сооружение словно вырвали с корнем с того места, где оно простояло лет двести, и перенесли в полковничьи владения. Рядом шелестели вполне натуральные камыши, на поверхности воды плавали листья кувшинок, но рядом с баней и они казались пластиковой бутафорией.

Гаврюшенко решительно отвалил тяжелую дверь предбанника и, согнувшись в три погибели, нырнул в темноту. Затем там вспыхнул свет и донесся его голос: «Не робей, юрист! Тут все путем».

Если судить по высоте притолоки, до нас этой баней пользовались пигмеи. Однако в предбаннике, обшитом пихтовой доской, поместились не только мы с Гаврюшенко, но и пара резных скамей, бар-холодильник, уйма всякой косметики и полуметровая стопа мохнатых полотенец всех размеров. Пахло сухим березовым листом и слегка — угаром.

Мой бывший шеф со стоном предвкушения содрал с себя одежду, и я последовал его примеру. После чего Гаврюшенко извлек из бара банку «Левенбрау», опростал ее в латунный ковш и взялся за ручку двери парилки, обитой толстым войлоком. Оттуда шибануло таким жаром, что волосы у меня на голове зашевелились.

Раскаленный воздух внутри дрожал и звенел, но не было и следа парной мути. Дышалось свободно, однако честно скажу — ад в сравнении с этой баней показался бы местом прохладным и комфортным. О том, чтобы выпрямиться во весь рост, не могло быть и речи: потолок, покрытый жирной сажей, находился примерно на уровне моих плеч, поэтому мне сразу же пришлось опуститься на горячую, как утюг, скамью. Привычная печь-каменка отсутствовала — в углу виднелся первобытный очаг, обложенный валунами, а дым, привкус которого до сих пор ощущался на губах, вытягивал вентилятор, врезанный под верхним венцом.

Сейчас крышка вентилятора была плотно закрыта, в очаге не осталось даже золы, но когда Гаврюшенко шваркнул пивом из ковша на валуны, я мигом слетел со скамьи и повалился на пол, спасаясь от ожога третьей степени.

— Ты чего? — донесся до меня насмешливый голос.

— Жарковато что-то… — просипел я, уже готовый достойно принять кончину.

— Самое то! — авторитетно возразил Гаврюшенко, выбирая веник по руке…

На двадцатой минуте этой пытки, дойдя до последней крайности, мы выползли в предбанник, а затем и на улицу. Здесь было темно, безлюдно и тихо, и когда Гаврюшенко, сделав несколько нетвердых шагов, с глухим ревом рухнул в водоем, вода вокруг него забурлила. Я тоже поплавал, распугивая сонных лягушек, и мы вернулись в тесную и закопченную преисподнюю, где повторили все сначала.

Потом, в полном изнеможении, мы сидели в предбаннике, завернувшись в полотенца. Дверь была распахнута настежь, а физиономия моего собеседника приобрела цвет норвежского лосося. Да и сам я выглядел примерно так же.

— Пиво будешь? — спросил Гаврюшенко. — Мне-то нельзя. С такого пару развезет в два счета, а я за рулем.

От пива я отказался. Самое время сменить тему.

— Как хотите, Алексей Валерьевич, а психами Кокорины не были, — сказал я.

— Ну и что? — мгновенно возразил он, будто все это время мы только и делали, что обсуждали подробности их смерти. — Дело-то закрыто. Все ясно как на ладони.

— Предположим. — Я глотнул ледяной минералки и посмотрел на этикетку.

— Нечего тут предполагать. Работала бригада лучших экспертов-криминалистов. И то, что эти двое прикончили себя какой-то экзотикой, на выводы следствия никак не влияет.

— Какая-такая экзотика? — невинно спросил я.

Гаврюшенко вздохнул, полез было за сигаретой, но передумал.

— Ну вот скажи, Егор, тебе-то зачем это все, а?

Что я мог ему ответить? Что дочь усопших Матвея Ильича и Нины Дмитриевны твердо убеждена в том, что ее родители не были способны на самоубийство? Что «Мельницы Киндердийка», о которых Гаврюшенко наверняка понятия не имел, стоят серьезных денег, а для того, чтобы отправить одного-двух человек на тот свет, порой достаточно и в десять раз меньшей суммы? Что владелец картины ведет себя неадекватно и мотивы такого поведения мне не ясны?

С точки зрения завершенного следствия все это было беспочвенными допущениями. Поэтому я предпочел изложить факты, связанные с «Мельницами», упомянув Павла и Анну, Меллера и Галчинского, а заодно подтвердил, что мой интерес к смерти Кокориных-старших вызван не одним праздным любопытством.

Гаврюшенко покрутил носом, пару раз хмыкнул и стал натягивать брюки. Застегнув молнию, он наконец произнес:

— Впервые слышу. Откуда информация?

С грехом пополам я передал то, что мне сообщили Павел и Галчинский о пропаже картины. Выглядело это, скажем прямо, не слишком убедительно. Взамен Гаврюшенко, как всегда четко и точно, сформулировал выводы следствия по уголовному делу, открытому прокуратурой по факту скоропостижной смерти супружеской пары. Пока он говорил, в голове у меня сложилась примерно следующая схемка.

Шестнадцатого июля, около десяти тридцати вечера, на пульт районного отделения охраны поступил сигнал о штатном включении сигнализации в доме Кокориных. Как правило, это происходило в такое же время. Однако спустя полчаса сигнализация сработала в тревожном режиме, и на место немедленно выехала дежурная оперативная группа. На территорию участка сотрудники проникли беспрепятственно, хотя обычно сделать это было непросто — званых и незваных гостей встречал лаем крупный лабрадор Кокориных по кличке Брюс. Двери большого двухэтажного дома, содержавшегося в полном порядке, оказались незапертыми, а в общей комнате на первом этаже за столом, накрытым к ужину, были обнаружены два трупа пожилых людей — мужчины и женщины.

Матвей Ильич Кокорин, в сером костюме, без галстука, в новых туфлях и сорочке, лежал на боку лицом к двери. Колени мертвого были поджаты к животу, в руке он сжимал острый осколок от разбитого бокала синего стекла, а глаза оставались открытыми. Стул с высокой спинкой, на котором он, очевидно, сидел до момента наступления смерти, был косо отодвинут, угол ковра завернулся.

Супруга Кокорина осталась полусидеть в мягком кресле, придвинутом к столу. Руки ее лежали на подлокотниках, голова свисала на грудь. Тело слегка сползло с сиденья, на кремовой шелковой блузке женщины темнело пятно от пролитого вина — на столе имелась откупоренная бутылка очень дорогого бордо, настоящего «Шато Марго» двенадцатилетней выдержки.

Но это выяснилось уже позже, когда домом и покойными занялись эксперты. Однако уже с первого взгляда становилось ясно, что последний ужин семейной пары проходил в особо торжественной обстановке. Английский фаянс, серебряные столовые приборы, синие венецианские бокалы начала прошлого столетия и накрахмаленные салфетки в кольцах, которыми никто так и не воспользовался. Цветы в тяжелой хрустальной вазе. Легкие закуски, зелень, дорогой сыр нескольких сортов на блюде под хрустальным колпаком, фрукты. И хотя внешний осмотр тел не выявил на них никаких следов насилия, старший мобильной группы немедленно вызвал оперативников из отдела по расследованию убийств. Уже на следующее утро дело истребовала прокуратура — Кокорин был лицом известным не только в городе, но и за пределами страны.

Сын и дочь покойных прибыли в тот же вечер в начале двенадцатого — сразу же после того, как с ними связался следователь. Оба, несмотря на глубокое потрясение, в один голос подтвердили, что все ценное имущество и произведения искусства в доме в полной сохранности. В ящике стола Нины Дмитриевны лежала довольно крупная сумма наличными, а в шкатулке в ее комнате — несколько дорогих колец и браслет с голубыми бериллами. Однако ни Павел, ни Анна не смогли ничего пояснить по поводу случившегося с их родителями.

В ближайшие дни экспертное исследование установило, что смерть обоих Кокориных наступила между десятью и одиннадцатью часами, практически одновременно. Причиной ее стал прием внутрь несовместимой с жизнью дозы редкого и практически никогда не употреблявшегося в практике суицидов нейротоксина — продукта жизнедеятельности микроскопического гриба, паразитирующего на зернах ячменя, и в особенности на пивном солоде. В сравнении с пресловутым цианистым калием этот «продукт» выглядел как термоядерная бомба рядом с омоновской дубинкой. Дозы в двадцать микрограммов было бы достаточно для двоих, но того количества отравы, которое эксперты обнаружили в вине, хватило бы на дюжину семейных пар. И тем не менее о преднамеренном убийстве не могло быть и речи — следов пребывания посторонних в доме вечером шестнадцатого не оказалось. Отрицали такую возможность и свидетели — соседи Кокориных. Тщательный осмотр участка также не выявил ничего подозрительного.

В воздухе повисла целая туча вопросов, на которые следствие не имело ответов. Откуда взялся токсин? Почему всегда организованные и методичные Кокорины, в особенности Нина Дмитриевна, не оставили никакой записки или завещательного распоряжения? Допустим, решение свести счеты с жизнью у супругов возникло спонтанно, но чем оно могло быть вызвано и почему так заботливо и тщательно был сервирован ужин? Сомнение вызывал и способ, которым оба приняли яд, и многое другое. При этом в бумагах и документах покойных был полный порядок, а их финансовое положение не вызывало беспокойства.

Возможность психического расстройства, пусть даже кратковременного, Павел и Анна категорически отмели сразу, смертельная болезнь также исключалась — оба супруга были сравнительно здоровы для своего возраста и сохраняли работоспособность. А тут еще и вещество, с помощью которого было осуществлено самоубийство. В чистом виде его не существовало в природе, и для того чтобы получить такое количество, которое было использовано за ужином у Кокориных, потребовалась бы биохимическая лаборатория с самым современным оборудованием, да не простая, а из тех, что работают под прикрытием спецслужб. Поскольку ничего подобного в доме не обнаружилось, а среди друзей и знакомых семьи не было специалистов-токсикологов, факт остался без объяснения.

Следствие это, однако, не смутило, и дело было закрыто. Мало ли, в конце концов, необъяснимых вещей и поступков. Линию токсина формально отработали, уперлись в тупик и на том поставили точку. Матвею Ильичу случалось выезжать за границу, в Европе у него была бездна связей и знакомств, и чтобы отследить все возможные контакты покойного, у прокуратуры руки оказались коротковаты. Сошлись на том, что именно за рубежом художник каким-то образом приобрел уникальный яд — настолько уникальный, что понадобилось полторы недели работы отдела в специализированном столичном институте, чтобы закончить серию анализов.

На всякий случай я поинтересовался, не помнит ли Гаврюшенко, когда Кокорин в последний раз покидал пределы страны.

Ответ последовал незамедлительно. Мой бывший шеф тем и был знаменит, что держал в памяти подробности всех уголовных дел, проходивших через его руки за последние полтора-два года.

— В двухтысячном. Недельная поездка в Прагу по приглашению частной галереи на Градчанах.

Я удивился. Если нейротоксин действительно был получен Кокориным за рубежом, значит, к суициду он готовился в течение последних шести лет. При этом ни у кого не возникло ни малейших подозрений на сей счет, даже у детей.

— Я же говорю — чистая психиатрия, — кивком подтвердил Гаврюшенко. — Последнее дело — эти интеллектуальные и организованные параноики. Если они что-нибудь вобьют в голову…

— Знаем-знаем, — сказал я, — проходили… Ну а собака?

Гаврюшенко, уже остывший, снова побагровел.

— При чем тут собака? — угрожающе начал он. — Ты что имеешь в виду? — И тут же, без всякого перехода, хрипло захохотал, хватаясь за бока.

Отдышавшись, он выбил из пачки сигарету и наклонился к моей зажигалке.

— Дежавю, — невнятно произнес он. — Помнишь того мопса в пятиэтажке на Слепцова?

— Ну, — сказал я. — Только теперь у нас не мопс, а лабрадор. Кличка Брюс. Так куда же подевался Брюс этот самый?

— Хрен его знает… — Гаврюшенко поднялся, взглянув на часы. — Давай, собирайся — половина десятого… Наверно, хозяева отпустили, еще до того… Или сам сбежал. А может, и дети забрали. Я его, во всяком случае, не видел ни разу.

— То есть, если я правильно понял, вы считаете, что Кокорины отпустили лабрадора перед тем, как последний раз сесть за стол? Из гуманных, так сказать, соображений? И после этого пес больше домой не вернулся? Быть этого не может!

— Это еще почему?

— Не тот характер. Лабрадоры так себя не ведут.

— Ведут или не ведут, а пса там не было. Ни сразу, ни потом. И соседи его не встречали. Поинтересуйся у родственников.

— А как же. — Я поежился: от водоема уже тянуло ночной сыростью. — Сигнализация, значит, сработала сама по себе. Я правильно понимаю?

Мой бывший шеф пропустил реплику мимо ушей и подвел черту:

— Что касается картины, то я о ней и слышать не желаю. По крайней мере до тех пор, пока факт хищения не будет установлен. Вот тогда — милости просим. В этой тусовке столько всякого — черт ногу сломит…

— В какой — этой?

— Ну, там, антиквариат, галеристы, коллекционеры… Чистой воды бордель.

— Ясное дело. — Я потянулся за курткой. — Тут и спорить не о чем.

Гаврюшенко погасил свет в предбаннике. В темноте сразу подала голос лягушка. Кроны сосен в тишине позднего вечера парили неподвижно, будто литые из черного чугуна, вдалеке светились огни полковничьего особняка. Там никого не было видно, но едва мой спутник запустил двигатель, фонари вдоль подъездной аллеи дружно вспыхнули. Надо думать, все это время хозяйский глаз за нами присматривал.

Владелец особняка, однако, появился всего на несколько секунд — чтобы лично привести в действие автоматические ворота. «Спасибо, Иваныч! — крикнул Гаврюшенко, опустив стекло. — За мной не заржавеет!» Тот помахал с выражением каменной бабы с кургана, и мы покатили, свернув в совершенно другую сторону — в глубину района, застроенного частными домами.

Через два квартала «хёндэ» тормознул у обочины. Справа тянулся невысокий штакетник, за ним просматривались старые низкорослые яблони. Грубо обточенные шары антоновки светились в темноте, словно натертые фосфором.

— Вот он. — Гаврюшенко выключил приемник и откинулся на сиденье.

— Кто? — спросил я.

— Дом Кокориных. Улица Браславская, номер одиннадцать.

Я выбрался на тротуар. До калитки оставалось с десяток шагов. Она была металлическая, с кованой узорчатой решеткой в верхней части. Сквозь решетку можно было разглядеть усыпанную гравием дорожку — она вела к совершенно темному дому. В стеклах первого этажа отражался мигающий поворотник машины. Справа на калитке имелась кнопка звонка, заботливо спрятанная от дождя под жестяным козырьком, но трогать ее я не стал.

Усевшись обратно, я спросил:

— А как у них было с детьми?

— Ты о семейных отношениях, что ли? — В конце квартала Гаврюшенко резко свернул, еще минута — и мы вылетели на петлю съезда со скоростной трассы, которая пересекала город с востока на запад. — Лучше некуда. В этом все сходятся. Никаких конфликтов, жили душа в душу. Если и возникали ссоры, то исключительно на идейной, как говорится, почве… Эту версию мои парни крутили в первую очередь. Все чисто…

Высадил он меня возле гостиницы «Националь». По пути к дому я выкурил сигарету, пытаясь связать все, что сегодня услышал и увидел. Но с привычной логикой к таким вещам и не подступайся. Поэтому, поднявшись на свой этаж и убедившись, что Евы и в самом деле нет дома, я прямо прошел к телефону — даже свет включать не стал. Была половина одиннадцатого, поздновато, но я все-таки набрал номер Павла Кокорина.

Когда абонент ответил, я без всяких предисловий произнес:

— Павел Матвеевич, это Башкирцев. Скажите, в день похорон «Мельницы Киндердийка» действительно стояли на мольберте в мастерской Матвея Ильича?

— Да, — я уловил в голосе Кокорина-младшего некоторую растерянность. — Я их видел собственными глазами.

— Анна тоже видела?

— Да, — почти твердо произнес он.

— Тогда я хотел бы просить вас разрешить мне осмотреть дом ваших родителей. Вы понимаете, о чем я?

— Кажется, понимаю.

Павлу Матвеевичу понадобился тайм-аут секунд в десять. Не так уж и много. После чего он проговорил:

— Жду вас у себя в офисе завтра с утра. Девять ноль-ноль устроит?

4

Ключи от дома на Браславской мы получили вместе с инструкциями о том, как отключить сигнализацию на первом этаже и отдельно — в мастерской.

По словам Павла, все выглядело солидно — система была установлена всего пару лет назад, датчики размещены не только в дверных проемах, но и на всех окнах, включая чердачное. Поэтому всякая попытка проникновения была бы моментально зафиксирована.

Мы сидели в офисе Кокорина-младшего — застекленной выгородке в помещении принадлежащей ему галереи. Помещение было забито невостребованными фаянсовыми купальщицами, гнутыми ампирными столиками с подозрительной инкрустацией, чернильными приборами из родонита и латуни, китайскими пепельницами всех размеров и прочей старой рухлядью. Передо мной стоял стакан с соком, но мне было не до него — в очередной раз я получил возможность полюбоваться, как неотразимо действует Ева на мужчин старше сорока.

Несмотря на серьезность дела, Павел Матвеевич робел, как тинейджер, прятал глаза и без всякой нужды тасовал какие-то бумаги. Пальцы его заметно подрагивали от волнения, обращался он исключительно к Еве, словно не замечая моего присутствия.

Возможно, я допустил ошибку, представив Еву как коллегу-юриста. Чтобы покончить с эротическим балетом на офисном столе, я произнес:

— Надеюсь, Павел Матвеевич, вы понимаете, что мы с Евой Владиславовной не представляем никакой официальной инстанции. Я в прошлом — адвокат, имеющий некоторый опыт ведения уголовных дел, и познакомиться с обстоятельствами кончины ваших родителей мне удалось чисто случайно. И у меня сложилось впечатление, что следствие проведено формально. Были проигнорированы важные факты, а некоторые обязательные следственные действия вообще не производились. Не исключаю, что детальный осмотр дома...

— Разумеется, разумеется, — он торопливо закивал, с трудом отводя взгляд от Евиных коленок. — Я только не вполне понимаю... Вероятно, вы с Евой Владиславовной рассчитываете на вознаграждение...

Тут Кокорин-младший окончательно смешался, и мне пришлось категорически заявить, что никто из нас не претендует на гонорар. Ни при каком исходе. Нами движет исключительно профессиональный интерес.

На его месте я бы заподозрил, что перед ним — парочка аферистов, но Павел и глазом не моргнул. Только извинился, что сам не сможет отвезти нас на Браславскую — ожидает клиента.

Когда мы уже направлялись к выходу мимо двуспальных холстов местных постмодернистов, Ева, не проронившая до сих пор ни слова, сказала:

— С чего ты взял, что я не претендую на гонорар? Лично мне он бы пригодился, и даже очень. Тебе не кажется, что Павел Матвеевич довольно удачно сравнил меня с дамами Тициана? Самое время было потолковать о финансах.

— Тициан ни при чем, — сурово произнес я. — А что касается гонорара, то я вижу тут совсем другие возможности. О которых ты, детка, даже не догадываешься.

Ева презрительно прищурилась. Накануне у нас состоялся крупный разговор, и баня с Гаврюшенко вышла мне боком.

Мы погрузились в маршрутку и через двадцать минут уже стояли перед решетчатой калиткой с эмалевой цифрой «11». Замок, отпиравшийся небольшим плоским ключом, поддался легко, и вместе с Евой — она держалась на шаг позади — мы двинулись по гравийной дорожке мимо развалившихся мокрых кустов доцветающих георгинов, пестрых куртин астр, забитых сорняками, и декоративной горки с камнеломкой, очитком и метелками бизоньей травы. Ночью прошел дождь, но сейчас завеса облаков истончилась, появилось солнце и старый сад выглядел совершенно иначе, чем вчера в темноте. В траве валялись яблоки, стекла пяти широких окон по фасаду разбрасывали блики. В этом саду ничто не напоминало о трагедии двух пожилых людей — и все-таки у самого входа Ева зябко повела плечами, оглянулась и проговорила мне в затылок:

— Что-то мне не по себе…

— Чепуха, — возразил я. — Идем быстрее!

Главный вход в дом располагался с торца и не был виден с улицы. К боковой стене примыкала просторная крытая терраса, где стояли пара плетеных кресел, легкий столик с забытой на нем чашкой и массивной стеклянной пепельницей и диванчик-качели на консоли из гнутых труб. Прямо сюда отворялась парадная дверь — чтобы добраться до нее, нужно было подняться по бетонным ступеням на террасу и пересечь ее по диагонали.

Так мы и сделали. Я воспользовался еще одним ключом из связки, дверь уступила, и в полутемной прихожей тут же замигала красная контролька и запищал зуммер сигнализации. Пришлось поискать спрятанную за гнутой вешалкой кнопку отбоя, о которой говорил Павел. Я нажал ее — и все стихло.

Ева сделала пару шагов по толстому ковру, остановилась, секунду подумала и сбросила туфли. Прямо напротив висело овальное зеркало в черной резной раме. Я перехватил ее взгляд — она разглядывала не себя, а висящую рядом фотографию крупной собаки с иронической ухмылкой на морде. Выражение было схвачено с необыкновенной точностью, а сам снимок сделан профессионалом. Про пса я знал только то, что это лабрадор, а звать его Брюс.

Мы прошли в гостиную, и Еве пришлось признать, что с самого начала она была не права. Ни смертью, ни запустением здесь и не пахло. Все выглядело уютным и обжитым, словно хозяева отправились в короткую поездку и вот-вот вернутся. Смешанная мебель — старое кресло, готический стул с подлокотниками в виде грифонов, тяжелый обеденный стол со столешницей орехового дерева, а рядом легкомысленные диванчики, раздвижные двери, плоский телевизор. На стенах — пейзажные этюды в узких темных рамках. Кисть везде разная, и можно предположить, что все эти вещицы подарены хозяину коллегами или друзьями. В дальнем углу, где сходились две глухие стены, виднелся камин, но не настоящий, а добротная имитация. На каминной доске стоял канделябр на три свечи и небольшая деревянная скульптура — мальчик-служка, читающий Писание.

Эта смесь интеллигентского быта середины шестидесятых с техническими штучками начала нового тысячелетия не говорила о хозяевах ничего, кроме единственного: в конце концов у них появились деньги и они смогли себе кое-что позволить. А также об отсутствии старческого консерватизма.

Ева, вернувшаяся из кухни, подтвердила мои соображения. Кухня располагалась в конце широкого коридора, куда открывалась и дверь гостиной. На мой вопрос «Ну как там?» Ева только закатила глаза. Я отправился взглянуть — и теперь знаю, как выглядит радужная мечта всякой женщины. О назначении половины предметов и устройств, находившихся здесь, я мог только догадываться. Облицованное медового тона панелями, сияющее никелем и хромом, это святилище было стерильно чистым, словно его никогда не касалась грешная человеческая рука. Холодильник работал, на его дисплее светились цифры температуры в отделениях.

Я поймал себя на мысли, что неплохо бы воспользоваться автоматической кофеваркой, готовившей сразу пару чашек эспрессо, но отложил это на потом и вернулся к Еве, которая уже успела непринужденно усесться в кресло позади обеденного стола. Даже не подозревая, что именно в нем было обнаружено тело Нины Дмитриевны Кокориной.

Я не стал сообщать ей об этом и опустился напротив — на хозяйское место, чувствуя себя при этом участником какого-то странного, почти кощунственного спектакля. Или, если угодно, следственного эксперимента. Не исключено, что микрочастицы смертоносного яда могли до сих пор оставаться в ворсе ковра, обивке мебели, в недоступных глазу неровностях поверхности стола. Но дело было не в этом. Все здесь было пропитано мыслями и чувствами Нины и Матвея Кокориных. Той энергией, которая остается даже тогда, когда человек ушел.

— И все-таки, — нетерпеливо произнесла Ева, тряхнув волосами, — что мы здесь делаем? Ты пытаешься что-то найти?

— Ну да, — сказал я. — Нам нужна какая-то улика, любое, даже косвенное указание на то, что эти двое планировали покончить с собой. Или наоборот — не планировали. И прежде чем мы поднимемся наверх — там мастерская Матвея Ильича, общая спальня и еще пара комнат, — нужно самым тщательным образом осмотреть первый этаж. Честно тебе скажу: я и сам толком не знаю, что мы ищем, детка. Оперативники из следственного отдела прокуратуры наверняка обнюхали здесь каждую щель, но это ровным счетом ничего не значит. У них была установка — доказать суицид, а такие вещи начисто отключают мозги.

— Хорошо, — вздохнула Ева, поднимаясь. — Я поняла. Как ты думаешь, почему их собака спала в гостиной?

Только теперь я обратил внимание на то, что под лестницей из неокрашенного ясеня, ведущей на второй этаж дома, находится подстилка Брюса — потертый туркменский коврик, заботливо подбитый толстым войлоком. Кое-где на коврике виднелись светлые шерстинки. Рядом стояла миска, вода в ней давно испарилась, оставив ободок осадка.

— Не знаю, — сказал я. — С собаками у всех по-разному. Надо полагать, они оба были очень привязаны к своему лабрадору.

— Я все-таки начну с кухни. — Ева пересекла гостиную и зашлепала по гладким доскам коридора.

— Заодно можешь попробовать сварить нам кофе на том компьютере, что стоит рядом с микроволновкой, — рассеянно предложил я.

Она не отозвалась, а повторять я не стал.

Сидя на месте хозяина этого просторного и, в общем, уютного дома, я некоторое время пытался реконструировать события двухмесячной давности. Сама обстановка молчаливо подсказывала, как жили эти два уже немолодых человека, как был обустроен их быт в той части дома, куда мог войти всякий, в том числе и совершенно посторонний. Именно в таких местах чаще всего сохраняются свидетельства поступков и намерений, а вовсе не в сейфах и тайниках, потому что недаром сказано: хочешь спрятать — положи на самом видном месте. Оттого я и не спешил подниматься наверх.

Потом я обошел гостиную, разглядывая мелкие вещицы, картины и фотографии. Каждую из них пришлось перевернуть, простучать рамы и убедиться, что никаких надписей на оборотной стороне холстов и картонов нет. Я даже забрался под стол, чтобы взглянуть на нижнюю сторону крышки. Ясное дело, там ничего не было, зато обнаружился плоский потайной ящик для хранения столового серебра, где находилось именно серебро — массивные ложки, ножи, вилки двух видов и неопределенного назначения лопаточки. Все предметы были помечены монограммой — готической буквой «W» в обрамлении угловатого орнамента.

Из двух ваз для цветов одна оказалась совершенно пустой, во второй на дне лежали несколько вышедших из обращения монет, пластиковая заколка для волос, катушка суровых ниток и прозрачный ремешок — не то от мобильного телефона, не то от цифровой камеры.

Несмотря ни на что я искал тайник, схрон, закладку — что-нибудь в этом роде. Это было сильнее меня, хотя я и сознавал, что шансов практически нет. Все, что можно было найти, нашли до нас с Евой, и оставалось надеяться только на интуицию. В домах, где долго прожили одни и те же люди, все вещи взаимосвязаны и как бы перекликаются между собой. Вот эти-то едва различимые голоса я и пытался расслышать.

В жизни Матвея и Нины Кокориных определенно была тайна, и рано или поздно дом должен был намекнуть на нее. Даже если речь шла о тщательно скрываемой душевной болезни одного из супругов.

Я уже заканчивал осматривать горку с чайным сервизом, которым вряд ли пользовались в последние несколько лет, и держал в руках плоскую сахарницу с массивной крышкой, когда из кухни донесся голос Евы.

— Сейчас иду, — отозвался я и машинально заглянул в сахарницу. Сахара там, как и ожидалось, не было, зато на дне блестел легкий позолоченный ключик вроде тех, которыми запираются кейсы.

— Кофе, — проговорила Ева с порога. — Не нужно никуда идти. Ты лучше взгляни сюда.

— Куда? — я сунул ключ в карман джинсов и обернулся.

— Я нашла это в контейнере для сухого мусора в кухне. Такая полукруглая штуковина из блестящей проволоки. Она прикреплена к внутренней стороне дверцы их шикарной мойки.

— При чем тут мойка? — заторможенно спросил я. Мысли мои были чрезвычайно далеки от кухонного оборудования.

— Вот, — сказала Ева, протягивая руку.

В ее ладони лежал туго скатанный комочек голубоватой бумаги. Я осторожно развернул его — это оказался листок из отрывного блока для записей, на котором не поместилась бы даже пара спичечных коробков. Написанное тонким фломастером слегка расплылось, однако прочесть было можно. Всего несколько слов: «Себастьян Монтриоль будет проездом в Москве двадцать второго июля. Связаться непременно».

— Детка, — спросил я, — ты, случайно, не в курсе, кто это написал?

Ева рассмеялась, поставила на стол обе чашки и села на прежнее место.

— А ты как думаешь? — Это было в ее манере: вопросом на вопрос. — В прихожей валяется старый телефонный справочник. Там есть страницы для записей, и, судя по содержанию, кое-какие сделаны хозяином дома. Почерк на листке тот же или, по крайней мере, очень похож. Выходит, Матвей Ильич собирался беседовать с господином Монтриолем через шесть дней после собственной смерти?

Я отхлебнул кофе, обжегся и пробормотал:

— Пожалуй, я закурю… Никто не будет в претензии?

Я еще раз перечитал мятый листок. А потом представил реакцию Гаврюшенко на этот «документ». Бумаженция сама по себе ничего не доказывала, однако под сомнением оказывалось многое из того, что было черным по белому зафиксировано в сданном в архив деле о самоубийстве Кокорина-старшего и его жены.

В то же время мне не давала покоя находка в сахарнице. Допив кофе, я вынул ключ и показал Еве, но она только пожала плечами и заявила, что в любом порядочном доме отыщется с десяток таких. И хранятся они только потому, что рука не поднимается выбросить. Бытовой рефлекс — даже если это ключи от старого чемодана, который давным-давно лежит на свалке.

Не скажу, что она меня убедила. Сахарница, которой никто не пользуется, — не лучшее место для хранения ненужных ключей. И вообще — в обстановке гостиной что-то было не так. Какой-то предмет среди этих, в общем-то притершихся одна к другой, вещей казался чужим и вызывал глухое раздражение. В чем тут дело?

Причину я понял только тогда, когда мы с Евой начали подниматься на второй этаж. На середине лестницы я споткнулся, произнес: «Секунду!» — после чего с грохотом слетел вниз и встал столбом у камина в углу, разглядывая декоративную кладку, каминную доску из зеленоватого, в пестрых прожилках, мрамора и сложное устройство, довольно правдоподобно имитирующее пламя и дающее поток тепла — что было совершенно излишним при наличии парового отопления и двух вполне работоспособных печей-голландок, уцелевших с тех времен, когда дом еще не был перестроен и модернизирован.

Он был фальшивым, несмотря на то что соорудить здесь камин по всем правилам было проще простого, раз сохранилась система дымоходов. Явная нецелесообразность этой штуки резала глаз.

— Что случилось? — встревоженно спросила Ева. — Чего ты там застрял?

— Ничего, — сказал я. — Уже иду…

Наверху мы сразу оказались в небольшом холле. Четыре двери вели отсюда во внутренние помещения. Окон тут не было, но едва Ева ступила на коврик за порогом, как слева вспыхнул скрытый светильник: сработал автоматический выключатель. Я толкнул первую попавшуюся дверь.

Это оказалась спальня. И уже с первого взгляда стало ясно, насколько прочно ее хозяева были привязаны друг к другу. Широкая и приземистая двуспальная кровать, покрытая мохнатым шотландским пледом, парные светильники над изголовьем в виде пологой арки из гнутого черного дерева, ковер цвета морского песка на полу, шкаф с раздвижными дверцами, в котором в полном порядке хранились белье, одежда и обувь обоих.

Там висели женские платья, блузы неярких оттенков и серо-голубое кашемировое пальто; стояли в коробках несколько пар туфель тридцать шестого размера. На плечиках болтались три основательно поношенных мужских костюма, полки заполняли дюжина рубашек, свитера и мелкая всячина. С детства мне вбивали в голову, что рыться в чужом белье неприлично, однако я просмотрел каждую вещь и обшарил карманы везде, где они имелись. Улов мой составили два автобусных билета годичной давности и табачные крошки в боковом пиджачном кармане одного из костюмов. На удивление мало, даже с учетом педантичной аккуратности Нины Дмитриевны.

Зато я точно установил, что не всегда в этом доме действовал запрет на курение. По крайней мере, Матвей Ильич не был свободен от пагубной привычки.

Выбравшись из шкафа, занимавшего четверть спальни, я оказался буквально с глазу на глаз с единственной картиной, висящей здесь, и поразился — как я мог до сих пор ее не замечать. Возможно, причина в том, что находилась она на стене в изножье кровати, но это была такая штука, что, раз увидев, вы уже больше не могли от нее отделаться.

Довольно большое полотно, академический сюжет — Христос в кругу учеников, спокойный сумеречный колорит. И при этом никак не понять, что за таинственная и притягательная сила исходит от жмущихся друг к другу простоватых галилейских парней, среди которых далеко не сразу можно было отыскать Иисуса из Назарета. Там, на щебнистом Тивериадском побережье, среди жухлых кустиков тамариска и зарослей колючих сорняков, среди ржавых камней у края воды, он никого не учил, не изъяснялся притчами, не молился и не исцелял. Бродяга-плотник просто дремал — день накануне выдался не из легких. Только плечи выдавали его — повисшие и окаменевшие в безмерной усталости, словно на них и в самом деле давили все грехи мира. Позади лежала белесая предрассветная гладь озера без единой рыбацкой лодки до сумрачного горизонта, над ней стелился туман. Костер погас, было пронизывающе холодно, а до восхода еще не меньше часа.

Еще не сделав ни шагу к холсту в простой белой раме, я уже догадался, кто автор. Подпись и в самом деле состояла из двух сцепленных букв — инициалов Матвея Кокорина. И хотя ценитель я никакой, по-моему, это была работа серьезного художника. Что угодно, только не случайная удача. Во всяком случае, я на мгновение явственно почувствовал сырой запах водорослей и близкой воды, пота, золы, пеньки, пресных лепешек и незнакомого рыбного блюда. Каждого из тех, кого изобразил мастер, я знал поименно, знал также, что с ними сделали потом, но только теперь вдруг понял, как им *там* приходилось.

С трудом вспомнив, что нахожусь здесь совсем не для того, чтобы любоваться живописью, я отвернулся и направился туда, откуда доносился голос Евы.

Справа и слева от спальни, не считая крохотной душевой и туалета, располагались две комнатки, одна из которых принадлежала Нине Дмитриевне, а вторая служила кабинетом хозяину дома. Еву я нашел в комнате супруги художника. Выглядела она примерно так, как я представлял себе эту женщину, — уютно и рационально и в то же время с оглядкой на прошлую жизнь. Центральное место занимал стол-бюро из лимонно-желтой карельской березы со множеством ящичков и отделений. Ева уже убедилась, что все они не заперты. К столу была вплотную придвинута обитая темным бархатом банкетка — вроде тех, какие используют концертирующие пианисты; полки книжного шкафа заполнены словарями и книгами на четырех языках — большинство на немецком. Над столом висел портрет пожилого мужчины в мягкой фетровой шляпе и пиджаке покроя середины прошлого века. Черный галстук был туго затянут под его массивной челюстью. Лицо этого шестидесятилетнего человека выражало решимость и целеустремленность, небольшие серые глаза смотрели из-под тяжелых век ясно и проницательно. Эта черно-белая фотография, увеличенная и отретушированная при помощи компьютера, была оправлена в простую, но дорогую раму.

Кроме того, на столе стояли детские фото Павла и Анны — я сразу узнал обоих, — а также самого Матвея Ильича. Честно говоря, ввязавшись в эту историю, я понятия не имел, как в действительности выглядит Кокорин. До этого момента он существовал только в моем воображении — преимущественно в виде трупа на ковре гостиной внизу, а с фото на меня смотрел вполне бодрый мужчина средних лет, шатен с гладко зачесанными назад редеющими волосами и неожиданно густыми и темными бровями, сходящимися на переносице. Глаза художника были глубоко посажены, левое веко слегка опущено, словно он целится или вот-вот укажет на что-то пальцем, а резко очерченная, неправильной формы носогубная складка придавала его лицу выражение насмешливое, измученное и смущенное. Если бы мне понадобилось сравнение, я бы сказал, что в ту пору Кокорин смахивал на актера Джереми Айронса в «Stealing Beauty» и одновременно — на простого мастерового из тех, что еще до сих пор водятся в провинции, типичного интроверта и любителя порассуждать с самим собой об отвлеченных материях.

Но теперь-то я знал, что он настоящий художник — и какой!

В остальном в комнате Нины Дмитриевны не было ничего примечательного — узкая кушетка, плотные шторы на окне, выходящем на еще одну террасу под пластиковым навесом, расположенную на кровле первой, той, что у входа в дом; на подоконнике — немецкая Библия небольшого формата в тисненом переплете из телячьей кожи. Еще — шкатулка с украшениями, большей частью бижутерией, и кое-какая косметика на полочке у зеркала в простенке между книжным шкафом и окном.

Я машинально взял в руки Библию и подивился ее тяжести. Книга оказалась отпечатанной в Лейпциге в 1724 году, и каждая из плотных желтоватых страниц была как скрижаль; крупные готические литеры острыми гвоздиками вколачивали незнакомые слова в память. В конце, как и положено в семейной Библии, шли листы для записи рождений, смертей, а также дат совершения церковных обрядов, и первая же запись — от 20 марта 1728 года — была связана с каким-то Георгом Мейстером Везелем, а рядом с последними датами я с удивлением обнаружил написанные по-немецки имена самой Нины Дмитриевны, обоих ее детей и неизвестного мне малолетнего Дмитрия Муратова, явившегося на свет девять лет назад.

Я захлопнул книгу и задумчиво потрогал раму окна. В это время Ева спросила:

— Как ты думаешь, если я как следует покопаюсь в ящиках бюро…

— Конечно, — произнес я, не оборачиваясь. — Мы за этим и пришли. И будь повнимательнее…

Оконная рама неожиданно подалась и распахнулась. К ригельной защелке стеклопакета я не прикасался, а значит, к ней прикасался кто-то другой и намного раньше. Из сада дохнуло свежестью, сквозняк надул штору. На светлом виниле подоконника была отчетливо видна буроватая полоска в форме косой дуги — вроде тех, которые оставляют на линолеуме ранты дешевых кроссовок.

Я перевел взгляд на датчик сигнализации на стекле. Тонкие проводки, ведущие к нему, были целы, но на одном виднелся клочок лейкопластыря. Я ощупал его — провод под ним был перерезан и, соответственно, датчик оставался глухим и немым. Забраться в это окно с верхней террасы — минутное дело.

— Знаешь, — вдруг проговорила Ева, — наверно, ты должен взглянуть сам.

Я резко обернулся. Ева сидела на банкетке, выпрямив спину и слегка откинувшись. Два боковых ящика стола-бюро были выдвинуты, но она к ним не прикасалась. Я заглянул через ее плечо — там лежали самые обычные вещи: расчетные книжки, счета, заполненные крупным разборчивым почерком, похожим на почерк моей учительницы в начальных классах, коробка скрепок, какие-то потрепанные справки из неведомых организаций.

Еще там имелись две пачки поздравительных открыток. Допотопных — с цыплятами, завитыми девушками в кружевных блузках, сердечками, голубками и гнездышками. Немецкие и швейцарские, рождественские и пасхальные. Обе пачки были перехвачены голубой и алой ленточками, но сейчас эти ленточки были развязаны, а открытки перемешаны и рассыпаны по дну нижнего ящика.

— Твоя работа? — спросил я.

— Ничего подобного! — возмутилась Ева. — Я только открыла и все. Тут есть еще один такой интересный альбомчик...

— Погоди, — сказал я, — не сейчас...

Пятью минутами раньше все мое внимание занимал книжный шкаф и стоящие в нем книги. Там была совершенно определенная система — все словари располагались отдельно, но в остальном, независимо от жанра, тома были сгруппированы по языкам — отдельно немецкий, французский, английский и, наконец, русский. Однако среди немецких изданий почему-то затесалась парочка английских, а сборник статей Романа Якобсона торчал на французской полке.

Такую оплошность Нина Дмитриевна вряд ли могла допустить даже в крайнем расстройстве чувств. Плюс открытки в ящике. Наверняка здесь побывал посторонний, и произошло это, скорее всего, в промежутке между днем похорон и тем днем, когда Павел и Анна наконец-то пришли в себя и отправились в опустевший дом родителей, чтобы навести порядок. То есть между восемнадцатым и двадцать вторым июля.

Вполне возможно, что именно этот человек приходил за «Мельницами», так как восемнадцатого, по утверждению Павла, картина еще стояла на мольберте в мастерской, а двадцать второго ее там уже не было. Но что искали в комнате жены художника? По свидетельству брата и сестры, все сколько-нибудь ценные вещи в доме остались в целости и сохранности. Значит, это был не рядовой грабитель, и решал он вполне конкретную задачу. Кстати, если он проник в дом через окно комнаты Нины Дмитриевны, каким образом ему удалось попасть в мастерскую Кокорина? В мастерской отдельная сигнализация; Павел сообщил мне, как ее отключить, но чужой не мог об этом знать. Если, конечно, это и в самом деле был чужой.

Следовало, конечно, иметь в виду, что в день похорон сюда поднимался и Галчинский — якобы сраженный приступом аритмии и глубокой скорбью. А с ним — некая Женя. Однако едва ли в это время профессора могли заинтересовать труды по языкознанию и рассыпающиеся от ветхости открытки с тривиальными пожеланиями здоровья, счастья и благополучия. И все же этих двоих нельзя было сбрасывать со счетов. У обоих имелась возможность открыть оконную задвижку и отключить датчик.

Но тогда пусть мне кто-нибудь объяснит — зачем Галчинскому понадобилось похищать собственную картину? А если картина ни при чем, что тогда искали в доме?

Между прочим, и в спальне я кое-что заметил, хотя поначалу не обратил на это особого внимания. Кровать стояла не на своем месте — ее двигали совсем недавно, и теперь она располагалась на несколько сантиметров дальше от стены, чем раньше. На ковре остались старые следы от ножек массивного супружеского ложа.

Все это начисто спутало последовательность событий, которая уже начала было выстраиваться у меня в голове. Оставив Еву наедине с развороченным бюро, я пересек холл и распахнул дверь кабинета Кокорина. И уже на пороге понял, что рано или поздно самонадеянность меня погубит. То, что я там увидел, могло поставить в тупик кого угодно.

Не считая нелепого фальшивого камина — в точности такого же, как в гостиной на первом этаже, — это была совершенно другая вселенная. Скажу иначе — кабинет больше всего походил на частный музей. Книги и альбомы, путеводители и буклеты, безделушки и гравюры на стенах — буквально все предметы, находившиеся здесь, были связаны с именем одного человека, средневекового живописца, о котором мне приходилось слышать только краем уха. Я говорю о Грюневальде, или, как его еще именуют, Матисе Нитхардте. На стеллажах толпились десятки альбомов с репродукциями его живописи, биографические исследования, издания, посвященные монастырю антонитов в Изенгейме, немецкому городку Кольмар и еще одному монастырю — уже доминиканскому, который ныне служил хранилищем дошедших до нас работ художника.

Окончательно добила меня роскошная коллекция католических четок со всех концов света. Развешенные вдоль стеллажей с книгами, они образовывали колышущуюся бахрому, которая переливалась всеми цветами радуги. У окна стоял простой письменный стол с мощным компьютером и широкоформатным монитором. Из вращающегося кожаного кресла у стола можно было видеть только три вещи: сад за стеклом, плоскость монитора и отличную репродукцию на стене.

Разумеется, и это изображение принадлежало Грюневальду. Мария только что искупала младенца Христа и теперь держала его, распеленутого, на руках — словно предъявляя небесам. У ее ног стояла простая деревянная лохань, накрытая холстинкой подобно тому, как католический священник накрывает чистым платом чашу на алтаре по завершении причастия. Лица обоих были умиротворенными, и только у женщины к сосредоточенному умиротворению примешивалось легкое удивление, потому что слева, в непонятно откуда взявшейся среди сельского ландшафта готической капелле толпилась группа ангелов и святых, возносивших обоим славу. И странное дело — среди этой группы непонятным образом тоже находилась Мария — но другая, совсем юная и коленопреклоненная, то есть действие развивалось параллельно, сразу в двух временах. Не так-то просто было ее там заметить, но я заметил.

Ни одна из двух Марий не походила на тех Богородиц, которых писали немецкие художники и до, и после Грюневальда, — бледных, самодовольных, бесстрастных, холодных и отрешенных. Этот тип женской красоты почему-то особенно ценился на юге Европы, но рождался только на Севере. Нет — и в рыжекудрой Марии в алых шелках справа, и в той, что скрывалась в полумраке капеллы, чувствовались тепло и таинственная нежная настороженность. Ангелы сопровождали свое хрустальное пение игрой на виуэлах и лютнях, в особенности усердствовал один — чернокожий полумальчик-полуюноша. Вся сцена тепло светилась, а в вышине тонко мерцал голубовато-зеленый образ небесной прародины той, что выносила Спасителя.

Я надолго зацепился взглядом за чернокожего вестника в толпе возносящих хвалу.

Что тут скажешь? Все это сильно походило на обычную манию, когда человек на долгие годы болезненно застревает на какой-то теме. Обычно такие люди — дилетанты, их немало среди всяческих краеведов и историков-любителей. Одного из них я знал — он свихнулся на кладбищах и в узком кругу носил кличку Гробокопатель. Могил он, понятно, не вскрывал, зато с большой точностью мог указать, где и когда погребен любой горожанин, внесенный в губернскую адресную книгу за 1913 год.

На всякий случай я запустил компьютер, а заодно обнаружил, что он не защищен даже элементарным паролем пользователя. При запуске автоматически включился компакт-диск, забытый в дисководе, и это оказалась — попробуйте догадаться — симфония Арнольда Шенберга «Художник Матис».

Я даже не удивился.

Просмотр каталогов на диске и почтового архива почти ничего не дал. Минимум личного. Справочные материалы, базы данных о местонахождении произведений десятков живописцев, чьи имена мне были вообще неизвестны, тексты трудов по технологии реставрации и прочее в том же духе. В почте — деловые контакты, проекты договоров, обсуждение с коллегами профессиональных вопросов, преимущественно на немецком и английском.

Оставив компьютер в покое, я стал тыкаться во все углы кабинета в надежде, что какая-нибудь случайная находка даст моим поискам новое направление. Как ни странно, здесь не было даже тех смутных следов постороннего присутствия, которые мы с Евой обнаружили в комнате Нины Дмитриевны. Единственное, что вызвало у меня сомнение, — ящик с картотекой на стеллаже рядом с системным блоком компьютера. Карточки содержали короткие заметки, рецептуры грунтов, красок и осветляющих составов, расшифровки рекомендаций старых мастеров, цитаты из писем знаменитых итальянцев времен Позднего Возрождения. Без всякой системы — то есть, может, она и существовала когда-то, но сейчас, чтобы найти что-то определенное, пришлось бы перетряхнуть весь ящик. Похоже на то, как если бы содержимое картотеки вывалили на стол, а затем второпях запихнули обратно. Такое могло случиться и во время уборки, но едва ли при жизни хозяина.

Я вытащил наугад несколько карточек, заполненных тем же почерком, что и листок из кухонного контейнера. В одной речь шла о методе атрибуции живописи, изобретенном итальянцем Джованни Меренги в 19 веке, который считал, что как бы ни был небрежен и тороплив художник, все характерные особенности его таланта проявляются в письме кистей рук и завитков ушной раковины. Ухо и рука — вот краеугольный камень в определении подлинности произведения, а все остальное, в том числе и документы, не значит ничего — или очень мало.

Вторая содержала средневековое описание алхимического способа получения синих пигментов, способных заменить привозимый из южной Индии драгоценный по тем временам индиго.

С третьей по пятую текст шел на латыни, а шестая и седьмая были посвящены каминам замка Шамбор, возведенного в долине Луары еще во времена Франциска I. Из нее я узнал, что в одном из каминов, а именно в спальне венценосца, было скрыто несколько контейнеров для хранения драгоценностей и секретных бумаг, к устройству которых приложил руку вездесущий Леонардо. Судя по крохотному, но четкому эскизу с проставленными размерами на обороте карточки, в этом камине можно было разместить не только королевский сейф, но и взвод конной гвардии с полной амуницией.

Я подумал о том, что Ева уже давно не подает признаков жизни, и только потом — о странном пристрастии покойного художника к фальшивым каминам. С этой мыслью я спустился по лестнице и в тесной кладовой на первом этаже отыскал ящик с инструментами. Мне требовалась всего лишь пара отверток — простая и с крестовым лезвием, и они там были.

В гостиной я встал на четвереньки и с головой погрузился в камин — только для того, чтобы спустя десять минут убедиться, что штучками Леонардо тут и не пахнет. Камин был как камин: спираль исправно грелась, лампочки подсветки работали, вентилятор бесшумно гонял теплый воздух.

Я перебрался наверх, в кабинет Кокорина, — и здесь то же самое. Я уже готов был признать, что снова оказался в тупике, и отступить, когда заметил в мраморной плитке под каминной доской аккуратное отверстие, просверленное алмазным сверлом. Просто так, без всякой надобности. Заметить это отверстие из комнаты было практически невозможно, если, конечно, не знать о его существовании.

Плитка оказалась слишком толстой. Я осторожно постучал по ней, но это ничего не дало. Скорее всего, она была такой же частью монолита, как и все остальные. На всякий случай я подул в отверстие, а затем попробовал, не войдет ли туда отвертка, но она оказалась заметно шире. Озираясь в поисках подходящего инструмента, я сунул руку в карман, и мои пальцы нащупали ключ — тот самый, из сахарницы.

Я вытащил его и осмотрел так, будто вижу впервые. Никакой надежды — форма отверстия не соответствовала профилю ключа, плоскому, с двумя продольными бороздками, однако ничего другого у меня под рукой не было. Я вставил его в отверстие, пошевелил туда-сюда — и вдруг он с легким щелчком вошел в скрытый под плиткой паз. Я замер, а затем слегка нажал и повернул головку ключа против часовой стрелки. Зеленоватая, с розовыми и коричневыми прожилками плитка бесшумно отвалилась, и я едва успел подхватить ее на лету.

За плиткой открылась небольшая полость, и один за другим я извлек оттуда несколько предметов: скрученную трубкой и перетянутую резинкой пачку пятидесятидолларовых купюр, простенький «крестильный» крестик из почерневшего серебра на засаленном шнурке и толстую, так называемую «общую» тетрадь в коричневом коленкоровом переплете. Все страницы тетради были пронумерованы и заполнены записями, и, хотя их вели разными чернилами, почерк повсюду был один и тот же — рука Матвея Кокорина. Денег оказалось пять тысяч пятьсот долларов.

Почти такая же сумма, как я знал, лежала в ящике стола Нины Дмитриевны, когда Павел и Анна приехали сюда, чтобы навести порядок после похорон и поминок, и обнаружили исчезновение «Мельниц» из мастерской отца. Те деньги остались в неприкосновенности — и это вдвойне странно, так как грабитель проник в дом через комнату покойной и первым делом обыскал стол-бюро и книжные полки.

Немного успокоившись, я открыл тетрадь. Первая страница осталась совершенно чистой. Я перевернул ее — на обороте было всего несколько строк, написанных зелеными чернилами. Привожу их дословно: «Начать эти записи меня побудила неожиданная находка. Пятого сентября 1976 года я по чистой случайности наткнулся на дневник Нины, о существовании которого никогда не подозревал. Не знаю, хорошо это или плохо, но я прочел его от первой до последней строчки, хотя записи не были предназначены ни для меня, ни для кого-либо другого. Это ее скрытая жизнь, в которой многое показалось мне странным и непривычным, в особенности я сам. Ну что ж — таким меня увидели и запомнили ее душа и сердце в разное время и при самых различных обстоятельствах. С этим уже ничего не поделаешь, нравится мне это или нет. Единственное, что можно сделать, — попытаться представить и другую точку зрения». И далее подпись, две переплетенные инициальные буквы «М» и «К».

— Ева! — позвал я, но она не откликнулась.

Я сунул тетрадь под мышку, вернул плитку, закрывавшую тайник, на место, положил ключ на каминную доску и направился в комнату Нины Дмитриевны. Однако на пороге остановился — Евы там не было. Окно так и оставалось открытым, шторы шевелились на сквозняке, словно за ними кто-то прятался. На подоконнике виднелся уголок переплета лейпцигской Библии.

Я вернулся в холл и толкнул дверь в мастерскую, полагая, что Ева уже там, но сработавшая сигнализация подтвердила, что до меня сюда никто не входил. Пришлось включить свет и наклониться, чтобы отыскать кнопку блокировки, спрятанную за штабелем добротных, выкрашенных в серое ящиков — в таких обычно перевозят музейные коллекции. Если тот, кто рылся в комнате Нины Дмитриевны, побывал и здесь, он наверняка знал, где находится кнопка.

Мастерская показалась мне огромной. Вдоль глухой стены до самого потолка громоздились стеллажи, забитые до отказа подрамниками, рулонами холста различных марок и старыми досками со смытой живописью. Дальний угол напоминал келью алхимика — два старых шкафа были заполнены реактивами и пигментами в коричневых стеклянных банках, лабораторной посудой, рядом стоял вполне современный бинокуляр. Вдоль сплошного окна — от стены до стены — тянулся широкий дощатый стол. Поверхность его хранила следы всевозможных красок, но сейчас он был пуст, если не считать мощной ультрафиолетовой лампы на подвижной консоли. Оба мольберта — большой и легкий переносной — тоже пустовали; здесь вообще не было видно никакой живописи, за исключением рисунка свинцовым карандашом, приколотого к стене обычными канцелярскими кнопками. На рисунке была изображена совсем юная девушка с обнаженными плечами. Были здесь также большая настольная лупа с десятикратным увеличением, разномастные сосуды с отмытыми кистями и открытый этюдник, набитый странными инструментами, смахивающими на хирургические. Кроме этих, имелись и другие — столярные, но намного меньше обычных, как раз по руке мальчику лет восьми. Крохотные рубаночки, шерхебели, ножовки всех мастей, рейсмусы и наугольники в строгом порядке висели на крючьях позади стеллажей.

Взглянув в окно, я убедился, что оно, так же как и комната Нины Дмитриевны, выходит на верхнюю террасу. И первое, что я обнаружил за стеклом, была Ева — она сидела на террасе в шатком плетеном кресле, скрестив ноги и полностью погрузившись в изучение семейного альбома Кокориных. Когда солнце неожиданно пробивалось сквозь рваные облака, Ева смешно морщила нос и прикрывала глаза ладошкой. Терраса была выложена желтыми плитками, еще там стоял небольшой столик, а ближе к стене громоздились какие-то обрезки досок, планшеты, картонные коробки и пустые пластиковые бутылки из-под растворителей. Всю эту пирамиду венчала старая птичья клетка.

Когда я неожиданно появился в дверях, ведущих из мастерской на террасу, Ева вздрогнула.

— Как ты здесь оказалась? — первым делом спросил я.

— Как все, — виновато ответила она. — То есть через окно. Ничего, что я взяла это с собой? — Она положила ладонь на плотную крышку альбома и добавила: — Безумно интересно! Словно я с ними прожила целую жизнь.

— Ты лучше сюда посмотри, — сказал я, протягивая свою находку и раздуваясь от собственной значительности. — Я нашел это в тайнике в кабинете хозяина дома. Вместе с деньгами — довольно крупной суммой, и нательным крестом.

Ева отложила альбом, взяла коленкоровую тетрадь и начала читать с первой попавшейся страницы. Но по мере того как она глотала абзац за абзацем ясного и твердого почерка художника, брови ее поднимались все выше и выше.

Наконец она недоуменно спросила:

— Сам-то ты понимаешь, что это такое?

— Н-ну, знаешь ли… — я замялся. — Дело в том, детка, что еще полвека назад способность выражать чувства и размышлять о вещах, прямо не связанных с физиологией человека, была для наших соотечественников обычным делом. Многие тогда носились со своими социальными или, допустим, религиозными убеждениями и даже были готовы коечем пожертвовать ради них. Прямо какая-то эпидемия — вирус идеализма. Вот и Матвей Ильич…

Ева кивнула. Я перевел взгляд на косоногий столик, где лежал раскрытый альбом, и вдруг запнулся. И было отчего прикусить язык.

На альбомном листе располагалась черно-белая фотография. Матвею Кокорину на ней было далеко за шестьдесят. Он был снят у себя в кабинете дешевой любительской камерой, без вспышки, поэтому и вышел слегка размытым. Глядя прямо в объектив, Матвей Ильич локтем опирался на каминную доску — ту самую, которую я распотрошил четверть часа назад. Даже сквозь муть скверной эмульсии можно было разглядеть, что выражение у него насмешливое и в то же время слегка смущенное.

Я потянулся и перевернул страницу. Неразборчивый групповой снимок, за ним — Павел Кокорин в возрасте лет двенадцати с сестрой. Дальше, отдельно, — Нина Дмитриевна. Снимок был давний, поэтому и выглядела она гораздо моложе супруга. Подтянутая, стройная, с еще упругой кожей и слегка подкрашенными губами, женщина сидела в кресле у знакомого стола-бюро в собственной комнате. На плече у нее копошился волнистый попугайчик, кося глазом на родинку на шее хозяйки, которую очень хотелось клюнуть, но Нина Дмитриевна не обращала на него ни малейшего внимания. Глаза ее были прикованы к открытой птичьей клетке, висевшей у окна. Это был очень странный взгляд — отсутствующий.

То, что произошло в эту минуту со мной, специалисты называют словечком «инсайт». Правда, звучит оно слишком похоже на «инсульт», поэтому я предпочитаю другой термин, какой именно — сейчас неважно.

Двигаясь как сомнамбула, я обогнул столик и направился к куче хлама у стены в дальнем углу террасы. Ева что-то проговорила мне вслед, но я не расслышал, потому что в эту минуту видел только одну вещь — ту самую птичью клетку с фотографии. Еще издали я понял, что находится она тут совсем недавно. Возможно, ее просто вынесли из комнаты за ненадобностью после смерти хозяев.

В этом хрупком проволочном сооружении со следами засохшего помета на поддоне не было ничего необычного. И все-таки я наклонился, приподнял клетку, освобождая ее от мусора, а затем потянул к себе поддон. Покоробившаяся фанера поддалась не без труда, а в углублении под ней показался сверток в полиэтиленовой пленке в несколько слоев. Я ощупал его — то, что находилось под пленкой, больше всего напоминало толстый блокнот большого формата вроде тех, что в середине прошлого века выдавали участникам партконференций.

Со свертком в руках я вернулся к Еве.

— Ты сейчас похож на фокусника, который вынул из шляпы белого кролика, — сказала она.

Я глупо ухмыльнулся, оторвал полоску скотча и начал разворачивать свою находку.

Там действительно оказался блокнот.

И на первой же странице было размашисто написано: «Vermächtnis». Что по-немецки означает «Последняя воля». Или, если угодно, «Завещание».

ЧАСТЬ II

Немецкая Слобода

[illegible]

— оставленных [illegible] моим отцом [illegible] сое-
[illegible]) рублей (в верхнем [illegible]
[illegible]

[illegible]

1

«Я, Нина Дмитриевна Кокорина (в девичестве Везель), 1933 года рождения, завещаю моему мужу Матвею Ильичу Кокорину:

— квартиру номер десять в жилтовариществе по адресу: улица Коммунаров, дом 25, в которой в настоящее время мы совместно проживаем;

— оставленные мне моим отцом Дитмаром Везелем сбережения в сумме 2980 рублей (в верхнем ящике письменного стола);

— все движимое имущество, находящееся в нашей квартире.

Настоятельно прошу моего мужа Матвея уничтожить (сжечь!) принадлежащие мне личные бумаги (секретер в нашей комнате), семейную Библию (кабинет отца), а также все записи Дитмара Везеля (три блокнота в нижнем правом ящике письменного стола) и находящуюся там же его переписку с различными адресатами.

Книги (на русском, немецком, английском и французском языках), картины, гравюры и фотографии (по его усмотрению) завещаю близкому другу нашей семьи Константину Романовичу Галчинскому, кандидату философских наук, преподавателю Воскресенского педагогического института, проживающему по проспекту Фрунзе, дом 3.

Остальным после моей смерти пусть распорядится Матвей Кокорин.

Завещаю похоронить меня на лютеранском кладбище рядом с могилами моей матери Анны Везель, умершей в 1943 году, и отца Дитмара Везеля, умершего 17 ноября 1957 года. Поминок не устраивать. Не горевать и жить дальше.

Воскресенск. 20 ноября 1957 года. 1 час 35 минут.

Нина Кокорина-Везель».

Внизу страницы, у самого корешка, имелся надрез, сделанный ножницами, но пожелтевший лист остался невырванным.

Дочитав, я сказал Еве:

— Собирайся, детка. Мы уходим. На сегодня — все.

Она взглянула на меня с удивлением — должно быть, на моей физиономии отразилось разочарование.

Я и не пытался его скрыть. Я ожидал чего угодно, только не беспомощно составленного и не имеющего никакой юридической силы завещательного распоряжения, сделанного почти полвека назад. Едва ли оно могло иметь хоть какое-нибудь отношение к тому, что случилось здесь, в этом доме, шестнадцатого июля сего года.

Текст был написан твердой рукой, без помарок и грамматических ошибок, и лишь кое-где можно было заметить некоторые следы нервозности. Кокетством здесь и не пахло. Больше всего этот документ походил на черновик, который Нина Кокорина, возможно, намеревалась согласовать с нотариусом или своим адвокатом, если в те времена адвокаты занимались такими вещами. Не исключено, что у нее были на этот счет и другие планы — откуда нам знать, что заставило совсем молодую женщину срочно позаботиться о наследстве.

— Ты не будешь читать дальше? — спросила Ева.

— Нет, — твердо сказал я и захлопнул блокнот, даже не перевернув страницу. — Во всяком случае, не сейчас. Мы возвращаемся домой.

— А ключи?

— Успеется. — Я не собирался заезжать в офис Кокорина-младшего. — Позвоню Павлу Матвеевичу и скажу, что мы еще не закончили. Нам нужно время, хотя бы день-два, чтобы во всем этом разобраться.

Прихватив альбом, коленкоровую тетрадь и блокнот, я перелез через подоконник в комнату Нины Дмитриевны и плотно закрыл за собой окно. Альбом занял свое место в ящике стола-бюро. На то, чтобы соединить перерезанный проводок датчика на стекле, ушло не больше минуты, после чего я перебрался в мастерскую и включил там сигнализацию.

Ева поджидала меня у лестницы. Мы спустились вместе, миновали гостиную и прихожую. Краем глаза я отметил, что на внутренней стороне входной двери сохранились следы собачьих когтей, — и от Евы это тоже не ускользнуло.

Я запирал дверь, когда она произнесла вполголоса:

— Жалко Брюса. Они его любили.

С ветки, совсем рядом с террасой, сорвалось яблоко и глухо шлепнулось на взлохмаченный газон. Ева вздрогнула и оглянулась.

Уже за калиткой я вспомнил, что так и не убрал с подоконника Библию. Ту самую, которую, согласно завещанию, надлежало сжечь. Но в пятьдесят седьмом это не было сделано — значит, обстоятельства изменились.

Только поздним вечером я снова вернулся к записям Нины Дмитриевны, которые ее муж почему-то назвал дневником. Хотя почти сразу стало ясно, что никакой это не дневник. Дневники пишутся с расчетом, с невольной оглядкой на того, кто рано или поздно их прочтет, а здесь этого не было вовсе. Отрывочные записи с редкими датами, разбросанными во времени на несколько десятилетий.

«…Мне страшно, — так начиналась страница, следовавшая за волеизъявлением покойной, — я все время ожидаю, что кто-то постучит в дверь. В доме пусто, муж и Галчинский сегодня вечером уехали в Москву за телом отца. Впервые за полтора года я осталась одна в квартире…

В воскресенье в полдень папе позвонили оттуда и попросили срочно приехать. Сперва отец как будто обрадовался, но когда он позже позвал меня к себе, вид у него был озабоченный. Возможно, он решил, что в Москве сможет ускорить решение вопроса о реабилитации, которая по неизвестным причинам все время откладывалась. Дитмар Везель всегда был скрытным человеком.

В Москве, в Лефортово, жили дети и внуки друзей моего покойного деда Пауля Везеля. Они поддерживали нашу семью после ареста отца в тридцать восьмом. Я проговорила: «Ты остановишься у Шпенеров, папа?» Он ответил — нет. Тогда я спросила, откуда звонили. Он сказал: «Не важно, все выяснится по приезде». Ему, конечно, хотелось бы навестить Шпенеров и других бывших прихожан, взглянуть на свой старый дом, встретиться с друзьями деда, но едва ли выйдет… Тут он окончательно стал мрачен.

Мы созвонились с Володей Коштенко в Москве и договорились, что папа остановится у него. Записали новый адрес — теперь Владимир жил у метро «Новослободская», заканчивал Строгановку. Он был женат на москвичке, тоже художнице, детей у них не было, и в данный момент эта пара пребывала во временном разводе по идеологическим соображениям. Вера, Володина жена, убыла в неизвестном направлении, и он долго толковал по телефону о корнях их семейных разногласий. Однако слушала я вполуха — перед моими глазами все время двигалась и вздрагивала напряженная спина отца. Он расхаживал из угла в угол кабинета и вполголоса молился по-немецки. Наконец Коштенко спросил: «Да, а как там Матвей?» Я ответила: «Все нормально.

В данный момент отсутствует — подвернулась халтура». Володя прокричал в трубку — слышимость была плохая: «Отлично! Целую тебя, Нина».

Я дала отбой и молча взглянула на отца. Дитмар Везель наконец-то остановился и произнес: «Нина, мне нужно серьезно поговорить с тобой...»

Было около полуночи, когда я отложил блокнот — без кофе не обойтись, несмотря на поздний час.

Ева, забравшись в кресло с ногами и укрывшись пледом, с горящими глазами страницу за страницей глотала записи Матвея Кокорина. Она теребила крестик на груди — верный признак волнения. Я спросил, не хочет ли и она кофе, но Ева отмахнулась от меня, как от мухи, и я отправился в кухню, размышляя о том, что же все-таки могло заставить молодую и здоровую женщину, прожившую после того долгую жизнь, составить завещание.

Содержание разговора Дитмара Везеля с дочерью так и осталось для меня тайной, потому что, перевернув страницу, я прочел следующее:

«...Перед отъездом отец сказал: «Реальный человек испытывает мучительную невозможность самозавершения... Так написал один великий иезуит. Что бы со мной ни случилось, ты, Нина, должна сделать то, что я велел, если не хочешь, чтобы твоя жизнь оборвалась в двадцать четыре года...»

Нет мужества о нем говорить. Больно...

Я неожиданно тяжело пережила смерть матери, хотя мне было всего десять лет и я была больше привязана к отцу. Ее болезнь, ее стремительное таяние, мучительные обстоятельства ссылки, когда ничего, буквально ничего невозможно сделать, — все это происходило на моих глазах.

Стоял декабрь сорок третьего, мы втроем занимали две насквозь продуваемые комнатушки с обледеневшими углами в хозяйском доме. За ширмой лежала исхудавшая до полной невесомости фарфоровая Анна Везель — а ведь она и всегда была маленькой и хрупкой. В тот год ей исполнилось тридцать.

Она молча умирала, а отец ничего не мог, только время от времени пытался влить в ее сухой потрескавшийся рот каплю молока, которое тайком совала нам хозяйка, чтобы мама хоть как-то проглотила таблетку, которую принес доктор-поляк. Анна отворачивала лицо, отец плакал, умолял ее принять лекарство, а она шептала: «Не могу, не хочу» и целовала его руку. Я смотрела на это, затаившись в своем закутке.

За день до смерти Анны — я очень хорошо помню этот вечер, потому что отец усадил меня рядом с нею, а сам в соседней комнатушке что-то лихорадочно писал при коптилке, — мама вдруг широко открыла глаза и внятно произнесла: «Нина, пойди позови Дитмара Везеля». Именно так, а не «позови папу».

Я бросилась к отцу, а затем осталась в комнате, но спряталась, чтобы меня не было видно.

Мама сказала: «Ты ведь не примешь мою исповедь, верно? Я хочу перед смертью исповедоваться и причаститься...» Отец дернулся. «Когда-то ты уговорил меня не венчаться в костеле, и я, Дитмар, покорилась... — Она закашлялась. — Дорогой мой, дай попить, пожалуйста...» Отец бросился за молоком. «Простой воды...» — Он трясущейся рукой налил в чашку мутноватой жидкости из остывшего чайника и поднес к ее губам.

«Я хочу исповедоваться», — сделав пару глотков, упрямо повторила мать. «Аня, ты же знаешь, здесь нет католического священника», — пробормотал отец. «Приведи отца Василия, он греко-католик...» «Василий Андреевич... он умер. Я еще в конце сентября тебе говорил... Простудился и в три дня сгорел — двустороннее воспаление легких...»

Мама долго молчала. Потом она проговорила: «Дитмар, я тебя любила всегда. Сделай это для меня, прошу тебя. Ты ведь был пастором. Нас здесь только двое...» «Хорошо, Анна, — отец оглянулся и увидел мое испуганное лицо. — Завтра. Давай завтра, а теперь ты поспи немного, а я покормлю Нину».

Она умерла на следующий день, ближе к ночи, но это произошло уже без меня, потому что отец после раннего завтрака — холодных комьев синей «шрапнели» без капли масла — сразу увел меня к Моргулисам. Мама со мной даже не попрощалась — она дремала. Дыхание ее было тяжелым, изъеденные болезнью бронхи свистели...

Мой дед по отцу, Пауль Везель, был лютеранским священником из семьи, давшей восемь поколений пасторов. С женой и сыном Дитмаром, родившимся в 1900 году в Москве, он жил на Большой Немецкой, позже переименованной в Первую Бауманскую, в полном достатке и пользовался уважением прихожан. По рассказам отца, даже в то время Немецкая Слобода оставалась довольно замкнутым мирком, населенным потомками иноземцев, прибывших еще в шестнадцатом столетии и так до конца не обрусевших. Мой отец не любил, когда это место называли «Лефортово» или «Басманка», он всегда торжественно произносил: «Немецкая Слобода», а парк Дома офицеров на другом берегу Яузы именовал не иначе как Анненгофский.

Пауль Везель погиб на втором году Гражданской войны, отправившись в Самару по неотложным миссионерским делам. Он взял с собой бабушку Марту, а вместо себя в кирхе оставил Дитмара. Деда и бабушку убили, и что там в Поволжье произошло, покрыто мраком времени.

Я не знаю, имел ли мой отец призвание к служению, но старший Везель строго воспитывал сына в протестантской вере. По словам Лютера, «уже крещением мы посвящаемся в священство», и дед Пауль завещал сыну Дитмару все, включая и обязанности пастора; неистовый лютеранин, чей род происходил из немецкого Айслебена, не пожелал оставить единственному сыну свободу выбора, так как и сам не признавал ничего, кроме того, чему отдал жизнь.

Кирха на Вознесенской была разрушена в двадцать пятом, но до двадцать восьмого года церковные службы не были под полным запретом даже в лагерях. Однако мой отец после известия о гибели родителей неожиданно отказался от исполнения пасторских обязанностей и стал обычным прихожанином, чем и вызвал возмущение друзей деда. Он был блестящим проповедником, к тому же говорил на настоящем хох-дойч, и когда, уже много позднее, отец приходил на тайные молитвенные собрания в чей-то дом в Немецкой Слободе, старики горько упрекали его за то, что он предал «слышимое таинство»...

В двадцать два года Дитмар Везель поступил в Московский университет на математический факультет.

С моей матерью Анной Гречаниновой он познакомился при совершенно особых обстоятельствах. Отец был старше ее ровно на двенадцать лет...»

Я снова отложил блокнот.

Из комнаты не доносилось ни звука, и я поднялся, чтобы взглянуть, как там Ева. Она спала, настольная лампа оставалась включенной, свет падал прямо на ее лицо. Оно и во сне оставалось сосредоточенным.

Смутное у меня было состояние. Передо мной разворачивалась чужая судьба, а какая-то часть моих вывихнутых мозгов была занята только одним — поиском крючков и зацепок, которые могли бы связать события пятьдесят седьмого года с сегодняшним днем. Чтобы далеко не ходить — что, например, могла означать загадочная фраза Дитмара Везеля насчет мучительной невозможности самозавершения? Уже ясно, что его поездка в Москву закончилась трагически, но при чем тут Нина? Что ей могло грозить? И еще я ждал, когда же наконец появится Галчинский. Судя по тому, что он был упомянут в завещании, в жизни Матвея и Нины Кокориных этот человек сыграл не последнюю роль.

Я коснулся щеки Евы, погасил настольную лампу и вернулся в кухню. За окном была глухая ночь. Я взял из полупустой пачки сигарету — но прежде чем снова приняться за чтение, занес в блокнот несколько слов: «Первое лютеранское кладбище», «Немецкая Слобода», «Мартин Лютер», «Шпенер», «Художник Коштенко, Москва» и, наконец, — «Дитмар Везель».

«...Отец уже работал в Управлении Московской железной дороги, в отделе статистики. В тот день он задержался на службе и был в помещении один, когда распахнулась дверь, вбежала тоненькая барышня лет восемнадцати и бросилась к нему — вся в слезах. Папа ее едва успокоил, а из бессвязных речей девушки выяснилось, что у нее срезали в трамвае сумку, где находился какой-то важный отчет на сорока страницах, который она брала домой на перепечатку. Сегодня вечером она должна была привезти отчет и три машинописные копии в Управление и оставить у дежурного на проходной. Именно таким образом она зарабатывала на жизнь.

Дело было не в деньгах.

Анна, моя будущая мать, рано потеряла родителей, ее воспитала тетка, Софья Францевна Полесаевская. Обе проживали в Староконюшенном переулке, во флигеле большого особняка, в прошлом принадлежавшего графу Андрею Полесаевскому, прадеду Анны. «И вот теперь, когда «бывших» чуть не поголовно высылают из Москвы, — доверчиво воскликнула барышня, ни на секунду не задумываясь о том, что за человек стоит перед ней, — моя тетушка в ужасной опасности. И все из-за этого отчета. Мне безразлично, что сделают со мной, однако погубить близкого человека по глупой рассеянности — просто катастрофа. Я этого не переживу».

Отец мгновенно принял решение. Неизвестно, каким образом, но в его распоряжении до следующего утра оказались материалы, по которым был составлен злополучный отчет. То ли он их позаимствовал, то ли просто выкрал. Однако уже через час Дитмар Везель входил в комнату мамы, зажав под мышкой потертый портфель. Пока Анна стрекотала на допотопном «Ремингтоне», тетушка поила отца настоящим английским чаем с настоящими бисквитами. Какими путями в то время все это попадало в Москву, семейное предание умалчивает.

Моя бабушка со стороны матери, Елена, умерла весной 1914 года, когда ее дочь только-только заговорила. Дед, полковник царской армии Иван Гречанинов, привез ребенка из Луцка в Москву и оставил на попечении незамужней Софьи Францевны. Кроме того, тетушке был передан на хранение кожаный саквояж с приданым покойной жены Ивана Алексеевича — фамильными драгоценностями Полесаевских. Дед был обеспеченным человеком и предложил тете Соне сверх того крупную сумму на содержание ребенка. Она отказалась, но попросила о единственном: позволить ей по воскресеньям брать Аннушку с собой в храм. Полесаевские были католиками.

Дед разрешил. Убили его полтора года спустя под Перемышлем...

Итак, пока мама печатала отчет, папа беседовал с Софьей Францевной — и не о чем-нибудь, а о Мартине Лютере. Реформатор не вызывал ни малейших симпатий у тетушки. Она дважды назвала его авантюристом и неоднократно — лжецом. При этом она то и дело горько восклицала: «Я поражаюсь слепоте людей! Вся история — сплошные заблуждения!», после чего нервно затягивалась папиросой.

Отец помалкивал и лишь раз заметил со сдержанной улыбкой: «Я ничего не выбирал, но если бы мне и пришлось делать выбор... Так вышло, что Господь определил мне стать сыном моих родителей... Не берусь судить образ жизни основателя нашей церкви, но его формула «Во что веришь, то имеешь» — безупречна...»

Софья Францевна надменно вскинула острый подбородок и прекратила теологическую дискуссию, заметив: «Хорошо еще, Дитмар, что вы не какой-нибудь там пастор, а самый обычный человек. Как и мы, грешные».

Тетушка так и не узнала, насколько мой отец был последователен в своих убеждениях и упрям. Она даже не успела огорчиться тому, что ее обожаемую Аннушку будет венчать протестант. За неделю до свадьбы племянницы Софью Францевну все-таки выслали из столицы, и следы ее вскоре затерялись. Саквояж с изумрудами Полесаевских уцелел и переселился в Немецкую Слободу...

Отец покинул обеих женщин на рассвете. Провожала его Софья Францевна, потому что обессилевшая Анна уже спала. Дверь в спальню была приоткрыта, и, проходя мимо, Дитмар Везель споткнулся взглядом о худенькое голое плечо девушки. Анна лежала, уткнувшись в подушку, одеяло сползло на пол. Черная бретелька шелковой ночной сорочки почему-то запомнилась ему на всю жизнь. Перехватив этот взгляд, тетушка сердито захлопнула дверь, пресекая бестактное любопытство, и заторопилась с прощанием. Отец поцеловал ее полноватые смуглые пальцы, пахнущие дешевым табаком, и поспешил в Управление, чтобы вернуть на место бумаги.

Брачную церемонию совершил пастор Николай Филиппович Шпенер, друг отца. Я не знаю, что чувствовала при этом моя мать, — сама я наотрез отказалась венчаться с Матвеем. И даже не потому, что его родители были закоренелыми атеистами, а он, уже юношей, тайком от них крестился в православии; причина в том, что я так и не смогла решить — верю я в Бога или нет...»

Стоп, — сказал я себе, потягиваясь и хрустя онемевшими суставами. Воскресенье давным-давно наступило, Ева спит, и спешить особенно некуда. Да и сама Нина Дмитриевна не то чтобы торопится выложить сведения о последних днях своей жизни. Ну вот, — Дитмар Везель скоропалительно женился на молоденькой Анне, получив в приданое эти самые изумруды, от которых в тридцатом году толку было немного. Поселились они в большом доме на Первой Бауманской… Тридцатый год — смутное затишье, все неопределенно. Нэп кончился, страна мало-помалу сползает к террору… Коллективизация-индустриализация — что там еще-то?.. Похоже, без нашей приятельницы Сабины Новак тут не обойтись…

А что, если весь сыр-бор — из-за чудом уцелевших фамильных камушков? И не за такое отправляли на тот свет пачками — что полвека назад, что сейчас.

Некоторое время я прикидывал, насколько велика вероятность того, что отец Нины сумел сохранить драгоценности. Но тут мне бросилась в глаза странная фраза на следующей странице, немного ниже мелькнула фамилия «Галчинский», и я снова уткнулся в блокнот.

«…Мама никогда не вспоминала эту брачную церемонию. Зато я точно знаю, что с согласия отца она посещала костел, уходя из дому одна по воскресеньям.

До катастрофы тридцать восьмого, когда папу арестовали и он, как и многие сотрудники Управления железной дороги, пошел по «делу вредителей», мои родители жили душа в душу. Я в этом совершенно уверена, несмотря на то что мне тогда едва исполнилось пять и подробности их жизни мне не запомнились. Я уже сносно лопотала на языке отца и деда, а мама начала понемногу заниматься со мной английским.

В спальне родителей на ночном столике всегда лежала семейная Библия; мне разрешалось ее трогать, и я кое-как разбирала отдельные слова, оттиснутые угловатыми готическими литерами… Уезжая в Москву, отец сказал: «Если я не вернусь, все мои бумаги, переписку и Библию — уничтожить!» Его воля для меня непререкаема, однако сама я почему-то не в состоянии это сделать…

Я уже почти спокойна. Сейчас три часа пополуночи, бессонница…

Старую Библию Пауля Везеля я помню столько же, сколько себя. Но одного не могу понять: почему дед, уезжая в Самару, оставил сыну книгу, с которой не расставался нигде и никогда. В доме было несколько более новых изданий — на польском и немецком, но мама, собираясь в Казахстан к отцу, который в сороковом вышел из лагеря на поселение, не отдала ее на хранение друзьям из Немецкой Слободы и даже не взяла с собой ту, на польском, которой пользовалась сама. Библию Везелей упаковали в баул с моими вещами, а свой молитвенник и четки мать сунула в узелок с едой.

Должно быть, она не теряла надежды, что все мы скоро вернемся в Москву, в светлый и просторный пасторский дом, где, по словам отца, была огромная библиотека, великолепные копии Дюрера и Кранаха, а в бывшем кабинете деда висела подлинная гравюра Мартина Шонгауэра — та самая, что исчезла в ночь его ареста…

Впрочем, кое-что, большей частью книги, отцу начали постепенно возвращать Шпенеры. В начале пятидесятых мы уже жили в Воскресенске. Дорога в обе столицы и еще в десяток областных городов Дитмару Везелю была заказана, и только благодаря любезному приглашению Константина Романовича Галчинского мы с папой смогли найти пристанище.

Галчинский стал для нас единственной опорой. Тогда, в пятьдесят четвертом, он поселил нас в своей большой квартире, помог мне поступить в пединститут на факультет иностранных языков, а когда я вышла замуж за Матвея, уговорил нас остаться у него до тех пор, пока папа не получит собственное жилье. Мы съехали от него только через два года.

С Константином Романовичем отец познакомился в сорок девятом. Мне было шестнадцать, и жизнь на поселении не способствовала расцвету моего девичества. Я пошла в отца — и ростом, и сухостью кожи, и продолговатым лицом с острыми чертами; в наследство от матери мне достались глаза редкого фиалкового цвета, пышные темно-русые волосы и легкая, как говорится, «птичья» кость. От вечного недоедания я казалась слишком рослой для своих лет и худой — в общем, далеко не красавица. Однако от Везелей я унаследовала еще и крепкое здоровье, вот разве только с месячными происходили частые сбои — сплошное мучение.

То ли от этого, то ли от пресловутого бюргерского характера, которому требуется привычная размеренность, а не зыбкая почва, — собственная раздражительность стала для меня главным источником переживаний. Чтобы справиться с хаосом в себе, я просто-напросто затаилась, как дикий зверек. И Галчинский — совсем молодой человек, в ту пору ему было чуть больше двадцати, — превратился в объект моей подозрительности и осуждения.

Он вывел меня из равновесия сразу, с первой же минуты.

Своей отглаженной трофейной сорочкой с носовым платком в нагрудном кармашке. Запонками из дутого золота. Длинными легкими волосами. Четким профилем. Очками. Аристократической худобой и маленькими руками с гладким кольцом на мизинце левой. Но в особенности — академическим выговором и любовью к бесконечно длинным фразам, приводившим меня в тихое бешенство. «Дорогой мой Дмитрий Павлович, в соответствии с законом сохранения энергии, ваш жизненный потенциал, — независимо от того, что история России забуксовала, — никуда не девается; так вот, само наличие у вас огромного, но невостребованного жизненного потенциала дает мне основание утверждать, что в нужную минуту вы...»

У Галчинского был поврежден нерв в руке — это спасло его от военной мясорубки. Он казался добрым человеком и, очевидно, таким и был. Его родителям — оба принадлежали к местной партийной элите — перед приходом немцев пришлось эвакуироваться из города вместе с сыном, однако литерный поезд с семьями партработников попал под бомбежку. Отец и мать Галчинского погибли на месте, а сам Костя уцелел, хоть и получил осколочное ранение в левое плечо. Возможно, именно это обстоятельство — внезапная потеря обоих родителей — и сблизила с ним отца. В остальном же, с какой стороны ни посмотри, невозможно понять, что именно могло привлекать Дитмара Везеля в этом молодом человеке. Мне Галчинский представлялся первостатейным демагогом и поверхностным краснобаем.

Хорошо помню его первое появление на нашей пропахшей сыростью половине дома. Мы с отцом читали. Папа — за столом при свете керосиновой лампы, я — лежа в кровати и укрывшись тяжелым стеганым одеялом. На стене у изголовья мигала пятнадцатисвечовая лампочка, ее специально для меня повесил наш приятель Моргулис. Чтобы погасить это чудо техники, нужно было взять полотенце и выкрутить лампочку из патрона.

В дверь постучали; затем еще раз — негромко, но требовательно. Отец снял очки, развернулся всем корпусом и прищурился на стук. Я тут же, обжигаясь, голыми руками вывинтила лампочку. Мои щеки и виски были покрыты жирными мазками вонючей ихтиоловой мази — то ли от сырости, то ли по иной неизвестной причине меня одолевали мелкие нарывы.

«Войдите! Открыто!» — спокойно отозвался отец, а я попыталась спрятаться за подушкой. Война давно закончилась, но в любую минуту могло произойти все что угодно.

Едва переступив порог, незнакомец вполголоса сказал по-немецки: «Герр Везель, нельзя ли у вас разжиться солью?» Громко говорить на языке врага было все еще опасно — соседи или хозяева могли донести; но даже если бы он вопил во весь голос, его чудовищный немецкий от этого не стал бы лучше. Не дожидаясь ответа или приглашения, Галчинский прошел к столу, придвинул стул и уселся напротив отца. Правда, сначала он снял шляпу и расстегнул долгополое пальто из шинельного сукна. «Меня зовут Константин Галчинский, я живу на этой же улице — через два дома от вас. Выслан за участие в движении за очищение коммунизма и восстановление ленинских норм. Срок не определен».

Не удержавшись, я хихикнула. Галчинский дернулся, а отец пробормотал: «Да зачем же вам понадобилось его очищать-то? И уж тем более восстанавливать!..» А затем добавил погромче: «Не обращайте внимания, это моя дочь Нина. Она… немного нездорова. Вы откуда… изволили прибыть в наши края?» «Из Москвы, герр Дитмар. Как только завершил курс на философском факультете университета и приступил к аспирантуре…»

Он так и сказал: «приступил», и я снова прыснула. Папа предложил Галчинскому перейти на русский, после чего беседа стала много оживленнее. Тем было предостаточно, кроме запретной для отца — Сталин и его режим.

Ближе к полуночи, под бархатный голос нежданного гостя и сдержанный отцовский баритон, я уснула. Теперь я понимаю, что была несправедлива к Галчинскому; время показало его неподдельную искренность и доброе к нам отношение.

В Воскресенске у него был покровитель — имени этого человека Константин Романович нам так и не открыл. Это был близкий друг его родителей, директор крупного завода, эвакуированного в Свердловск. Именно он вытащил из-под обломков искореженного немецкой бомбой вагона пятнадцатилетнего мальчишку, увез с собой, выходил и откормил, а затем отправил учиться в Москву. И вдобавок позаботился, чтобы квартира его отца осталась в неприкосновенности.

Однако мне и сейчас еще кажется, что сам по себе Галчинский в те годы вовсе не был склонен к благодеяниям. Тут проще. У каждого хотя бы раз в жизни возникает желание бросить в шляпу нищего все, что есть в карманах. И с нами он повел себя точно так же, как поступили с ним. То есть выбрал нас с отцом в качестве этого нищего и фактически спас нам жизнь.

И несмотря на это переносила я его с трудом. Особенно когда он смотрел на меня — кривя губы в усмешке или досадливо хмурясь, а порой и с совершенно необъяснимой детской радостью, крайне меня раздражавшей. Всякий раз он пытался хоть чем-нибудь услужить: то с полупоклоном придержит дверь, пропуская меня после прогулки, то явится с кульком конфет-подушечек или баночкой меда для меня. Когда я занималась английским, он усаживался рядом и подолгу сидел, заглядывая в учебник через мое плечо. Как бы по чистой случайности его колено касалось моего бедра. На какое-то время Галчинский буквально стал моей тенью.

Надо, однако, признать, что отца он искренне любил. Папа с ним поначалу был сдержанно приветлив, но впоследствии и сам привязался к нашему «профессору», а я поняла, что причина моего раздражения — самая обычная ревность, и постепенно успокоилась. Мы прожили бок о бок около четырех лет, пока не умер Сталин, а потом вместе уехали из Суюкбулака «в Россию», как тогда говорили.

Мне врезался в память один случай из нашей тогдашней жизни.

В Суюкбулаке среди ссыльных было десятка два немцев и чехов, и постепенно образовалась маленькая протестантская община. Члены этой полуподпольной общины держались сплоченно — помогали друг другу, вместе праздновали Рождество и Пасху, вместе молились. Отец всегда брал меня с собой на молитвенные собрания, однако Константина Романовича не приглашал, хотя они частенько обсуждали вопросы веры. В общине всем заправлял моложавый ссыльной-чех — я не запомнила его имени. Он взял на себя обязанности пастора и исполнял их до декабря пятьдесят первого года, пока срок его ссылки не закончился. За ним прибыла из Казани жена, после чего чех уехал в Караганду и община осталась без руководства.

Несмотря ни на что, мой отец наотрез отказывался исполнять пасторские обязанности — за исключением единственного случая, когда ему пришлось сочетать браком молодую парочку. Перезревшая тридцатилетняя девушка уже и не прятала тугой живот, но категорически настаивала, чтобы брачную церемонию провел Дитмар Везель, так как всем прочим она не доверяет. Жених был из местных, и ему было все равно, кто их с Эльзой поженит. Этот парень, чуть постарше меня, жил в огромном бревенчатом доме на другом конце поселка. Там вечно бродил по пустым клетям и пристройкам какой-то сутулый старик в драных опорках на босу ногу да возилась с хозяйством старшая сестра парня, не дождавшаяся мужа с фронта. Семейство было русское — рослое, костлявое и светловолосое, а невеста Эльза — пухлая и пучеглазая немочка, жившая в Суюкбулаке с матерью, бывшей эсеркой. Отца Эльзы Якова Грота расстреляли еще зимой тридцать седьмого.

Итак, фрекен Эльза уперлась: хочу, чтоб был Везель, — и точка. А Галчинскому, надо сказать, страх как хотелось поглядеть на церемонию. Я только посмеивалась про себя, представляя этого адепта коммунистической доктрины рядом с матушкой невесты, прошедшей Джезказганские лагеря и люто ненавидящей большевиков, на лютеранской свадьбе.

Дитмар Везель прихватил свою Библию, и двадцатого февраля около шести вечера мы отправились к Моргулисам, предоставившим свое помещение для церемонии. Между тем в небесах творилось что-то адское. Ветер завывал, температура упала до минус пятнадцати, и я мигом продрогла. Чтобы сократить путь, нам нужно было пересечь покрытое ледяной коркой поле. Перед выходом отец облачился в черную пиджачную пару, подобающую случаю, и я сразу заподозрила, что кальсоны он не надел, а под пиджаком нет вязаной безрукавки, которую он обычно носил в холода. Отец был без перчаток, его ветхое драповое пальто продувалось насквозь; словно безумный, он прижимал к груди нашу семейную Библию.

Дитмар Везель шел впереди, я, трясущаяся как осиновый лист, брела за ним, а замыкал шествие Галчинский, похожий на окоченевшего аиста в своей полушинели. Рваные облака неслись по низкому сумрачному небу, стремительно темнело, — в сущности, нам нужно было пройти немногим больше полукилометра, но эта дорога показалась мне бесконечной.

Самой церемонии не помню. Моргулис сразу же сунул мне кружку кипятку с сахаром и старую телогрейку, а затем затолкал в угол комнаты — поближе к раскаленной печке. Галчинский пристроился к группке насупленных атеистов. Народу, как ни странно, собралось больше обычного, но в моей памяти остался только голос отца, произносящий наставление новобрачным, — надломленный, глубокий, печальный. Я вдруг поняла — не Эльза, беременная и перезрелая, а Анна, его юная жена, — вот кто стоит сейчас перед Дитмаром Везелем. Моя мать никогда не покидала его. Отец вел служение на русском, однако тексты Писания произносил по-немецки, и тогда его голос начинал слегка дрожать.

Как я его любила в тот вечер! Да и присутствующих неожиданно охватило волнение; Эльза хлюпала и прятала мокрое лицо, даже жених трубно сморкался.

Отец наотрез отказался принять участие в свадебном ужине. За окнами неистово выло и взрывалось дикими ударами шквала. Отец сердито кивнул Галчинскому и буквально оттащил меня от печки, проговорив: «Nina, entgehen, entgehen!»

Снова втроем мы выбрались от Моргулисов и уже через пять минут вымокли до нитки — за полтора часа февральская погода обернулась мартом. В кромешной тьме косыми струями несся мокрый снег пополам с дождем. Отец стал трясущимися руками запихивать Библию под пальто, выронил и тут же рухнул на колени в грязную жижу, шаря руками по земле, пока не нащупал свое сокровище. Галчинский кинулся к нему с воплем: «Дмитрий Павлович, дайте мне!», однако Дитмар Везель его оттолкнул.

Теперь он больше не пытался спрятать книгу под одеждой — то, что с ней произошло, было окончательно и бесповоротно, и это как-то сразу успокоило отца. Мы двинулись дальше.

Дома я стала собирать все, какие нашлись, сухие вещи — нам необходимо было переодеться, а Галчинский довольно ловко растопил печь. Он остался у нас ночевать, и о чем они с отцом проговорили до утра, что делали, — я не знаю, потому что, обессиленная, мгновенно уснула, едва коснувшись головой подушки.

Последнее, что я помню: покрытая грязью, разбухшая и все-таки уцелевшая книга на столе. Когда утром я поднялась, чтобы приготовить поесть, — Библии там не было. Мужчины еще спали…»

«Вот тебе и Галчинский», — пробормотал я, закрывая блокнот. Ни одна живая душа у нас на факультете понятия не имела, что он тянул срок и был сослан на поселение в Казахстан. Между прочим, в том молодом человеке, которого описывает Нина, Константина Романовича легко узнать. Правда, он малость постарел — эдак на полвека. Выходит, целых два года Дитмар Везель с дочерью прожили в той самой квартире, где я побывал на днях?..

За окном уже серело — час, как говорили римляне, между волком и собакой. В такое время люди совершают странные поступки. Совершил такой поступок и я: войдя в полутемную комнату, я сунул дневник Нины Кокориной в ящик письменного стола и запер его на ключ. С какой стати, хотелось бы мне знать?

После этого, стуча зубами, я содрал с себя одежду и юркнул к Еве под одеяло.

От нее веяло нежным теплом.

2

Еве удалось растолкать меня только в половине одиннадцатого. Пока я дрых, она успела дочитать коленкоровую тетрадь Матвея Ильича и заняться кухней. Там что-то шипело.

Выбравшись из постели, я первым делом потянулся к телефону и набрал номер Кокорина-младшего. Тот оказался на месте и принял мое сообщение о находке пяти с чем-то тысяч долларов в тайнике под каминной доской с большим энтузиазмом. Я упомянул также о нательном крестике, однако ни словом не обмолвился о записях его отца и содержимом птичьей клетки. В первую очередь потому, что наследник имел полное право потребовать вернуть ему рукописи, а я этого делать не хотел. По крайней мере в ближайшее время.

В заключение я добавил, что загляну к нему, как только покончу с текущими делами, хотя никаких особых дел до понедельника у меня не намечалось.

Когда я положил трубку, надо мной стояла Ева. Выглядела она восхитительно, словно и не было вчерашних бдений, и наш разговор с Кокориным-младшим слышала от первого и до последнего слова.

— Завтрак, лежебока, — сурово произнесла она. — И неплохо бы тебе побриться для начала. Кстати, ты случайно не в курсе, что это за художник — Матис Нитхардт?

Неплохой вопрос натощак.

— В курсе, — проворчал я. — Хороший художник. Может быть, гений. Другой информации у меня нет, кроме той, что в историю искусств он вошел не как Матис Нитхардт, а как Матиас Грюневальд. Если тебя интересуют детали, стоило бы вернуться в кабинет покойного Матвея Ильича. К тому же они тезки: что Матис, что Матиас — по-русски все равно выходит Матвей.

— Но ведь мы не собирались туда сегодня, — резонно возразила Ева.

— Точно, — сказал я, — не собирались. Попробуй спросить у Сабины — она наверняка что-нибудь знает.

Тут мы с Евой внимательно посмотрели друг на друга, и я вспомнил прошлую ночь. Похоже, нам действительно было о чем поговорить с нашей пожилой приятельницей.

Я поплелся в ванную. Душ меня слегка взбодрил, но не настолько, чтобы с восторгом отнестись к подсохшей и уже успевшей остыть яичнице, которую Ева метнула со сковороды на мою тарелку.

— Опять эти яйца, — забурчал я, ковыряя осточертевшую субстанцию. — Что-то у меня нет аппетита… Невозможно же, в конце концов, есть яичницу семь дней в неделю!

Отложив вилку, я потянулся за кофе, и тогда Ева торжественно произнесла всего одно слово:

— Гонорар!

— При чем тут гонорар? — возмутился я.

— При том! Хочешь овсянку — в качестве альтернативы? А если и это тебя не устраивает, тогда подумай вот о чем. Тебе не кажется, что наши вчерашние усилия оказались настолько результативными, что Павел Матвеевич вполне мог бы их оплатить? Посуди сам — два опытных юриста (тут я ухмыльнулся) потратили уйму времени на то, чтобы вернуть кучу денег, о существовании которых человек даже не подозревал.

— Нет, — сказал я, мужественно принимаясь за яичницу. — Во всяком случае не сейчас. Ты не понимаешь…

— Потом будет поздно, — предупредила Ева, и в ее зеленых глазах вспыхнул пророческий огонек.

— Посмотрим, — пробубнил я с набитым ртом. — Как ты думаешь, Сабина сегодня дома?

— Где же ей быть. — Ева с грохотом отправила мою тарелку в мойку и отвернулась.

Около часу дня мы поднялись этажом выше, и я позвонил в дверь квартиры Сабины Георгиевны Новак. Встретила она нас прохладно, а Степан, ее скотчтерьер, даже не пожелал выползти из-под кресла, чтобы по обыкновению обнюхать мои джинсы.

— Редко навещаете соседей, — укоризненно заметила Сабина вместо приветствия. — Старики — народ обидчивый и где-то даже злопамятный. Мы со Степаном не исключение.

Пришлось покаяться, и когда эта парочка сменила гнев на милость, я с ходу взял быка за рога.

— Вот, — сказал я, кивая на Еву. — Эту особу интересует Матиас Грюневальд. И не просто так, а в связи с делом Кокориных.

— Чьим, простите, делом?

— Супругов Кокориных — Матвея Ильича и Нины Дмитриевны. Оба покончили с собой в июле этого года.

— Господи помилуй... Мне кажется, я где-то об этом слышала. Он ведь был художник или что-то в этом роде, верно? В газетах писали... А разве это имеет отношение к вашей новой работе?

— Никакого, — сказал я.

А затем коротко изложил все, что узнал с того дня, как ко мне явились Павел и Анна, прибавив собственные впечатления от посещения дома Кокориных и кое-что из вычитанного в блокноте Нины Дмитриевны.

Когда я закончил, Сабина проговорила:

— И все-таки — при чем здесь Грюневальд?

Мне оставалось только развести руками.

— Пока не знаю. Но Еве кажется, что это существенно.

Наша приятельница зачем-то водрузила на нос очки и, задумавшись всего на секунду, выстрелила короткой очередью:

— Изенгеймский алтарь. Шестнадцатый век. Высота — три метра, ширина — пять. На внешней стороне подвижных створок — «Распятие». До Грюневальда никто ничего подобного не писал. Хранится в Кольмаре, в музее монастыря Унтерлинден... Вы, кажется, сказали, что покойная Нина и ее отец в начале пятидесятых жили на поселении в Суюкбулаке?

Несмотря на возраст, память у Сабины была на зависть. Там надежно хранились самые поразительные вещи. И неудивительно — при такой-то биографии. Пять лет лагеря и шесть — ссылки, эмиграция в Штаты к нашедшемуся брату, полгода во Франции и Бельгии перед возвращением домой с малолетней дочерью, семейная драма, едва не отправившая Сабину на тот свет, и многое другое. Наша приятельница была из породы людей со стальным стержнем внутри, который от житейских катастроф делается только прочнее.

Я кивнул, соглашаясь. Сабина сама свернула как раз туда, куда мне требовалось.

— Ева, голубушка, — она слегка приподнялась в кресле. — Грюневальд, конечно, был потрясающим художником и умел видеть невидимое, но я все-таки не могу уловить, какая тут связь... Буду вам признательна, если вы заглянете в кухню — там, кажется, еще остался неплохой херес.

Ева удалилась, за ней последовал Степан, здраво рассудив, что кроме хереса на кухне найдется кое-что и для него.

— С сорок восьмого, — продолжала Сабина, — и до самой смерти Сталина продолжались аресты и посадки. Я както рассказывала вам, что загремела сначала в детприемник, а оттуда прямым ходом в зону. Но это перед войной, а после все происходило не так... брутально. Однако срока лепили громадные — двадцать пять стали такой же нормой, как десять в тридцать седьмом. Разница в том, что расстрельных приговоров было меньше… В лагерях ничего не менялось, но и на поселении жизнь осталась такой же собачьей. Климат, болезни, голод… Выживали те, кто физически покрепче и помоложе, и еще те, у кого «в России» остались родные и друзья, способные помочь. Люди в экстремальных ситуациях, как я заметила, вообще становятся щедрее…

Она вздохнула и клюнула из бокала. Кроме бутыли с испанским хересом на столе стояли маслины, свежий серый хлеб и сыр, к которому Степан отнесся с большим одобрением.

Я потянулся за маслиной и уже в который раз поймал себя на том, что, слушая Сабину, испытываю странную неловкость, почти стыд. Нам с Евой досталось другое время, вполне вегетарианское, как кто-то его назвал. Здесь, конечно, постреливали и сажали без вины — но намного реже. Всеобщий ужас рассеялся, хотя мелких страхов хватало. И всякий раз, пытаясь поставить себя на место тех, кто пережил то, что выпало Сабине на ее веку, я становился в тупик. Потому что не знал и не мог знать, как вел бы себя в тех обстоятельствах, которые Сабина назвала «экстремальными». Одно дело — прогуляться ради прикола по парапету моста, и совсем другое — проторчать над пропастью полтора десятилетия без всякой опоры.

Сабина задумчиво пожевала губами. Вкус у вина был ореховый, с мускатной горечью.

— Недурно, — проговорила она. — Вообще-то, на поселении я оказалась дальше тех мест, куда отправили отца и дочь Везелей, но тоже в Восточном Казахстане. Там уже предгорья, лето жаркое и короткое, а зима суровая, с лютыми метелями. «Высылка» отличалась от «ссылки» — режим был полегче, а Везелей, насколько я поняла, выслали. То есть они могли сами выбрать место жительства, кроме населенных пунктов, включенных в особый список, — «минус поселения». «Минус» этот в разных случаях насчитывал от пяти до пятидесяти названий. В Суюкбулак, я думаю, они поехали потому, что там была группа единоверцев. Через определенные промежутки времени полагалось отмечаться в органах, в остальном надзор за поселенцами возлагался на местные власти, и чем глуше и отдаленнее было место, тем свободнее люди себя чувствовали. Основная проблема — добыть пропитание. Чем там они занимались, вам известно?

Я пожал плечами. В своих записях Нина Дмитриевна этих вещей не касалась.

— Лично я, — проговорила Сабина, — работала на колхозной ферме. Можете себе представить: восемь едва живых коров, по колено в навозе, сапоги дырявые... И еще неизвестно, кто голоднее — скотина или скотницы. Оплата — две кружки снятого молока, одна утром, другая вечером.

— Но ведь вы же химик по образованию, Сабина!

— Это потом я стала химиком. А тогда кое-какие сведения по химии и биологии пришлись мне весьма кстати. Травы — съедобные и лекарственные, мази от чесотки и язв домашнего изготовления, а главное — самогон. Из чего угодно — от кормовой свеклы до ежевики. На него можно было выменять много необходимого, тем более что продукт у меня получался качественный, по заветам дедушки Менделеева. Хотите пару рецептиков?

— Бог с ними, Сабина, — я понюхал содержимое своего бокала. — Ну а пятьдесят третий? После марта разве не стало легче?

— Легче? — губы Сабины сложились в ядовитую усмешку. — Ничего подобного! Весть о смерти отца народов разнеслась мгновенно, это верно. Некоторые идиоты рыдали и клялись в верности, кое-кто сильно воодушевился в ожидании перемен. Однако их долго не было. Хорошо еще, что приближалось лето. Когда все наконец поняли, что на свободу не скоро, — опять зажили привычной жизнью. Правда, весна пятьдесят третьего оказалась трудной — из зоны по амнистии первыми вышли уголовные, психопаты, мошенники, и вся эта нечисть потекла по стране... Что касается надежды — да, врать не буду, надежда появилась.

— Что вы почувствовали, когда вам разрешили вернуться?

— Егор, — хрипло проговорила Сабина, прикуривая и прикрывая лицо рукой. Зажигалка в ее пальцах прыгала. — Этого никому не объяснить. Мы были потрепанной и перепутанной колодой карт в дьявольских лапах, и, чтобы из этого вышел какой-то новый расклад, требовалось еще больше терпения, чем в зоне. Мне, например, вообще некуда было возвращаться...

Она окончательно расстроилась, и я поспешил сменить тему.

— А как на поселении относились к лютеранам?

— Кого вы имеете в виду? Никто не делил ссыльных на лютеран, католиков или православных. Все шли по политическим статьям независимо от конфессий, даже священники. Лютеране в большинстве были немцами, чехами, латышами, а значит, потенциальными агентами и пособниками врага. Всякие попытки организовать службы или — страшно сказать! — создать религиозную общину жестоко пресекались. Поэтому что-то вроде молитвенных собраний могло проводиться только в самых диких местах вроде этого самого Суюкбулака, да и то недолго, потому что стукачей хватало повсюду. В целом же это были очень приличные люди — в отличие от основателя их церкви.

— Вы имеете в виду Мартина Лютера? — удивился я.

— Кого же еще? — Сабина ткнула сигаретой мимо пепельницы и тут же спохватилась. — Брат Мартин, монах-августинец, неистовый молитвенник, преуспевший в самобичевании и умерщвлении плоти, был великим путаником. — Она обернулась к Еве. — Это, между прочим, все тот же шестнадцатый век, дорогая, как раз тогда Грюневальд под крылышком братьев антонитов воплощал свои видения. Они с Лютером — одного поколения.

— Сабина, — перебил я, — но ведь миллионы людей во всем мире...

— Говорите за себя, — отрезала она. — Терпеть не могу, когда начинают вещать от лица миллионов. Ко времени появления Мартина Лютера католическая церковь имела огромное влияние, и многим это не нравилось. Что на самом деле заставило благочестивого монаха и богослова выступить против Рима — до сих пор покрыто мраком. Он был честолюбцем, но отнюдь не храбрецом. Протест против торговли индульгенциями? Чепуха. Лютер и сам не был высокоморальной личностью. Тем не менее он ввязался в сражение и отступить уже не смог. Да, он перевел на немецкий Библию. Был яростным полемистом, окружил себя учениками и боролся с ересями внутри протестантизма, которых тут же возникло великое множество. В общем, беспокойная жизнь... Но вот что удивительно: Лютер нисколько не задумывался об абсурдности своего положения и о том, что, собственно, он сделал, — зачем, ведь возникла новая религиозная общность, в которой ему было абсолютно комфортно. Торговля индульгенциями сменилась торговлей понятиями. Неприкрытая демагогия, капля добрых дел, удобства новой веры — этого стало достаточно, чтобы спасти душу от вечных мучений. Никто за всю историю Церкви не наносил такого удара ей и всему западному миру. Грандиозная разруха, которую в течение тридцати лет производила в матушке-Европе Реформация, все эти войны, смерти и пожарища — следствие ущербности и комплексов одного-единственного человека, который надумал прикрыться Христом, чтобы не остаться один на один со своей испорченной натурой.

— Как по мне, — заметил я, — это больше похоже на политику, чем на религиозную реформу.

— Возможно, — отмахнулась Сабина, — но не в этом главное. У протестантов и мысли не было отказываться от Господа Бога. Для начала они хотели разобраться с Римом, а затем увлеклись: решили заодно навести порядок и в царстве небесном… Лютер до поры свято верил в то, что говорил, — остальное довершили его последователи к концу шестнадцатого века: протестантская церковь стала церковью теологов и пасторов. Не больше. Теперь князь предписывал своим подданным, во что им верить, а каноническое право и таинства пошли побоку…

— Вы сказали: до поры? — перебил я Сабину.

— Когда ему исполнилось пятьдесят, Лютер заболел. Как только болезнь подступила к нему по-настоящему, он все еще надеялся на чудо, потому что ценил жизнь. Однако и умер он с достоинством — повернулся на бок и уснул. Как он оценивал прожитые годы, в чем раскаивался, осталось тайной. Исповеди не было, вокруг умирающего толпились единоверцы и почитатели, которые беднягу страшно раздражали. Он почти оглох, и ему ничего не оставалось, как утвердительно кивнуть в ответ на вопрос, который прокричал ему прямо в ухо доктор: «Вы верите в Иисуса Христа? Верите ли вы, досточтимый отец, в то, что проповедовали?» Смерть Лютера наступила 18 февраля 1546 года — спустя четыре года после учреждения инквизиции и через двенадцать лет после создания ордена иезуитов, ставшего главным орудием борьбы с Реформацией… Что он принес в церковную жизнь? Прежде всего не реформы, а дух войны и свирепого противоборства. Должно быть, именно поэтому после смерти учителя его ученики тут же вцепились друг другу в волосы и лютеранство стало делиться и дробиться на течения, секты, секточки, причем во главе каждой становились люди с оч-чень большими амбициями. Словно из-под земли появились мистики и фантазеры вроде Иоганна Андрее, который выдумал розенкрейцеров. Да-да, в самом деле выдумал эту якобы тайную древнюю доктрину от начала и до конца. Очень удачный литературный розыгрыш; кое-кто до сих пор всерьез в это верит.

— А розенкрейцеры тут при чем?

— Дело не в розенкрейцерах и не в масонах. Уже через полвека после Лютера лютеранство было просто не узнать, появилась нужда очистить и слегка «подморозить» учение. Вот этим и занялось протестантское богословие — целые династии университетских докторов, связанных родственными узами и окруженных зятьями и племянниками, которые, в свою очередь, были пасторами и богословами. В итоге от проповеди Лютера почти не осталось ничего живого, а церковь превратилась в сборище сонных и сытых бюргеров. Пламя веры едва тлело, и только очень одаренные люди вроде пастора Филиппа Шпенера…

— Как вы сказали, Сабина? Шпенер? — в моем рабочем блокноте была зафиксирована именно эта фамилия.

— Конечно. Филипп Якоб Шпенер из Франкфурта, автор трактата «Благочестивые устремления».

— И давно он его написал?

— В самом начале восемнадцатого столетия, если память мне не изменяет. Достопочтенный Шпенер попытался разбудить соотечественников от послеобеденной дремоты. А заодно предложил своим коллегам отказаться от пустой полемики по вопросам веры и приблизиться к жизни, чем нажил великое множество врагов.

Я разочарованно вздохнул. Шпенер, которого упоминала в записях Нина Кокорина, мог быть разве что отдаленным потомком свободомыслящего пастора.

— А в девятнадцатом веке почва под ногами реформатов окончательно заколебалась. — Степан, вальяжно распростершийся у ее ног, вдруг насторожился, и Сабине пришлось наклониться и почесать его между ушами в знак того, что сказанное к нему не относится. — Сущее болото: с одной кочки проповедует лютеранин, с другой — кальвинист, с третьей — бешеные радикалы и сектанты. Я уж не говорю об американских церквях, где каждый толковал Писание на собственный манер. С ума можно сойти!.. Но надо отдать должное — из протестантской среды вышло немало замечательных мыслителей и писателей. Тот же Карл Барт, основатель «Исповеднической церкви». Сразу после того, как Гитлер дорвался до власти, он…

— А как относились к церкви нацисты?

— А как, по-вашему, они могли к ней относиться? В тридцать четвертом Барт выступил с декларацией, в которой заявил, что христианство не имеет никакого отношения ко всякого рода расовой, национальной и политической розни, и вдобавок обозвал нацизм язычеством. После этого ему пришлось эмигрировать, а его приверженцев начали вылавливать, сажать, а в годы войны даже вешать. Здесь тоже нашлось некоторое число сторонников «Исповеднической церкви»… и с ними поступили точно так же, как в Германии… Были, впрочем, и другие. «Немецкие христиане», например, подхватили старый призыв Лютера — очистить церковь «от евреев, рабов и католиков». Их глава, некто Людвиг Мюллер, прямо называл себя «епископом Третьего рейха» и был вхож в самые высокие нацистские сферы. Да что там говорить — посев был щедрым, и семена взошли дружно. Пока старушка Европа после войны примеряла новые шлепанцы, неопротестантские секты начали стремительно плодиться, и чаще всего их основателям до Христа не было никакого дела… Можете сами полюбопытствовать, если хотите. У нас в городе этих заведений полно, и все они представляют собой что-то вроде коммерческих предприятий с ограниченной ответственностью. Старая приятельница как-то заманила меня на служение в одну — уж и не помню, как она называлась, что-то вроде «Свет Истины». Честно признаюсь: я едва ноги унесла. Особенно впечатлила меня фигура их лидера. Некто Соболь, если память меня не подводит…

Вряд ли Сабина могла ошибиться. Ошибался тот, кто верил, будто в большом городе человек может бесследно затеряться. Я давно знал этого Соболя — и вот, оказывается, куда занесло неудачливого актера, интригана и несостоявшегося политического функционера. Логично. Всегда и повсюду Олег Иванович Соболь интересовался только одной вещью — корыстной властью над душой ближнего. Он словно родился с этим даром — пасти и стричь, ну а овец с дефицитом извилин ему, надо полагать, хватало.

— Не думаю, чтобы это было так увлекательно, — сказал я, вставая. — Ева, детка, тебе не кажется, что мы слегка засиделись?

За окном уже смеркалось. Небо было такое, будто вот-вот пойдет снег.

— Бросьте свои штучки, дорогой, — возразила Сабина. — Это я тут разболталась, как спятивший попугай…

Когда она помянула попугая, я напрягся. Что-то многовато совпадений для скромных посиделок за бутылкой хереса.

Мы распрощались, и, как только дверь за нами захлопнулась, я вспомнил, что дома в запертом ящике письменного стола меня дожидается блокнот Нины Кокориной.

3

«26 *ноября 1957 года*

Вчера похоронили отца. Писать об этом трудно и страшно. Матвей на кладбище стоял со свинцовым лицом. Галчинскому стало плохо, он плакал и без конца твердил: «Как же так, что же это такое?..» Муж в Москве повидался с Володей Коштенко — тот рассказывает странные вещи.

Он встретил папу утром на вокзале, отвез к себе, в свою донельзя запущенную квартиру и поместил на диванчике в прохладной комнате, служившей ему мастерской. Володя начинал вместе с Матвеем здесь, в воскресенском Худпроме, на отделении станковой живописи, но в начале третьего курса неожиданно сорвался в Москву — к девушке, с которой познакомился на летних заработках. Я была довольна, что так получилось, — у нас с Матвеем все развивалось очень бурно, а Володя путался под ногами, нафантазировав, что тоже влюблен в меня.

О своих делах отец поначалу с ним не говорил; в полдень уехал куда-то, предварительно сделав телефонный звонок. Вернулся он поздно, с собой имел спортивный чемоданчик и сразу же попросил Володю об одолжении — не согласится ли тот встретиться завтра с утра у входа на станцию метро «Новослободская» с одним человеком, приметы которого он опишет, и кое-что ему передать. Говорил отец с неловкостью, то и дело извинялся и заглядывал Володе в глаза. Сам он предполагал спозаранку отправиться по инстанциям: добиваться разрешения на проживание в столице и окончательно снять вопрос о реабилитации.

Володя не мог отказать.

Когда на следующее утро он заглянул в мастерскую, отца уже не было. Трезвонил телефон. Володя поднял трубку — спрашивали Дитмара Везеля. Человек говорил с сильным иностранным акцентом. Еще не вполне проснувшийся Коштенко буркнул, что Дмитрий Павлович ушел. Затем прихватил чемоданчик и отправился к метро.

Все прошло гладко. Через несколько минут к нему приблизился крепкий старичок, в точности описанный отцом. Основными приметами служили черная суконная кепка и газета «Московский рабочий», торчащая из кармана пальто. Был и пароль, как у настоящих конспираторов. Старичок должен был обратиться к Володе с вопросом: «Здоров ли уважаемый Дитмар?», на что следовало ответить: «Да, здоров, но очень устал». Чемоданчик беспрепятственно уплыл вместе с дедушкой в лабиринты метро, а довольный собой Володя поспешил к только что открывшемуся пивному ларьку за углом.

Вечером отец не появился, не было и звонка. У Коштенко хватало своих забот, и он не встревожился — знал, что папа собирался пару дней погостить у старых друзей в Лефортово. Однако спустя двое суток, ближе к ночи, звонок раздался, но это был не отец. Человек, представившийся Николаем Филипповичем Шпенером, попросил пригласить Дитмара. Володя очень удивился: «А разве он не у вас? Дмитрий Павлович говорил, что в случае чего заночует у Шпенеров...»

На другом конце линии воцарилось молчание, а затем у него попросили разрешения приехать на Новослободскую.

Часом позже Коштенко впустил в прихожую мужчину за пятьдесят, в добротном макинтоше на теплой подкладке, гладко выбритого, говорившего по-русски без всякого акцента, немного надменного, но не скрывавшего беспокойства. «Николай Филиппович, — отрекомендовался гость, входя, — простите за поздний визит, я ненадолго, внизу меня ждет автомобиль… Мы виделись с Дитмаром и договорились, что он переберется к нам, но…»

«Давайте присядем, — растерянно проговорил Володя. — Я вот что хочу вам сказать. Еще в самый в первый день… мне показалось, что за ним следят… но я не придал значения, решил, что это по старым делам… Многих из тех, кто вернулся, по привычке еще какое-то время пасут … Может быть, это связано с тем чемоданом, который он принес?» «Вряд ли, — отмахнулся Шпенер, — это посылка из Швейцарии, продукты и несколько книг. Я не смог передать адресату и просил Дитмара. Тот, кому она предназначена, ее уже получил… Вы, Владимир, могли бы описать тех людей, которые, как вы считаете, следили за Везелем?»

Я не знаю, почему Коштенко решил рассказать Матвею именно об этом визите, причем с мельчайшими подробностями. Но когда днем позже моего отца обнаружили мертвым в подвале полуразрушенного соседнего дома, Володя начал подозревать абсолютно всех, включая и тех друзей папы, что жили в Лефортово.

На Дитмара Везеля наткнулась утром местная детвора.

Почему тяжелое тело рослого и плотного мужчины осталось висеть и не рухнуло в подвальную пыль вместе с трухлявой балкой, к которой была привязана тонкая и на вид крайне непрочная веревка, — это показалось Володе крайне странным. Однако он придержал свои соображения при себе и вызвал милицию. На всякий случай Коштенко прикинулся придурком: дескать, вышел за хлебом, увидел толпу во дворе, подошел полюбопытствовать, а там, в подвале, — покойник, и не кто-нибудь, а знакомый его знакомых из Воскресенска — Дмитрий Павлович Везель, который, прибыв в Москву по личным делам, остановился у него, но вот уже два дня кряду не являлся ночевать.

Прибывший на место одновременно с милицейским нарядом следователь задал Володе с десяток бессмысленных вопросов; затем тело отца увезли. По результатам предварительного осмотра места происшествия гражданин Везель покончил с собой через повешение приблизительно десять часов назад. Документы, подтверждающие личность покойного, оказались на месте. Ценные вещи, как-то: часы, бумажник, деньги — были обнаружены во внутреннем кармане пиджака. Там же находилась короткая предсмертная записка, адресованная некой Нине. Коштенко было сказано, что по завершении следственных процедур родственники смогут получить на руки вещи и документы, а также забрать тело для захоронения. Дело ясное, и проволочек не предвидится.

Володя без промедления связался с Николаем Филипповичем Шпенером.

Не знаю, что его удержало, но пастору Шпенеру он не сообщил того, что позже поведал Матвею. Во-первых, тонкая веревка со скользящей петлей была нейлоновая и притом совершенно новая — в Москве такой не сыскать днем с огнем даже у спекулянтов. Во-вторых, в подвале, куда Володя попал в числе первых, было основательно натоптано, и совсем не дворовыми пацанами — он своими глазами видел отпечатки рубчатых подошв ботинок зарубежного производства примерно сорок третьего размера. И наконец самое существенное: когда человек собирается покончить с собой, он не убирает ящики, которыми пользовался, чтобы привязать веревку к высоко расположенной балке. Не складывает их у стены аккуратной стопкой после того, как сунул голову в петлю... Что касается записки, то Володе ее даже не показали.

Я держала в руках этот листок, вырванный из блокнота, который отец всегда носил при себе. Он действительно мог написать такую записку, и почерк был его. Но папа ***никогда*** не пользовался синими чернилами, только черными. И перо было другое — совсем не тот «паркер», который я ему подарила. Кстати, «паркер» и не значился в списке «ценных вещей», обнаруженных на покойном.

«Нина, прости меня, если сможешь. Береги себя, дитя мое. Дитмар Везель», — вот что там было написано. В немецком «verzeich» имелась совершенно детская описка и две помарки в словах «meine Kind» — «дитя мое»». На этом языке мой отец, независимо от состояния, писал без ошибок. До самой последней минуты не было ни малейшего намека на то, что он намерен свести счеты с жизнью. Это противоречило всему, что я о нем знала. Даже Володя, легкомысленный шалопай и выпивоха, что-то заподозрил; сама же я была абсолютно уверена в том, что папу убили, однако тоже предпочла молчать. То, что рассказал мне отец перед отъездом в Москву, — я не имею права ни писать об этом, ни поделиться с самыми близкими, даже с Матвеем, — дает достаточно оснований, чтобы предположить самое худшее. Через Матвея Володя передал мне буквально следующее: «***Они*** знают, кто такая Нина. Будь очень осторожна».

Все хлопоты, связанные с получением тела отца из морга судебной экспертизы, взял на себя пастор Шпенер. Затем в Москву приехали Матвей с Галчинским, но ни мой муж, ни Володя Коштенко не стали делиться с Константином Романовичем своими подозрениями, как не стали обсуждать все эти странности и с Николаем Филипповичем, который неожиданно решил сопровождать их в Воскресенск. Они везли с собой запаянный в цинк гроб Дитмара Везеля. В Москве Галчинский подхватил грипп и едва держался на ногах…

Пастор Шпенер, когда-то сочетавший браком моих отца и мать, теперь провожал Дитмара Везеля в последний путь. Мы прощались с папой в ясную холодную погоду на лютеранском кладбище. Рядом со свежевырытой могилой находилось символическое надгробие мамы — на нем значилось ее имя, а под ним лежали ее обручальное кольцо и горсть казахстанской земли, в которую ее опустили в сорок седьмом. Людей было совсем немного, родители Матвея отсутствовали, — кто-то из лютеранской общины, пара моих однокурсниц и еще один неизвестный мне человек, все время державшийся в стороне и не сводивший с крышки гроба своих близко посаженных глаз с припухшими темными веками. Взгляд был упорный, гипнотически пристальный, словно он надеялся воскресить моего отца. Средних лет, очень высокий и худой, этот человек был одет во все черное, в одной руке держал шляпу, в другой — три белые хризантемы. Исчез он так же незаметно, как и появился.

Когда мы возвращались с кладбища — я шла между пастором и бледным, но уже спокойным Галчинским, а Матвей с остальными позади, — я спросила, не знает ли Константин Романович этого человека. В ответ Галчинский потер искалеченную руку и, морщась, проговорил: «Ваш отец был с ним в дружеских отношениях. Должно быть, познакомились в общине...» «Лютеранин? — удивилась я. — Но почему он не подошел ни к пастору, ни ко мне? Он здешний? Как его зовут?» Галчинский, всегда все знавший, вдруг раздражился. «Петр, — отрывисто произнес он. — Петр Интролигатор. Родился в семнадцатом в богатой семье — отец до революции торговал лесом и владел типографией. Поздний единственный сын. В девятнадцатом его родители и сестры умерли от тифа; Петра выходила кухарка и увезла в деревню. Затем детский дом. В институт его не приняли, а в сорок первом, как и прочих немцев, сослали. Он ухитрился выжить, вернулся в Воскресенск и даже получил комнатку в коммуналке... До войны моя мать опекала его — она служила в Наробразе, чем-то он ей приглянулся». «Интролигатор! — сказала я. — Вот так фамилия! По-русски это значит «переплетчик». А вы, Константин Романович, случайно не...»

Тут Шпенер, догнав нас, бережно подхватил меня под руку и негромко проговорил: «Нина, мы у себя в Москве... Мы намерены заняться вашим наследством — домом и имуществом Дитмара...»

От неожиданности я растерялась и стала невнятно благодарить.

Остановился пастор Шпенер у Галчинского. В те два-три дня, что он провел в Воскресенске, Николай Филиппович ни с кем не встречался и даже у нас с Матвеем не побывал. Сразу после кладбища мы вчетвером, как я ни сопротивлялась, отправились прямиком на Фрунзе, 7, к Константину Романовичу, где нас ждал ужин — нечто вроде скромных поминок. В большую квартиру, которую я знала не хуже своей…

Никогда не забуду первое впечатление — сразу после приезда в Воскресенск в пятьдесят четвертом. Галчинский жил здесь до войны с родителями и сюда же вернулся после ссылки. Гулкие комнаты, потолки под шесть метров, безвкусная лепнина — цветы и фрукты. Бронзовые рогатые люстры в каждой из четырех комнат, скрипучий дубовый паркет. Там было полным-полно теней и запахов, еще довоенных. Квартиру Константину Романовичу сохранил всемогущий директор безымянного стратегического завода, друг его отца — такое иногда удавалось. Да и сам он, как только пересек границу области, был зачислен в аспирантуру Педагогического.

Нас с отцом он поместил в своей бывшей детской — просторной и единственной светлой комнате в квартире. Вообще-то, больших комнат здесь было две — наша с отцом и гостиная, где, собственно, и обитал Галчинский. Он перетащил туда старинный отцовский письменный стол и библиотечные стеллажи — через месяц на них от пола до потолка громоздились книги. Спал он там же, в нише за портьерой, на низкой широкой тахте со множеством вышитых шелком подушек.

В этом доме сохранилась бездна вещей из какой-то прошлой жизни: бронзовые безделушки, хрусталь, фарфор и столовое серебро, множество ковров и ковриков; даже дверные ручки были сплошь литые, а занавеси — из тяжелого густо-синего плюша. Среди этого чужого великолепия я чувствовала себя не слишком уютно.

Остальные комнаты были поменьше: одна пятнадцать, другая что-то около десяти квадратных метров. Обе пустовали, и сколько Костя ни упрашивал меня занять ту, что побольше, я упрямо не соглашалась переселиться в бывшую спальню его родителей. Мы с отцом считали себя постояльцами, пользующимися его великодушием, и папа даже настоял на ежемесячной оплате жилья, чем вконец расстроил Галчинского.

С едой первое время приходилось туго — продуктов не было даже на рынке; однако от все того же директора завода Косте дважды в месяц доставляли «пакеты» — спецпайки. В квартире царил холод, постоянно случались перебои со светом — Галчинский просиживал над своими книгами до полуночи при керосиновой лампе, а отец предпочитал свечи. Помню острые плечи Галчинского над письменным столом, въедливый запах керосина от коптящей лампы с фаянсовым резервуаром, а на кухне — Дитмара Везеля в вязаной кофте и круглых очках на мясистом носу под бронзовым канделябром с одиноким оплывшим огарком.

Это только казалось, что после ссылки нам будет позволено жить как нормальным людям и отделаться от призраков прошлого. Тем более что отец каким-то образом умудрился, несмотря ни на что, сохранить мамино приданое и окончательная нищета нам не грозила. Дело было в другом: что-то не ладилось с его документами, и как следствие — не было ни прописки, ни работы. Отцу тяжело было сидеть одному в четырех стенах в вынужденном безделье, к тому же я сразу с головой погрузилась в студенческую жизнь. Если бы не Галчинский, а вернее, не его всемогущий покровитель, папе пришлось бы еще тяжелее.

В конце концов нам удалось прописаться в Воскресенске, а годом позже, продав большую часть маминых драгоценностей, — что было невероятно сложно и опасно! — отец приобрел ту самую двухкомнатную квартиру, где я сейчас пишу эти строки…

Матвей спит, он — чуткая душа — основательно перебрал на поминках. Странный обычай, сохранившийся только у славян.

Ближе к концу ужина пастор Шпенер зазвал меня в ту самую комнату, где мы раньше жили с отцом, и снова вернулся к вопросу о наследстве. Охотников, по его словам, на дом Везелей на Первой Бауманской было предостаточно, имелся также адвокат, который готов все быстро и толково оформить. Мне же остается только приехать в Москву по истечении полугода со дня смерти отца, подписать нужные бумаги и получить деньги. Ведь я не собираюсь претендовать на домовладение нашего деда? «Нет, — ответила я, — не собираюсь. Мне сейчас не до того, большое спасибо за помощь и хлопоты, Николай Филиппович. Мы с Матвеем приедем в середине лета, и я все сделаю, как вы скажете».

Шпенер торопился — в половине первого ночи уходил его поезд, однако все не отпускал меня. Разговор наш начал все больше походить на допрос. Особенно его интересовало какое-то письмо, которое отец должен был получить из Западной Германии, хотя я ничего об этом не знала. Также были заданы вопросы о том, с кем встречался отец перед отъездом в Воскресенск и не звонили ли мне после его смерти с угрозами. Под конец он спросил — не кажется ли мне, что за мной наблюдают, то есть следят. Я так устала за этот невероятно тягостный день, что совсем перестала понимать, о чем идет речь. Заметив это, Николай Филиппович не скрыл досады, однако обнял меня на прощание и коснулся холодными губами щеки.

Галчинский вышел в прихожую — проводить; они с пастором там довольно долго о чем-то беседовали вполголоса, но я не слышала о чем, потому что как раз пыталась оторвать Матвея от початой бутылки портвейна и увести домой. Но и это оказалось мне не под силу — пришлось остаться ночевать у Константина Романовича.

Засыпала я трудно, в слезах, а в шестом часу утра растолкала еще не протрезвевшего мужа и потребовала, чтобы мы немедленно отправлялись домой, потому что никого, кроме него, я не могу ни видеть, ни переносить.

Сейчас половина восьмого, светать еще и не начинало.

8 декабря 1957 года

За пару недель до европейского Рождества мы решили привести в порядок квартиру — сменить обои в одной из комнат, покрасить кухню и хоть как-то утеплить балкончик, где я сушила белье, а Матюша выходил туда покурить, рискуя подхватить простуду... Прочла последнюю запись — и вдруг вспомнила, как мы с ним познакомились..

Бытует мнение, что немцы в душе — сентиментальные романтики. О себе я сказать ничего такого не могу. Из нас двоих романтик — Матвей Кокорин. Никогда еще я не встречала подобного человека: он готов прощать все и всем — как бы его ни ранили и ни унижали. Он прощает свою мать Ольгу Афанасьевну — у моей свекрови жуткий деспотический характер, прощает своим приятелям насмешки над собой, а мне — мои страхи, раздражительность и слезы.

Через два года после возвращения из ссылки Костя Галчинский стал кандидатом исторических наук. Я к тому времени была студенткой факультета иностранных языков пединститута, а Кокорин заканчивал третий курс художественно-промышленного. Мы познакомились в доме его родителей. Как говорила позже моя свекровь: «Судьба моего сына постучалась в дверь, и больше всего я жалею о том, что поторопилась открыть».

Мне и в самом деле пришлось самой нажать кнопку звонка на калитке обнесенного высоким забором дома на окраине Воскресенска — и только потому, что руки моего спутника были заняты цветами и какими-то свертками.

Стояла удивительная весна 1956 года. Я была в отличном настроении, и Галчинский без особых усилий уговорил меня отправиться в гости к Илье Петровичу Кокорину, фронтовику, учителю истории, автору школьного учебника, к которому Константин Романович написал предисловие.

Залаял пес за забором, и тут же, словно ему заткнули пасть паклей, поперхнулся и умолк. Калитка распахнулась — на нас сурово взглянула еще не старая женщина, небольшого роста и вполне миловидная, если бы не цепкий пронзительный взгляд и жилистая худоба. Галчинский тут же вручил цветы и был вознагражден дружеским кивком, а меня подозрительно оглядели с головы до пят.

Пока мы шли к дому, Кокорина заметила: «Вы, Константин Романович, опоздали на целых двадцать минут и вдобавок не предупредили, что придете с дамой». «Это — Нина Везель, — с улыбкой произнес Галчинский. — Она... Нина моя невеста».

В это время мы поднимались по ступеням, и от неожиданности я споткнулась, а Костя галантно подхватил меня под локоть. Щеки мои вспыхнули, и я резко вырвала руку — благо хозяйка дома шла впереди и не могла видеть эту сцену.

Дом у Кокориных оказался весьма солидным — двухэтажный, с открытой верандой и просторным ухоженным садом. В гостиной, куда доставила нас Ольга Афанасьевна, за накрытым столом восседали двое мужчин. С первого взгляда было ясно, что оба слеплены из одного теста, только тот, что помоложе, был русоволосым, а старший — седым как лунь. Матвей действительно казался копией отца, но сдержанности в нем не было ни на грош, — как только мы вошли, он вскочил и бросился показывать, где можно помыть руки. Затем принялся усаживать меня, хватаясь за стул и суетясь. Ольга Афанасьевна скомандовала: «Невесту — к Константину Романовичу!», и Матвей неожиданно стушевался. Но я так разозлилась, что демонстративно уселась рядом с ним и решительно расставила точки над «i»: «Костя неудачно пошутил. Мы всего лишь хорошие друзья, прошу его извинить. А сяду я там, где мне удобнее». Тогда я впервые вслух назвала Галчинского «Костя». Пришлось ему устраиваться по правую руку от отца Кокорина... Удивительно — я запомнила все подробности этого ужина, даже такую чепуху.

От Матвея шла мягкая волна тепла, замечательно пахло скипидаром и чуть-чуть табаком. Мы с ним пили мадеру, принесенную Галчинским, остальные — «Столичную». Костя держался непринужденно, как свой человек в доме, я же чувствовала себя скованно. Еда была тяжеловатой, но вкусной. Наконец оба Кокорина отправились покурить на веранду, а Ольга Афанасьевна взялась убирать со стола. Мне она не позволила даже к солонке прикоснуться.

Мы с Галчинским вышли в сад. Деревья в сиреневых сумерках стояли совершенно неподвижно, у меня слегка кружилась голова. Я остановилась. «Вы, Константин Романович, сегодня, наверное, с ума сошли, — сказала я. — Что это вам вздумалось перед этой гарпией валять дурака?..» «Нина, — пробормотал Галчинский, — не притворяйтесь. Вы же знаете, что я люблю вас. Давно, еще в ссылке, я...» Тут на крыльце показался Матвей и окликнул его: «Константин Романович, вас отец зовет!» Галчинский дернулся, жалобно взглянул на меня и заторопился в дом, а Матвей спустился с крыльца.

Слово «люблю» еще висело в воздухе, но к Галчинскому уже не имело никакого отношения. Оно стало нашим с Матвеем.

Он робко произнес: «Нина, можно я покажу вам свои работы?» «Еще бы!» — воскликнула я. Матвей смутился, взял меня за руку и повел к дому.

Пока его матушка возилась с посудой, а Галчинский что-то бурно обсуждал с Ильей Петровичем — из кабинета доносился его напористый баритон, — мы страстно целовались. Матвей даже не прикрыл двери своей комнаты, служившей одновременно и мастерской. Я впервые целовалась с мужчиной, хотя мне уже стукнуло двадцать три, у меня дрожали колени, и мне ни капли не было стыдно. Потом мы все же оторвались друг от друга, и я обессиленно опустилась на крохотный бугристый диванчик.

«Ты очень красивая, Нина, — произнес Матвей, наклоняясь ко мне. — Кажется, где-то у Гольбейна...»

Я сразу призналась, что ничего не смыслю в живописи, но все-таки хотела бы посмотреть работы... Он сейчас же передвинул большой мольберт на середину комнаты. С диванчика я видела холсты Матвея как бы снизу; он ставил один, выдерживал короткую паузу, молча убирал и ставил следующий. На девятом, будто устав, Матвей махнул рукой и сказал: «Ну хватит...»

Все холсты были на подрамниках, лишь один — в простом багете; и все до единого — на библейские сюжеты.

«Это что, институтские работы?» — спросила я.

Матвей взглянул на меня как на деревенскую дурочку.

Потом он унес картины и сел рядом со мной, совсем близко. Я не хотела, чтобы он заметил, как мне хочется, чтобы он снова меня обнял, поэтому быстро проговорила: «Мне понравилось. Но ты не сможешь их нигде выставить».

«Выставить! — усмехнулся он. — Да эти работы вообще видели человека два-три, а так я их прячу. В особенности от матери. Она у нас воинствующая атеистка и член партии. В школе преподает литературу. Отец же относится к религии терпимо, хоть и считает Иисуса исторической фигурой. Духовным вождем угнетенных масс».

«Ты — верующий?»

«Я крестился тайком от всех, до неприличия поспешно... Лет в шестнадцать. Но все было по-настоящему... Нина, мы увидимся?»

Потом мы снова целовались, пока не раздался добродушный голос его отца в гостиной. Я вскочила, поправляя растрепанные волосы. Нас звали пить чай.

«А меня крестил папа — годовалую. В Москве, еще до ареста…»

«Твой отец — священник?»

«Нет. Это мой дед был протестантским пастором… Я познакомлю тебя с отцом, Матвей…»

Я двинулась было к двери, но он снова усадил меня рядом и неожиданно стал спрашивать, что я думаю о Лютере, это для него важно.

«Я как-то далека от этих вещей. Не знаю, с верой у меня не сложилось. Лютер, по-моему, не был ни гением, ни пророком — просто он появился в нужном месте в нужное время…»

«А кто был гением по-твоему?»

Заглянул Константин Романович. Окинул подозрительным взглядом наши застывшие фигуры, пробормотал: «Все вас ждут…» и тут же скрылся.

«Апостол Павел», — сказала я…

С моим отцом Матвей познакомился уже на следующий день, и теперь у него были ответы на все тревожившие его вопросы. Галчинский появлялся редко — он хлопотал о кафедре в институте. У меня полным ходом шла сессия, но почти каждый вечер Матвей приходил и подолгу беседовал с отцом, пока я в своем углу наспех вколачивала в пустую голову очередную науку. Потом мы с Матвеем бродили по ночному городу, надолго застревая в каждой темной подворотне. Я обмирала от желания, нежности и собачьей преданности. Иногда он брал меня на вечеринки своих однокурсников — там я научилась пить дешевое вино, не испытывая тошноты. В тот год мы оба едва-едва справились с экзаменами.

Он не трогал меня до самой свадьбы, а я все терзалась — как бы Матвей не разочаровался, не остыл, но не решалась сказать ему об этом ни слова. Неуверенность измучила меня вконец, грешные мысли не давали спокойно спать — это время я вспоминаю как омут, который меня неодолимо притягивал и в котором потонули все мои представления о приличиях…

В августе мы поженились.

Мать Матвея была категорически против, и он перевез все свое скромное имущество, этюдник и запас чистого холста в квартиру Галчинского — нынешней еще не было и в помине. Почти год мы прожили там, в той же большой гулкой комнате, а отец перебрался в спальню, упросив Костю заменить помпезную кровать покойных родителей кожаным диваном.

Картины Матвея были надежно спрятаны в подвале дома на Браславской.

11 мая 1960 года. Десять вечера

Через четыре месяца мне предстоит родить. Сегодня рано утром скончался отец Матвея. Год начался неожиданно сложно — так оно и пошло.

После окончания института я получила работу по распределению и почти сразу ее потеряла — сокращение штата. Никого не интересовало, что я полна энергии и планов, готова вкалывать с утра до ночи, свободно владею тремя иностранными языками и сносно говорю еще на двух. Поначалу в школе меня приняли как родную, однако очень скоро кто-то решил, что там мне не место.

Матвей тоже никак не приживался в своем кругу. Он качался в собственной лодке, а корабль с его преуспевающими коллегами уходил все дальше. От официоза его тошнило, в Союз художников он не рвался, революционером в живописи себя не числил. Он был для всех чужаком, который хватается за любую копеечную работу. Но бывали дни, когда Матвей запирался и писал до изнеможения свое; иногда он исчезал надолго — я знала, что это время он проводит в Свято-Троицком мужском монастыре.

Деньги от продажи дома Везелей на Первой Бауманской, очень скромные, — закончились еще осенью прошлого года; нищета стучалась в нашу дверь. Когда в январе, уже потеряв работу, я сообщила Матвею, что у нас будет ребенок и нам предстоит позаботиться о нем и перестать так легкомысленно относиться к жизни, мой муж радостно воскликнул: «Ерунда, проживем! Главное, чтобы с малышом все было в порядке». Однако моя бюргерская рассудительность подсказывала — не так-то это просто и как бы не пришлось снова обращаться к пастору Шпенеру.

Вскоре выяснилось, что Николая Филипповича в Москве нет, вернется он не скоро, и Матвей отправился на целый месяц по колхозам — зарабатывать халтурой. Потом я угодила в больницу, но все обошлось. И вот теперь — Илья Петрович Кокорин. Жизнь как она есть, включая финал...

Дом моего деда был продан быстро, и в начале лета пятьдесят восьмого мы с Матвеем отправились в Москву за деньгами к адвокату, который взялся вести дела с наследством. Остановились мы снова у Володи Коштенко.

За полгода до этого я уже побывала в столице. Познакомилась с адвокатом, подписала бумаги и оформила доверенность на имя Николая Филипповича. За обедом у нас вышел неприятный разговор. Пастор не одобрял мой брак и считал меня слишком легкомысленной. Оба его сына были женаты на немках и крепко стояли на ногах, однако все Шпенеры, как я убедилась, искали любую возможность уехать из Союза. В отличие от моего отца, Матвей не понравился пастору, а мне не по душе пришлись лефортовские немцы. На дом деда я взглянула лишь издали, наотрез отказавшись туда входить. Я чувствовала себя белой вороной среди этих людей и хотела одного — поскорее вернуться к Матвею. Даже их немецкий был каким-то комфортабельным и почти неживым; мир состоял из слухов, цен и писем франкфуртской родни. Я заявила Николаю Филипповичу, что полностью ему доверяю и передаю все полномочия, — и в тот же вечер уехала в Воскресенск…

И вот мы снова в Москве, но теперь уже вдвоем. Встреча с пастором Шпенером состоялась в тот же день и была короткой и деловой. Мои планы рухнули — мне было предложено получить третью часть суммы, вырученной от продажи дома, и то, что в нем осталось из довоенного имущества, значительная часть которого, как пояснил пастор, «ушла на поддержание, дорогая Нина, жизни твоего отца в самые трудные времена».

Как я ни упрашивала Николая Филипповича отдать мне всю сумму или хотя бы половину — с тем, чтобы другая половина осталась у него и переводилась нам ежемесячно долями, — Шпенер наотрез отказался от этого варианта. Он снова заговорил о своем долге перед покойным Дитмаром, о моем легкомыслии, непрактичности и незнании жизни, а закончил тем, что мне следует иметь хоть какой-то капитал на крайний случай. Деньги будут положены в «Лефортовский Дойчебанк», где все свои, и проценты, пусть и небольшие, я смогу получать регулярно — раз в год.

О таком банке я никогда не слышала, поэтому ничего не могла понять. Какие проценты, какой капитал? У меня даже сберегательной книжки не было. Должно быть, это что-то вроде «черной кассы», которая, как я знала, нелегально существует во многих учреждениях.

Во время этого разговора Матвей угрюмо молчал, уткнувшись в чашку кофе со сливками — его подала нам жена пастора.

Он остался рыться в папках со старинными гравюрами, которые коллекционировал старший сын Шпенеров, а мы с адвокатом и Николаем Филипповичем отправились в «Дойчебанк». Это оказалась обычная нотариальная контора, располагавшаяся в неприметном здании на набережной Яузы, и я немного запаниковала. Однако все было оформлено как в настоящем банке — на «счет» легла некоторая сумма, кое-что мне вручили наличными, и на квартиру Николая Филипповича я возвращалась куда бодрее.

По возвращении пастор предложил нам осмотреть вещи из дома деда, сложенные в чулане, и отобрать все, что может понадобиться «для хозяйственных нужд». Остальное будет распродано, а выручка, за вычетом комиссионных, пойдет опять же на мой счет. Мы выбрали десятка два книг и разрозненный комплект столового серебра с вензелями моего деда, и сразу же после этого шофер пастора отвез нас на Новослободскую.

Как только мы остались одни у подъезда, где жил Коштенко, Матвей проговорил: «Ну и фрукт этот твой пастор! Не удивлюсь, если и в самом деле окажется, что зарплату он получает на Лубянке». «Он много для нас сделал, Матюша, — возразила я. — Не надо думать о людях плохо. Все нормально — несколько дней поживем у Володи, побродим по Москве, побываем в музеях, сходим в театр, накупим тебе самых лучших красок. Мы богаты и свободны, разве нет?»

Будущее в тот момент казалось мне лучезарным.

Жена Володи Коштенко, Вера, как раз тогда увлеклась политикой. Вулканический темперамент буквально испепелял эту совсем молодую женщину — и она бросалась из крайности в крайность. Высокая, худая и подвижная, всегда в каких-то бесформенных холщовых балахонах, Вера Мякишина безостановочно курила «Любительские» и спорила с кем придется до хрипоты. Меня она не замечала по причине моей общественной бесхребетности. Матвея быстро утомлял ее напор, а Володя постоянно провоцировал Веру только ради того, чтобы полюбоваться, как она выходит из себя. Оба, однако, любили ее рисовать в редкие минуты спокойствия — в отличие от меня она умела позировать. У них часто бывали знакомые, и тогда посиделки затягивались до рассвета. Хрущев, еще раз Хрущев, Америка, удушение авангарда в живописи, Ахматова, сплетни о Фурцевой, рассказы вернувшихся «оттуда» — все это, смутное и набухшее домыслами, пережевывалось и обсасывалось в мельчайших подробностях.

Дом их был запущен до безобразия. Вера как-то сказала, что ей наплевать, потому что детей у нее не будет из принципа: «Кому это нужно — рожать в этой несчастной стране?» К Володе она относилась благосклонно — он не мешал ей пылать. Поэтому, несмотря на ее длительные исчезновения, их брак не распался. Володя был одаренным графиком, и частые отлучки Веры давали ему возможность спокойно поработать.

Уезжали мы спустя две недели. Веры снова не было, а Володя на вокзале показался мне рассеянным и печальным.

Я рвалась к морю, которого никогда не видела, однако Матвей потащил меня на Север. Мы объездили Карелию, побывали на Соловках и в Вологде. Для меня это путешествие было поровну прекрасным и мучительным. Прошлое бежало за мной по пятам, потому что там то и дело нам встречались люди, пережившие то же, что и мы с отцом. Некоторые из них остались здесь, и я понимала их, а Матвей — нет. Он удивлялся, как можно привязаться к своей тюрьме и даже полюбить ее. И тут же противоречил сам себе, восхищаясь красотой Севера и утверждая, что здесь особенно остро ощущается присутствие Бога. Он видел Его во всем — в нагромождениях гранитных глыб, в подвижном небе с прозрачной пеленой несущихся облаков, в изгибе озерного берега, в прижавшемся к мшистым кочкам деревце.

Матвей спрашивал меня: «Ты чувствуешь, правда? Ты должна это понять, Нина!» А я никому ничего не была должна. У всех этих людей, возмущавших Матвея, не было другого выхода, а Господь был неизмеримо больше меня; это была его земля, на которой смерть наигралась в кости в свое удовольствие. Однако мне не хотелось огорчать мужа, хотя уже тогда я поняла, что больше не смогу относиться к жизни с трепетным восторгом.

В конце августа мы вернулись в Воскресенск, успокоились и начали проживать наследство Везелей…

Пришел Матвей, и даже согласился поужинать. Похороны завтра, но я могу не идти: мой живот — причина вполне уважительная. Я сказала, что пойду непременно, и добавила: «Звонил Галчинский, просил связаться с ним».

Илья Петрович умер мгновенно — от внезапной остановки сердца.

Я спросила: «Что Ольга Афанасьевна?»

Матвей ответил: «Как скала».

20 мая 1960 года

Шесть вечера. Матвей ушел к Галчинскому — взять небольшую сумму взаймы. Пока я еще свободно передвигаюсь, мы решили съездить в Москву за оставшимися в «Дойчебанке» деньгами. Всего на день. С адвокатом Соломоном Гротом я уже созвонилась.

Насчет скалы Матвей ошибался. Ольга Афанасьевна, моя свекровь, в горе оказалась самым обычным человеком — ссохшейся седой старушкой в черном. На неприбранной голове у нее был не траурный платок, а нелепая шляпка с вуалькой, похожая на грачиное гнездо. Руки, сжимающие мятые цветы, дрожали, однако встретила она меня, как обычно, едким замечанием. Мне следовало бы надеть что-нибудь подходящее к случаю, а не этот карнавальный наряд. Я промолчала, чтобы не пускаться в объяснения, что из двух моих платьев я выбрала то, которое еще не грозило расползтись по швам прямо на мне.

Мне было жаль ее, и я решила держаться до конца. Со мной все время находился Константин Романович; Матвей опекал мать. Народу пришло много: фронтовые друзья, соседи, сослуживцы по школе. Галчинский заказал два автобуса, а меня привез отдельно на институтском «ЗИМе» вместе с какой-то важной насупленной дамой и мальчиком-подростком.

Стоять в толпе на кладбище было тяжело. Когда же одна за другой пошли траурные речи, Костя увел меня подальше от могилы. Мы вышли на центральную аллею кладбища, и я остановилась.

«Ты что-то побледнела, Нина», — проговорил Галчинский. Не могла же я ему сказать, что там, в открытом гробу, лежал заметно постаревший Матвей. Справиться с этой галлюцинацией было не так-то просто. Я отчетливо видела тот день в будущем, когда для моего мужа все закончится.

«Душно», — я попыталась выдавить улыбку. «Тут совсем рядом похоронен Громов, — Галчинский взял меня под руку, — не хочешь взглянуть?» — «А кто это?» — удивилась я. «Тот самый... директор завода... Я вам звонил...» — «А-а, — вспомнила я. — Матвей прочел некролог в газете... Ступай сам — мне нужно вернуться...» — «Как ты себя чувствуешь?» — «Нормально, — ответила я и понизила голос: — Костя, я боюсь, что теперь нам придется жить вместе с ней». — «Скорее всего, да, — проговорил Галчинский. — Однако это случится не раньше чем родится ребенок. Сразу после того, как Ольга Афанасьевна почувствует свою беспомощность...»

25 октября 1960 года

Месяц назад родился наш сын Павел.

Я и не предполагала, что рождение ребенка — это так просто и значительно. Перестаешь бояться. Когда кончилась боль и мне сказали: «У тебя сын, Кокорина», я подумала: «Вот и все, никакой смерти нет».

Матвей в это время мыкался где-то под окнами роддома.

Он заметно нервничал в последнее время, а после похорон отца стал еще молчаливее. Ольга Афанасьевна нас ни разу к себе не позвала. Мы съездили в Москву и вернулись, чтобы прожить долгое знойное лето, практически не выходя из дома. У Матвея начался ***Грюневальд***. Он много писал маслом, я переводила ему кое-что с французского и немецкого. Нужные книги он брал из библиотеки отца, недостающее находил Галчинский. Северное Возрождение, позднее Средневековье, Реформация, немецкая и нидерландская живопись, история Тридцатилетней войны — все подряд.

Моя свекровь будто забыла о нашем существовании. Матвей коротко ей звонил, а потом угрюмо сообщал: «Мама не желает никого видеть, она хочет побыть одна…» Я совала ему деньги, он накупал продуктов и передавал через соседей. Даже с ним она не хотела встречаться. Все это продолжалось вплоть до моих родов. Позже мне стало известно, как Ольга Афанасьевна впервые в жизни прочла «Отче наш» — когда узнала от сына, что он отвез меня в больницу со схватками.

Через пару часов после рождения Павлика — было примерно четыре пополудни — я подошла к зарешеченному окну на первом этаже роддома. Шел тихий дождик; по мокрому асфальту во дворе прохаживались Матвей под руку с Ольгой Афанасьевной. Они о чем-то говорили, потом муж повернул голову к окну палаты и заметил меня.

Никогда не забуду этого лица. Мать у него что-то спросила, и он наклонился к ней. Когда же они повернули головы к окну, все переменилось — оба смотрели нетерпеливо и озабоченно. Матвей начал размахивать руками, и я поняла, что он передал мне записку. Свекровь улыбнулась, и они вскоре ушли. Мне стало грустно.

Среди дозволенных продуктов я нашла листок бумаги. Крупным почерком Матвея там было написано: «Дорогая моя, я так рад, что все позади. Я люблю тебя. Мама хочет, чтобы мальчика назвали Ильей, а я — Дмитрием. А ты? Как мне хорошо, полно, свободно, как я благодарен тебе! Жду записку. Твой М.»

Я нацарапала: «Все гут! Сын будет — Павел. О. Аф. привет. Молоко есть. Передай марлю. Тебя люблю. Нина».

Павлушу принесли кормить через сутки — все это время я отсыпалась, ни о чем не думая...

Январь 1961 года

Второго числа в «Известиях» мы прочли датированный предыдущим днем указ Президиума Верховного Совета о проведении денежной реформы. Матвей пытался мне втолковать, что это значит. Как бы там ни было, но то, что сумма наших сбережений уменьшится на порядок, меня не обрадовало.

26 декабря 1963 года

Вчера у нас в гостях была Ольга Афанасьевна.

Три месяца назад Павлику исполнилось три года; он хорошо говорит и вообще оказался на удивление спокойным ребенком. Немного полноват для своего возраста, но очень милый, рассудительный и послушный. Похож на Матвея — с легкой рыжиной и сероглазый, но тонкой кожей и тяжеловатым подбородком удался в Везелей. Свекровь на нем свихнулась, и мальчишка делает все, чтобы поработить ее окончательно и бесповоротно. Я дипломатично помалкиваю. Терплю ее замечания, раздраженные звонки, бредовые идеи и постоянное недовольство нашим образом жизни. Я понимаю, как ей дорог внук — единственная ниточка, связывающая Ольгу Афанасьевну через сына с покойным мужем. Я не спорю с ней и разрешаю воспитывать мальчишку так, как она считает необходимым. Пока от этого только польза. Хотя однажды, когда моей свекрови вздумалось учить двухлетнего Пашку чтению, я возмутилась и заявила, что он — самый обычный ребенок, вдобавок с ленцой, звезд с неба не хватает, и способность запомнить со слуха стишок ничего не значит. Пусть развивается как все нормальные дети. Ольга Афанасьевна обиделась за внука, но на этот раз смирилась. Павел с удовольствием остается у бабушки ночевать, он любит ее дом, у него есть там собственная комната. Ясно представляю, как Ольга Афанасьевна укладывает его по вечерам, — у нас он справляется с этим самостоятельно. Взбивает подушку, укрывает, тщательно оправляет одеяльце, целует, а затем надевает очки и при свете ночника читает ему до тех пор, пока Пашка не уснет…

Неважно, приняла бы она наше приглашение или нет, — я все равно приготовила бы этот праздничный ужин и подарки для всех. По западному календарю наступило Рождество, а этот день мой отец неукоснительно отмечал даже в самые тяжелые времена. Обычно свекровь не любила у нас бывать, а внука привозил к ней Матвей. Здесь ей казалось тесно, пахло красками и растворителем, повсюду пыль, связки неразобранных книг, вечно не мытая посуда, ребенок почти не бывает на воздухе, — поэтому она звонила с утра, требовала Павлика к себе, а потом как бы забывала его вернуть. Мы оба были постоянно заняты и не возражали против такой забывчивости.

Ольга Афанасьевна все-таки пришла.

Подозрительно покосившись на накрытый на четверых стол, — обычно общие обеды и ужины проходили в кухне, — она направилась прямиком к внуку. Пашка, примостившись с ногами в моем любимом кресле, перебирал свои игрушечные машинки и встретил бабушку без особого восторга. На столе в старинном канделябре Везелей уже горели свечи, вино было откупорено, пахло праздничной едой. За окном шел крупный, какой-то лубочный снег. В этой комнате мы живем все вместе, в меньшей Матвей оборудовал мастерскую, — поэтому я погасила люстру, чтобы не так бросался в глаза беспорядок. Через две недели, на православное Рождество, мы хотим окрестить сына. Об этом еще предстояло узнать Ольге Афанасьевне. Все устраивает моя бывшая однокурсница Маша Чурилова, учительница английского в той школе, из которой меня по-быстрому выставили, она же будущая крестная Павла. Я и предположить не могла, что деловитая и рациональная Маша — глубоко верующий человек и церковь посещает с раннего детства. Она очень привязана к Матвею и Павлуше.

В конце концов все расселись. Свекровь за столом выглядела неважно — вернее, как обычно. После смерти мужа она как бы законсервировалась в одной поре — скорбно поджатые губы, горький упрек во взгляде, сеточка морщин на желтоватой коже вокруг глаз, запавшие щеки без румянца. Оживлялась она только при виде внука. Худоба, быстрые движения слегка дрожащих пальцев, гладко зачесанные седые волосы.

Она была какая-то непривычно тихая — не поинтересовалась, по какому поводу застолье, и не отказалась от бокала вина. Матвей и Павлик за обе щеки уплетали гусиный паштет по рецепту Дитмара Везеля, курицу в ореховом соусе по рецепту Галчинского и салат моего изобретения.

«Как поживает Константин Романович?» — осведомилась свекровь. «Как всегда, — сказала я. — Неплохо. Отбыл в Москву на конференцию. Проведет, очевидно, там все новогодние праздники. Он предполагал остановиться у пастора Шпенера... это друг моего покойного отца...» «Я знаю, кто это, — проговорила Ольга Афанасьевна. — Костя рассказывал нам с Ильей Петровичем о твоей семье, Нина...»

Повисла пауза. Матвей ушел ставить чайник, а я начала убирать посуду со стола. Свекровь встала, отодвинула стул, прошла к Пашке, и они перебрались к окну, где стоял диванчик сына. Минут через двадцать мы позвали обоих пить чай с печеньем, но Паша отказался и остался в своем закуте.

«Отличное печенье. — Ольга Афанасьевна отодвинула полупустую чашку и, оглянувшись, без всякого выражения добавила вполголоса: — Вот что, дети... Я хочу предложить вам перебраться ко мне. Продадите квартиру, это ведь кооператив, верно? С деньгами у вас туго... Я хочу жить с внуком, он здесь зачахнет. Твоя мастерская, Матвей, свободна... мешать я не буду... У меня обнаружили рак печени... И сколько мне осталось — никто из врачей не говорит...»

Матвей растерянно взглянул на меня. Я вытерла взмокшие ладони салфеткой и спокойно сказала: «Согласны, Ольга Афанасьевна. Но при одном условии...» «Каком?» — вздернула острый подбородок свекровь. «Вы не будете нам препятствовать окрестить Павла».

Она кивнула, поджала губы и произнесла: «Но чтобы во всем доме был порядок. Никаких гостей. И комната внука должна по-прежнему находиться рядом с моей...»

1 марта 1964 года. Полночь

В хлопотах затерялся мой блокнот, вернее, я забыла, куда спрятала его от посторонних глаз. Переезд в дом родителей Матвея, затем продажа нашей с ним квартиры...

Все уже спят. Здесь замечательно — места много, тепло, светло и никто никому действительно не мешает. Мастерская Матвея внизу, на первом этаже. Гостиная, она же столовая, громадная кухня, наша спальня. На втором — комнаты свекрови и Павла, еще одна пустует. И чудесный сад.

Мне далековато ездить в Педагогический, где я теперь работаю, и лекционных часов чересчур много. Иногда меня подвозит Галчинский на своем «москвиче», а чаще сосед, чей участок рядом с нашим. Я встаю раньше всех в доме и бегом на автобус. В мае решено начать ремонт крыши и перепланировку второго этажа. Матвей замыслил, чтобы там была терраса с парапетом, как у Гауди в парке Гуэль. Свекровь тает, это очень заметно, но держится бодро. Слава Богу, настоящие боли у нее еще не начались. Кухня, уборка, стирка, цветы Ольги Афанасьевны — на мне. Сына и мужа почти не вижу. Галчинский без пяти минут доктор наук и профессор...

20 июня 1964 года

Свекрови полегче; полным ходом идет ремонт. Матвей урывками пишет, прячась в мастерской. То самое — Учитель с учениками. Павлик вытянулся и загорел. Они с бабушкой любят гулять в саду и подолгу просиживают у круглой клумбы, которую мы с Машей Чуриловой привели в порядок весной. У меня отпуск через месяц. Что-то я устала.

28 июля 1964 года

Вот так новость — я беременна! Мне тридцать один. На отпуск у меня были грандиозные планы: начать диссертацию и обложить кухню кафельной плиткой. Матвея настойчиво зовут в Союз художников, но для вступления необходимо участие в выставках. То есть наличие работ, которые уважающий себя человек писать не станет. Матвей снова отказался. Сейчас он увлечен иконами, с головой ушел в изучение техники левкаса и яичной темперы. Но живопись-то никуда не денется. Он сосредоточенный, светлый и тихий. Любимый.

Как же это у нас ребенок получился? Мы и не задумывались об этом в нашей суете и хлопотах. А в последнее время вообще редко бывали вместе. Как сказать Матвею об этом? Я очень хочу еще одного сына. Он будет Дитмар — Дмитрий, Митя… Похоже, я счастлива.

Август 1964 года

Ольга Афанасьевна умерла. Я больше не могу писать о том, как хоронят. С меня хватит…

Мы положили ее в больницу, надеясь хоть как-то продлить жизнь и облегчить ее физические страдания. Ее увозили на «скорой», и в глазах у Ольги Афанасьевны стоял такой укор, что этого я вовек себе не прощу. Зачем? Ведь мы могли дать ей умереть рядом с любимым внуком и Матвеем, среди вещей, к которым она привыкла, с портретом мужа на ночном столике… Я просто испугалась. Метастазы поразили позвоночник, легкие, гортань — она хрипела, задыхалась и почти потеряла голос. Я боялась, что ее стоны напугают маленького Пашку, которого Ольга Афанасьевна все время звала к себе…

В больнице ей кололи пантопон, и после периодов тяжелого забытья она приходила в себя. Крепкое сердце боролось со смертью, и моя свекровь отчетливо осознавала все, что происходит.

Через несколько дней мы с Павликом пришли ее проведать. Сын остался в больничном коридоре, а я вошла в палату. Ольга Афанасьевна была в сознании и знаком попросила, чтобы я наклонилась поближе. «Знай, Нина, — прохрипела она, — никакого Бога нет. Позволь мне попрощаться с внуком… я не скажу ему об этом… Нет, постой, приведи меня в порядок, пожалуйста. Причеши и чуть-чуть подкрась губы…»

Она была цвета охры, с белесыми глазами; острые ключицы торчали в кривом вырезе ночной сорочки в голубой цветочек. Я взяла со спинки кровати легкий байковый халат и вложила в него ее невесомое тело, как в конверт. Причесала, протерла лицо влажной салфеткой, припудрила и коснулась помадой ее искривленных в судорожной улыбке губ. Достала из сумочки духи. «Не нужно… Спасибо, дорогая. Как жаль, что я не увижу вашего второго ребенка. Это будет девочка…»

В палату Павлик вошел за руку с Матвеем, который приехал только что и успел поговорить с врачом. Я попрощалась, меня знобило. В коридоре, глядя в окно на больничный двор, я заплакала по ней.

Через день прямо с утра позвонил главврач и сообщил, что Ольга Афанасьевна скончалась…

30 апреля 1965 года

Пишу очень коротко — пора кормить ребенка. 23 апреля перед рассветом у меня родилась абсолютно здоровая девочка Анна. Красавица. Выписали нас из роддома сегодня в полдень. Молока достаточно, чувствую себя отлично. Матвей насмотрелся и тут же скрылся у себя в мастерской — так он поступает всегда, когда взволнован. О, подала голос — и в самом деле пора…

3 июня 1969 года

Мне тридцать шесть, Матвею на два года меньше. Сыну девять, дочери четыре. Такая арифметика.

Когда Аннушке исполнился год, мы купили волнистого попугайчика. Клетку на лето повесили на террасе — под навесом, на свежем воздухе. Именно там мой тайник для дневника. Попугайчик почему-то быстро сдох, клетка же осталась, и Галчинский привез из Москвы другого. Звать Сильвестр, здравствует по сей день. Вот и сейчас я сижу в плетеном кресле на террасе и пишу, глядя на него…

Ремонт не закончен, и все же в доме почти уютно.

Все чаще я думаю об отце. Мне кажется, что с возрастом я становлюсь похожей на него, особенно в вопросах веры. Всегда оставаясь лютеранином, Дитмар Везель, по-моему, склонялся к единению церквей. Бесспорно, непогрешимость Папы, орденская дисциплина и безбрачие католического священства его смущали. И в то же время он сознавал, что последователи Лютера и Кальвина выстроили свой дом на песке. Одно движение, шаг в сторону — и все рухнет под тяжестью человеческой гордыни и честолюбия. Такое случалось и с Римской церковью — вот тогда и пришло время тезисов Лютера.

У нас с Галчинским был разговор о моем отце. Я сказала, что отец был не прав — в безбрачии священнослужителей есть высокая жертвенность. И, между прочим, подобное бывает и в браке. То есть не воздержание, а жертва. В обычных семьях это встречается редко… «Оттого-то я и не женился, — пошутил Константин Романович, — хотел остаться эталонным экземпляром…» «Жертва брата и сестры, родителей и детей, — продолжала я не без пафоса, — это ведь тоже духовный подвиг…» Костя похлопал меня по руке, останавливая: «Верно. Однако в жизни все проще и печальнее, дорогая. Если бы я не был законченным эгоистом, то усыновил бы ребенка. Мальчика. Но у меня нет ни времени, ни желания варить супы и давать уроки чистописания. Если бы я не сделался тем, кто я есть, и не стремился прыгнуть выше собственной макушки, то стал бы монахом. Доминиканцем. Или иезуитом... Среди них были выдающиеся личности...» Спохватившись, он круто сменил тему разговора: «Нина, перед той поездкой в Москву, в пятьдесят седьмом, отец тебе ничего не говорил? Ничего особенного?» «Нет, — солгала я, — что он мог сказать такого, о чем бы ты не знал?» — «Ты помнишь свадьбу Эльзы?» — «Мне больше запомнилось наше возвращение...» — «Еще бы, — оживился Костя, — погода как взбесилась, и эта размокшая Библия... Дмитрий Павлович чуть не до утра пытался спасти книгу...» — «В ту ночь я уснула как убитая». — «К слову — цела она?» — «Кто?» — удивилась я. «Ваша семейная реликвия».

И тут я солгала снова. «Где-то затерялась после переезда и ремонтов... Ерунда, найдется. Все-таки — память об отце. Я обычно пользуюсь русским переводом... Ты чем-то огорчен, Костя?» — «Нет-нет, — быстро проговорил Галчинский. — Все эти воспоминания...»

Библия Везелей в ту пору постоянно находилась в нашей с Матвеем спальне — на столике у изголовья. Я не сказала об этом Константину Романовичу потому, что о ней расспрашивал меня и пастор Шпенер, неожиданно нагрянувший к нам весной.

Николай Филиппович и вся его большая семья собирались в Германию. Пастор приехал попрощаться и привез деньги — он продал без нашего ведома и к великому огорчению Матвея редкий альбом гравюр Дюрера и несколько антикварных книг, принадлежавших отцу, некоторые ценные вещи Везелей и кое-что из мебели. Все это, оказывается, пылилось на чердаке его дома, о чем нам никто никогда не сообщал. Я не поверила Шпенеру — думаю, его великодушие объяснялось тем, что на многих предметах имелись инициалы деда, а на книгах и альбоме — экслибрис отца.

«Вам понадобятся средства, — сказал пастор, — времена меняются… Деньги нужны больше, чем мертвые вещи». Я промолчала. «Дорогая, — продолжал он, — Дитмар покончил с собой, и это ужасно… Говорил ли он тебе… или, может быть, ты сама знаешь, куда подевались его записи?» — «Разве папа не виделся с вами в Москве, Николай Филиппович?» — «Твой отец навестил меня — и только. Короткий визит. Нина, у тебя могут быть серьезные проблемы…» — «При чем тут я? Прошло столько лет…» — «Нина, твой отец столкнулся с очень опасными людьми, — Шпенер понизил голос до шепота. — Они почти всесильны, я не шучу, и они здесь — в России. После смерти твоего отца ко мне приходили…» — «Кто приходил? — перебила я. — Из органов?» — «Да нет, — отмахнулся пастор, — с теми у меня все нормально. Тут другое… это заграница».

Я ровным счетом ничего не поняла. Пастор посмотрел на меня туманным взглядом и еще раз повторил, чтобы я была осторожна. Мне это показалось чепухой, склеротическим бредом. Можно представить, сколько нервов стоило ему добиться разрешения на выезд. Пожилой человек, утомлен до крайности, и везде ему чудятся всякие ужасы.

Однако в конце апреля, вскоре после отъезда Шпенера, кое-что произошло.

После работы я забрала сына из школы, и, когда мы уже подходили к дому, Паша проговорил: «Мам, разыскал тебя тот дядя?» — «Какой дядя?» — «Я его не знаю, Марья Сергеевна лучше объяснит. Утром ты меня высадила из автобуса и сказала, чтобы я догонял Марью Сергеевну и шел с ней. Я догнал, и мы с ней побежали к школе, она страшно торопилась… А тут нас останавливает какой-то человек и вдруг спрашивает: "Вы в этой школе работаете, девушка? Я Нину

Везель ищу...” Марья Сергеевна даже не остановилась, только сказала: “Извините, у меня через три минуты совещание у директора. Нина давно здесь не работает... Да вот же ее сын, поговорите с ним!” — и умчалась. Этот дядя тогда говорит: “Ты ведь на Фрунзе живешь?” Я ответил: “У нас теперь другой дом, большой”. Он спрашивает: “А где твоя мама работает?” “Преподает немецкий в институте”, — отвечаю. “И ты тоже говоришь по-немецки?” — тут он почему-то засмеялся. Мне не понравилось, что он смеется, и я сказал: “А вам какое дело? Мне на уроки пора, сейчас звонок”. И ушел...»

Я тут же позвонила Маше Чуриловой и попросила описать мужчину, который меня разыскивал. «Он выглядел вполне прилично, — виновато произнесла она. — Прости меня, пожалуйста, Ниночка, но там же народу полно у школы, а я и без того опаздывала на летучку...» «Ты его запомнила?» — «Да нет, совсем обыкновенный. Среднего роста, чуть полноватый. В очках, прилично одет. Похож на адвоката... Он знал твою девичью фамилию — я и подумала, что это какой-то старый знакомый...»

Я вспомнила этот разговор с Машей вчера, когда мы с Константином Романовичем заехали на рынок. Он попросил меня помочь выбрать «качественные» овощи; наш профессор сейчас увлечен Кришной. Я знаю, что это ненадолго, — мы уже проходили Персию и даосов, а год назад вполне серьезно занимались поисками иудейских корней в поповском роду Галчинских. Я тряслась на заднем сиденье его столетнего «москвича», когда Костя спросил через плечо: «С чего бы это, Нина, мой аспирант так тобой интересуется? Вплоть до подробностей семейной жизни...» «Кто такой?» — спросила я. «Бельчин Яков Александрович». — «Не знаю такого». — «Вот и я спросил у молодого человека, зачем ему вдруг понадобилась Нина Дмитриевна. Подтянуть немецкий — говорит». — «Костя, передай, будь добр: не раньше осени. Летом я учеников не беру...» «Что-то он мне не особенно нравится, — покрутил носом Галчинский. — Ты уж извини, но я сказал, что ты вообще частных уроков не даешь...»

Мы накупили на рынке ворох всякой зелени, хотя я подозреваю, что до ведийской кухни у Константина Романовича руки никогда не дойдут.

Через неделю, 10 июня

Откуда берется страх? Может быть, это как болезнь и мы заражаемся им друг от друга? Или в нашем мозгу есть орган, улавливающий скрытую угрозу?

Что-то мне не по себе в последнее время. К тому же погода окончательно испортилась: проливные дожди сменились холодным пронизывающим ветром, от которого скрипит чердак, хлопают форточки и ломаются сухие ветки в саду.

Меня не покидает ощущение, что за мной пристально наблюдают.

Видела в институте этого аспиранта. Зашла на днях к Косте на кафедру спросить, не придет ли он к нам поужинать, а там как раз этот Бельчин. Галчинский представил его мне с некоторой тайной иронией в голосе. Заморыш из бедной еврейской семьи — из тех, кому на вид не то пятнадцать, не то пятьдесят. На самом деле ему лет тридцать. Бросил на меня испуганный взгляд — вероятно, потому, что я брезгливо отдернула руку, которую он попытался поцеловать. Вечером, когда я, задержавшись на зачете, выходила из аудитории на первом этаже корпуса, на аллее, огибающей здание, я снова увидела Бельчина. Он открывал дверцу такси, где на заднем сиденье уже находился какой-то мужчина...

Вокруг нашего дома тоже не все в порядке. Я ничего не говорю Матвею. У него новая идея — привести в жилой вид первый этаж, а мастерскую перенести наверх, там просторнее. И камин в гостиной, как он считает, тоже пришелся бы кстати. Я же хочу съездить с детьми в Крым, к морю, куда уже несколько лет никак не доберусь. Деньги у нас есть. Мы посоветовались и решили: как только мне дадут отпуск, Матвей отправит нас в Новый Свет, а сам начнет перестройку. Маша Чурилова едет со мной — у нее в Крыму родня.

Вчера не спала полночи. Нужно взять себя в руки. Готовиться к поездке и выбросить из головы всю эту чепуху. Но «нечто» меня не отпускает. Оно ходит за мной по пятам. Поджидает на автобусной остановке. Скрипит половицами в темной кухне и заглядывает в окна. Я чувствую его дыхание на затылке... Может, всему виной пятьдесят седьмой? Этот леденящий ужас я помню так, словно насквозь им пропиталась, хотя и прошло двенадцать лет... Как это было? Вот так, как сейчас? Сначала следили, потом подстерегли в темноте, когда отец возвращался к Володе на Новослободскую, один заступил дорогу и торопливо заговорил, и тут подоспели еще двое — достаточно, чтобы заставить пожилого человека без сопротивления спуститься в замусоренный подвал...

Нина, успокойся! Это всего лишь усталость и взвинченные нервы. И завещаний составлять больше не стоит, даже если это кажется необходимым. У меня Матвей и дети...

28 июля 1975 года

Как давно я не писала...

Три дня назад мы отпраздновали сорокалетие Матвея. Были гости: Маша Чурилова, однокурсники Матвея с женами и детьми, Костя Галчинский, антиквар Левенталь, коллекционер Зубанов, имевший виды на Матвея, и неожиданно нагрянувший из Москвы Володя Коштенко. Дети подарили Матвею щенка овчарки — моя идея. Пес ему страшно понравился, и Матвей даже немного повеселел. Настроение у него в последние дни паршивое. Мы так мучительно пробивали через инстанции его первую персональную выставку, столько сил положили на это, что, когда в местной прессе ее буквально растоптали, — Матвей сразу пал духом.

Я удивлена. А чего, собственно, он ожидал? Что его северные пейзажи и портреты монашествующей братии вызовут единодушный восторг? Что одобрят его «Псалом-63» — потрясающую, на мой взгляд, композицию? Или он забыл, где живет?

Народу на открытии было немного, но отзывы симпатичные. Нам звонили, что готовы приобрести работы Матвея хоть сейчас, но он ни в какую не хочет с ними расставаться. Он весь в этом — постоянно совершает взаимоисключающие поступки. Сначала, сломав себя через колено, вступает в Союз художников, затем, разругавшись в пух и прах с новым секретарем, неким Суффальдиновым, подает заявление о выходе из Союза. И так во всем.

Я сказала Матвею: мы с тобой частные лица. Никому до нас дела нет. Тот же Галчинский, при всем своем отвращении к коммунистической доктрине, вступил в партию — иначе не видать бы ему кафедры философии как своих ушей. И теперь другие читают истмат и диамат, а Костя попивает чаек в кабинете и выбирает для себя темы семинаров попристойнее. Этот проклятый Союз нужен тебе только ради пенсии. Пока что мы живем без больших материальных затруднений, но кто знает, что случится завтра? Читай, пиши картины, расти детей; чего тебе, Матвей, еще? Что ты мечешься, не спишь ночами, ссоришься со всеми, а потом хватаешься за сердце? Откуда у славян этот вечный зуд — всех учить, исправлять чужие ошибки, доказывать, что только им известно, как осчастливить человечество? На что ты тратишь свою жизнь? Чего тебе недостает?

Он смущенно потер висок и ответил: наверно, ты права, Нина.

Мне очень жаль его — талантливого и доброго. И я люблю его таким, какой он есть.

Возвращаюсь к дню рождения. Матвей не хотел гостей — к чему все это? — но я-то понимала, что его во что бы то ни стало нужно отвлечь от мрачных мыслей, пусть даже самым тривиальным образом. Спасибо Маше — без нее я вряд ли справилась бы и с угощением, и с уборкой, и с непривычным для нас ритуалом семейного торжества.

Она так и не вышла замуж, словно принесла обет вечной верности школе. Поразительный характер! Лет семь назад у нее кто-то был, да сплыл — Маша выставила ухажера и больше ни с кем не встречалась. Мне она заявила: видеть не могу мужиков; вот выйду на покой, продам квартиру и махну к двоюродному брату в Крым. Буду жить у моря и воспитывать его внуков. Но до пенсии Маше еще десять лет. Она лихо водит ржавые «Жигули», ухаживает за парализованной старшей сестрой, дает уроки английского всем без разбору, надеется стать директором школы и завести там новые порядки, а по вечерам посещает Воскресенскую церковь, где у нее много знакомых среди прихожан; и всем она успевает помогать. Мне бы не осилить и половины.

Кстати, о машине. Никак не уговорю Матвея купить автомобиль, пусть и подержанный. Хотя зачем он нам? С годами я становлюсь настоящей кухенфрау и домоседкой. Я так люблю наш дом — его запахи, шорохи, закоулки; люблю медленно текущее в нем время, шаги Матвея в мастерской над головой, стук дождя по кровле над террасой, голоса детей... И цветы на подоконниках, камин, пусть и не настоящий, свою посуду... Я совершенно равнодушна к жизни, которая вяло течет за окнами...

Володя Коштенко ворвался к нам двадцать пятого августа, в полдень, в самый разгар нашей с Марией стряпни. Возбужденный и, как всегда, навеселе. Мы бросили все и сели пить кофе. Он привез кучу подарков и, блестя раскосыми глазами, похожими на мокрый чернослив, торжественно возвестил, что его жена беременна. Вера, сказал он, с такой же фанатической одержимостью ждет появления на свет младенца, как когда-то отрицала всякую необходимость деторождения. Бросила курить, разогнала приятелей, шьет подгузники и блюдет диету. В доме тот же бедлам — голову приклонить негде. Он проиллюстрировал несколько книг, вышедших в Москве одна за другой, и выставился в Болгарии и на Кубе. «Старик, — Володя с размаху хлопнул Матвея между лопатками, — плюнь и забудь! Не в выставках суть...»

Он приехал вчера и остановился у родителей. Наливки из погребов Коштенко-старшего пошли в ход еще с вечера. «Она Богом клянется, что это мой ребенок, но какая тут может быть уверенность? Понятия не имею, как оно вышло, но неважно, все это мелочи жизни, а я так просто счастлив. Она помирилась с родней, и ее папаша-врач — знаменитость, между прочим, работает в Кремлевке, — не спускает с нее глаз. Еще бы: единственная дочь, продолжательница славного рода Мякишиных...»

Вера не сходила у него с языка и тогда, когда собрались гости. Я попросила Машу опекать Володю; она усадила его рядом, подкладывала ему закуски и бдительно следила, чтобы его рюмка не наполнялась чаще, чем у остальных. Пару раз Володя сбегал в мастерскую — позвонить жене, но в конце концов Маше пришлось увести его вздремнуть наверху.

Матвей весь вечер был рассеян и почти не прикасался к еде.

Я сидела напротив, глядя на него. Мы прожили вместе почти двадцать лет, но для меня он ни на день не постарел. Даже стал красивее — похудел, подтянулся, движения рук и поворот головы стали значительными; лицо окончательно утратило расплывчатую мягкость. По-настоящему меняться он начал после тридцати: появились мелкие морщинки у губ и глаз, особенно у левого, который Матвей постоянно щурит, глядя в объектив бинокуляра во время работы. Но это его нисколько не портит; Маша как-то сказала: «Ты заметила — на твоего мужа оглядываются женщины»... В последнее время он зачем-то отпустил волосы. Это ему не к лицу, но я догадалась, в чем дело: макушка у него начала просвечивать розовым, и это его смущает... Что до бороды, то она у нас не прижилась — растет седыми с ржавчиной пятнами...

Это вовне, но никто и представить не может, насколько изменила Матвея за эти годы напряженная духовная работа. Его воспринимают буквально: молчаливый, слегка настороженный человек, одержимый делом, спокойный и сдержанно приветливый со всеми. Только я знаю, что за этой «обыкновенностью» прячется ранимое сердце, редкий дар и страстная любовь к жизни. Он многое берет чутьем, но еще большему научился за последние годы. Его ни о чем не нужно просить дважды, не требуется его разрешение и тогда, когда мы с детьми что-нибудь затеваем. Абсолютное доверие — поэтому мы никогда не лгали ему, не было нужды. Он как никто умел понимать природу любых ошибок и иллюзий. И нам всегда было хорошо вместе.

Вот почему я так удивилась обиде Матвея и его вспышке, из-за которой закрутилась вся эта история с выставкой. За день до открытия экспозиции мы с Галчинским заглянули к Матвею. Картины уже были развешаны, и он вместе с электриками налаживал освещение. Неожиданно прибыли какие-то бонзы из отдела культуры, по залу начала важно прохаживаться, щурясь на холсты, дама с рыжим шиньоном и ртом, похожим на прорезь в свинье-копилке. Наконец она остановилась, поманила к себе Матвея, сгибая и разгибая указательный палец, а затем холодно спросила, тыча тем же пальцем в картину: «Эт-та что еще у вас тут за "Псалом"?» Матвей вспыхнул, сорвал с себя рабочий халат, швырнул его на пол и вышел, хлопнув дверью. Костя, печально улыбаясь, наклонился ко мне и пробормотал: «Мир поймал-таки нашего гордеца»...

Я вздрогнула — Матвей потянулся к пепельнице погасить сигарету и столкнулся со мной взглядом. Детей уже не было за столом, разговор оживился. Одними глазами Матвей спросил: что-то не так? Я улыбнулась: все хорошо, но скорее бы все они ушли…

Гости начали разбредаться после чая. Левенталь уехал на черной «Волге», прихватив с собой антиквара и сонную Машу Чурилову. Матвей вышел проводить однокурсников к автобусной остановке. Я убирала посуду, когда из мастерской до меня донесся громкий раздраженный голос Володи: «С какой это радости вы, почтенный Константин Романович, лижете задницу каким-то протестантам?» Я подошла поближе — дверь была полуоткрыта. «Я, — сердито отвечал Галчинский, — никогда и никому, как вы изволили выразиться, не лизал… А вот вы много лишнего болтаете в городе…» «Когда это?!» — с вызовом перебил Володя. «Вчера вечером вы моим студентам в кофейне на Лермонтовской что наговорили?» — «Так это были ваши студенты? Недоумки и стукачи в придачу!..»

Я толкнула дверь и вошла в мастерскую.

Коштенко был совершенно пьян. «Н-нина, — обратился он ко мне, едва ворочая языком, — ну хоть ты разъясни нашему профессору… Дитмара Везеля, твоего отца, убили? Уб-били, ф-факт. А он не верит… Да я как сейчас вижу тот подвал, трухлявые ящики у стены, балку эту гнилую… и то-о-оненькую такую удавочку…» «Замолчи немедленно, Володя! — закричала я. — Что ты несешь?!» Он обиженно засопел. «Вот, значит, как? Прошлого у нас нету — сплошное светлое будущее? Ферштейн!.. А ты знаешь, что он, — Володя ткнул пальцем в Галчинского, — до сих пор якшается с тем надутым пастором по фамилии Шпенер? Я своими глазами видел их на Большой Бронной — чуть не в обнимку… А может, этот самый Шпенер и убил твоего отца?» «Николай Филиппович приезжал? — я удивленно обернулась к Косте. — Ты мне ничего не говорил…» «Случайная встреча, — пожал плечами Галчинский, — только и всего. Он прибыл в Москву по своим делам, а я по своим...» «Вот-вот, — встрял Володя, — наивная ты женщина... Пастор ваш — агент, шпион международный...»

Костя взглянул на него с брезгливой жалостью, но промолчал.

Тут в мастерскую вошел Матвей и, потирая руки, с неожиданным воодушевлением воскликнул: «А теперь самое время еще разок закусить чем Бог послал!» Я принесла им бутербродов, солений, графинчик холодной водки... Выпила с ними рюмочку и отправилась мыть гору посуды, оставшуюся после гостей.

Через час я заглянула в мастерскую. Матвея там уже не было. На топчане, похрапывая, спал одетый Коштенко. Верхний свет был погашен; в глубоком кресле у рабочего стола сидел Галчинский, перелистывая книжки, проиллюстрированные Володей. Подняв на меня глаза, Костя произнес: «Талантливый парень, но дурак редкостный... Матвей в детской. Ты не могла бы хоть немного посидеть со мной?..»

8 августа 1975 года, 2 часа ночи

Сегодня вечером нам позвонил Глеб Иванович Коштенко, отец Володи, и сообщил, что его сына зарезали бандиты. Старик был не в себе, и мы с Матвеем, бросив детей одних, помчались к нему.

Он встретил нас в полной растерянности, с опухшим от слез лицом; мать Володи к нам не вышла — она лежала в дальней комнате в полузабытьи. Час назад уехала «скорая», в пепельнице на столе валялись пустые ампулы из-под транквилизаторов.

Я не была знакома с родителями Володи, но Матвей в юности часто бывал в этом доме, пока приятель не перебрался в Москву. Муж рассказывал, что родители Володи постоянно жили как на вулкане из-за крутого нрава отца и прижимистого характера матери. Несмотря на то что отец частенько попивал, у них был добротный дом и налаженное хозяйство, как у многих в пригороде.

Тело Володи находилось в морге судмедэкспертизы. Глеб Иванович ждал приезда старших сыновей и Веры. Братья добирались издалека: один с китайской границы, где, оставшись в армии на сверхсрочную, закончил училище и дослужился до майора; другой — из Прибалтики, куда уехал на шабашку да так и осел навсегда.

Что мы могли сделать в такой ситуации?

Матвей взялся за телефон, а я попыталась накормить старика, однако из этого ничего не вышло. Он без конца повторял, что Володя с утра уехал на вокзал за билетом, обещал к полудню вернуться, а в пять постучали в дверь и двое парней из милиции сообщили, что его сын убит. Они показали паспорт Володи — там лежал билет на десятое августа на московский поезд, а потом стали допытываться, с какой целью он прибыл в Воскресенск, с кем встречался, почему оказался в промзоне — на берегу гнилой речушки за оградой танкового завода. Именно там он и был смертельно ранен двумя ударами ножа в спину.

Матвей в конце концов дозвонился до крупного милицейского чина, а затем и к следователю, который все еще был на службе. Следователь назначил встречу на завтра, а среди прочего неохотно сообщил, что на месте преступления была ссора, а затем вспыхнула драка. В этот глухой район Володя забрел не один, и свидетелям ссоры показался нетрезвым... Кто были его спутники и почему Володю туда занесло — никто не знал.

15 августа 1975 года

Следствие по делу об убийстве Володи Коштенко зашло в тупик — в том смысле, что подозреваемых обнаружить не удалось, версий нет и никаких следственных действий больше не производится. Скорее всего, оно спустя положенное время будет закрыто и подпортит органам цифру раскрываемости. Тело, вероятно, отдадут — все экспертизы закончены, хотя толку от них особого не видно. Старший брат, майор, бушевал, грозясь дойти до министерства, — мол, убийцы должны быть найдены и понести кару, а заодно и местные милицейские олухи, которые завалили расследование, — однако прибывшая из Москвы Вера Мякишина твердо поставила точку в этой истории, заявив: «Вы тут пьете, орете и стучите кулаками по столу, а Володя лежит неизвестно где. Голый и холодный. Мы должны забрать его и попрощаться по-человечески. Что-что, а это он заслужил...»

Вдова Володи побывала и у нас. Я едва узнала ее — Вера превратилась в томную столичную даму с глазами кокаинистки. Свой округлившийся живот она несла словно трофейное знамя и держалась так, будто ничего непоправимого не случилось. Вера с любопытством осмотрела наш дом, а затем долго пила чай со сливками; поинтересовалась, нет ли у нас свежего творога, приласкала Аннушку, и мне показалось, что ей не хочется возвращаться к Коштенко. Я предложила переночевать у нас, но Вера отказалась. «Эти неандертальцы снова надерутся и начнут цепляться к Володиной маме, а она и без них на ногах едва держится. Да и с похоронами много хлопот...»

Я неловко спросила, как она переносит беременность. «Отлично, — последовал ответ, — хотя молоденькой меня можно назвать только сослепу. Природа неглупа и наделила женщину защитой от всех бедствий...» «Ты работаешь, Вера, — я имею в виду живопись?» Она презрительно повернула ко мне смуглое горбоносое лицо: «Ну кому сейчас нужна живопись? Кому вообще нужна индивидуальность? Ты посмотри на своего Матвея. Прекрасная выставка, странные, одухотворенные полотна. Я проторчала там битых два часа и осталась бы еще. Пустой зал, кроме меня ни души. А знаешь почему?» Я-то знала, потому и перевела разговор: «Как ты будешь жить с ребенком? На что?» Она усмехнулась: «Плевать, папочка прокормит... Нина, все бессмысленно, даже эта дурацкая смерть Володи. Все, кроме моего сына. Я его выращу, и запомни — художником он точно не станет...»

Вера ушла. Я думаю, и из нашей жизни также. До остановки ее провожал Матвей. Вернувшись, он сказал: «Я посадил ее в такси, и мне самому пришлось назвать адрес, — оказывается, Вера его не помнит. Потом она вдруг заплакала и стала торопливо шептать: "Володя был гениально безалаберным человеком... И никаким мужчиной — трусом, конформистом, безвольным добряком и пьянчужкой... Все, что у него было, — крепкая, настоящая рука рисовальщика. И я, дура безмозглая, его очень любила..."»

Первое января 1976 года

Год позади. Матвей начал понемногу заниматься реставрацией, в которой достиг многого. Его имя теперь известно в городе. К нему обращаются, в основном, частные коллекционеры и местная партийная знать. Их огромные квартиры, оказывается, набиты трофейной живописью, среди хлама попадаются уникальные вещи.

Вчера был праздник. Мы собрались у елки в гостиной и отключили телефон. Было много подарков, смеха, лаял и носился по комнатам пес, получивший новогоднюю косточку, пили шампанское. Анюта умаялась и отправилась спать раньше всех, а Паша упирался и не хотел уходить до двух. Наконец и он спекся, и мы с Матвеем остались одни.

Я начала было убирать со стола, но Матвей сказал: «Брось все, иди ко мне...» Я подошла, и он с неожиданной силой обнял меня. «Что еще нужно человеку? — проговорил Матвей. — Дом, семья, работа... Мне почему-то тревожно, Нина. Кто все время так пристально смотрит на нас?» «Бог, — ответила я. — Кому мы еще нужны? Дети вырастут и уйдут каждый своей дорогой, у друзей собственная жизнь, родители наши на небесах... нас только двое, ты и я, — с этим мы и умрем...»

4

Первое января 1991 года. Поздний вечер

Мы пока еще живы.

Этот комментарий относится к последней моей записи пятнадцатилетней давности. С тех пор я забросила дневник, а сегодня я гораздо спокойнее. Будто отложила весла, и течение тихо несет меня по бесконечной реке. Хотя я-то знаю, что не так уж она и бесконечна и обязательно где-то придется причалить к берегу… В семьдесят шестом мне было сорок три, и я даже не догадывалась о том, какой глубокий и затяжной кризис меня поджидает; в то время я совершенно забыла о своем блокноте. О том, что со мной происходило, сказать нечего — я с этим справилась.

Глупо писать о счастливой повседневности. О детях, о работе, о нашей с Матвеем глубокой близости, о доме и более-менее безбедном существовании. Череда прожитых дней — из тех, что зовутся легкими, хотя многие из них пережить труднее, чем целую длинную жизнь…

В семьдесят шестом все изменилось мгновенно. По принципу домино. Матвей простудился и трудно проболел почти три месяца. Ему пришлось ограничить курение, однако он еще долго кашлял, сильно исхудал, а от лекарств у него начались проблемы с желудком. Матвей выкарабкался, но мой страх за него лишил меня воли к жизни. Я слишком хорошо помнила последнюю болезнь мамы. А тут и моя очередь подошла. Я запаниковала, не понимая, что со мной происходит. Мир потерял связность, распался на отдельные фрагменты, я мучилась бессонницей и в конце концов оказалась на пороге глубокой депрессии. В один из вечеров, отыскав в блокнотах отца несколько телефонов прихожан лютеранской церкви, я позвонила. Мне сообщили адрес, назвали время, и я поехала туда, ничего не сказав Матвею.

Это был обычный большой дом в районе частной застройки — вроде нашего, но на другом конце города. Кое-что уже менялось, но прихожане по-прежнему собирались скрытно, по одиночке ныряя в калитку и быстро пересекая двор. О службе писать не буду — по сей день я так и не стала членом общины, хотя и побывала там еще несколько раз. Мне нужно было с кем-нибудь поделиться новыми ощущениями, и я рассказала о своем возвращении в лоно церкви старой подруге — Маше Чуриловой. То, что произошло затем, было ужасно: я ожидала понимания, поддержки, но Маша, православная до мозга костей, вдруг вспыхнула и наговорила гадостей; в итоге мы разругались, а гордыня не позволила мне сделать шаг к примирению первой. Теперь-то я понимаю, что с нею случилось то же, что и со мной, — мы обе перешагнули порог критического возраста.

С Машей мы больше не виделись — вскоре она вышла на пенсию и уехала в Крым, как давно собиралась.

Меня познакомили с пастором — образованным человеком средних лет, потомком немцев из Поволжья. На языке предков он изъяснялся с акцентом и показался мне несколько вяловатым, но знающим свое дело. К служению он приступил после смерти моего отца, и имя Дитмара Везеля ему ничего не говорило — в отличие от нескольких пожилых экзальтированных дам, окруживших меня назойливым вниманием. В то свое первое посещение мне очень хотелось поговорить с духовным лицом, однако у пастора после службы оказались срочные дела, и он, уже на ходу, велел мне регулярно посещать какие-то библейские вечера…

Был там и тот господин, которого я впервые увидела на похоронах отца, — Петр Интролигатор. Он не сводил с меня глаз, и я, сама того не желая, кивнула ему. Однако в первое мое посещение общины он не сделал ни малейшей попытки приблизиться — держался отчужденно и холодно, и только покидая дом пастора, неожиданно оглянулся, словно приглашая последовать за собой. Одет он был аккуратно, но ткань на обшлагах тщательно вычищенного и отутюженного темного костюма вытерлась до основы — мне даже показалось, что это тот же костюм, в котором Интролигатор был на похоронах. В руке он держал темные очки в немодной оправе. И все же в тот вечер, когда я приняла решение больше не приходить к лютеранам, мы вместе отправились к остановке трамвая, которая находилась в двух кварталах.

Уже смеркалось, но очки он все-таки надел. Очень рослый, на голову выше меня, он неторопливо шел рядом, и временами казалось, что его голос доносится откуда-то издалека. Говорили мы на немецком. Интролигатор расспрашивал о Матвее и детях — из этих расспросов я поняла, что он неплохо информирован о нашей жизни. Я удивилась — откуда? Тогда он сказал, что еще много лет назад, перед отъездом в Москву, мой отец просил его позаботиться обо мне. Я сразу занервничала и с вызовом заметила, что просьба отца кажется мне довольно странной — ведь он не мог знать, что с ним произойдет. «Не нужно так волноваться, фрау Нина, — сказал он. — Мы были друзьями. Дитмар мне доверял». «И что же, все эти годы вы, так сказать, приглядывали за мной со стороны?» «Я не должен был привлекать к себе внимание, — последовал ответ. — Ведь у вас все складывалось неплохо?» «Верно, — согласилась я. — Расскажите мне, герр Питер, об отце…» «Дитмар Везель, — помолчав, медленно произнес он, — любил жену и дочь. Мы познакомились в церкви и скоро обнаружили, что у нас много общего. Мы оба потеряли близких — моя жена погибла, и я жил, как в пустыне. Но у Дитмара были вы, а мне Бог не успел послать ребенка… Хотя сейчас это уже не имеет значения, — Интролигатор странно усмехнулся углом рта, — важно другое. Однажды Дитмар явился ко мне с семейной Библией — замечательное издание, большая редкость в наши дни. Она была сильно повреждена, и он оставил книгу у меня. Вы должны знать, что моя профессия — переплетчик. Даже фамилией я обязан этому ремеслу, так как мои предки, кроме отца, на протяжении пяти поколений занимались тем же. Мне пришлось основательно повозиться, восстанавливая страницу за страницей, пока Библия не приобрела тот вид, какой имеет сейчас… Она ведь по-прежнему лежит на столике в вашей спальне? — Я кивнула. — Сожгите все! Уничтожьте записи Дитмара и его переписку. Я настоятельно вас прошу!..» «Но почему? Почему я должна это делать?» «Потому что он этого хотел… и ради всего святого, держитесь подальше от нашей общины…»

Его волнение меня поразило, однако из чувства противоречия и какой-то смутной тоски я воскликнула: «Но вы-то посещаете службы, почему в этом должно быть отказано мне?» «Ваш трамвай, фрау Нина, — сказал Интролигатор. — Все просто: я верю, вы — нет… Обещайте мне исполнить волю вашего несчастного отца…»

Больше я этого человека не видела.

Конечно же, я не выполнила обещания — не уничтожила книгу. И не продала ее, сколько меня ни упрашивали. Она по-прежнему лежит в спальне, и иногда я читаю Матвею вслух тот или иной отрывок. Тот же его любимый шестьдесят третий псалом. По-немецки он звучит как эхо в ущелье. Вглядываясь в каждое слово, я перечитала записные книжки отца, изучила всю его переписку, а затем ясным осенним днем сожгла эти бумаги в саду вместе с опавшими листьями. То, что я там вычитала, снова выбило меня из колеи и напугало, но теперь все превратилось в дым и пепел.

…Ближе к вечеру Матвей ушел провожать Галчинского, встречавшего у нас Новый год, да, видно, где-то застрял. Детей в доме тоже нет. Павел празднует с приятелями, Аня со своим молодым человеком отправилась в гости. Оба вернутся только второго. Минувший год был битком набит круглыми датами: Матвею исполнилось пятьдесят пять, сыну — тридцать, а дочери — двадцать пять…

Костя свалился нам на голову неожиданно. Он разительно переменился — встречая в институте, теперь я не всегда его узнаю. Эпоха галстуков и строгих костюмов ушла на дно. Тощий зад Константина Романовича обтянут драными джинсами, привезенными из Берна, свитер болтается как на вешалке, волосы он отпустил до плеч и, кажется, начал красить, на впалых щеках неопрятная поросль с проседью, глаза горят священным безумием. Он носится по коридорам в окружении возбужденных студентов, сменил уже три машины, однако сам терпеть не может водить, поэтому за рулем у него всегда кто-нибудь из поклонников или поклонниц.

Несмотря на весь этот фейерверк, Константин Романович по-прежнему живет бобылем. И хотя в его доме нет-нет да и задержится какая-нибудь молоденькая женщина, я сильно подозреваю, что он ухитрился до сих пор сохранить целомудрие. Светлана Борисовна не в счет — это особая история. Связи его в городе обширны, знакомых бездна, здоровье — отменное. Утверждает, что по утрам обливается холодной водой, но я не верю, зная его характер. Галчинский — из тех, кто нюхом чует ситуации, пагубно влияющие на нервную систему. Бережет себя — потому и здоров. И дай ему Бог! Он крайне осторожен, держится, как всегда, подальше от властей, а на профессорский коньяк, кроме нашего института, зарабатывает еще в двух. В политехническом у него часы по психологии, в юридическом читает этику и религиоведение. И вовсе не по причине нужды — Костя человек достаточно обеспеченный по нашим меркам. С возрастом его хобби — собирание редких книг, марок и старых гравюр — обернулось внушительной цифрой сбережений. Иногда Костя впадает в меланхолию. Тогда он начинает жаловаться, что одинок как перст, и грозится, что после смерти коллекцию свою завещает городу... Единственное, чего у Галчинского не отнять, — он жадно любопытен к людям и умеет с ними ладить. Он готов часами слушать любого болтуна и при этом не тратит ни капли собственной энергии; но что уж совсем странно — по-настоящему глубоких людей Константин Романович в упор не замечает. Это — свойство философов и священников...

Он позвонил тридцать первого в девять вечера и вдруг стал напрашиваться в гости. Матвей подозрительно проворчал в трубку: «А вы один или с компанией, Константин Романович?» Костя поклялся, что один-одинешенек, и добавил: «Светлана Борисовна меня покинула...»

Повесив трубку, Матвей передал мне их разговор. Но особой охоты видеть Галчинского у меня не было. «Ты несправедлива, Нина. Человеку, наверное, совсем плохо...» — «Косте никогда не бывает плохо, просто сегодня ему не с кем посплетничать. А кто это — Светлана Борисовна? — поинтересовалась я. — Почему я о ней ничего не слышала? Ты с ней знаком?» — «Более-менее, — неохотно ответил Матвей. — Видел у Константина Романовича... в домашнем халатике и шлепанцах...» — «Ого-го!» — «Это не то, что ты думаешь. Она... с ее стороны все было очень серьезно. Но она неожиданно вышла замуж за какого-то южноафриканского фермера и уехала с ним, прихватив обоих сыновей от первого брака. Галчинский страшно расстроился...» — «Небось сам он их и свел. Откуда тут взялся этот фермер?» — «В точку, — усмехнулся Матвей. — Господин прибыл делиться опытом по приглашению областной ассоциации сельских хозяев, застрял в городе. Тут-то и выяснилось, что он интересуется антиквариатом. В Африке даже электрический самовар — уникум. Зубанов познакомил его с Константином Романовичем. Я как-то видел их втроем — Светлану, Галчинского и мингера Гроотсхофена... Тебе в самом деле интересно?» — «Еще как! — воскликнула я. — Мне казалось, что по давней нашей дружбе Костя ничего от меня не скрывает. И что же — интересная женщина?» — «Не знаю. На меня обаяние таких дам, как госпожа Ивантеева, не распространяется. Практичная особа с насмешливым и довольно острым умом. И все это спрятано под внешней беззащитностью с примесью... как бы это поточнее выразиться... провоцирующей чувственности. Для своего возраста она прекрасно сохранилась. Темные пышные волосы, легкая фигурка, маленькая грудь, полные, розовые, всегда как бы искусанные губы...» — «Ты, оказывается, и такие вещи замечаешь? Сегодня у нас вечер открытий!» — «Ну что за ирония, Нина? Фактура есть фактура. Выпестованный ею самой образ. Разве я виноват, что со второго взгляда вижу то, что человек пытается скрыть от посторонних глаз?» — «И что же ты увидел?» — «Она чувствовала себя несчастной — постоянно. Из-за житейских обстоятельств и собственного характера. Очень женственная, тщательно следящая за своей внешностью, осторожная в суждениях — и все время на грани срыва. Они с Галчинским были парой — может, поэтому их роман развивался так стремительно. Светлана Борисовна его по-настоящему любила, но Костя догадался об этом только тогда, когда все кончилось...» — «Чистая мелодрама, — сказала я. — Думаю, у нее с фермером все будет нормально...»

Сияющий Галчинский заявился чуть не во фраке, словно собрался на рождественский бал в Венской ратуше. Как-то это не вязалось с пережитой им любовной историей и его новым джинсовым стилем. С собой он принес грузинское вино, апельсины, цветы и целую кучу подарков — в том числе и детям. Я поднялась наверх, а когда вернулась, Костя торжественно протянул мне черную бархатную коробочку.

Я открыла. Там лежал тяжелый серебряный перстень с круглым кабошоном — серой в полоску яшмой. «Настоящая работа, — проговорил Галчинский. — Сделано на заказ еще в пятьдесят четвертом. Сразу, как вы с Дмитрием Павловичем приехали сюда. Старая десертная ложка, а запонку с яшмой я нашел, разбирая всякий хлам в столе у моего отца... Но отдать не решился — в те времена ты, Нина, была суровая, как статья в «Правде»... Надень!» — «Не только суровая, но и тощая, — улыбнулась я. Перстень и в самом деле оказался маловат и с трудом сел на безымянный палец, однако я не стала его огорчать: — Спасибо, Костя. Просто чудесный!»

Галчинский засопел, поцеловал мне руку и обернулся к Матвею. На ладони у него лежал продолговатый кожаный мешочек, затянутый, как кисет, сыромятным ремешком. «А это — тебе!» — произнес он. «Что это?» — удивился Матвей. «Индиго, — провозгласил Костя. — Китайский. Или индигофера анила, если уж требуется точность. Во времена твоего обожаемого Грюневальда за такой мешочек давали полфунта чистого золота. А случалось, и убивали. Пока какой-то немец не придумал, как получить точно такую же краску из нафталина».

В эту новогоднюю ночь все выпили больше обычного. Уже несколько лет мы с Матвеем встречали этот праздник вдвоем, и появление третьего, пусть и по-своему близкого человека, изменило привычную атмосферу тихого семейного застолья. Вдобавок мне все время казалось, что Галчинскому хочется остаться с глазу на глаз с Матвеем. Между прочим, и мне хотелось того же. Некоторое время за столом царило напряжение, потом пробило двенадцать, и все с фальшивым оживлением принялись поздравлять друг друга.

«Ох, помню, — воскликнул, усаживаясь поудобнее, Галчинский, — встречу пятьдесят третьего в вашем доме в Суюкбулаке! Ты, небось, уже и думать забыла?» Я пожала плечами. «Как же так! — оживился Костя. — Ты приготовила царский ужин... и в этом твоем синем платье с подкладными плечами и ниткой настоящего жемчуга на шее выглядела сказочной красавицей. Но такой недоступной и хрупкой, что...»

Мне не понравился тон Кости, и я перебила: «Вспомнила! Мы как раз получили посылку из Москвы. Папе пришлось пешком идти за двадцать пять километров на почту. Счастье еще, что назад его подвезли. Ящик был огромный… и никто из нас тогда даже не надеялся, что все скоро закончится…» «Потом пришли Моргулисы, — подхватил Галчинский, — Адам и Томас, принесли спирт. Мы с ними просидели до утра… Их обоих, если не ошибаюсь, освободили гораздо позже, только после двадцатого съезда. Не знаешь, что с ними сталось?» «Оба вернулись с семьями в Литву. А когда в середине семидесятых арестовали сына младшего из братьев, и опять по обвинению в национализме, старший, Адам, покончил с собой. К тому времени он уже овдовел. Младший, Томас, дождался сына из зоны, собрал всех оставшихся Моргулисов и вывез в Штаты. Там нашлась родня, эмигрировавшая сразу после революции. В прошлом году он умер…» «Вот как? — пробормотал Галчинский. — В самом деле — иных уж нет, а те… — он рассеянно помахал рукой. — История повторяется, и нет никакого смысла искать лучшей жизни по ту сторону Атлантики. Жизнь всегда и везде несправедлива». «Они и не искали, — возразила я. — Их заставили». «Да-да… — Костя потянулся к бокалу и, адресуясь к Матвею, приподнял: — За тех, кто далеко!»

Я присоединилась к тосту.

«Между прочим, Матвей, — Галчинский вдруг оживился, — ты помнишь эту досочку — «Голландский пейзаж»? Отличнейшая вещь. До сих пор не понимаю, как это ты решился ее продать… Светлана Борисовна — та от нее была просто без ума, и неудивительно, что так легко рассталась с весьма крупной суммой. А теперь держись за стул: с прошлой недели эта доска — украшение моей коллекции… — Он развел руками, будто заранее извиняясь. — Слабость, понятно, не сумел устоять. Когда она уже перед самым своим отъездом вдруг явилась ко мне с картиной…»

В полном недоумении я уставилась на Матвея. Еще одна неожиданность — эта вещь хранилась в мастерской мужа уже несколько лет, упакованная в плоский деревянный ящик с застежками. Видела я ее всего раз или два, но запомнила, как Матвей, возвращая картину на стеллаж, почему-то спросил: «Ну и как тебе этот семнадцатый век?» Я пожала плечами: пейзаж и пейзаж. С тех пор как Матвей занялся реставрацией, через его мастерскую проходило немало подобных вещей. Муж обернулся ко мне с усмешкой, значения которой я тогда не поняла. Зато теперь он отвел взгляд и уже собрался было что-то сказать, однако Константин Романович возбужденно перебил: «Не нужно было иметь семь пядей во лбу, чтобы догадаться — Светлана меня просто использует. Да-да! Это было унизительное чувство, я так и сказал ей об этом… Тем более что она пару раз заходила ко мне с этим якобы фермером, которого интересовали исключительно бронза и старый фарфор. А заодно я тактично дал понять, что между нами все кончено. После этого она больше не появлялась — но представьте, друзья, мое изумление, когда спустя две недели раздался звонок в дверь. Я открываю, а на пороге стоит госпожа Ивантеева с внушительным пакетом под мышкой и сообщением о том, что не далее как послезавтра она покидает страну и отправляется прямиком в Африку. С новообретенным мужем и мальчиками. «Ну-с, желаю всяческого процветания», — говорю, а она на это: «Хочу сделать вам небольшой подарок на прощание». Протягивает мне пакет и без единого слова уходит. Я распаковываю пакет, а там — «Голландский пейзаж» и к нему — нотариально заверенный документ. Акт дарения. В этом весь характер…»

Галчинский умолк, и в возникшей паузе мне ничего не оставалось, как предложить мужчинам перейти к горячему. Огибая стол, чтобы пробраться в кухню, я размышляла о том, что единственным человеком, кроме меня, который знал о существовании картины, был Костя. А значит, именно с его подачи Светлана Борисовна обратилась к Матвею. На мгновение у меня мелькнула безумная догадка — а что, если это всего лишь многоходовая комбинация, затеянная Галчинским, положившим глаз на «Голландский пейзаж», и кто кого использовал — еще вопрос. Но эту мысль я отбросила — слишком сложно, а через минуту в кухне появился Матвей.

«Ты все неправильно поняла, Нина…» — «Откуда ты знаешь, правильно или нет? Я думала — у нас нет тайн друг от друга». — «Их и нет. Если ты о картине, то я просто не сумел отказать… А если быть до конца честным, то и не захотел. У меня опять проблемы с работой, — Матвей вымученно усмехнулся, — так уже бывало… Некоторое время денег будет меньше. Совсем мало. Но мне не хотелось, чтобы ты знала об этой… об этой сделке…»

Я поспешила его остановить: «Достаточно. Мне нет дела до этой истории. Возвращайся к столу. Что-то Костя меня сегодня утомляет…»

Все оставшееся время мы провели под невнятный гомон телевизора; затем я ушла спать, а Матвей с Галчинским остались.

Мы встретились только поздним утром — почти как родные. У всех побаливала голова и почему-то был волчий аппетит. День оказался похожим на все те дни, когда Костя внезапно появлялся у нас и тут же начинал ныть: «Нина, покорми убогого, Христа ради… Никто меня не любит, не жалеет, протяну ноги — похоронить будет некому…»

Павел, наш старший, завел ту же манеру — являться домой когда вздумается, при этом пропадая неведомо где по нескольку дней. Однако официально считается, что он все еще живет вместе с нами. Ничего не поделаешь — взрослый мужчина, хотя прямо с порога, как Галчинский, требует еды и внимания…

С раннего детства он неплохо рисовал: твердая рука, верный глаз, но без той искры, что у отца. Это помогло ему после окончания школы поступить в институт, где когда-то учился Матвей, на отделение графики, но на третьем курсе он неожиданно перевелся на промышленный дизайн. Никогда бы не поверила, что ему по душе конструировать табуретки и корпуса для пылесосов.

Смирный и ласковый на первый взгляд, Павел совершенно закрыт для всех. С отцом у него сложились странные отношения: привязанность то и дело сменяется обоюдным раздражением. Внешне он походит на Матвея больше, чем на меня, но с возрастом так и остался полноватым из-за своей флегмы и привычки валяться на диване с книжкой и пакетом сладостей. Спортом он никогда не интересовался и терпеть не мог шума и беготни. Его трудно вывести из себя, и, что бы ни случилось, он не открывается — словно боится проговориться. У нас с ним прекрасные отношения, но приходится признать — я почти ничего не знаю о собственном сыне, не знаю его вкусов и предпочтений, не говоря уже о том, к чему он стремится.

«Твой Павел, — однажды заметил Галчинский, — славный парень. И проблема не в нем. Их поколению исторически не повезло — они оказались промежуточным звеном, прокладкой между одной страшной эпохой и началом другой… еще неизвестно какой. А от прокладки ничего особенного ждать не приходится — ее дело впитывать. Отсюда инертность и отсутствие воли к действию. Но у них своя миссия — выжить и заложить фундамент иных отношений между людьми. Хотят они того или нет. Посмотри на девятнадцатый век в Европе с его прагматизмом и рациональной верой. Можешь не беспокоиться — у него все будет нормально…»

В те несколько лет, пока Павел учился в институте, он изменился до неузнаваемости: стал резок, невнимателен, все ему стало не то и не так. Не хватало денег, которые давал Матвей, разонравилась комната, в которой он жил, — слишком мрачно; его бесили преподаватели и однокурсники, сестра и соседи, секретарша в деканате, водители автобусов и даже погода… Я предположила, что ему не помешала бы эмоциональная встряска — и он ее получил: девушка, с которой Павел стал жить, сняв комнату в центре города на деньги, тайком взятые взаймы у Галчинского, ушла от него. С тех пор о женитьбе не было и речи. Он вернулся домой, с грехом пополам защитил диплом и нашел работу в клубе железнодорожников — малевал плакаты, объявления, декорации к спектаклям аматорского театрика и даже ремонтировал мебель, получая гроши. Зато стал гораздо спокойнее.

Слабости сына мне были известны наперечет: сигареты «Данхилл», иногда — несколько рюмок с приятелями, две-три подружки (у одной он оставался ночевать, а порой и жил несколько дней), легкость в обращении с деньгами. Но знала я также и то, что он прекрасно владеет немецким и английским, подумывает, несмотря на свой дизайнерский диплом, о юридическом образовании и обладает безукоризненным чутьем на настоящее искусство. Его внешняя и внутренняя жизни долго текли параллельно, ни в чем не пересекаясь, однако он вырос порядочным человеком. Павел никогда не демонстрирует своих знаний и частенько расстраивает отца своим напускным безразличием к вещам, которые Матвею кажутся важными. Но это ничего не значит — к тому времени когда Павлу исполнилось двадцать восемь, его отношения с отцом окончательно наладились. Единственным и неотменимым условием осталось одно — не ограничивать его свободы…

Никто и не пытался. Только однажды я почувствовала, что должна вмешаться в его жизнь. Осенью прошлого года сын начал посещать собрания какой-то новоявленной секты, и я всполошилась. Мне не понравилось, что он так и не смог толком объяснить, чем они там занимаются, и туманно назвал этих людей «харизматическими дилетантами». На мой вопрос, почему он все-таки посещает эти сборища, Павел односложно отвечал: «Забавно». Собрания проходили в клубе, где он все еще работал, три раза в неделю под видом лекций по истории религии и западноевропейского искусства. Затем постоянные посетители оставались для обсуждения, и после этих «обсуждений» Павел возвращался домой другим. Другим — и все тут. Словечко «опустошенный» здесь не подходило.

Слава Богу, продолжалось это каких-то пару месяцев — «лекции» прикрыло, опомнившись, клубное начальство.

Как-то вечером Павел явился с работы в компании старого приятеля — безработного музыканта Вани Чижа, режиссера клубного театра Иосифа Белого и еще одного господина неопределенного возраста по имени то ли Билл, то ли Уилл. Этот господин и оказался устроителем «лекций». Он обладал приятной неброской наружностью, сдержанными манерами и довольно сносно говорил по-русски, хотя, насколько я поняла, был не то швейцарцем, не то американцем. Иногда он обращался к Павлу по-английски, но конструкция фраз сразу же выдавала, что этот язык ему чужой. Я разливала чай и поневоле присутствовала; Матвей, не любитель пустопорожних разговоров, скрылся в мастерской.

Темы обсуждались более-менее нейтральные. Павел и его приятель-музыкант помалкивали, Билл тоже не был особо красноречив; зато соловьем разливался режиссер. Из его возбужденных речей следовало, что он считает целью жизни создать в городе некий «духовный» театр — так сказать, вернуться к истокам, возродить средневековую традицию. Я спросила, что это значит, и выяснилось, что молодой человек намерен иллюстрировать Писание всеми доступными средствами — ни больше ни меньше. От балета до карнавального шествия. «А вы-то сами кто по вероисповеданию?» — не удержалась я. Белый осекся, недоуменно взглянул на меня и буркнул: «Не имеет значения...» «Ваш замысел — чистейшая нелепость, — проговорила я и добавила по-немецки: — Каждому овощу свой час...» При этом я заметила, как у Билла (или все-таки Уилла?) левая бровь поползла вверх. «Да почему же, почему?!» — обиженно завопил Белый. «Потому, — отрезала я. — У всего есть свое время и место. Тюрьме свое, театру — свое, и Церкви тоже... Иначе все перемешается». — И пошла в кухню с пустыми чашками, а следом за мной Билл, прихвативший остатки чайной посуды.

«Вы, фрау Нина, разумная женщина!» — услышала я за спиной неожиданно правильный немецкий. Ох, до чего же этот господин мне не понравился — он был как жестяная воронка, в которую проваливаются твои энергия и воля. «Позволю себе спросить: вы принадлежите к евангелическо-лютеранской церкви?» «С чего это вы взяли?» — неприязненно спросила я по-русски, круто оборачиваясь. «Павел как-то обмолвился, что его дед родился в Немецкой Слободе...» «Ну и что из того? Там проживало столько же протестантов, сколько и католиков. И все они были немцами. Лично я ни в какой вере не нуждаюсь...» «Не симпатизируете лютеранам?» — прищурился Билл-Уилл. «Нет, — отрезала я, — просто научилась ходить без костылей».

Он покрутил носом и наконец-то оставил меня в покое.

Когда гости ушли, я сердито спросила у сына: «С какой это стати ты рассказывал о Дитмаре Везеле совершенно незнакомому человеку?» Павел удивился: «Мам, ни слова! Могу поклясться — о деде я даже не упоминал...»

Галчинский отнесся к моему негодованию совершенно спокойно: «Что ты все кипятишься, Нина? Везеля-старшего многие помнят — мало ли от кого этот тип мог наслышаться о твоем отце. В городе существует сплоченная, хоть и небольшая лютеранская община... лютеране есть и среди моих студентов — та же Оля Бриннер... Тебя интересует, откуда взялась эта темная лошадка, этот «лектор»? Отвечаю — оттуда, где уже стоят наготове легионы таких, как он. Дадут отмашку — и все они ринутся сюда. Спросишь — зачем? Элементарно. Религия и культура всегда остаются излюбленным полем деятельности для всякого рода «ловцов душ», умеющих извлекать прибыль из слабости, слепой любви и доверия... Мальчику нужно держаться подальше от этой чертовщины, скажи ему...»

Мое вмешательство не потребовалось — Павел больше не встречался ни с кем из той компании. Вскоре он бросил работу в клубе и начал понемногу помогать отцу. Это случилось совсем недавно, и мне кажется, что сын по-настоящему увлекся техникой реставрации...

Матвей еще не вернулся. Жду его. Соскучилась.

Об Анне... Дочь всегда была ближе ко мне, чем к отцу, — мы прекрасно понимали друг друга. Она хорошо училась в школе, хотя, в отличие от брата, росла непоседливой. Врачом Анюта решила стать неожиданно — когда перешла в выпускной класс. В тот год умер наш пес, умница Патрик, совсем еще не старый. Анна обожала его, и эта смерть была для нее тяжелым ударом, тем более что и пес относился к ней по-особому. Мы сразу заметили, что с ним что-то не в порядке. Ветеринар предположил воспаление легких, но, видимо, ошибся. Анна самоотверженно возилась с Патриком, колола антибиотики, кормила и поила с ложки, и ему как будто полегчало. И все же спустя неделю на рассвете пес умер — совершенно беззвучно, подсунув лобастую голову под свесившуюся с кровати руку спящей Анны.

Она проплакала три дня и дала себе слово, что станет ветеринарным врачом. Однако, окончив школу с медалью, подала документы в медицинский на отделение педиатрии. Такие повороты — в духе Анны. Она всегда создает в голове предварительную модель, а затем начинает на ходу корректировать. «Ты что будешь?» — «Я? Бутерброд. С сыром. Один... нет, два. Но с колбасой. А с сыром не надо, спасибо, я его терпеть не могу...»

К искусству Анна была равнодушна, английский и латынь в институте освоила только благодаря феноменальной памяти; зато в остальном она оказалась настоящей рабочей лошадкой — училась, не щадя себя, и окончила институт с отличием. Прошлой осенью начала работать в детском туберкулезном санатории, который находится в тридцати километрах от города. Ездит автобусом, иногда ее подвозит Муратов.

Года четыре подряд при Анне состоял «жених», студент политехнического. Встречались они редко — от силы пару раз в месяц. А выбрала она другого — это произошло уже в интернатуре. «Молодым человеком» дочери оказался хирург детского отделения городской больницы, взрослый мужчина старше ее лет на десять, с первого взгляда показавшийся мне простоватым. Вскоре в комнате у Анны появилась его фотография, она начала прихорашиваться, чего раньше за ней не водилось, и пропадать вечерами. Я в эти отношения не вмешивалась, однако нервничала — ведь об этом Муратове я ничегошеньки толком не знала.

Выручил, как обычно, всеведущий Костя.

«Муратов, Алексей Владимирович? Врач? Ну почему не знаю — бывший детдомовец, классный хирург. С большой перспективой. Собственного жилья нет — комната в общежитии больницы, обещают ведомственную квартиру. Имеет «Жигули» восьмой модели. Холост, ведет размеренный, насколько позволяет профессия, образ жизни, не пьет. Не отказывается от вознаграждения за внеплановые операции… Между прочим, поставил на ноги внука одного моего хорошего знакомого — ты его не знаешь. Отличная партия для твоей Анны…»

5 апреля 1993 года. Мой день рождения

Мне — страшно произнести — исполнилось *шестьдесят.* Если заглянуть в начало этой тетради, скоротечность жизни становится даже слишком реальной. Вся она уместилась на сотне страничек. И я давно примирилась с тем, что ждет каждого человека в конце. Я практически здорова, у меня не болят ни суставы, ни зубы, не ноет сердце, я не страдаю от холода и голода, не имею вредных привычек и не интересуюсь политикой, не смотрю телевизор, не выписываю газет, читаю те книги, которые не успела прочесть в юности, встречаюсь с людьми, которые доставляют мне радость. Галчинский утверждает, что теперь я во всем похожа на отца.

Сам он, в отличие от меня, с возрастом стал суетлив. Страх одиночества и прочие фобии мучают его постоянно. Что с того, что он превратил свой дом в крепость, завел прислугу, личного адвоката и нотариуса? Иногда ночами он звонит Матвею и жалуется на бессонницу. «Ты бы женился, Костя, — не раз говорила я ему, — все веселее на старости лет…» А он с нескрываемым ужасом: «Ты посмотри за окно, Нина! Видишь, что там делается! Бессмысленные убийства, наркотики, СПИД, тупая жестокость и безумие… И деньги, деньги, деньги — никто ни о чем не думает, кроме денег…» Между прочим, за окном, как и сто, и тысячу лет назад, начинается весна. Ветреницы цветут, клейкие листочки… и так будет вечно.

Мы с Матвеем теперь одни. Сначала ушла Анна — в конце сентября девяносто первого она вышла замуж за своего Муратова и переселилась к нему в общежитие, несмотря на все уговоры остаться у нас, пока не подойдет очередь на квартиру. Муратов наотрез отказался — заявил, что при всей симпатии к родителям Ани, то есть к нам, хотел бы жить отдельно. «Отдельно — это в общежитии, что ли? — мрачно поинтересовалась я. — Да там же одна газовая плита на восемь комнат!» «Как семейному, мне быстрее дадут квартиру. Сразу трехкомнатную, потому что с ребенком тянуть мы не станем, — последовал твердый ответ. — Будем приходить в гости, Нина Дмитриевна, тем более что Анюта еще не скоро научится готовить так, как ее мать…»

«Не спорь, — сказал Матвей, когда я сообщила ему о решении дочери. — Анне с ним надежно. К свадьбе подарим им холодильник — Аня как-то сказала, что у Муратова все припасы болтаются в авоське за окном на радость воронам».

Свадьбы, собственно, никакой не было. И не потому, что жених оказался прижимист. Буквально на ступеньках районного загса Муратова схватили, погрузили в вертолет санитарной авиации и отправили куда-то в область. Была суббота, его законный выходной, но местный хирург ничего не мог поделать с полуоторванной рукой мальчишки, который неудачно спрыгнул с железнодорожной платформы. Поэтому из загса мы поехали прямо к нам. За столом Анна, так и не снявшая подвенечного платья, казалась счастливой и полной энергии. Муратов не появился до позднего вечера, и Матвею пришлось погрузить в наш «фордик» чемоданы, кастрюли, плед и новые шлепанцы моего зятя и доставить дочь в общежитие. Холодильник прибыл на следующий день…

Оба были сегодня у нас. Аня не сменила девичью фамилию и по сей день остается Кокориной. Я проглядела все глаза, но никаких признаков скорого внука не обнаружила; зато нам объявили, что на следующей неделе семейство въезжает в двухкомнатную квартиру в хорошем старом районе, а Анна переводится из своего санатория в детскую областную больницу, где Алексей Владимирович уже заведует хирургическим отделением…

Павел окончательно покинул нас в начале зимы девяносто второго.

Нет, никаких ссор или тягостных недоразумений — каждый был погружен в свое дело. С утра я садилась в машину и отправлялась на работу, как, впрочем, и сейчас, с той разницей, что теперь у меня гораздо меньше часов в институте… А тогда работа захлестнула меня с головой. Иногда я подвозила Матвея, если у него были дела в городе, но чаще Павла, у которого вдруг возник «бизнес».

К тому времени он уже заметно продвинулся в профессии реставратора, однако ему постоянно не хватало терпения. Тревожило меня другое: Павлу уже исполнилось тридцать, а о семье не было и речи. На мой прямой вопрос: «Ты, что ли, решил стать последователем Галчинского?» — сын, посмеиваясь, отвечал: «В этом вопросе мы с Константином Романовичем в разных, так сказать, вагонах... Просто я еще не встретил подходящую женщину...»

В один вагон с Галчинским Павел уселся, когда вплотную занялся антиквариатом. Матвей категорически отказался финансировать его идею — открыть магазинчик «Вещи с биографией». Идея была в духе челночного времени, но показалась нам с Матвеем чересчур простодушной. К тому же Матвей позволил себе заметить, что торгашей в нашем роду никогда не было, а сын язвительно парировал: «То есть ты хочешь сказать, что никогда ничего не продавал?» Обидевшись, он хлопнул дверью и ушел, прихватив свои вещи, но спустя месяц вернулся домой, потому что я подняла шум и бросилась искать поддержки у Кости. Именно тогда, чуть ли не впервые в жизни, мы рассорились с Матвеем и не разговаривали несколько дней. Глупо и досадно...

Я поехала к Галчинскому и застала там Павла, который, как оказалось, все это время прожил у него. «Что ты делаешь, Костя, — спросила я, — зачем ты ссоришь сына с отцом?» «Чепуха, Нина, — фальшиво пропел Галчинский. — При чем тут Матвей? Я сам попросил Павлика, потому что начинаю ремонт... а он выразил желание мне помочь...» «Врете оба, — вырвалось у меня. — Никаким ремонтом Пашка заниматься не способен. Что вы затеяли?»

Тут все и выяснилось. Галчинский, оказывается, был готов ссудить Павлу необходимую сумму и, пользуясь своими старыми связями, помочь зарегистрировать и открыть эту самую антикварную лавку. А заодно войти в долю, чтобы на начальном этапе Павел чувствовал себя увереннее. На мой вопрос, почему сделки не могут совершаться как раньше, из рук в руки, сын раздраженно заявил, что ему осточертели посредники и темные личности, махинации с подделками, отсутствие легальной экспертизы и каталогов... Ему, видите ли, нужен честный и прозрачный бизнес. «Отец не хочет знать о том, что каждая вещь имеет настоящую цену, особенно старинная. Я уже не говорю о философии предмета как такового. Не моя вина, что его представления об искусстве глубоко устарели...» Тут я взглянула на Галчинского — на его лице застыла сложная смесь лукавства и одобрения, и окончательно поняла, что здесь мне делать нечего.

«Хорошо, — сказала я. — Ты взрослый мужчина, поступай как знаешь. Но обещай не торопиться, все взвесить и просчитать. С отцом я поговорю. Возможно, тебе не придется брать деньги взаймы ...»

Ничего у меня не вышло — Матвей окончательно уперся, и вовсе не из-за денег, которые у нас были. Я по сей день не знаю, чего он хотел от Павла, что в нем видел... Но и у Галчинского ничего не вышло; их с Павлом «бизнес-проект», как он выразился, надолго застрял. Сын вернулся, но наши отношения стали намного суше, и хотя все шло по-старому, в воздухе висело ожидание, как на вокзале.

В один из вечеров Павел заявил, что снял квартиру в центре, так ему намного удобнее, а вскоре и переселился. Теперь все, связанное с его жизнью, стало для нас тайной. Я знала его телефон, иногда он и сам звонил нам, но никогда не звал к себе. С этим тоже пришлось смириться...

Спустя пару месяцев я не выдержала и настояла на встрече. Погода была скверная, и Павел без особой охоты согласился принять меня у себя. Я села в машину, прихватив с собой продукты и кое-какие книги, которые он просил привезти.

В однокомнатной квартирке на третьем этаже довольно ветхого дома было прибрано. На плите что-то кипело, пахло куриным бульоном. Павел долго возился с замками, отпирая, — должно быть, еще не освоился с недавно установленной стальной дверью. Зачем ему понадобилась эта бронированная махина, оставалось только догадываться. Однако выглядел он совсем неплохо — подтянулся, на нем был новый шотландский свитер, а на среднем пальце левой руки — старинный перстень с черным топазом. Удивительно, но я смутилась: ожидала увидеть его несчастным и заброшенным, а встретил меня спокойный и вполне благополучный молодой человек с легкой иронической улыбкой. «Я соскучилась...» — произнесла я потерянно. «Я тоже, мам...» — «Матвей, он...» — «Я виделся с отцом. Он передал мне деньги. Я заплатил за квартиру за год вперед. Спасибо». — «Вот как? Не стоит... Я привезла кое-что из продуктов. Ты сам готовишь?» — «Да». — «Что Константин Романович? Вы еще не отказались от вашей идеи?» — «Нет».

Тут зазвонил телефон, и я смогла перевести дух.

Что мы знаем о детях, кроме того, что когда-то они были маленькими и любили нас? Ничего. Что мы знаем о наших мужьях? Ответ тот же. Матвею я так и не сказала, что побывала у сына...

Сегодня он все-таки пришел — вернее, приехал на первой своей машине, голубом «фольксвагене» восемьдесят четвертого года выпуска. Привез цветы, посидел немного за столом и скоро уехал — торопился на деловую встречу. Был оживлен и очень нежен со мной, что совершенно необычно для его замкнутого характера, — и мне стало тревожно.

Когда все разошлись, я кинулась к Матвею. Он усадил меня рядом и произнес: «У детей своя жизнь. Так должно быть, и с этим придется смириться. Теперь и впредь нам будет известно об этой жизни ровно столько, сколько они нам позволят... Не волнуйся о Павле. Мне кажется, он знает, чего хочет. А то, что сын живет одиноко... этого, моя хорошая, ты не можешь изменить...»

Я пишу все это и сама не понимаю — зачем. Иногда у меня возникает желание сжечь блокнот — так, как когда-то я сожгла записные книжки отца. В отличие от многих, в том числе и от Матвея, я не люблю мемуаров — мне не нравится заглядывать в чужую жизнь. К тому же в них всегда слишком много выдуманного, а я не обладаю той особой интуицией, которая позволяет отличать истинное от раскрашенной полуправды. Мои мемуары — последняя страница отцовской Библии, куда я заношу памятные даты и имена. Для потомков, так сказать…

Уже совсем поздно. Матвей, как обычно, в мастерской наверху. Я сижу в кресле в гостиной и прислушиваюсь… Когда он появится на площадке лестницы и произнесет свое обычное: «А не пора ли нам попить чайку?» — я спрячу блокнот между старыми журналами на столике и отправлюсь в кухню… Потом он займет свое привычное место в тайнике.

25 июля 1997 года

Вчера родился наш внук!

Я отчаянно волновалась — ведь Анне уже за тридцать. Муратов безотлучно был с нею, и когда наконец позвонил и в своей обычной насмешливо-грубоватой манере сообщил, что у них «суперпацан» — четыре килограмма, но Анюту пришлось «чуток порезать», я разревелась прямо в трубку. «Да успокойтесь вы, Нина Дмитриевна, — воскликнул мой зять, — все нормально. Оба в полном порядке…»

Наутро мы с Матвеем поехали в роддом. Муратова не было — он уже на работе. К дочери нас не пустили. Главврач сказала, что после кесарева Анна чувствует себя хорошо, а за «ребеночком» особый присмотр. Матвей сунул ей конверт. Вечером Анна позвонила, слабым счастливым голосом попросила привезти необходимое и продиктовала список. Потом помолчала и добавила: «Мама, я назову его Митей, Дмитрием…»

8 августа

Они уже дома, но мы не рискуем ехать туда — не знаем, можно ли. Как она там управляется?

Я ухожу на пенсию — подала заявление, к великому огорчению Галчинского. Хочу помочь Анне. Она не против, и Муратов согласен.

25 августа

Сегодня вернулась от Анны около семи. В последние две недели я с утра до ночи мотаюсь по городу. То с оформлением пенсии, то на рынок, то к Анне — погулять с ребенком. Я уже предлагала дочери на пару месяцев, пока тепло, перебраться к нам. Было бы легче и ей, и мне, а Муратов приезжал бы после работы. Но Анна отмолчалась, и я отстала. Матвея почти не вижу, потому что, оказавшись дома, сразу кидаюсь в кухню и к стиральной машине. Я готовлю на две семьи, стираю и сушу Митины чепчики, пеленки и распашонки, глажу вчерашнее и около двух ночи падаю, бездыханная, рядом со спящим мужем. Утром мы встречаемся за завтраком, но мне не до разговоров — я все время бегу. Днем, в паузе, виновато звоню Матвею.

Приходили Павел и Галчинский — поздравить нашего внука. Мите исполнился месяц. Муратов такие вещи не одобряет, поэтому Анна издали показала им рыжего ухмыляющегося младенца и сразу унесла в спальню.

«Иди к гостям, — сказала я, входя следом, — я побуду с ним…»

Мне очень хотелось взять Митю на руки, прижать к себе, почувствовать его ангельское дыхание. Табу. Законы здесь устанавливает мой зять: режим, никаких рук, спартанское воспитание. Глупцы, начитались доктора Спока… Я сама была такой, и только теперь понимаю, как одинок маленький ребенок, как необходимы ему тепло и любовь…

За бокалом вина Павел заговорил о своем бизнесе. Магазинчик «Вещи с биографией» оказался неожиданно доходным, и сын уже не арендовал помещение, а выкупил двухэтажный особняк целиком, расселив его жильцов. Внизу полным ходом шла реконструкция, и на это время весь антиквариат переехал на второй этаж. В Павле появились уверенность в себе и спокойствие. Анна неприязненно косилась на него и вдруг заявила, что весь этот примитивный капитализм — не по ней. Павел оторопел: «Аня, это же работа! Не хуже и не лучше твоей». «Работа! — пренебрежительно произнесла она и оглянулась на дверь спальни. — Что толку от твоего реликтового хлама, если в детских больницах нечем окна застеклить? Ты знаешь, как оперирует мой муж? Чуть не голыми руками — как филиппинский знахарь... А медикаменты, не говоря уже об аппаратуре? Мы с Алешей оба врачи, но я рожала со своими пеленками, аптечкой, перевязочным материалом и даже мылом. Это нормально? Не говоря уже о мелких и крупных подарках персоналу...» «Ты несправедлива ко мне, Аня, — возразил Павел. — И хотя то, что ты говоришь, чистая правда, спорить с тобой я не стану...»

Я знала, что он подарил им деньги, довольно крупную сумму, и это почему-то задело Анну. Им не хватало одной зарплаты Муратова, и думаю, что именно после этого разговора Анна решила выйти на работу. На мой растерянный вопрос: «А как же Митя?» — дочь пробормотала: «Найду няньку... брошу кормить грудью...» «Зачем же так? — сказала я. — Я теперь свободна... Почему бы тебе не позволить мне побыть с мальчиком до тех пор... до тех пор, пока это будет необходимо?..»

Прощаясь, Галчинский заметил: «Ты удивительно изменилась, Нина! Глаза снова сияют — как в молодости. Второе дыхание?» Я засмеялась. Костя наклонился завязать шнурок на своем щегольском башмаке и, не разгибаясь, пробормотал: «А знаешь, кто снова появился в городе? Помнишь такого мистера Уилла... лектора по любым вопросам? Недавно он по старой памяти заглядывал к Павлу...» — «В самом деле? — спросила я, сразу насторожившись. — И что ему там понадобилось?» — «Деньги, наверное. Им всем нужны деньги... — Галчинский со вздохом выпрямился. — Он теперь глава новоиспеченной церкви, ни больше ни меньше… Покрутился в магазине, купил копеечный подсвечник, оставил визитную карточку. Несмотря на американское гражданство, он — типичный немец». — «Почему ты так решил, Костя?» — «Нюх, моя дорогая, — усмехнулся Галчинский. — Я и сам немец по натуре. Разве ты до сих пор не догадалась?»

От этой новости у меня остался неприятный осадок, но потом проснулся Митя, и в возне с малышом тревога постепенно рассеялась.

Возвращаясь, я думала о Матвее. Он много работал в последнее время, был полностью сосредоточен; еще неизвестно, как он отнесется к моим планам заняться воспитанием внука. Дома я с этого и начала, но, к моему удивлению, Матвей принял известие спокойно. «Когда-то это еще будет… — только и заметил он. — Ребенку всего месяц. Я уже сейчас тебя не вижу…» — «Скоро, — сказала я. — Анна хочет работать и…» — «Может, забрать их обоих к нам? — с надеждой перебил Матвей. «Не выйдет. Муратов против. У него принципы». — «Помнишь мою маму? — помолчав, вдруг спросил он. — Я знаю — ты хочешь быть с внуком. Но все-таки не торопи события… И вот что я тебе скажу: давай, пока стоит хорошая погода… съездим куда-нибудь на пару недель. Например, в Париж. Или в Афины? Хотя нет — лучше в Италию!..»

Час назад мы приняли решение отправиться в Рим. Матвей сразу же сел звонить Павлу — кто-то из его приятелей может помочь с визой. Затем он уехал, прихватив документы, а меня вдруг обуяло нетерпение; впервые за многие годы мне захотелось нарушить привычный ход событий и испытать что-то необычное…

16 июля 2005 года

Чтобы не ошибиться, я заглянула в отцовскую Библию. Ровно сорок девять лет, как мы с Матвеем вместе. Через год будет полвека.

Мы никого не зовем и не ждем, дети давно об этой дате забыли. У всех свое. Константин Романович позвонил с утра и намекнул, что неплохо бы встретиться, однако я сказала, что мне нездоровится. Врать нехорошо, да и голос меня тут же выдал… Я проснулась с удивительно легким настроением: солнце било сквозь наполовину сдвинутые шторы, на столике стояли розы — не из сада, другие. В последние годы Матвей часто дарит мне цветы и всякие мелочи… Иногда он мне снится молодым — сладко и печально; с бьющимся сердцем я открываю глаза, щеки пылают… чувственная память в человеке умирает последней.

Я люблю его. Сейчас он нравится мне даже больше, чем раньше. Его энергии и упорства хватило бы еще на одну жизнь. Нравится его теперешняя манера одеваться — джинсы, свитера, футболки, мягкие кожаные кроссовки… Нравятся его картины, которые он отказывается выставлять, и каждую пишет месяцами, медленно и сосредоточенно, будто вынашивает ребенка… Нравится, как пахнут его руки… Иногда, очень редко, Матвей позволяет себе выкурить сигарету, а раз в неделю откупоривает бутылку хорошего вина — это называется «ужин у камина». За вином и едой он по обыкновению молчалив, зато у меня развязывается язык, и я говорю о внуке и детях, о Косте Галчинском, у которого с годами только прибавляется странностей, о прочитанных книгах и о том, что одиночество вдвоем — совсем неплохая вещь.

Политики мы не касаемся никогда. Скучно и гадко. Все как и сто, и пятьдесят лет назад, только упаковка поярче.

Нам хорошо вместе, и я прошу Бога продлить наши дни.

Глупо, когда человек пытается избавиться от собственного прошлого. Будто и в самом деле можно начать с чистого листа. Или стереть все страшное и жестокое, а хорошее оставить. Заснуть одним человеком и проснуться другим. Нить жизни невероятно крепка, поэтому…

В саду лает пес — значит, приехал Матвей. Три года назад он подарил мне щенка лабрадора удивительной серебристой масти и дал ему имя Брюс в честь кого-то из шотландцев — не то короля, не то полковника русской службы при Петре. И пока Матвей ставит машину в гараж, я успею…»

И все. Последние строчки были нацарапаны наспех, а затем шли чистые листы. Их было четырнадцать, и я просмотрел каждый, слегка наклоняя блокнот, чтобы свет падал под углом. Обычная, слегка пожелтевшая от времени бумага. В корешке никаких следов вырванных страниц. За время, протекшее между шестнадцатым июля 2005 года и такой же датой следующего, ничего не случилось. Во всяком случае, ничего такого, что было бы, по мнению Нины Дмитриевны, достойно упоминания в дневнике.

Я захлопнул блокнот.

Нина и Матвей Кокорины были симпатичной парой. Два достойных и мужественных человека. Оба по-своему талантливы. И в том, что я прочитал, не нашлось ни слова, ни единого намека на то, что он или она предвидели такой конец.

Тогда что произошло в июле и кто мог об этом знать? Галчинский? Соседи по участку? Кто-то другой? И почему Анна так уверена, что самоубийства не было и быть не могло? Только потому, что смерть Дитмара Везеля, о которой она наверняка знала от матери, тоже сочли самоубийством? И еще — гибель художника Коштенко… Обычная пьяная драка, но Нина Дмитриевна каким-то образом связывала это событие с судьбой отца…

Все началось задолго до того, как я появился на свет. Но потом тревога и мучительные предчувствия ушли, сменившись зрелой ясностью взгляда. Жизнь нашла свою колею.

Я не стал будить Еву. Просто прошел в комнату, где горел ночник, бесшумно повернул ключ в замке ящика письменного стола и нащупал среди бумаг клеенчатую тетрадь Матвея Кокорина. Затем вернулся в кухню, уселся на прежнее место в кресло и, прежде чем открыть, пропустил веером перед глазами пухлый блок страниц.

Даты отсутствовали. Тетрадь была исписана чернилами всех мыслимых цветов, а кое-где даже фломастером. Будто Матвей Кокорин хватался за первое, что попадалось под руку, чтобы зафиксировать мысль или впечатление. Но это наверняка было не так. Труд реставратора требует железной дисциплины и скрупулезной точности, и это накладывает отпечаток на все, что бы ни делал человек. Цвет — особая сигнальная система для художника, а значит, можно предположить, что за пестротой в тетради кроется определенный смысл. Какой, я пока не знал.

Возможно, тут и в самом деле что-то было, но скоро я совершенно перестал замечать эти мелочи. Потому что в руках у меня оказался не дневник, и даже не комментарий к прочитанному дневнику жены, как я решил поначалу, а нечто совершенно иное.

Начал я со второй страницы (синие чернила), потому что уже знал, что написано на первой.

«…Тропа вьется заливным лугом, едкая зелень будоражит зрение. Мастер грузно покачивается в седле, позаимствованном вместе с конем у начальника караула, чавкают копыта. Мальчишка-подмастерье, сидящий сзади на крупе, звонко болтает и смеется, радуясь свободе, безлюдью и вольному сырому воздуху низкой равнины, ограниченной на юге обширными сосновыми лесами. Пахнет аиром и водяным перцем, конским потом, и мысли Матиса Нитхардта, чье неблагозвучное имя означает «низкий сердцем», от близости воды и трав сумрачны и спокойны, как река, вытекающая из болот…»

ЧАСТЬ III

Пепел

1
(Синий)

«...Весной 1526 года в Вюрцбурге объявился пророк и чудотворец по имени Ганс Бехайм. Утверждали, что Матерь Божья, явившись ему, возвестила новый и пагубный гнев против рода человеческого. Простодушные валом валили в Никласгаузен, ближнюю деревушку, послушать чудотворца, пока епископ не распорядился взять его.

До этого дня за Гансом по пятам следовал некий человек, смахивавший на загулявшего цехового, криво обросший, с заметным брюшком и вострыми, как у обитателя лесной чащи, глазами, прячущимися в глубоких подбровьях. Он также называл себя проповедником, но больше отмалчивался и слушал. Когда же кнехты епископа ворвались в притон у городских ворот, где провел ночь Ганс, спутник его исчез, позабыв под столом засаленный кожаный кошель. Там, среди медяков и тряпья, обнаружились два узелка с синей китайской очень дорогой краской...

В субботу, 14 июня, на площади перед магистратом, на виду у стен крепости рыцарей немецкого ордена, был сколочен тесовый эшафот. Отдельно высился свежеокоренный, еще сочащийся столб.

Горожане потекли к площади. Дамы прибывали в портшезах. Бежали юнцы-подмастерья, трясли боками солидные бюргеры. На четырех, вскидывая оттопыренный зад, скакал городской урод Иоаннике, гремел обрезками меди, нашитыми на лохмотья. Лица багровели пивным румянцем, но шума — торжественно-приподнятого шума обычной казни — не было. Бренчали жестянки урода, скрипели высокие колеса неуклюжей фуры заезжего деревенщины и доносилось простуженное перханье его лошади.

Ждали чуда. За монастырским замком простирался обширный пустырь, где возле барака прокаженных в кольце стражи, связанный, сидел тот, ради кого собрались. Ганс был белес и щупл. Лицо его, серое сейчас, делал приметным только расплющенный нос, резко загнутый к верхней губе, как бы грозивший рассечь ее надвое. На чудотворце болтались остатки грубой суконной одежды. С ним были еще трое, взятые тогда же в харчевне, — никто, отребье, уверовавшее в чудотворца так же внезапно, как уверовали и бродяга-проповедник, и сельский священник, которых сейчас не было с ними по чистой случайности, и многие вслед за ними. Да и все, кто собрался здесь на площади, были готовы уверовать. Их место, строго говоря, было под стражей, ибо они ждали и со страхом надеялись.

Наконец ожидавших у барака подняли и, несильно толкая в спины, повели по пустырю к площади. Толпа зашевелилась, и кнехты, пробив в ней коридор, обступили место казни. Ганса прикрутили к столбу, причиняя боль в вывернутых руках. Он морщился и молчал, поглядывая исподлобья на монаха-исповедника, стоявшего поодаль, — ни один из осужденных не выразил ни малейшей склонности к покаянию ни прежде, ни в последнюю минуту.

Троих одного за другим повели на эшафот. На секунду кнехты замешкались, толкаясь и лязгая железом, — в монастырской стене отворилось окно, и сквозь витые редкие прутья решетки явилось толпе бескровное лицо архиепископа Вюрцбургского. Казалось, он улыбается — острая щучья челюсть сановника, сочетавшего в этих краях земную и небесную власть, слегка шевелилась.

Епископ, однако, не улыбался. Как и все, он втайне ждал, перемогая озноб. Нет, в чудо он не верил, но история с очередным чудотворцем лишила его равновесия настолько, что вернулись приступы малярии, вывезенной из визитационной поездки в Ломбардию.

Палач, торопливо, не развязывая рук, валил пособников на колени и, прикрыв голову темной тряпкой, отрывал ворот рубахи. Затем взмахивал, и толпа вздыхала общим вздохом, когда ясное тяжкое лезвие глухо входило в плоть, — слышно было, как вяло хрустят позвонки. Голова отделялась, и из зияющей перерубленной гортани выкатывалась дымящаяся волна крови.

Телу не давали упасть. Дюжие кнехты удерживали его на весу, пока оно несколько мгновений билось, обдавая брызгами свежие доски помоста, а потом уволакивали в сторону. Когда было покончено с последним, из-под ног стражи к помосту выкатился урод Иоаннике. Его тут же ухватили, но он успел скрюченной вороньей лапкой дотянуться до густеющей кровавой лужицы. Шута швырнули назад в толпу, и там, распластавшись на земле, он размазал кровь по лицу и одежде и вдруг закричал — низко, одним нутром, как насмерть раненный зверь. Его обступили подмастерья и, забив рот тряпьем, заставили умолкнуть.

Теперь пришел черед Ганса. Палач поднял голову к окошку в монастырской стене и, уловив слабое ободряющее движение, обернулся к жаровне, одновременно нырнув вправо, где на скамье лежало в ряд несколько смоляных факелов. Косо подержав один из них над угольями, он поднял его, давая пламени окрепнуть и расправиться. Затем, важно ступая, приблизился к костру.

Сложенный внизу хворост был достаточно сух и умеренной толщины, хотя и не чересчур тонок. Аккуратные метровые бревешки сложили любовно шестигранным срубом.

Пламя коснулось хвороста, и белый едкий дымок вознесся к небу над толпой, над темными кронами монастырских лип, мимо стены замка и решетчатого окошка в нем. Заплясали мелкие язычки, и костер, подожженный со всех шести сторон, стал разгораться — неспешно, как и требовалось, потому что день выдался туманный и в воздухе висела сырость. На ночь дрова пришлось накрывать рогожами…

Вот тогда-то в толпе и объявился человек. Те, кто слушал Ганса в Никласгаузене, узнали его спутника. Вскарабкавшись на навозную телегу, он задыхался, силясь крикнуть что-то, но горло его сдавила судорога, и он, багровея, разевал рот, давился слюной и хрипел. Глухой гул, как грозовое предвестие, прошел по площади. Кольцо кнехтов у помоста заинтересованно зашевелилось. Наконец, сломавшись чуть не пополам и болезненно кривя рот, человек завопил:

— Матерь Божия в милосердии своем открыла Гансу, что настанет день, когда князь станет работать за поденную плату, а монах будет изгнан! И день гнева близок! Вы тут запомните это, все хорошо запомните, мясники, свиная блевотина!.. — голос вдруг сорвался, человек захрипел, глаза его, устремленные вверх, к забранной витыми прутьями щели в стене, полезли из орбит. — Господь размечет адское пламя и истребит неправедных, и семя их, и семя детей их!..

Туда уже неторопливо пробирались от эшафота. Кто-то потянул исступленного, плюющегося пеной человека с повозки и искусно смешал его с клубящейся толпой…

Костер, похрустывая и распрямляясь, продолжал разгораться. Дым пожелтел и стал густым, как конопляное масло. Ганс почти скрылся в нем. Доносился только глухой кашель — огонь еще не коснулся еретика, но дым душил. Кольцо толпы распалось. Люди жались к стенам домов, иные двигались в монастырский проезд, страшась чуда, каким бы оно ни было.

Ганс не произнес ни слова. Молчал он и тогда, когда огненным одуванчиком вспыхнули его легкие светлые волосы;

и лишь после того, как путы, стягивавшие его руки позади столба, перегорели и тело, корчась, словно раздавленный червь, повалилось в самый жар, те, кто стоял близко, услышали, как он выкрикнул несколько бессвязных слов.

Огонь сожрал и топливо, и столб — все, что ему причиталось. На месте костра остался черный диск, окаймленный пушистым валиком невесомого пепла. Только тогда окно в монастырской стене захлопнулось.

Вечером пепел собрали в мешки и сбросили в реку Менш с городского моста.

С наступлением темноты от самых ворот городской кордегардии чуть ли не в открытую увели лучшего коня, принадлежавшего начальнику караула, и следы его затерялись…»

* * *

Проснулся я в начале десятого. О том, чтобы успеть на работу, не могло быть и речи. Это мне сообщила Ева — она, в отличие от меня, уже была в полном порядке.

Я пошевелил затекшей шеей и уставился на нее так, будто мы сидели в разных аквариумах.

Ева пересекла комнату и распахнула балконную дверь, впуская сырой воздух позднего утра. За окном висел плотный туман, слегка подкрашенный оранжевым, — значит, где-то светило солнце.

— Что ты так смотришь? — спросила она.

— Ничего, — я перевернулся на бок и потянулся за телефоном. — Не обращай внимания. Дурацкий сон. Тебе когда-нибудь снилось слово?

— Слово? — Ева пожала плечами и вышла.

Не такое уж удовольствие слушать, как я буду врать начальству про неотложное свидание со стоматологом. Когда я с этим покончил, из кухни доносился запах кофе. Я снова повертел шеей, застонал, чертыхнулся и поплелся в ванную.

Ева сидела за кухонным столом в моем любимом кресле — там же, где я провел полночи, пока не убедился, что Матвей Кокорин вовсе и не собирался писать историческую прозу. Я уже начал отчаиваться, когда вдруг понял, что его записи — никакая не беллетристика и не попытка дилетанта создать романизированную биографию средневекового художника. Просто другой способ высказывания… Кулачки Евы подпирали подбородок, а вид был, по обыкновению, всезнающий.

— Ну и что это за слово? — спросила она, когда я рухнул на табуретку и потянулся за чашкой.

— Доброе утро, — сказал я, — тебе не попадались на глаза ключи?

— Какие ключи?

— От дома на Браславской.

— Нет, но думаю, что они у тебя в кармане. Вчера, во всяком случае, они там были. Ты туда собираешься?

— В общем-то… — начал я, но она перебила:

— Значит, собираешься. А я?

— Детка. — Я торопливо глотнул, обжегся и схватился за сигарету. — Я тут хотел кое о чем поразмыслить. Так сказать, сосредоточиться. Мне пришла в голову одна вещь.

— Ага. — Ева кивнула, медная прядь упала ей на глаза, и она нетерпеливо отбросила ее. — Ты хочешь сказать, что тебя больше не интересуют те вещи, которые приходят в мою голову?

— Я этого не говорил. — Глупо было бы начинать день ссорой. — К перерыву я должен попасть на работу, а тебе стоило бы прочесть дневник Нины Дмитриевны.

— Я сама знаю, чем мне заниматься, — фыркнула Ева.

Настаивать было бесполезно и опасно. Поэтому я побыстрому собрался, сунул в кейс тугую трубку зеленых пятидесяток, обнаруженную в тайнике Кокорина вместе с нательным крестиком, и спустя полчаса уже трясся в разбитой маршрутке в сторону Браславской.

Я вышел у перекрестка с мигающим в тумане желтым светофором. Маршрутка здесь пересекала трамвайные пути. Улица шла в гору, затем поворачивала направо. По обе стороны тянулись массивные ограды: металл, бутовый камень, желтый кирпич. В глубине поблескивали сплошными стеклами фасады особняков, выросших тут за последнее десятилетие. Время, когда этот район принадлежал работягам с коксового завода, бандам подростков и цыганским таборам, построившим в складчину два-три общинных барака, косивших под казармы, ушло. С входных дверей там и сям пялились рыбьи глазки видеодомофонов, и я вскоре почувствовал себя как неопытный «щипач» в супермаркете. Остаться здесь незамеченным было практически невозможно; правда, в таких местах люди не особенно разговорчивы.

Я уже стоял на дорожке, ведущей к дому Кокориных, когда из тумана заморосило. Поднявшись по ступеням под навес у входа, я уселся на пластиковый стул, сунул руки в карманы и некоторое время просто смотрел, как постепенно темнеют от влаги бетон дорожки и кирпичная стена гаража. Дом молчал, с навеса сбегали быстрые капли, под ногами начала расплываться лужа, и мне стало не по себе. Сейчас я мог бы поклясться, что этот дом — не пустая оболочка. В тот день, когда мы были здесь вместе с Евой, все выглядело иначе.

С этой мыслью я оторвался от созерцания гаража, ограды и зеленоватой дымки между яблонями. Ключи нагрелись — все это время я непроизвольно сжимал их в кулаке. В прихожей я отключил сигнализацию, опустил защелку на входной двери и, без задержки миновав гостиную, поднялся по лестнице на второй этаж.

В комнате Нины Дмитриевны все оставалось по-прежнему. Окно было заперто, датчики на стеклах исправны. Уходя, мы с Евой прибрали за собой, поэтому то, за чем я, собственно, и явился, лежало на своем месте — на подоконнике за шторой. Я бросил увесистую лейпцигскую Библию в кейс, защелкнул замки и только после этого почувствовал некоторое облегчение.

Оставалось осмотреть участок за домом — хотя бы ради того, чтобы иметь полное представление о месте событий. Из-за находок в камине и птичьей клетке мы оба пребывали в эйфории, но сегодня я был твердо намерен довести дело до конца.

Спустившись в прихожую, я сунул кейс в стенной шкаф справа от входа, мимоходом пожалев, что те несколько пар резиновых сапог, что стояли здесь, едва ли придутся мне по ноге — маловаты. После чего вышел в сад и совершил обход дома по периметру.

Дождь прекратился, но в воздухе осталась висеть тонкая морось, обволакивавшая все предметы серебристой пленкой влаги. Сам по себе обход ничего не дал — правда, я обнаружил, как можно попасть на верхнюю террасу. Ничего особенного, просто нужно подняться метра на четыре по стволу старого грецкого ореха. Однако на шелковистой коре, похожей на старую подкладочную ткань, не осталось никаких следов, и неудивительно — прошло больше двух месяцев после того, как в доме побывал чужак, искавший неведомо что.

Участок оказался куда больше, чем мне казалось поначалу, — около четверти гектара. Не слишком широкий, за домом он тянулся еще метров на семьдесят, и что там творилось на задах, невозможно было разглядеть сквозь чащу ягодных кустарников. Две параллельные дорожки, гряды с жухлой огуречной и тыквенной ботвой, два молодых сливовых дерева, небольшая постройка из шлакоблоков под шифером для хранения садового инструмента, врытая в землю емкость, к которой сходились забетонированные канавки от водостоков, старый велосипед, прислоненный к стене, участок газона, штамбовые розы, заросли смородины и малинник в тылу. От соседских владений участок Кокориных отделяла сетчатая изгородь. Дикий виноград заплел сетку, и местами она даже просела под сплошной массой побегов и лапчатой винно-красной листвы.

Я двинулся вглубь, чтобы взглянуть на дальний конец. На горизонтальном суку старой груши покачивались качели — площадка под ними была утоптанной, посередине тянулась бороздка от детских сандалий и кроссовок. Поодаль торчала летняя душевая кабинка, обшитая желтым стеклопластиком, рядом с ней — куртина клематисов с редкими фиолетовыми звездами отсыревших цветов и полегшие кусты пионов. Здесь бетон кончился, а грунтовую дорожку заполонили сорняки. Когда я добрался до ограды в тылу и убедился, что в ней нет ни калитки, ни порядочного лаза, мои брюки промокли по колено и были облеплены колючими семенами. Дальше лежал чужой участок, и выглядел он так, будто прямо туда угодил Тунгусский метеорит. Развороченная земля, белеющие свежей древесиной изломанные стволы плодовых деревьев, снесенная под фундамент небольшая постройка — уже и не разобрать, то ли дом, то ли сарай. Груды битого кирпича, залитый зеленой водой котлован, и ни души. Судя по всему, там недавно появился новый хозяин, и планы у него были грандиозные.

Теперь я торчал прямо посреди малинника, уже наполовину оголенного, прикидывая, что в летнее время это местечко должно выглядеть как джунгли на Суматре. Вдобавок у ограды высилась куча сухих ветвей, спиленных так давно, что они успели покрыться мхом, а на ближайшую ко мне вишню карабкались побеги хмеля. Соваться в эту чащу мне не хотелось, но я все-таки сделал пару шагов, отвел локтем в сторону пучок сизо-багровых стеблей, сплошь покрытых колючками, и тут позади прозвучала команда:

— А ну стой!..

Я развернулся с такой скоростью, что едва не потерял равновесие. При этом резко выдернул руку из кармана, и ключи от дома, глухо звякнув, упали к моим ногам. По ту сторону ограды, в двадцати шагах от меня, на верхней ступени алюминиевой стремянки, стоявшей под деревом, сидел человек. Стремянку я видел и раньше, но могу поклясться — минуту назад там никого не было.

— Подбери ключи. — Этот тип отбросил сигарету, засопел и стал спускаться, как краб с берегового откоса. Уже подходя к ограде, он отрывисто спросил: — Ты откуда тут взялся, а?

Я выбрался из малинника, успев отметить, что в глубине, там, куда я поначалу направлялся, из-под опавшей листвы торчит край полусгнившей доски.

— По поручению хозяев. А вы сосед? — теперь уже и я стоял у сетки, разглядывая в упор коренастую фигуру наблюдателя в пестром свитере и дутой найковской кухлянке нараспашку. На ногах у этого господина были небесно-голубые пластиковые бахилы, и я ему невольно позавидовал. Мои «Ллойдс» не особенно годились для мокрого чернозема.

— Кто ж еще?.. У, паскуда! — Он со злобой рванул обнаглевшую виноградную плеть, и ограда затряслась. — Погибели на тебя нету… Продавать, что ли, надумали?

Неизвестно, за кого он меня принял, но на всякий случай я представился:

— Башкирцев, юрист.

— Ага, юрист! — сосед снова набычился и смерил меня подозрительным взглядом. — Так вроде ж полгода еще не прошло…

— Я не занимаюсь вопросом о наследстве, — твердо сказал я. — А вас, простите, как зовут?

— Григорий, допустим. Для тебя — Григорий Семенович. Знаешь, сколько тут этих самых гребаных юристов шляется от контор по недвижимости? Жулик на жулике…

Он метнул свирепый взгляд на разоренный сад позади участка Кокориных, и я кивнул — дескать, понимаю. В голове у меня вертелась пара готовых вопросов, но я не знал, как к ним подступиться. Сосед Кокориных был из тех, кто слышит только себя, если заводится, то надолго, и никогда не отвечает прямо, если его о чем-то спрашивают. Апоплексический темперамент.

Все-таки я спросил:

— Вы присутствовали на похоронах, Григорий Семенович?

Надо отдать должное — соображал он быстрее, чем я ожидал.

— Так ты из ментовки, что ли? — Кудлатые брови соседа поползли к переносице, лоб собрался баяном.

Ну, к таким вещам мне было не привыкать.

— Нет, — со вздохом сказал я. — И не из прокуратуры.

— Тогда какого хрена я должен тебе докладывать?

— Не хотите — не надо, — я пожал плечами, вроде как собираясь свернуть разговор. — Вы что, сильно не ладили с соседями?

Тут ему словно скипидару в штаны плеснули. Мои худшие опасения подтверждались.

— Это с Матвеем, что ли, и с Ниной? — он зловеще побагровел и завертел шеей, словно ворот свитера стал ему тесен. — Выбирай выражения, юрист! Я этим людям по гроб жизни обязан…

Он осекся, споткнувшись о «гроб», а я не стал выяснять, чем же конкретно он им обязан.

— Вы ничего такого не замечали после похорон? Чего-нибудь особенного? — вопрос был задан вслепую, я ни на что не рассчитывал.

Перед тем как ответить, сосед зачем-то посмотрел на мои руки. Только теперь я заметил, что все еще машинально кручу на большом пальце кольцо с ключами.

— В доме-то все цело, так?

Я подтвердил, и он удовлетворенно кивнул.

— Павел просил поглядывать. Опять же — сигнализация… — Он замялся, выпятил пухлые губы, но потом как будто раздумал.

— Значит, ничего? — спросил я.

— Нет. — Он оторвался от сетки, снова закурил и взялся складывать стремянку. Я стоял, слушая его сосредоточенное сопение и возню, пока сосед, не поворачиваясь, произнес:

— В пятницу тут весь вечер простояла машина. На противоположной стороне, метрах в пятидесяти. Темно-вишневый «дэу». В нашем квартале такого дерьма никто не держит. Из машины никто не выходил, а утром ее уже не было.

— В пятницу, то есть двадцать первого июля? — переспросил я, потому что точно знал, что двадцать второго, в субботу, на третий день после похорон родителей, Павел и Анна приезжали на Браславскую, чтобы прибраться в доме. На зеленом «ниссане».

— Ну, — буркнул сосед, защелкнул крючки стремянки и вскинул ее на плечо. — Будь здоров, юрист.

Он поднырнул под корявый сук и косолапо зашагал к краснокирпичному бунгало в глубине своего участка. Уже на ходу он развернулся вместе с ношей и крикнул:

— Под ноги поглядывай, парень! Там у них старая выгребная яма.

Я проводил его взглядом, а потом вернулся в заросли, опустился на корточки и принялся разгребать опавшие листья над тем местом, где виднелся торец сгнившей доски.

Если честно — не знаю, зачем мне это понадобилось, но я не останавливался, пока из-под листьев и мелких сучьев не показался сколоченный из шести горбылей щит, перекрывавший, судя по всему, горловину ямы. Завален он был не только листьями — год за годом сюда сбрасывали сорняки, выполотые на грядах, и древесина щита прела и плесневела вместе со всей этой биомассой, пока сама не превратилась в труху. Я взялся за край доски — он остался у меня в руке. Часть щита на ширину трех досок и где-то в половину его длины вообще отсутствовала, но понял я это только тогда, когда убрал лежавший сверху кусок старого шифера.

Я подумал о качелях, велосипеде и о том, что не стал бы оставлять здесь ребенка без присмотра. Это была настоящая, первоклассная западня — вроде тех, что в Экваториальной Африке устраивают у водоемов пигмеи мбути.

Опираясь о край, я заглянул в дыру. Там было темно и, судя по звуку падения двух-трех обломков дерева, сухо. Глубина явно превышала три метра, иначе света, проникавшего в отверстие, хватило бы, чтобы разглядеть дно. Дна я не видел, но на полметра ниже уровня почвы из обложенной кирпичом стены выступала чугунная труба с забитым мешковиной отверстием. Ямой, очевидно, давным-давно не пользовались по назначению — лет двадцать или больше, с тех пор как в этот район подвели коллектор городской канализации и Браславская перестала считаться глухой окраиной. Поэтому никакого специфического запаха не было. Зато был другой — тот, что заставил меня отшатнуться, вытереть влажные ладони скомканным бумажным платком и отправиться на поиски фонаря.

Уже по пути к дому я вспомнил, что видел его там же, где и резиновые сапоги, — в стенном шкафу, на боковой полке слева. Фонарь был мощный, с большим аккумулятором и криптоновой лампой, и вряд ли за это время он разрядился окончательно. Я проверил его в прихожей, стараясь не думать о том, что меня ждет в глубине сада, взглянул на часы и спустился с крыльца.

Не буду утверждать, что чувствовал себя в своей тарелке, когда снова оказался в малиннике, направил отражатель фонаря в черноту ямы и передвинул ползунок выключателя. Лампочка вспыхнула, выхватив в глубине бледный овал, но мне все равно пришлось приставить ладонь к глазам, заслоняясь от дневного света, чтобы хоть что-то увидеть.

Прямо подо мной лежал труп собаки. Я встал на колени и опустил фонарь пониже.

Это был крупный пес серебристо-пепельной масти, лабрадор, насколько я в этом разбираюсь. Разложение затронуло мягкие ткани: глаза провалились в глазницы, отчетливо обозначился остов, обнажились в мертвом оскале сахарно-белые молодые клыки. Все тело стало плоским, словно его выпотрошили, но шерсть осталась такой, как при жизни, — чистой и светлой. В луче фонаря на ней плясали синеватые искры.

— Привет, Брюс, — сказал я. — Неважно выглядишь.

Не очень-то мне понравилось, как звучит мой собственный голос. Я еще раз опустил фонарь на вытянутой руке и тщательно обследовал дно ямы. Ничего там больше не было, если не считать какого-то количества перегнивших листьев и обломков досок — той части крышки, которая рухнула вниз вместе с Брюсом. Независимо от того, сам он туда угодил или его сбросили уже мертвым. На теле пса не было видимых повреждений, однако позу его трудно было назвать естественной. Ни одно живое существо с целым позвоночником так не лежит. Не говоря уже о мертвом.

Оперативники Гаврюшенко выгребную яму прозевали — если, конечно, вообще дали себе труд заняться садом. А от того, как погиб Брюс, зависело многое. В том числе и объективная оценка остальных событий.

Я погасил фонарь, прикрыл дыру в досках куском шифера — точно так же, как кто-то сделал это до меня, а потом забросал все листьями и ветками. Чтобы выяснить причину смерти Брюса, нужен был образец тканей, а в мои планы на этот день не входило обследование выгребных ям. Да и будь у меня этот образец, я не располагал технической базой для анализов такого уровня сложности. Даже если бы мне удалось установить, что пес скончался от той же дряни, которая убила обоих супругов, а не от удара арматурным прутом, раздробившего позвонки, это ничего не доказывало. Кроме одного: тот, кто закрыл дыру шифером, точно знал, что тремя метрами ниже корней травы лежит любимец Нины и Матвея Кокориных. И этот факт я собирался использовать на всю катушку.

Когда я возвращался в дом по другой тропинке, под ноги мне попалась игрушка — розовый бегемотик из тех, которыми набиты игровые автоматы для малышни в супермаркетах. Я осторожно обошел его, поднялся по ступеням, скинул башмаки — не в моих правилах таскать грязь с улицы — и прошлепал в кухню. Там я заглянул в холодильник, без всякой цели выдвинул пару-тройку ящиков со всякой всячиной, уселся на табурет и вытащил сигарету.

Нахальство, неосведомленность, отсутствие всякой системы — в общем, все то, что, словно в насмешку, называется «свежий глаз». Плюс несколько случайностей, которые язык не поворачивается назвать случайностями. Ну кто в здравом уме поверит, что благодаря этой чепухе мы с Евой нашли то, что нашли, — блокнот, тетрадь и все остальное? Я и сам не верил, но других объяснений у меня не было. Дом Кокориных, начиная с записки в контейнере для мусора, сам подавал знаки. Нужно было только не прозевать их и суметь вовремя прочесть.

То же самое и сейчас. После Брюса и разговора с соседом я опять не знал, что ищу, но, сидя в кухне и припоминая детали обстановки комнат и мастерской наверху, все больше утверждался в мысли, что там этого нет. Даже не так — я понял это еще ночью, вернее, в тот мутный предрассветный час, когда, отправляясь облегчиться, человек не вполне уверен, спит он или бодрствует. Вдобавок как раз перед тем мне снились довольно странные вещи, и, если я еще раз скажу, что мне привиделось слово, на все лады повторявшееся в записях Нины Дмитриевны и с первых страниц прозвучавшее в записях ее мужа, это все равно ничего не объяснит.

Единственным местом в доме, которое можно было хоть как-то связать с моим сном, оставалась кухня, но в этом стерильном помещении, похожем на манипуляционную в дорогой клинике, просто не за что было зацепиться. Когда сигарета сгорела до фильтра, я погасил ее под струей воды, включил вытяжку и дождался, пока воздух очистился. Затем обулся, прихватил из стенного шкафа кейс, активировал сигнализацию и запер парадную дверь снаружи. Мне и в голову не пришло подняться и еще раз заглянуть в кабинет Матвея Ильича: там не могло быть ничего нового, а все, что я хотел знать об этом человеке, находилось в его тетради. За небольшим исключением.

Спустившись с террасы, я повернул, но не к калитке, по бетону, а налево за угол — туда, где лежал клочок некогда ухоженного газона, хотя газон интересовал меня сейчас меньше всего. Из-за неровностей участка фундамент на той стороне дома, куда я направлялся, был намного выше, чем с фасада, — почти в мой рост, и краем глаза я отметил для себя, что в цоколе у самой земли виднеется еще одна дверь. Сваренная из стального листа, она была выкрашена в серое и сливалась со стеной. На двери болтался замок, и у меня не было никакой уверенности, что среди ключей в связке найдется подходящий.

Но я все-таки попробовал, и со второй попытки все получилось. Я вынул дужку, надавил на сырую поверхность металла, и дверь с легкостью поддалась. Петли смазывали не так давно, поэтому никакого звука не было. Из сумрачного подвального пространства дохнуло холодом и пылью, и я пожалел, что оставил фонарь в прихожей, но справа от двери мне почти сразу удалось нащупать выключатель, после чего под низким потолком, обитым теплоизоляцией, вспыхнула яркая двухсотваттная лампа.

Вниз вели три ступени, и нетронутый слой пыли на них ясно указывал на то, что уже много недель подряд сюда никто не входил. Прямо под выключателем стояли початый мешок цемента и пять-шесть банок масляной краски, большей частью зеленой. Дальше — плоский ящик с гвоздями и шурупами, а на полу — всякое старье, как бы предыстория той жизни, что шла в доме в последние годы: вышедшая в отставку посуда, кухонный шкафчик с оторванной дверцей, пропыленные связки старых журналов, сломанный подсвечник, радиола «Гауя», торшер с подгоревшим абажуром и корзина для белья с откидывающейся крышкой.

Все это барахло путалось под ногами, но я не стал задаваться вопросом, почему его не отправили прямиком на свалку, потому что еще с порога заметил эту штуку и меня потянуло к ней как магнитом. Приличных размеров муфельная печь стояла на специально оборудованном бетонном постаменте, и ею, в отличие от прочего подвального хлама, явно пользовались. Не вчера, разумеется, и не на прошлой неделе, но и не пять лет назад. Щиток на стене рядом с печью и мощный разъем с кабелем свидетельствовали, что она подключена к отдельной линии трехфазного тока и потребляет не меньше пяти киловатт. Что-то в этом роде стояло в мастерской одного моего давнего приятеля, завернутого на керамике, — муфельной печью он пользовался для обжига готовых изделий.

Я сделал шаг, пнул корзину, оказавшуюся пустой, и взялся за блестящую шишечку ригеля, запиравшего дверцу печи. И вдруг отчетливо почувствовал, что то же самое сотни раз проделывал здесь до меня сам Матвей Кокорин. Ощущение было, как в троллейбусе, когда, торопливо хватаясь на повороте за поручень, натыкаешься на чьи-то холодные пальцы.

Не знаю, для чего служат такие вещи художникам-реставраторам. Может, они прокаливают в них пигменты или плавят эмали — какая разница. Все эти тонкости потеряли значение, как только я приоткрыл дверцу и заглянул в тесный зев печи. Там был пепел — совсем немного.

Вот теперь самое время вспомнить, что именно это слово мне и приснилось накануне. Как это выглядело во сне? До сих пор не знаю. Если вам снится слово, нечего рассчитывать, что это будет цветной формат со стереозвуком.

Легкий, однородный, с зеленовато-охристым отливом, пепел чем-то напоминал порошковый чай, который японцы используют в ритуале «ваби». Правда, все дальнейшее ничем не напоминало «уединенную чайную церемонию». Я бросил кейс поверх корзины, выпрямился и стал шарить в карманах куртки. Все, что мне сейчас требовалось, — защитная оболочка от пачки сигарет. Я аккуратно снял прозрачный пакетик, расправил, а затем вернулся к выходу из подвала. В ящике с инструментами лежал узкий шпатель — то, что нужно. Я прихватил его и, стараясь не дышать, соскоблил с шершавого огнеупора столько частичек пепла, сколько понадобилось, чтобы заполнить пакетик на четверть. Затем сунул его в дальнее отделение бумажника и захлопнул чугунную дверцу мини-крематория…

В начале второго я стоял у входа в галерею и магазин «Вещи с биографией». Зеленый «ниссан» Павла Кокорина я заметил еще издали, но спешить не стал. Наоборот, притормозил и пару минут со скучающим видом потоптался перед витриной, разглядывая терракотовую деву со светильником — двоюродную сестрицу той, что загромождала офис владельца заведения. Не то чтобы я готовился к разговору — все, что следует сообщить Павлу Матвеевичу, было обдумано еще вчера. Насчет Брюса и муфельной печи в подвале я колебался до последней секунды, и все же решил воздержаться.

Толкнув дверь, я миновал пустынную галерею, смахивавшую на океанариум с глубоководными монстрами, и начал подниматься по лестнице. Симпатичной девушке в полосатом джемпере и роговых очках, сидевшей в углу за низким столиком, скрестив длинные и довольно стройные ноги, я кивнул как старой знакомой. Она проводила меня рассеянным взглядом и снова уткнулась в книжку в мягкой обложке.

Кокорин-младший был на месте и беседовал по телефону. Как только я вошел, он извинился в трубку, выбрался из-за стола, энергично стиснул мою руку и указал на жесткое полукресло напротив, сработанное каким-то народным умельцем лет сто пятьдесят назад. Спинка и сиденье были расписаны по дереву пышными розанами цвета лососины. Кокорин вернулся к разговору, а я получил возможность убедиться, что сидеть в этом изделии — сущая пытка. Спина тупо заныла, и мне пришлось дожидаться конца телефонных разборок с некоей Евгенией, стоя у окна.

Павел Матвеевич нервничал, а к концу разговора вид у него был совсем умученный. Шваркнув трубку, он шумно вздохнул и посмотрел на меня, словно ожидая вопроса. Я не выразил любопытства, но ему требовалось сбросить пар.

— Это в конце концов просто наглость! — буркнул он, словно я мог знать, о чем идет речь. — Второй месяц одно и то же… — Тут он спохватился и пояснил: — Звонила одна дама, которая считает себя искусствоведом, культурологом, а заодно где-то там пописывает… Ей, видите ли, не дает покоя мысль, что моего отца при жизни недооценили как художника, и она решила, что не сегодня завтра отношение к его живописи круто изменится… Положим, я и сам знаю, что отец был первоклассным мастером, не ровня здешним мазилам, но зачем мне этот жалкий пиар, когда и трех месяцев не прошло, как они оба умерли? Да если цены на его работы подскочат даже вдесятеро, в чем я, как наследник, всячески заинтересован, это не значит, что я… Синяковы — та еще парочка. Вы знаете, чего она от меня хочет?

Я пожал плечами. Эдик и Женя, так их назвал Галчинский. Синяковы. Те, что доставили профессора на похороны Кокориных на своем «дэу». А потом эта Женя зачем-то осталась в доме, хотя и не входила в число близких друзей.

— Ей, видите ли, требуются любые записи отца и матери, пригодные для публикации. Каково?.. Я отвечаю — ничего нет, а она гнет свое. Через неделю следующий звонок и та же пластинка. Я, оказывается, обязан, это мой долг. Перед кем? Перед Евгенией, делающей свой маленький бизнес? В доме ни клочка исписанной бумаги, кроме кулинарных рецептов, старых открыток и деловой переписки отца в электронной почте. И еще конспектов институтских лекций матери. Это ее интересует? Вы меня понимаете — ровным счетом ни-че-го!

Я не стал его разубеждать. Дневник Нины Дмитриевны и тетрадь его отца для Павла Матвеевича все еще не существовали, и до поры я не собирался возвращать их из небытия.

— Кстати, а какого цвета машина у мужа Синяковой? — спросил я.

Кокорин-младший глотнул минералки и удивленно уставился на меня.

— Темный бордо. «Дэу» пятилетней давности. А зачем это вам?

— Так, к слову. — Я шагнул к столу, открыл кейс и аккуратно выложил на стол книгу, деньги и потемневший нательный крестик.

Я не верю психоаналитикам, но было что-то глубоко символическое в том, как он отреагировал. Библию Павел Матвеевич сразу отложил на свободный край стола, на крест посмотрел без любопытства, но с уважением, и тут же перевел взгляд на свернутые в трубку и перетянутые желтой резинкой долларовые купюры. Он даже убрал руки под стол, словно не решаясь к ним прикоснуться. Теперь мы оба смотрели на эти деньги.

— Пять тысяч пятьсот, — сказал я. — Пересчитайте.

— Да-да, — рассеянно согласился он. — Так вы говорите, это в камине, в кабинете отца?

— В тайнике под каминной доской. Ключ от него я оставил на столе в гостиной.

— Как вам удалось его обнаружить?

— Чисто случайно. Ключ лежал в пустой сахарнице из того сервиза, которым никто не пользовался. А вот чтобы найти подходящую замочную скважину, пришлось повозиться.

— Фантастика, — усмехнулся Кокорин. — Никогда бы не подумал, что отец… У нас с Анной и в мыслях не было…

Он не стал распространяться насчет того, чего у них не было в мыслях. Просто взял деньги, снял резинку и отправил ее в малахитовую пепельницу с бронзовой ящеркой на краю, а затем пересчитал, причем вышло у него не хуже, чем у банковской машинки. Последнюю пятидесятку, прятавшуюся внутри, Павел Матвеевич щелчком, как лишнюю карту, отправил на стол, и я увидел, что к ней приклеен листок из блока для записей, точно такой же, как тот, который Ева обнаружила в кухонном контейнере — голубоватый, с липкой полоской по краю.

Я мысленно обругал себя кретином. За то, что не догадался снять резинку. Чтобы пересчитать свою находку, мне показалось достаточным пробежаться пальцами по краю свернутой в трубку пачки.

Почти одновременно с Павлом Матвеевичем мы подались к центру стола. На листке черным фломастером рукой Матвея Кокорина было написано следующее: «Пять пятьсот. Долг Косте Галчинскому».

Дочитав, Кокорин-младший изменился в лице. Мобильник в кармане пиджака, висевшего на дверце шкафчика из карельской березы, сыграл первые такты «Love, love me do!..», но он его не услышал. Опустившись в кресло, Павел Матвеевич растерянно произнес:

— Не понимаю…

— В чем дело? — спросил я, но он уже владел собой.

— Какая-то чертовщина… При чем тут Галчинский?

— Тут я пас.

К предметам на столе я добавил связку ключей от дома на Браславской и секунду поколебался.

— Эта Библия... — Я протянул руку и положил на переплет книги, словно собираясь присягнуть. Кожа переплета, в прошлом алая, а сейчас сильно потускневшая и выгоревшая, показалась мне теплой, как у живого существа. — Это ведь довольно ценная вещь?

— Ничего примечательного. Не уникум. И стоимость ее не так уж значительна.

— Тогда вы не будете возражать, если книга некоторое время побудет у меня? Через пару дней я позвоню или сам загляну к вам. Возможно, тогда кое-что прояснится.

Из галереи я вышел с чувством исполненного долга. Оно даже усилилось, когда на углу площади Свободы и Монетного переулка я взглянул на часы. Без семи два. Я успевал к концу перерыва — как и обещал своему начальству. Оставалось пересечь сквер в центре площади с памятником вождю пролетариата, загаженным голубями. Сквозь ржавые кроны каштанов уже виднелись пилястры мрачного здания городской администрации, когда до меня дошло, что там творится неладное. Я ускорил шаг.

На тротуаре перед зданием шевелилась внушительная толпа. Еще издали я решил, что никакая это не демонстрация и не митинг — народ вел себя на редкость дисциплинированно, не скандировал, не размахивал флагами и был прилично одет. В стороне, у забора строящегося подземного перехода, стояли две пожарные машины, «скорая» и фургон МЧС. Пространство у входа и часть газона с голубыми елями были огорожены желтой пластиковой лентой, там прохаживался человек в камуфляже с мегафоном через плечо.

Я ввинтился в толпу, в которой было полно знакомых лиц — из тех, что ежедневно попадались на глаза в коридорах, и почти сразу натолкнулся на свою начальницу — даму лет пятидесяти, симпатичную и, несмотря на долгую чиновничью карьеру, не потерявшую чувства юмора. Она курила, торопливо затягиваясь и поглядывая на плотно закрытые двери здания. На плечах у нее был кожаный плащ внакидку.

— Что тут творится, Галина Львовна? — спросил я, забыв поздороваться.

— Башкирцев? — она не смогла скрыть удивления, обнаружив меня здесь. — Как ваш дантист?

— В хорошей форме, — сказал я. — Незабываемые ощущения.

Она усмехнулась, бросила взгляд на человека с мегафоном, а потом на окна третьего этажа, где располагался гуманитарный департамент. Все шторы на окнах кабинетов были задернуты.

Заметив мою недоумевающую физиономию, начальница спохватилась:

— Ах да, вы же у нас недавно, значит, не в курсе… Нас опять собрались взрывать!

— То есть как взрывать?

— Как обычно. — Она брезгливо затоптала сигарету. — Господи!.. Живем будто на вулкане, нервов не напасешься…

— Это что, серьезно? — спросил я.

— Да бросьте вы, Егор Николаевич. — Она неожиданно подмигнула и невесело рассмеялась. — Мы что, дети? Просто кому-то срочно понадобились документы, к которым в обычном режиме доступа нет. Лично я на вашем месте отправилась бы домой.

Упрашивать меня не требовалось…

Еще не было трех, когда я швырнул кейс под вешалку, крикнул: «Привет, детка, я уже дома!» — и прошествовал к холодильнику, чтобы соорудить себе бутерброд толщиной с учебник по морскому торговому праву. Меня не удивило, что Ева не отозвалась и даже не спросила, почему я так рано, — должно быть, до сих пор дуется.

Жуя на ходу, я вошел в комнату и с удивлением обнаружил ее сидящей на полу в дальнем углу. Блокнот Нины Кокориной лежал рядом с пустой кофейной чашкой, а выражение лица у Евы было, мягко говоря, странным. Она даже не подняла на меня глаза, и я решил, что мне придется потрудиться, чтобы заслужить прощение.

Мужчины в таких ситуациях не блещут сообразительностью, и я не был исключением. Первым делом я принялся бодро выкладывать все, что произошло со мной за день, но когда дошел до выгребной ямы и собачьего трупа, она оторвалась от созерцания блокнота и без всякого выражения спросила:

— Так, значит, они все-таки добрались до Кокориных?

— Кто — они? — я застыл с набитым ртом, поражаясь легкости, с которой она произнесла то, в чем я все еще продолжал сомневаться.

— Откуда мне знать? — сказала Ева. — Пожалуйста, дай и мне сигарету.

2
(Черный)

«...Корона из терний вдавилась в Его голову: она закрыла половину лба. Кровь стекала многими ручьями. Потом разлился смертный цвет. Когда Он испустил дух, уста раскрылись, так что всяк мог видеть язык, зубы и кровь на устах. Глаза закрылись, колени изогнулись в одну сторону; ступни извились вокруг гвоздей, как если бы они были вывихнуты. Судорожно искривленные пальцы и руки были простерты. Ребра выдаются, и их можно сосчитать, плоть иссохла, живот провалился...»

Это записал каноник, прибывший с семидесятилетней Биргиттой Годмарсон в Палестину, с ее слов, когда оба находились у подножия холма, где тринадцать с лишним веков назад были поставлены три грубо сколоченных креста из бывших в употреблении брусьев. Дерево в Святой земле во все времена было удовольствием не из дешевых.

Ничего иного и не могла увидеть там знатная дама шведского королевского рода, овдовевшая в сорок лет, в муках родившая восьмерых детей, с детства имевшая видения и искренне считавшая, что Бог избрал ее посредницей между собой и людьми, в том числе венценосцами и князьями Церкви. Близкие смеялись над ее видениями, а посредничество не имело никакого успеха: король Швеции, даже не выслушав ее возражений, выступил крестовым походом против эстонцев и латышей, отчаянно цеплявшихся за своих идолов; попытки организовать переговоры между англичанами и французами, бог знает какое десятилетие воевавшими между собой, ни к чему не привели, а Папа Климент VI, засевший в Авиньоне, в городе, который только ленивый не рифмовал с Вавилоном, ответил на ее уговоры вернуть столицу Церкви в Рим бесцеремонным отказом.

Разочарованная, но с неизменной улыбкой, не покидавшей ее лица, госпожа Годмарсон основала монашеский орден, переселилась в Рим, во всеуслышание назвала Папу «убийцей душ, несправедливостью превзошедшим Пилата, а бессердечием Иуду» и повела строгую жизнь, чтобы на закате дней вместе с любимым сыном Карлом и престарелым духовником отправиться в Иерусалим, что по тем временам считалось подвигом, и немалым.

Но не успели паломники подняться на борт галеры в Неаполе, как грянула беда: Карл был представлен неаполитанской королеве Джованне, и между этими, в общем, уже немолодыми людьми вспыхнула страсть — чувство такой напряженной и затуманивающей рассудок силы, какой Новое время уже не знало. У Карла в Швеции осталась жена, у Джованны в Испании — третий по счету муж.

В ужасе от этой ситуации, Биргитта день и ночь не вставала с колен, умоляя Бога указать хоть какой-то выход. Спустя несколько дней ее обожаемый Карл простудился во время прогулки и захворал гнилой неаполитанской лихорадкой, а через две недели, после страшных мучений, лежал в гробу.

Мать пережила его на два года — и только для того, чтобы все-таки добраться до Святой земли и пасть «на лице свое» в сухую пыль у подножия Голгофы. Духовник, единственный, кто всерьез относился к видениям престарелой дамы, часть из них записал подробно, а впоследствии составил из этих записей книгу «Откровений Биргитты Шведской». Впрочем, доверить бумаге он решился далеко не все, а немало из того, что, по его мнению, могло повредить благочестивому образу опекаемой им особы, исправил по собственному разумению.

Вероятно, поэтому восемнадцать лет спустя Церковь причислила Биргитту к лику святых, а «Откровения» стали, как теперь говорят, европейским бестселлером.

Не стоило бы и вспоминать эту историю. Она из тех времен, когда дистанция между писаным словом, живописным изображением и повседневной реальностью была еще более непреодолимой, чем сегодня.

Но из «Откровений» родилось изенгеймское «Распятие» Матиса Нитхардта и еще несколько гениальных воплощений, над тайной которых я размышляю уже много месяцев. Нитхардт и сам, как считается, был духовидцем. Так это или нет — не знаю, но в своих творениях он след в след шел за Биргиттой, и не потому, что ему недоставало воображения. Наоборот — мастеру Матису удалось настолько раскалить свою интуицию в пламени веры, что он ясно разглядел даже то, что стыдливо опустил редактор-духовник.

Святая Биргитта пришла мне на ум не только потому, что мои мысли в последнее время вертятся вокруг Изенгеймского алтаря и загадки алмазного свечения красок его создателя. Эти двое связаны крепче, чем кажется, несмотря на громадную дистанцию в полтора века во времени, потому что пережили одно и то же. Семилетняя девочка, которой впервые явилась Божья Матерь и предложила корону, и зрелый мастер в расцвете сил, отложивший кисть и больше к ней не прикасавшийся. Девочка исполнила все, что ей предназначалось, — замужество, рождение детей, многосложные обязанности старшей дамы двора королевы Бьянки, — и отбросила это, как засаленную перчатку. В том числе и корону — настоящую, на которую вполне могла рассчитывать по праву рождения. Матис покинул высоких покровителей и богатых заказчиков и превратился в простого ремесленника, строителя мельничных запруд, дамб и колодцев.

О чем я говорю? О Событии. Каждый из них пережил нечто непостижимое, и прочное здание их жизни вздрогнуло и накренилось, а все, что они имели и сделали до того, перестало иметь значение; не важно, к добру это было или к худу. В точном соответствии с восточной мудростью, которая ни в шестнадцатом, ни в четырнадцатом веке не имела хождения в Европе: «Если у вас это есть, я даю вам это; если у вас этого нет, я отниму у вас это». Нечто подобное предложил своим последователям бродяга-плотник из Назарета — не заниматься любовью, а любить. Только они, за редкими, очень редкими исключениями, не справились.

Дневник Нины, который она так простодушно прячет от постороннего взгляда, неожиданно открыл мне не менее поразительную вещь. У меня нет этому объяснений, но смерть Дитмара Везеля в ноябре пятьдесят седьмого, по-видимому, имела и продолжает иметь для нас намного большее значение, чем просто трагическая кончина близкого родственника. Она словно привела в действие скрытые пружины, изменившие всю нашу жизнь. Я имею в виду Нину, себя, Костю Галчинского, несчастного Володю Коштенко, погибшего в прошлом году, и всех, кто так или иначе связан с нашей семьей.

Не ошибусь, если скажу, что это продолжается и сейчас. Здесь нет преувеличения, и сам я далеко не мистик. Да и подтверждений сколько угодно, взять хоть Володю. Но Нина, несмотря на всю ее искренность и силу чувства к отцу, относится к тому, что случилось, иначе. Я бы сказал — закрыв глаза. Поэтому ее завещание, эта «Vermächtnis», звучит как простодушная молитва в темноте.

В отличие от Нины, я провел в том подвале несколько часов, пытаясь понять, что же, собственно, там произошло. Это случилось сразу после того, как мы с Галчинским, при деятельном участии пастора Шпенера, который, как оказалось, вхож к высокому начальству, вызволили из морга судебной экспертизы тело старшего Везеля.

Я привез с собой в Москву пакет с одеждой — пиджак, бостоновые синие брюки, рубашку в мелкую коричневую полоску, серый шелковый галстук и поношенные парусиновые туфли, так как с деньгами у нас в ту пору было совсем неважно. Горбатый пожилой санитар велел нам с Галчинским зайти в подобие приемного покоя — три ступени вниз, сводчатый потолок, окно с забеленными стеклами и бешено жужжащая ослепительная лампа на голом шнуре вверху. Костя сейчас же выбежал, не выдержав запаха, стоявшего в помещении. Тело привезли на облупленной каталке, и хотя мне тоже хотелось отвернуться, чтобы не видеть этой жалкой последней наготы, трупных пятен и страшного, от паха до подвздошной кости, грубо сметанного шва после вскрытия, — я остался.

Пока санитар с неожиданной силой приподнимал, переворачивал, тормошил и одергивал Дитмара Везеля, насаживая на него, как на деревянную куклу, одежду, которая еще сохранила следы Нининого утюга, я не сводил глаз с обоих, словно пытался загнать эту сцену в самую сердцевину памяти. Могу поклясться — мне это удалось. Выверенные, небрежные, но не оскорбительные для мертвого движения горбуна в испачканном ржавчиной халате, серые тона кожных покровов, глубокие глазницы покойного, витой лиловый рубец на жилистой шее и черное пятно от узла под левым ухом, стальной блеск коронки между истончившимися, цвета оберточной бумаги губами, неясного происхождения ссадины на запястьях, и главное, о чем никогда не узнала Нина, — след чудовищного ожога в паху. Как от сварочной горелки или паяльной лампы. Рыжеватая поросль, обильно покрывавшая грудь и живот Дитмара Везеля, ниже пупка сгорела начисто, кожа сошла еще до того, как наступила смерть, а кровь и лимфа спеклись бурой коростой, пугающе похожей на корку черного хлеба.

Когда он уже лежал в гробу, перед тем как закрыть крышку, я сложил его руки на груди. На безымянном пальце правой руки я заметил синее чернильное пятно. Такими же чернилами была написана и записка, но я-то знал, что он всегда заправлял свой «Паркер» черными.

То, что Дитмара Везеля перед смертью пытали, почему-то не заинтересовало следователя, а в медицинском заключении не было ни слова о травмах на запястьях и ожоге. Версия о причинении насильственной смерти также не выдвигалась.

Почему? В пятьдесят седьмом так вопрос не ставился, и много позднее тоже. Власть все еще была недосягаема и непогрешима, а свои ошибки, если таковые случались, исправляла сама. И ответ всегда был один: «У вас есть право обжаловать действия следователя в прокуратуру». С тем же успехом можно было обжаловать действия монгольской конницы при взятии Владимира-Волынского в тринадцатом веке.

Позже я все-таки задал его — когда необходимые бумаги уже были у меня на руках, а цинковый гроб, заколоченный в ящик из соснового горбыля, исчез в недрах багажного отделения Курского вокзала. Не следователю, не прокурорскому начальству, а пастору Шпенеру.

Как человек обстоятельный и трезвомыслящий, Николай Филиппович прежде всего выразил сдержанное неудовольствие требованием Нины похоронить отца не в Москве, а в Воскресенске, где лютеранское кладбище — всего лишь жалкий пятачок на задах еврейского погоста, затем сообщил мне, что ни при каких обстоятельствах покойного Дитмара вернуть не удастся, и закончил примерно так: «Дорогой Матвей, я как никто понимаю ваши сомнения. Но скажу вам, как сказал бы Богу: разве я, человек вдвойне зависимый, имею право портить отношения с властями? Мой долг — прежде всего позаботиться не о мертвых, а о живых, о тех, кто приходит по воскресеньям в кирху. Разве я могу себе позволить ставить под сомнение выводы следствия?»

«Что это значит — вдвойне зависимый?» — спросил я.

«А вы разве не догадываетесь?» — с неожиданным раздражением произнес Шпенер.

Мне показалось, что его ничуть не удивило мое сообщение о том, как выглядит тело Дитмара Везеля, но тема была закрыта, и всякие факты перестали иметь значение.

До поезда оставалось почти шесть часов. Простуженный Галчинский, сморкаясь, сел в трамвай и укатил в Сокольники к каким-то знакомым — глотать аспирин, а я вернулся на Новослободскую, где в пустой замусоренной квартире застал пьяного в дым Коштенко. Дверь на площадку была не заперта, и когда я вошел, он даже не повернул голову на звук моих шагов. На столе стояла початая бутылка «Московской», на подоконнике еще одна, уже пустая. На противоположном конце стола — на две трети полный граненый стакан, покрытый подсохшим ломтем «ржаного особого».

Я прожил более года бок о бок с Дмитрием Павловичем, глубоко уважал ум и такт этого человека и знал о нем многое. В том числе и то, что водки он пить бы не стал даже под пистолетом, так как физически ее не переносил. Дурацкий этот стакан и дикий, первобытный какой-то страх, которым буквально несло от Володьки, — должно быть, с того самого дня, как его постояльца нашли в подвале, — ударили мне в голову не хуже водки, но я постарался себя сдержать. Я спросил:

— Не рановато для поминок?

— Сядь, — неожиданно ясным голосом произнес Коштенко. — Не хочешь — не пей. Тебе известно, кто его вз… вздернул?

Он схватился за горло, как-то быстро и дико взглянул на меня, провел грязной ладонью по волосам и тут же снова уставился на чернильные незабудки на липкой клеенке.

— Нет, — сказал я, садясь прямо в пальто на шаткий табурет у стены. Обычно на нем стоял телефонный аппарат, но сейчас его нигде не было видно.

— Органы… — Он глотнул прямо из бутылки, застыл, громко дыша носом, и с трудом протолкнул теплую водку в желудок. — Понимаешь?

— Закусывать надо, — посоветовал я. — С какой это стати? Дмитрий Павлович свое давно им отдал. До упора.

Володька метнул в угол рта «беломорину», пожевал мундштук и чиркнул спичкой. Затянулся, подождал, пока спичка сгорит почти до ногтей, сунул ее в рот и захрустел угольком. Такая у него была привычка, с детства, как он уверял, и на курсе тоже к этому привыкли, даже не смеялись.

— У них приказ… — Он взялся обеими руками за край стола, набычился и привстал, словно собирался одним махом его опрокинуть. — План, п-понял? Всю эту немчуру — лютеран, католиков, баптистов, всех без разбору — к ногтю… Кто не сдох в зоне, на поселении или где там еще — добить без малейшей пощады. Окончательный расчет, а? За слезы матерей, за спаленные нивы… — Он вдруг глухо всхлипнул. — Представляешь?..

У меня мороз по коже пошел — с такой убежденностью он нес эту галиматью.

— Бред, — сказал я. — Ты пьян, Володька, и бредишь. Да откуда им вообще знать, кто он такой? Дмитрий Павлович два дня как в Москве.

— Два дня… — Он смерил меня презрительным взглядом и вдруг оскалился. — И что с того? Разве он не ходил в эту, как ее… по поводу окончательной реабилитации? Вот — там и засветился. Ты же ни хрена не знаешь — его уже в первый вечер пасли в открытую, я своими глазами видел!.. Опять, что ли, не веришь?

— Не верю, — твердо сказал я. — В Москве полным-полно немцев. Тот же Шпенер…

— Ты это всерьез? — завопил во все горло Коштенко. — Да Шпенер твой — стукач, крыса позорная! Его же за подсадного держат, гуся накрахмаленного!.. — Он неожиданно плюхнулся на место, хрястнул кулаком по столешнице, ушибся и стал дуть на пальцы. — Ладно… Если не веришь — сам сходи!

— Куда? — удивился я.

— Как куда? В подвал. Здесь рядом.

— Зачем?

— Затем. — Он вдруг изменился в лице и перешел на сиплый шепот: — Там тебе разъяснят...

Я взглянул на часы и поднялся. Половина восьмого. Поезд в начале двенадцатого. С Галчинским и Шпенером мы сговорились встретиться без четверти одиннадцать — уж и не помню где, потому что от старого Курского теперь, когда я пишу все это, ничего не осталось, кроме южного крыла и пакгаузов. Нужно было проследить, чтобы при погрузке не вышло какой-нибудь путаницы.

— Вот что, Володя, — сказал я, — давай прощаться. У меня дел по горло.

Не знаю, зачем мне понадобилось врать, но и оставаться в его логове не было никакого желания. И без того тошно.

Коштенко крутнулся на стуле, резво вскочил, и его тут же повело к стене. Скрипнув зубами, он поймал равновесие, сделал шаг и остановился.

— Драпаешь, да? — неожиданно жалобно проговорил он. — Бросаешь старого друга?

— Тебе выспаться надо, — смущенно пробормотал я. — Привести себя в порядок. И вообще... Запри за мной дверь и никуда сегодня больше не ходи.

Я обнял его обтянутые драным свитером плечи и почувствовал, что в нем нет ни капли пьяной вялости. Наоборот, он был словно под током — окаменевшие мышцы мелко подрагивали.

Дверь захлопнулась, и я заспешил вниз по плохо освещенной и давно не метенной лестнице, чувствуя себя почему-то предателем. При этом — совершенно отчетливо помню — одновременно я думал о Нине и о том, что художники, по крайней мере большинство из них, похожи на тюбики со снадобьями, которые точно знают, что на них написано снаружи, но даже не подозревают, из чего состоит то, что у них внутри. Коштенко, несомненно, был художником — я знал это еще с третьего курса, когда он показал мне с десяток листов превосходной, отточенной и суховатой графики. Ранимым, замкнувшимся на себе, честолюбивым и слабым. И в то же время искренним и порой неожиданно проницательным.

Каким-то образом в этих мыслях присутствовал и отец Нины — должно быть, поэтому внизу я вышел не через парадное, а через скрипучую дверь черного хода, ведущую во двор.

Было уже совсем темно, сверху сыпалась крупа пополам с дождем, под ногами хлюпало. Измазанная мелом лампочка над черным ходом едва теплилась. Некоторое время я постоял, привыкая, а потом двинулся напрямик, шагая все быстрее.

Пустая трехэтажная коробка особняка, предназначенного под снос, скоро замаячила слева в глубине двора. Крыша и перекрытия были давно разобраны, гора битого кирпича, штукатурки и ломаных брусьев ждала своего часа, в пустых оконных проемах сквозило подсвеченное электрической желтизной низкое московское небо. С Новослободской приглушенно доносились гудки автомобилей.

Я прошел вдоль фасада, затем свернул за угол и едва не прозевал вход в подвал — ветхую двустворчатую дверь в струпьях сползающей краски. Рядом с ней в стене виднелось низкое прямоугольное отверстие; из него в темноту подвала уходил обитый листовой жестью лоток: когда-то сюда сбрасывали уголь для кочегарки. На двери болтался замок. После случившегося милиция, надо думать, распорядилась запереть помещение, но как только я взялся за ручку, одна из проушин легко отскочила, замок, лязгнув, повис на второй, а дверь распахнулась. Кто-то уже успел здесь побывать.

Я оглянулся. Пусто. Двор будто вымер, только ветер сечет крупой по ржавым листам кровельного железа, сложенным у стены. Внизу было еще темнее, но все-таки помещение оказалось не совсем подвалом. Когда я спустился и почувствовал под ногами хрустящий угольной крошкой пол, то оказался всего метра на полтора ниже уровня двора. Австрийская зажигалка, подаренная мне Галчинским, вспыхнула безотказно, однако сквозняк тут же погасил желтое бензиновое пламя. Пришлось прикрыть дверь, но все равно дуло через проем, и я стал ощупью продвигаться вглубь, то и дело рискуя свернуть себе шею.

Ощущение не из приятных, но почему-то я был совершенно уверен, что здесь никого нет. И в то же время недоумевал: что, собственно, я здесь делаю? Пьяный бред Коштенко тут ни при чем, и тем не менее должна была существовать причина, которая заставила меня забраться в этот провонявший мочой и угольной гарью глухой мешок, в котором душа Дитмара Везеля рассталась с его земной оболочкой.

В дальнем конце подвала было потише. Колеблющийся огонек зажигалки отразился от потолочного свода, укрепленного поперечными полусгнившими балками. К одной из них был привязан тот самый нейлоновый шнур, но я не знал, к которой… Запрыгали тени по углам и в нише — там раньше был дверной проем, но его давно замуровали. Крошащийся кирпич стен и опорных колонн, уходящих в фундамент, известковые натеки. Груда изломанных серых ящиков из-под овощей у дальней стены. Три десятка квадратных метров пустоты — вот и все, что здесь было.

Поэтому, когда пламя зажигалки стало слабеть, я вытащил из кучи ящик поцелее, уселся на него и плотно запахнул полы пальто. Затем погасил зажигалку и сунул ее в карман.

На меня навалилась густая тьма, только в отдалении едва различимо серело пятно угольной дыры в стене. Здесь было так тихо, что я слышал шум крови в сосудах и звук падения комочка известки, отслоившегося от кладки. Мне некуда было идти в Москве, разве что вернуться к Коштенко, и постепенно меня охватило странное чувство: будто огромный город, погребенный в снежной слякоти, со всеми своими пышными новостройками, дворцами, площадями, ветшающими храмами, магистралями и кривыми опасными переулками Замоскворечья сворачивается вокруг этого заброшенного подвала в подобие гигантской шевелящейся капсулы, кокона, в котором остается ровно столько пропитанного гарью воздуха, чтобы окончательно не задохнуться.

Пытаясь избавиться от внезапного приступа удушья, я стал вспоминать наш последний ночной разговор с Дмитрием Павловичем — Дитмаром Везелем, как упорно звала отца Нина, словно защищая от кого-то его приобретенное по праву рождения имя. О Лютере, его наследии и наследниках. Я всегда восхищался трезвой ясностью ума моего собеседника, его непредвзятостью и остротой суждений. Тайно от родителей приняв крещение, я ничего не смыслил в догматах и различиях между тремя главными ветвями христианства, но в ту ночь начал смутно понимать, откуда возникла могущественная сила, вызвавшая разделение в Церкви и в умах несчетных толп людей. Сила, которая произвела величайшие кровопролития и неузнаваемо изменила мир. И если уж совсем точно — сделала его таким, каким он стал теперь.

Это понимание давалось нелегко, потому что в ту пору я был наивно убежден, что всякому человеку, чтобы не испытывать одиночества и не чувствовать себя несчастным, достаточно знать — Бог есть.

То, о чем он говорил, ужаснуло меня, но при этом отец Нины ни на йоту не отступал от своих убеждений, оставаясь всецело преданным лютеранству. Когда я спросил: что дает ему эта вера, он молодо улыбнулся, накинул на плечи овчинную безрукавку, с которой в последнее время почти не расставался, и произнес: «Credo ut intelligam, дорогой мой! Еще в одиннадцатом веке это сказал Ансельм, архиепископ Кентерберийский. Верую, чтобы лучше понимать»...

Но за что убили Дитмара Везеля?

Постепенно меня сковало сонливое оцепенение. Я не чувствовал холода, только страшную усталость. Голова гудела, как потревоженный пчелиный рой. Этот день без остатка забрал все мои силы, и, кажется, я даже задремал, но тут же вздрогнул и очнулся.

В нише, где раньше я заметил заложенную кирпичом дверь, разливался тусклый серо-зеленый свет. По временам он усиливался и снова ослабевал до едва различимого. Я прислушался — и мне пришло в голову, что перегородка каким-то образом исчезла, а дверь, находящаяся за ней, приоткрылась, иначе откуда бы тут взяться свету. Спустя несколько мгновений до меня донесся смутный гул, похожий на звук работающей за стеной холодильной установки, и я растерянно поднялся с ящика и застыл.

Я слышал звук собственного учащенного дыхания, хруст суставов, но продолжал слышать и этот гул, которому в мертвой промозглой коробке дома неоткуда было взяться. Что-то заставило меня сделать шаг, затем еще один — теперь я мог заглянуть в нишу. Я и в самом деле надеялся, что там окажется дверь, которая ведет в какое-то, возможно, обитаемое помещение. Там кто-то есть — другого объяснения быть не могло.

Стена, однако, оставалась на своем месте. Зато в глубине ниши в полу зияло отверстие неправильной формы. Оттуда и вырывался свет. Выглядело это так, будто участок земляного пола размером в четверть газетной полосы куда-то провалился, и я снова остановился, зачарованно глядя, как дыра в полу то наливается серо-зеленым свечением, то гаснет. В конце концов я заставил себя подойти еще ближе.

Отсюда я не мог заглянуть в отверстие, поэтому мне пришлось опуститься на колени и немного проползти вперед. Я уже чувствовал ток теплого воздуха, вырывающийся оттуда, и странный сладковатый запах, похожий на тот, что стоит в мясных рядах на рынке, — когда из дыры вдруг выглянула острая крысиная морда, смерила меня взглядом и моментально скрылась.

Я отпрянул, однако гул усилился, и меня снова неудержимо потянуло туда. На этот раз я без помех добрался до края отверстия и заглянул вниз. Лучше бы я этого не делал. Так я сейчас думаю, но тогда жгучее любопытство, смешанное с болезненным возбуждением, подталкивал меня вперед, как слепца к краю обрыва.

И вот что мне открылось. Прямо подо мной, как бы этажом ниже, находилось сравнительно небольшое, цилиндрической формы помещение, залитое неровным светом, источник которого я не мог видеть. До цементного пола внизу было не больше трех метров, а в нижней части стен помещения по окружности располагалось десятка полтора одинаковых аккуратных отверстий, похожих на трубы — каждая диаметром сантиметров пятнадцать. Внутри было сухо и тепло, даже жарко, а в центре пола возвышалось нечто похожее на агрегат, который мне довелось видеть, когда мы с Володей Кощенко и еще одним однокурсником устроились в летнее время подсобниками в цех полуфабрикатов. Оттуда и шел гул. Агрегат работал, но почему-то меня это не удивило. В его воронкообразном жерле неторопливо вращался тускло поблескивающий сталью шнек, а кожух был покрыт свежей краской — багровым суриком.

Но главное здесь было — крысы. Они буквально кишели на полу и вокруг гудящей машины, но это было не хаотическое движение, в нем ощущался известный порядок, хотя назвать его осмысленным я бы затруднился. Крысы появлялись из одних отверстий, совершали сложный маневр в потоке других, а затем целеустремленно исчезали в других трубах. Их было так много, что порой возникали пробки, весь пол превращался в колышущийся ковер, и многим приходилось пробиваться к своим трубам по спинам сородичей. Иногда они взбирались по неровностям стен на значительную высоту. При этом не было никакой суеты, визга и драк. Все происходило в полном безмолвии, если не считать звука работающей машины. Да и сами крысы показались мне не совсем обычными. Такого же размера, как серые, которых везде полно, они имели отливающие синим хвосты, покрытые крупной роговой чешуей, а вдоль хребта у них тянулась полоса ржавой шерсти, которую при другом освещении можно было бы назвать грязно-оранжевой.

Безостановочное движение внизу загипнотизировало меня. Откуда и куда они шли? Зачем?

Эти вопросы вылетели у меня из головы, как только я заметил, что одна из крыс покрупнее вдруг завертелась на месте и начала карабкаться на кожух агрегата. Дважды она срывалась и падала, но в конце концов оказалась на нем. За ней последовала другая, за этой — еще несколько, не меньше десятка. Тем временем первая тварь перевела дух и начала приближаться к раструбу машины. Встав на задние лапы, крыса забралась на его край и застыла, при этом хвост у нее встал торчком наподобие дирижерской палочки. Секунду побалансировав, она скользнула на брюхе вниз — так дети скатываются с обледеневшей горки. Шнек подхватил ее, потащил вперед, сминая, — и вдруг пухлое тельце крысы лопнуло, как переспелая слива, и исчезло. На отполированном металле раструба вспыхнула алая сыпь брызг.

Меня замутило, но я не мог отвести глаз, потому что за первой крысой последовали другие. Они безмолвно и упорно пробивались наверх и по нескольку штук сразу ныряли в раструб. Машина справлялась, но теперь к ее равномерному гудению стали примешиваться хлюпанье и едва различимый хруст. Из хобота в передней части этой гигантской мясорубки показались первые комья буро-кровавого фарша; отрываясь, они с мокрыми шлепками падали на цементный пол, и те крысы, которые не участвовали в этом жертвоприношении и продолжали сосредоточенное движение, расступились, словно кто-то очертил вокруг горки все прибывающей отвратительной массы магический пентакль.

От напряжения у меня все плыло перед глазами; в какое-то мгновение мне даже показалось, что жуткая груда крысиного фарша все еще продолжает шевелиться. Поэтому я крепко зажмурился, а когда снова открыл глаза, то почувствовал ледяной холод в позвоночнике. Я не ошибся — рубчатая полужидкая масса, похожая на слипшиеся макароны цвета гангренозной язвы, и в самом деле двигалась как живое существо. Но хуже всего было то, что в ее буграх и комьях, похожих на подвижные опухоли, я начал угадывать очертания все тех же молчаливых крыс, и от этого в горле у меня встал удушливый ком, а рот наполнился горечью. Я всей кожей чувствовал надвигающуюся опасность.

Не дожидаясь, пока закончится обратная трансформация перемолотого мяса и костей в исходный материал, я вскочил, сильно ушибся об угол ниши и, вытянув вперед руки, слепо бросился к выходу. Рванул дверь, споткнулся на куче мусора, потерял равновесие, но все равно продолжал бежать не разбирая дороги, пока не очутился посреди пустого двора.

Только тогда я заставил себя замедлить шаг и оглянуться. Смоляная глотка распахнутой подвальной двери целилась прямо в меня. В безветрии падал крупными хлопьями снег, его уже набралось по щиколотку. В корпусе, где жил Коштенко, горело одно-два окна, не больше. Сердце прыгало, как китайский ватный шарик на резинке…

Я до сих пор не уверен — может, все это мне привиделось?

Несколькими минутами позже под подозрительным взглядом черноусого милиционера в фуражке с красным околышем я влетел на полупустую станцию метро «Новослободская», скатился по эскалатору и принялся расхаживать по перрону среди лоскутных витражей и облицованных мрамором тумб. Над черной дырой туннеля, сразу напомнившей мне крысиные ходы в подземелье, помаргивали электрические часы, и я с удивлением убедился, что сейчас — половина одиннадцатого. По моим подсчетам, в подвале я провел не более получаса, а значит, еще два с лишним часа куда-то пропали.

Вспомнил: с Галчинским и Шпенером у нас было назначено не в здании вокзала, а у табачного киоска, похожего на коробку из-под сигар, слева от главного входа. Когда я вынырнул из метро, оба моих спутника уже были на месте, и первое, что сказал мне Галчинский, гнусавя и прикрывая смятым платком распухший нос: «У тебя все пальто в известке, Матвей!.. Что с тобой стряслось, где ты был?»

Я сгреб с прилавка пригоршню сырого снега и молча взялся отчищать полы, но Николай Филиппович, оттянув рукав, постучал по циферблату и строго произнес: «Время, молодые люди! Время поджимает. Состав уже подан».

И мы пошли на платформу — искать багажный вагон, в котором Дитмару Везелю предстояло отправиться в последнее путешествие. Эти двое двигались впереди: невозмутимый пастор в тирольской шапочке и просторном макинтоше на теплой подкладке, рядом — измотанный гриппом Галчинский. Я еще слегка прихрамывал и держался позади, бормоча про себя слова шестьдесят третьего псалма — того самого, на который указал мне отец Нины, заметив, что и Западная и Восточная церкви по неизвестной причине обходят его своим вниманием.

Он начинается так: «Услышь, Боже, голос мой в молитве моей; сохрани жизнь мою от страха врага»...

3
(Синий)

Я никогда не надеялся, что как художник смогу хоть в чем-то следовать Матису Нитхардту. В этот тупик забредали многие, порой очень одаренные и неглупые, те, кто пытался копировать его манеру и технику. Но суть в том, что никаких особенных технических секретов там не было. Масляная живопись в Германии по-прежнему оставалась ремеслом, и судили о ней по тем же законам, что и о ремесленных изделиях.

Только в самом начале шестнадцатого века, при императоре Максимилиане Австрийском, кое-что начало меняться. Утонченный и просвещенный государь, пытавшийся возродить угасающее рыцарство, широко покровительствовал искусству, желая соединить несоединимое: чувственный дух южного Возрождения с аскетической целеустремленностью северного Средневековья, которое стремительно уходило в прошлое. Художники ненадолго были причислены к элите, начали вращаться в высших кругах, а князья, принцы и банкиры покровительствовали им и с размахом оплачивали выполненные, а порой и невыполненные заказы. Мастера стали разрывать отношения с цехами. Они могли больше не считаться с бюргерской моралью и вкусами и позволяли себе выйти за предписанные рамки, не ожидая скорой расправы.

У этой медали была и другая сторона — ремесло начало приходить в упадок. Преисполненный собственной значимости художник больше не растирал краски, не варил крепкий клей для грунтов из лоскутьев пергамента, оставшихся от старых богослужебных книг, не составлял лаки — на то имелись подмастерья. Он творил персональную вечность. А через десять лет сверкающие свежими красками доски превращались в бурую мазню.

Матис этим не соблазнился — в каждой его работе видна заботливая рука твердо знающего свое дело мастера. Но что с того, что повсюду он употреблял прочнейший, твердый, как слоновая кость, и великолепно отшлифованный грунт? И кому не было известно, что если на такой грунт нанести полупрозрачные краски, сохраняя малую толщину мазка, — возникнет особое внутреннее свечение живописи, а яркость ее многократно возрастет?

Это знали все художники того времени, и пользовались таким приемом многие, тот же Ван-Эйк. Но сила воздействия живописи уроженца Вюрцбурга, великолепного и странного одиночки, не имевшего ни единого ученика, в другом. В чем? Скорее всего — в пронзительно остром, на грани экстаза, чувстве духовного начала жизни, которое нынешние критики назвали бы «мистическим натурализмом».

Как ни называй, а для него это был единственный способ выразить то, что до краев переполняло сердце, трепетало в каждой линии, превращало его живопись в прозрачное пламя, в отблеск потустороннего бытия, недоступного земному зрению.

Мне пришлось совершить над собой насилие, чтобы избежать соблазна пойти по пути копирования. Я ограничился изучением «материи» живописи мастера Матиса и его современников. Состава пигментов, красок, лаков, грунтов, основ картин, техники нанесения мазка, инструментов, особенностей композиции и перспективы. И эта работа, занявшая несколько лет, не прошла впустую. Я многому научился на ощупь, руками. Я освободил мысли от чепухи, которой нам забивали голову в институте, на собраниях, на улице, приучил себя не замечать ее и жить своим делом. У меня появилась защита — знание дало мне силы, способность к сопротивлению, нетерпимость к фальши и имитации. И в то же время — особого рода чувствительность.

Я перестал быть робким и ранимым, а мысль о том, что сам Христос был ремесленником в захолустном селении и разделял участь каждого труженика, позволила мне понять, в чем заключается тайна по-настоящему великой живописи. Это совсем просто. Ее создатели не любовались собой и своим мнимым совершенством и не размышляли о своей творческой мощи и страшной силе красоты, существующей без всякой связи с верой. Их жизнь была неотделима от того, что они создавали.

И еще я понял, что люди во все времена остаются запертыми в одиночной камере своих сиюминутных потребностей и не могут понять друг друга, сколько бы ни исповедовались один перед другим. Одиночество не заканчивается и тогда, когда нас соединяет общая работа или желание, но стоит нам прикоснуться к добру или любви, как из ниоткуда возникает ток, невидимая связь. Только то, что принадлежит духу, способно действительно объединить людей и вырвать их из клетки.

Еще в годы учебы, в самом начале того, что потом стали называть «оттепелью», на волне всеобщего увлечения модернизмом, каждый из нас оказался перед выбором между дряхлым академическим каноном и примитивным природным дарованием. Все равно что выбирать между гриппом и ангиной — и то и другое дрянь. Академическая живопись давным-давно труп, там и не пахнет искусством, а в модернизме и его перевертышах искусства еще нет, и будет ли — вопрос до сих пор открытый. Одаренность — всего лишь условие, которое ровным счетом ничего не значит без терпеливого ученичества и знания людей.

Вот и выходит, что художник, как давно сказано, стоит на берегу бесконечного и пустынного моря, вооруженный зеркальцем размером с собственное сердце…

Только сейчас, спустя много лет, я понимаю, что режим, при котором я делал первые собственные шаги в живописи, постоянно оглядывался на Средневековье. Чтобы не превратиться в мертвую догму, в объект насмешек, как это все-таки случилось сейчас, он постоянно нуждался в единстве, в массовом порыве и энтузиазме, а взяться им неоткуда, кроме как из веры. Силой и жестокостью этого не добьешься.

Однако сухая и прагматичная материя теоретического марксизма для этого не годилась, а традиционные религии были разрушены и отвергнуты. Вместо них, кирпич за кирпичом, на протяжении десятилетий возводилось здание мифов о коммунистическом завтра, сиявшее всеми отблесками рая. Тупая и черствая официальная пропаганда тут не срабатывала — только средствами искусства можно было разжечь пламя веры, загипнотизировать толпу настолько, что за отблесками эдемских радуг она больше не различала зловещего мерцания кровавых озер. Потому что миф — это история про то, чего вы не совершали и не совершите, основанная на том, что вы уже сделали.

Для массового гипноза годилось не все. И в кино, и в музыке, и в живописи требовалось строгое соблюдение раз и навсегда установленного канона, а люди искусства в массе своей существа плохо организованные, безалаберные, пьющие и морально зыбкие. Склонные, так сказать, к колебаниям. В ремесленных цехах средневековых бургов режим нашел идеальную модель, проверенное и запатентованное средство против всяческой ереси — и они были воссозданы, даром что получили имя творческих союзов. Подобно средневековым цехам все эти союзы художников, композиторов, писателей и архитекторов несли ответственность за каждого члена, держали его в узде, обеспечивали соблюдение канона и относительного качества продукции. С другой стороны — для лояльных имелись определенные гарантии и материальные преимущества.

Академизм, как будто похороненный еще в девятнадцатом веке, был переименован в реализм и пережил новое рождение. Главным в живописи стало — заставить зрителя поверить, что перед ним не картина, а сама натура. Но на деле никакой такой натуры в природе не существовало, по ту сторону холста зияло пространство героического или утопического мифа. И если, как заметил Гоген, дело художника не копировать, а продолжать работу Творца, толпы советских живописцев продолжили работу партийных отделов пропаганды. Независимо от степени таланта и убеждений.

Ну что ж — дьявол всегда к услугам художника, и снисходительность ко лжи и злу часто облегчает жизнь людям искусства.

Нечто подобное происходило четыреста лет назад, когда Реформация из революционной проповеди превратилась в государственное дело. Зацепила она и Матиса Нитхардта — но речь не о нем: в ту пору он уже оставил живопись, и, кажется, не в последнюю очередь потому, что разочаровался в духовном лидере — Мартине Лютере. Понял ли он, что первым результатом церковной реформы стало вовсе не освобождение и не возрождение очищенного от заблуждений и грехов христианства? Возможно. Проницательности ему было не занимать, вдобавок перед глазами у него лежала охваченная слепой яростью Германия 1525 года, готовая распасться на куски, всеобщий развал и разруха, голод, болезни, банкротства купеческих домов, кормивших тысячи простолюдинов. И новая Церковь, обещавшая свободу и чистоту, теперь покорно лежала у ног курфюрстов и князей, многие из которых самочинно присвоили себе права епископов и архиепископов.

Лютер, и никто иной, толкнул страну в эту пропасть. Пламя его бурных проповедей разожгло другой, страшный пожар от края до края, который до смерти напугал и сбил с толку самого проповедника. А когда сгорело все, что могло, и жертвы легли в землю, повсюду воцарился тупой и тлетворный мещанский дух, а само лютеранство, возникшее как прорыв к личной свободе, стало нетерпимым к любым проявлениям вольной мысли.

Жизнеописание мастера Матиса большей частью состоит из фраз «Неизвестно...», «Неясно...», «Сомнительно...», «Вероятно...» и домыслов искусствоведов, полагающих, что общее представление о времени позволяет выстроить ход индивидуальной судьбы. Однако ни один из них не нашел объяснения тому, зачем художник, всю жизнь творивший во славу католической церкви, в какой-то из дней всеобщей смуты и разлада вдруг все оставил и последовал за бродячим фанатиком, выдававшим себя за чудотворца, сам пытался проповедовать и едва не угодил на плаху. Увидел ли он какую-то особую правду, которая нам недоступна? Правду, отличающуюся от той, на которой стоял престол святого Петра, и той, на которой настаивал Лютер? Или просто поддался необъяснимому влечению? Ответа нет, документы молчат.

История не повторяется, но повсюду оставляет ясные знаки. И то, что Мартин Лютер был слеп к живописи, — один из них. Церковь во все века до него была средоточием пластических искусств, а новое богослужение, введенное Лютером, предназначалось для ушей, а не для глаз. Величественное течение католической мессы, отшлифованное веками, было отвергнуто; в сущности, и нужда в храме, кроме как для постоянного сбора прихожан, отпала. Да и зачем храм, если с некоторых пор каждый стал сам себе священником и приобрел право на свой лад толковать Священное Писание. Религия быстро превратилась в вопрос личного партнерства с Богом, стала фактом психологии — отсюда и снисходительно-пренебрежительное отношение к искусству, а то и прямое истребление церковной живописи и скульптуры, которым занимались бешеные радикалы Кальвин и Цвингли, громя старые церкви «папистов».

Все это началось гораздо раньше. Когда в 1511 году, задолго до опубликования своих знаменитых «Тезисов», Лютер посетил Рим, живопись в соборах и палаццо знати не удостоилась его внимания. Он ее попросту не заметил, — а ведь это были вершинные достижения итальянского искусства, крепчайший экстракт Возрождения. Это легко подтвердить — все, что касалось его самого, реформатор записывал подробно и щедро. В Нюрнберге его больше всего поразили часы с боем на здании ратуши, в Ульме — необычайная высота шпилей собора, в Баварии — хитроумные городские укрепления, а в Италии — мастерство портных, ловко шьющих плотно прилегающие к телу одежды. Ну и еще воспитательное заведение во Флоренции. О живописи он оставил единственное суждение, заявив, что ценит в ней способность создавать иллюзию жизни и назидательность сюжетов.

И только. Искусство для него осталось заменителем книги для бедных и неграмотных, в этом он видел его смысл. На первом месте наглядность изображения, все остальное не играет роли.

Лукас Кранах, художник одаренный, но непомерно прославленный — настолько, что его имя и сегодня продолжают ставить в один ряд с именами Дюрера, Гольбейна-младшего, Рименшнайдера, Альтдорфера и Матиса Нитхардта, был близким и сердечным другом Лютера и одновременно пользовался покровительством курфюрста Саксонского. Поэтому перемены в отношении Церкви к живописи не причинили ему особого беспокойства, хотя десятки его собратьев по ремеслу, в особенности скульпторов и резчиков, лишились средств к существованию и впали в жесточайшую нужду. Культ святых был упразднен Реформацией, а церковные статуи и резные алтари пошли на свалку. Не думаю, чтобы Кранах во всем разделял взгляды своего приятеля на искусство, но человеком он был в высшей степени практичным — и его мастерская в конце двадцатых годов шестнадцатого века быстро превратилась в крупную мануфактуру с множеством учеников и подмастерьев, которые трудились не покладая рук днем и ночью. Оттуда потоком хлынули сотни писанных маслом и гравированных портретов Лютера и его ближайших соратников, иллюстрации к их трактатам и памфлетам, направленным против Рима, карикатуры на Папу, иллюстрации к обновленному катехизису — и все это унизительно низкого качества. Отличный коммерсант, Кранах в считанные месяцы сделал состояние, а заодно как никто содействовал успеху церковной реформы.

Матис Нитхардт умер в Галле в 1528 году. В последние годы он торговал в лавке во Франкфурте и чертил планы мельниц и водоотводных каналов, а в Галле оказался опять же неизвестно почему. К счастью, он не успел увидеть то убожество, которое Лютер и его ближайший сподвижник Меланхтон именовали «новой церковной живописью». Создавались эти жалкие творения в той же мастерской Кранаха, и часто по личным указаниям и под наблюдением обоих вождей Реформации. Сухие и примитивные аллегории, лишенные жизни, но зато снабженные наставительными надписями «для лучшего уразумения».

Одну из таких досок — «Грехопадение и Спасение» — я видел своими глазами. Это в своем роде шедевр. «Вера» представлена на ней в виде молящейся перед крестом девы с чашей и облаткой для причастия в руках, рядом «Надежда» — уставившаяся в небеса потрепанная полногрудая дама. Поблизости, в образе евангелистов, многозначительно восседают сами Лютер и его сподвижник Меланхтон.

Популярность этой живописи равнялась нулю. Бюргеры относились к ней как к надоедливой рекламе, за которую вдобавок приходилось платить общинными деньгами. Но несмотря на осторожное сопротивление магистратов, Крановы аллегории красовались повсюду.

Художники, которые творили суверенные миры на основе внутренней свободы и ослепительных прозрений, ушли из жизни — сначала Дюрер, потом Матис Нитхардт, другие эмигрировали — как Гольбейн-младший. Богатые купцы, банкиры и князья, истинные ценители, независимо от исповедания, больше не желали иметь дела с немецкой живописью, где безраздельно воцарились Кранах и Ганс Бальдунг, автор столь же пресных картин, и отдали свои предпочтения заезжим фламандцам и итальянцам.

Что было делать с машиной, которая продолжала вертеться, выплевывая никому не нужные изделия? Кранах не мог не сознавать того, что сам же и загнал себя в тупик, подчинившись требованиям Лютера. В поисках выхода он неожиданно совершает поворот на сто восемьдесят градусов и при этом как бы остается в рамках требований, высказанных другом и наставником. Спустя четыреста лет это назвали бы открытием новых рынков сбыта. Гениальный коммерческий ход: с конвейера мануфактуры Кранаха вдруг посыпались крохотные, писанные маслом дощечки, где главным объектом изображения служило обнаженное женское тело — Евы, Юдифи, Саломеи, дочерей Лота. Якобы назидательный сюжет, но прежде всего бледная, худосочная и одновременно развратная нагота с блудливой ухмылкой на устах. Кое-что из этих дощечек граничило с откровенной порнографией, и бюргеры расхватывали их, как горячие пирожки.

Лютеранская церковь до поры до времени не возражала — такого рода «умственная эротика» вполне соответствовала ее представлениям об отношениях человека с Богом. Но обещанная свобода духа вдруг обернулась другой стороной. На целое столетие в искусстве воцарилась тоска и опустошенность, а художник стал даже меньше чем ремесленником. И неудивительно, ведь протестантское богословие, объявившее все профессии делом веры, как-то подзабыло включить искусство в число профессий…

Sapienti sat, как говорили в ненавидимом Лютером Риме, — разумному достаточно. Сходство причин и следствий налицо, результат и тогда, и теперь один и тот же. В ту эпоху у всей Европы были претензии и счеты к Риму — как у нашей нынешней власти к Западу. Одних не устраивала политика Святейшего Престола, других — нравы духовенства, третьих — гуманистический миф о якобы величии и совершенстве человека, который творили люди искусства по всей Италии, со временем превратившийся в миф о демократии.

Средиземноморскую Европу охватил всеобщий языческий экстаз, неслыханное пиршество всех пяти чувств — словно скованному и ввергнутому в душную темницу великану вдруг вернули полузабытую языческую волю. От италийской живописи того времени заказчики требовали того же, чего древние греки ждали от вина и мистерий: опьяняющей красоты. Что касается Церкви, то ее просто старались не замечать, хотя никто и не ставил под сомнение основы веры.

Болезнь века Лютер на первых порах подхватил в самой легкой форме.

На философском факультете в Эрфурте он набрался не только гуманистического духа, но и рационализма старых схоластов, уже тогда косо смотревших на такие вещи, как благодать Божия, и во всем полагавшихся на Его волю. И эта смесь сделала свое дело: получив степень магистра, будущий реформатор внезапно впал в тяжелейшую депрессию. Причиной послужили три вещи: смерть друга юности на дуэли, страшная гроза, в которой Лютер едва спасся от удара молнии, и ясное осознание того, что самостоятельно он не способен одолеть обуревающие его страсти и вожделения.

Искренний порыв привел его в монастырь августинцев-эремитов с жесточайшим уставом. Лютер принес обеты, вскоре был рукоположен, углубился в изучение богословских и библейских трудов, но греховные чувства не покидали его ни на час. Брат Мартин перебрался в Виттенберг, в монастырь Всех Святых, где продолжил богословские штудии, а заодно увидел, как на деле выглядит торговля индульгенциями, и приобрел к ней глубокое отвращение.

Ошибается тот, кто думает, что индульгенция — это купленное за деньги отпущение собственных грехов. Ничего подобного. Даже в то полное злоупотреблений время католическая церковь не могла практиковать подобные вещи, не противореча своим догматам. На самом деле речь шла о своего рода «выкупе» за души, угодившие после кончины в геенну огненную. Жертвуя на благо Церкви деньги и имения, родственники умершего приобретали для грешника indulhencio, то есть «освобождение» от мук ада, но это не означало, что такая душа не должна пройти долгий путь покаяния и искупления. Право на продажу индульгенций предоставлялось как особая привилегия, вырученные деньги отправлялись непосредственно в Рим, а поскольку цена за избавление от вечного пламени не была фиксированной, этим широко пользовались торговцы, ведя далеко не праведную жизнь.

Да, забыл упомянуть: среди бесчисленных сомнительных реликвий, хранившихся в римских церквях, на брата Мартина, отправившегося в долгое путешествие через всю Европу в качестве провожатого одного из монахов-отцов, особое впечатление произвела веревка, на которой якобы удавился Иуда.

Насмотревшись на всяческие безобразия в монастырях и приходах, Лютер окончательно впал в меланхолию. Страх перед тем, что сам он обречен и не принадлежит к числу тех, кто предназначен к спасению, превратился в острый невроз — об этом свидетельствует невнятно описанное «происшествие в башне», где он будто бы впрямую столкнулся лицом к лицу с дьяволом. А три года спустя, несмотря на то что в 1512 году Лютер принес клятву на верность католической церкви с обязательством никогда и нигде не проповедовать осужденных ею учений, он выступил против продажи индульгенций и поставил под сомнение авторитет Папы в своих знаменитых 95 тезисах.

Тезисы мгновенно распространились по всей стране, а за этим последовало отлучение от Церкви.

Страстная, глубоко внутренне надломленная страхом, колеблющаяся и противоречивая натура бывшего августинца толкала его дальше, потому что все мосты уже были сожжены. В 1520 году Лютер публикует три знаменитых трактата — и они производят впечатление разорвавшейся бомбы. В них, кроме громогласных обличений католического духовенства, он предложил всеобщую реформу Церкви. Прежде всего, считал он, необходимо устранить всякие различия между священниками и мирянами, а заодно отнять у Церкви исключительное право на толкование Священного Писания. Церковь принадлежит верующему народу и, следовательно, должна быть разделена по национальному признаку. Здесь же он сомневался в святости семи главных таинств христианства, оставляя право на жизнь только крещению, покаянию и причастию. Остальное было сочтено идолопоклонством и иудейской ересью.

Последний трактат из этих трех — «О свободе христианина» — начинался знаменательными словами: «Христианин — хозяин всех вещей. Христианин — раб всех вещей».

Это был бунт интеллектуала, который в ожесточенной борьбе с собственной натурой пришел к окончательному выводу: природа всех людей безнадежно испорчена и насквозь порочна. И как бы человек ни стремился к спасению, сколько бы ни творил добрых дел, — все впустую. Сотворенный Богом, допустившим все людские мерзости, человек оправдан таким как есть, и спасение дается исключительно верой. А точнее — страстной убежденностью, что Христос взошел на крест только ради тебя одного. «Так и греши же, грешник, крепко, но и крепче того веруй и радуйся о Христе, Который есть победитель греха, смерти и мира. Да, приходится нам грешить, потому что мы таковы, эта жизнь не юдоль праведности… Но довольно нам признать Агнца, понесшего грех мира, как он не отринет нас, хотя бы тысячи и тысячи раз на дню мы блудили и убивали», — этими словами Мартин Лютер подвел черту под собственными проблемами.

Отныне не были нужны ни воля, ни стремление, ни усилия, ни благодать, ни внутреннее перерождение, ни воздержание — все грехи заранее покрыты Спасителем. Противник индульгенций, он вдруг решил, что «за нас заплачено», и остается только «вскочить Христу на плечи», чтобы окончательно спастись. Все прочее — безнадежная суета, так как ни одного праведного среди живших на этой земле со времен Адама нет и не бывало. Кроме плотника из Назарета…

Между прочим, отсюда вытекала бессмысленность существования духовенства и монастырей, которые не по праву, как считал Лютер, занимали место, принадлежащее Богу, а уж папство точно было сатанинским изобретением.

Сам-то он по-прежнему постоянно сомневался, искал знаки и жаждал знамений, видел их в чем попало, а вместе с тем сознавал собственное бессилие и пороки, глубоко укоренившиеся в его душе. И все равно не мог побороть стремления наслаждаться собственным величием, чему способствовали и быстрая карьера — в двадцать девять он уже был доктором богословия, — и бешеный успех его проповедей. Это наслаждение часто заменяло ему удовольствие от пива и вина, обильной мясной еды и плотских утех, к которым он всегда был неравнодушен.

Жажда спасения мало-помалу превращалась в душе реформатора в высокомерие и гордыню. Временами он чувствовал себя даже не апостолом, а самим Христом. В 1522 году бывший монах писал: «Не признаю над собой ничьего суда, даже ангельского. Тот, кто не принимает моего учения, не может достичь спасения».

Он проповедовал, молился, занимал сразу несколько духовных должностей, преподавал, выступал в судах, писал бесчисленные труды, но работа, этот испытанный наркотик, не помогала: благодатное ощущение свободы и уверенности в спасении не приходило. Тогда он внезапно пускался в пьяный разгул, словно во всеуслышание заявляя: ничего не выходит, я смиряюсь с тем, кто я есть — неудачное создание, чье дело творить зло, такова моя сущность. Как и все, я обречен, и если остается надежда, то она — в крепости веры. Чем больше согрешишь, тем вернее спасешься.

Порывистый, страстный и страдающий, болезненно чувствительный и грубый, безмерно тщеславный и самолюбивый, измученный постоянным страхом, но невероятно крепкий телом, упрямый и не слишком умный, если считать умом способность видеть суть вещей и понимать тонкие различия, Лютер был не менее практичен, чем его приятель Кранах, по-бюргерски сметлив и умел выпутываться из житейских затруднений. Было у него и еще одно качество: он безошибочно угадывал в людях их слабости и пороки.

И при этом в глубине своего «я» он еще долго оставался тем самым молодым и прилежным монахом-августинцем, стремящимся к совершенству, — до тех пор, пока окончательно не махнул на себя рукой, поглощенный своей кипучей деятельностью и завороженный идеей вернуть Церковь на четырнадцать веков назад, к самому началу. Тут он вступил в спор уже не с германскими епископами, не с Римом, а с самим Всевышним, допустив, что все это время тот вел свой народ и на Западе, и на Востоке по ложному пути.

Зато в отстаивании своей правды Лютер не гнушался ничем. И как только ему удалось донести суть нового учения до слуха толпы, как к новой Церкви, словно к мощному магниту, притянулось все алчное, нетерпеливое, подгнившее, корыстное и не имеющее корней, что только было в Германии его времени. И неудивительно — ведь он, толкуя Евангелие так, как ему хотелось, превратил свои собственные потребности и тайные желания в богословские догматы, а тот хаос, что творился у него внутри, объявил законом человеческой природы. И его хорошо поняли. На этом с мучениями совести было покончено, а понятие ответственности можно было отправить на свалку вместе с изображениями католических святых.

Даже Дитмар Везель, с которым мы не раз прямо говорили обо всем этом, не мог найти доводов против того, что Мартин Лютер — чистейший образец, буквальное воплощение того, что позже стали называть «человеком эпохи Возрождения». Вдобавок ни один из подобных людей не имел такого огромного влияния на умы и сердца современников. Лютер был из той особой породы, которая стоит у власти над миром и сегодня, порождая его бесчисленные кровавые проблемы.

Он обещал свободу всем, но единственный, кого ему удалось освободить, был он сам — и то не безусловно; и все его учение — проекция комплексов и духовной ущербности одного-единственного человека, его неспособности удержаться на высоте, которую он избрал для себя целью. Потому-то лютеранство — не новая религиозная система, не ересь из тех, что возникают из ошибок и заблуждений, а всего лишь попытка поместить самого себя в центр мироздания. Раз уж о Боге мы ничего толком не знаем, а природа наша никуда не годится, остается надеяться только на себя, на человекозверя, вырвавшегося из оков.

За это было дорого заплачено. Свобода оказалась рабством у денег, государства, общественного мнения, сиюминутных благ. И трижды прав был Дитмар Везель, когда сказал, что современный мир родился в той самой келье, где Мартин Лютер спорил и ссорился с дьяволом. Без осуждения — способность видеть вещи такими, как они есть, была присуща отцу Нины как никому из тех, кого мне приходилось знать в прошлом и теперь. Он не делал никаких уступок моему юному невежеству и не пытался скрыть то, что верующий лютеранин должен был бы обходить десятой дорогой. Как раз тогда мы говорили о религиозной живописи и о ее глубоком упадке в следующие сто лет после Лютера.

В конце пятидесятых я впервые начал ощущать себя художником, понял, что кое-что значу сам по себе, и помимо чисто живописных задач внезапно осознал, что никогда не смогу вырваться из круга сюжетов, связанных с Евангелием. И вовсе не потому, что был так уж фанатично религиозен — этого не было и нет до сих пор; но узел, затянутый в самом начале первого тысячелетия, тот самый, который каждый развязывает сам для себя, мучительно привлекал меня, и Лютер был всего лишь одним из его изгибов. Чего-чего, а самонадеянности мне хватало, хотя я уже догадывался, на что обрекаю своих близких, прежде всего Нину. На нищету, неустроенность, насмешки, заведомо проигранную борьбу, а в конце концов и на отчаяние. Потому что возможности человека всегда ограниченны.

Я записываю все эти выжимки из давних бесед с Дитмаром Веземем, потому что больше не полагаюсь на собственную память. Нет, со мной все в порядке, а приобретенный за эти годы опыт пошел мне только на пользу. Однако сказанное тогда, в далеком пятьдесят шестом, со временем видится мне все более важным и, если со мной что-нибудь случится, не должно исчезнуть бесследно.

Он был немцем из немцев, — говорил о Лютере Дмитрий Павлович. И с возрастом его бешеная энергия возобладала над рассудком. Он сметал все препятствия на своем пути и при этом остро осознавал, что жизнь, в сущности, коротка и трагична. Это приводило его в ярость — и недаром современники сравнивали виттенбергского апостола то с разбушевавшимся ураганом, то с быком, то с бешеным слоном. Он почти постоянно находился в состоянии аффекта, готов был в любую секунду сорваться с тормозов по самому ничтожному поводу, а проповеди его были подобны битвам. Ученики трепетали перед ним, и лишь единицы осмеливались противоречить учителю. В зрелые годы он уже прямо противопоставлял разум и веру и без конца твердил, что с разумом нужно как можно быстрее разделаться, потому что истина все равно никому не доступна. Христос не нуждается в жалких человеческих измышлениях, — провозгласил он и тем самым избавил своих последователей от изнурительного занятия: постоянно мыслить и рассуждать.

Могущество реформатора росло с каждым годом, теперь он пользовался полной безнаказанностью и мог позволить себе практически все. И позволил: в речах и памфлетах из него потоками хлынули гнев и ненависть, он не гнушался клеветой, передергивал и тасовал цитаты из Писания, сквернословил во всеуслышание и испытывал болезненную тягу ко всему непристойному. Словечко «дерьмо» постоянно вертелось у него на устах. В похвалу лжи, к которой он все чаще прибегал, Лютер однажды заметил: «Какое зло в том, если для вящего блага и в интересах Церкви кто-то славно и крепко солжет?» Он отрицал аскетизм, посты, молитву и благочестие, хотя сам порой проводил многие часы в молитвах, а на случай, если бес начинает смущать человека, давал совет — побольше пить, играть в кости, смеяться и даже немного грешить в знак презрения к сатане.

«Как же так? — спросил я. — На чем же тогда держится ваша вера, когда…» Но Дмитрий Павлович опередил меня: «Разумеется, на Христе. К тому же многое изменилось. Особенно после того, как у него открылись глаза на то, что он натворил. Но для того, чтобы обуздать выпущенного им духа хотя бы наполовину, понадобились страшные усилия. Я уже не говорю о жертвах».

Реформаторская проповедь была понята прямо и буквально, и ее результатом стал разгул скотства и всевозможного насилия по всей Германии. Вслед за учителем страна словно сорвалась с цепи. Даже сам Лютер был поражен и растерянно повторял: «Чем больше проповедуешь этим людям Евангелие, тем наглее, злее, бесстыднее становится народ: хуже, чем при папизме!» Грабежи, блуд и кровосмешение не знали пределов, то и дело бывшие духовные лица и монахи, принявшие новую веру, объединялись в шайки, врывались в кое-где уцелевшие женские монастыри и силой захватывали монахинь — якобы в жены, а когда те им надоедали, принимались торговать этим уже подпорченным товаром, ссылаясь на слова учителя: «Женщина должна служить двум вещам: или браку, или блуду. Об этом говорит нам и Слово, и Дело Божье».

На исходе первой четверти века страна всколыхнулась до самого дна. В глухих углах, куда долетали лишь искаженные отзвуки нового учения, начали стремительно плодиться «дикие» церкви крайнего толка, каждая на свой лад перевиравшая Лютера и католические догматы. Толпы нищих искателей «подходящей» церкви скитались по всей Германии. В своих требованиях свободы они шли куда дальше реформатора, и вскоре полыхнула самая настоящая война, грозившая ввергнуть страну в пучину полной анархии. Плохо вооруженные крестьянские орды, потерявшие человеческий облик от голода и издевательств землевладельцев, шли в бой со словами вероучителя на устах. Дворянство отшатнулось от Лютера, сочтя его чуть ли не вождем и вдохновителем всеобщей смуты, и он впал в панику, осознав, чем это может закончиться для него лично.

Во всем, что творилось в Германии в эти месяцы, он так и не узнал самого себя. Буря бушевала у него в душе, и он дал ей выплеснуться, а по пути увлек за собой тысячи недовольных. Восстание было утоплено в крови. Лютер же, как делал это множество раз, «перевел стрелки». Ему и раньше случалось в одном месте писать, что успехи Реформации есть неопровержимое доказательство Божьей защиты, а в другом — что преследование реформатов не что иное, как знак высшей милости. Отныне не было более ревностного защитника закона и порядка. О свободе богослужений для каждой общины больше не упоминалось: церковная власть, писал он, наряду с земной должна принадлежать правителям, то есть князьям. Уже не народ, ищущий, как думают, справедливости (на самом же деле — простых благ), а аристократия с ее коварством, вероломством и взаимной ненавистью сделалась главной опорой Реформации.

Только после двух десятилетий религиозных войн, разрухи, голода и эпидемий наконец-то был заключен мир. То, что уцелело от Германии, стало на две трети лютеранским.

После смерти Лютера в протестантских княжествах началась жестокая и тупая реакция. Маятник качнулся, и анархия сменилась железной тиранией. Теперь не виттенбергские интеллектуалы Лютер и Меланхтон, а курфюрсты толковали Евангелие по собственному разумению и к своей выгоде. Жителей городов охватили апатия и тоска — чувства сродни похмелью, ощущение полной безысходности и бессмысленности всего происходящего. По протестантским княжествам прокатилась необъяснимая волна беспричинных самоубийств, воздух был буквально пропитан унынием. Безумие овладело не только простонародьем, но и теми, кто им правил и наставлял его. Даже ближайшие ученики Лютера постоянно боролись с искушением свести счеты с жизнью — настолько сильным, что ни один из них не решался держать при себе нож или кинжал...

Трудно человеку исповедовать Христа — и тысячу, и четыреста лет назад, и в наши дни.

Поистине все мы нищие. Даже с ключами от Царства Небесного в руках.

4
(Фиолетовый)

Культовая живопись — икона, фреска, европейская церковная картина — при всем ее великолепии и глубине говорила чуждым мне языком. Это были старославянский и средневековая латынь старых художников. Я понимал их наречие, чувствовал его всем сердцем, но изъясняться на нем не мог. Болтать же на сленге усыхающего модернизма и поп-арта не желал. Уже в самых ранних, довольно беспомощных своих работах я ушел так далеко от того, чем занимались мои сверстники, что, кроме недоумения и равнодушных похвал колориту и композиции, ничего не мог от них услышать. Что поделаешь: я пытался заговорить на своем наречии о той подлинной реальности, которая нас окружала, о ее непостижимой многослойности, а вокруг меня была палата, набитая жертвами болезни Альцгеймера. Теми, что живут и умирают, даже не подозревая о том, что жили.

Только два человека — отец и Дитмар Везель — всегда относились ко мне как к равному, хотя в ту пору я был еще мальчишкой, а за их плечами стоял долгий и скорбный опыт. Но уже тогда я примерно знал, чего хочу, а оснований восхищаться и воспевать на холсте то, что нас окружало, не было никаких. Все верно: уж если тебе ясен твой путь, возможность ошибки сводится к нулю. Или почти к нулю.

Вот почему так важна оказалась для меня поддержка Нины. Глубокая и искренняя. Я не встречал никого, кто с такой полнотой был бы способен почувствовать все, что происходит в чужом сердце, не говоря уже о ее простоте и естественности чувств. С первого дня — того, когда мы с голодной жадностью нашедших друг друга половинок целовались на продавленном топчане в моей комнате-мастерской в родительском доме, на виду у моих холстов и под присмотром той силы, которая соединила нас навсегда, — я знал, что и здесь ошибки быть не может.

Пожалуй, пора признаться: на протяжении многих лет я пользовался дневником Нины совсем по другой причине, чем те, кто читает чужие дневники, чтобы узнать, что о них думают другие люди. Вряд ли Нина это заметила, но по какой-то причине она несколько раз меняла тайники и закоулки, в которых прятала дневник, пока окончательно не остановилась на птичьей клетке. Мне приходилось ломать голову, но в конце концов я всегда находил этот толстый блокнот.

Скажу одно — тратить силы на поиски стоило. Дневник — если все-таки считать дневником разрозненные записи, иногда разделенные целыми годами, — оказался инструментом редкостной чуткости, чем-то вроде сейсмографа. Одной-двух страничек мне хватало для того, чтобы совершенно точно выяснить, все ли в порядке между нами и вокруг. Пожалуй, Нина и сама не всегда понимала, ради чего пишет, но не раз я ловил между строк или в чересчур напряженной интонации ясно звучащий сигнал тревоги. Это всегда заставляло меня по-иному взглянуть на людей и события.

С того дня, когда пришло известие о гибели отца Нины, я отчетливо осознал, что в жизни семьи Везелей присутствует тайна. С чем она могла быть связана? У меня до сих пор нет ответа, а смутные намеки в дневнике оставляют простор для догадок. Ни я, ни Нина никогда не заговаривали об этом, словно с самого начала заключили молчаливый уговор: эта тема — табу.

Записи напомнили мне и об одном опрометчивом поступке Нины. Винить ее не приходится — действовала она из самых лучших побуждений, но мне следовало бы быть дальновиднее и заранее подумать о последствиях.

Я имею в виду историю моей первой и последней выставки.

Это случилось вскоре после того, как я написал «Псалом-63» — вещь для меня необычную, появившуюся словно из ниоткуда, без какого-либо внешнего толчка, как часто бывало с другими моими работами. Те полчаса, что я провел много лет назад в подвале на Новослободской, вдруг соединились со словами древнего псалма, и одно подошло к другому как замок и ключ. Там есть такие слова: «...Укрой меня от замысла коварных, от мятежа злодеев, которые изострили язык свой, как меч; напрягли лук свой — язвительное слово, чтобы втайне стрелять в непорочного... они утвердились в злом намерении; совещались скрыть сети: кто их увидит? Изыскивают неправду, делают расследование за расследованием даже до внутренней жизни человека и до глубины его сердца...»

Насколько сумел, я попытался передать в живописи все, что чувствовал в ту ночь, когда тело отца Нины покоилось в багажном вагоне скорого поезда, но сам оказался слеп и глух к предостережению, скрытому в псалме. Когда я закончил работу, Нина сказала, что ничего подобного мне еще не удавалось.

Что мне было нужно еще?

Люди, даже если они живут долго, не так уж много успевают узнать о самих себе. Годом раньше я стал членом Союза художников, чему немало поспособствовал Полуярцев, единственный из маститых стариков, что-то увидевший в моей живописи. Шаг этот был неизбежным, хотя бы ради постоянного заработка, — не мог же я вечно оставаться обузой для семьи. А теперь Нина с неожиданной энергией взялась хлопотать о моей персональной выставке, и я, глупец, даже пальцем не пошевелил, чтобы ей воспрепятствовать.

Конечно же, во всем виноват я сам. Вернее — слепая эйфория, охватившая меня после того, как я вскарабкался на свою маленькую вершинку вместе с «Псалмом» — 115×69, холст, масло. Будто читаешь старый роман об актере или писателе, пропуская описания мытарств и злоключений, сгорая от нетерпения и торопя события, ну когда, когда же, может, уже на следующей странице герой наконец-то торжествующе вступит в славу, получит заслуженную награду, обещание бессмертия? Рано или поздно это произойдет — закон жанра. Да что с того герою, если на следующий день станет ясно, что сам он все тот же, а внутри — тупая тоска, несвобода и хаос в мыслях.

За исключением славы, все это я испытал.

Не буду я здесь описывать свое состояние накануне выставки и последовавшую за нею ритуальную казнь. Под экспозицию были отведены два тесных зальца в местном доме архитекторов, чье начальство было известно своим либерализмом. Несколько дней мы, то есть двое студентов, вызвавшихся помочь, Нина и я, трудились с утра до ночи, но уже на этом этапе появились грозные признаки. Все чаще стало заглядывать местное, а потом и районное руководство. Затем объявилась дама с чугунной физиономией, измазанной косметикой. Дама оказалась из отдела пропаганды и тут же заявила, что она-то и уполномочена определить состав работ, которые будут представлены. Разумеется, «Псалом» был принесен в жертву в числе первых. Следом подоспело известие, что оба зала должны быть освобождены в течение недели, так как «на носу» смотр-фестиваль творчества народных умельцев, о котором еще вчера никто и не вспоминал.

Словом, в день открытия я чувствовал себя примерно так, как деликатно описала Нина. Часом раньше я прошелся по залам, где остались висеть, в основном, самые ранние холсты, размышляя, в чем причина такого повышенного внимания к моей скромной персоне.

Время было не особо жесткое. Там и сям по стране фейерверками громыхали выставки старых авангардистов и нонконформистов всех мастей. Но мои-то композиции даже к авангарду двадцатых ни малейшего отношения не имели. Что за крамолу учуяла в них власть, чего они опасались? Я своими глазами видел, как у чиновной дамы, заведовавшей пропагандой, при одном взгляде на «Псалом-63» сжались в нитку губы, а отвислые щеки пошли бурыми пятнами. На ее лице, отвыкшем от эмоций, была в тот момент написана откровенная злоба, причины которой объяснить я не берусь.

И тем не менее глаза Нины светились надеждой.

Выставку посетили не больше трех десятков человек, среди них — бессменный секретарь местного отделения Союза художников, двое газетчиков, искусствовед, который вел на телевидении передачу «Жизнь в искусстве», и несколько лиц в штатском, похожих на ценителей живописи не больше, чем ворона на колибри. Остальные — случайные прохожие.

Коллеги событие игнорировали, и только к вечеру появился с трудом передвигающийся из-за артрита Полуярцев. Мы обнялись, старик молча похлопал меня по спине, обошел оба зала, а затем мы с ним направились в подсобное помещение, где был, как и полагается, сервирован фуршет с водкой и острыми закусками.

Все, что было потом написано и сказано в эфире о выставке, о моей живописи и деградировавшей личности, я снес молча, тем более что и возразить никакой возможности не имел. На третий день я подал в секретариат заявление о прекращении членства в Союзе…

Теперь я могу сказать с полной уверенностью — ни разу за все последующие годы я об этом шаге не пожалел. Несмотря на то что тоненький ручеек заказов от художественного фонда мгновенно пересох и денег в доме стало втрое меньше.

Но это было сущей чепухой по сравнению с тем, что внезапно прекратилась и моя собственная живопись. Просто взяла и ушла, как ушла она от пятидесятилетнего Матиса Нитхардта, после чего он занялся совсем иными вещами — торговлей мылом и красками, и от многих других художников. Депрессия? Ничего подобного. Никогда еще я не был так деятелен и бодр, как в то время, потому что чувствовал — это не конец и подводить черту рано. К тому же у меня был запасной выход, о котором я пока еще не догадывался, хотя прорыл его собственными руками.

Как раз тогда Нина подарила мне старинные четки своей матери — католический «розарий» с потертыми бусинами, выточенными из сердцевины оливы, и крохотным серебряным распятием.

Много позже, уже свободно выезжая по делам в Европу, я ни разу не смог равнодушно пройти мимо лавчонок, торгующих статуэтками святых, медальонами, четками и поминальными свечами. Как мальчишка, набивающий карманы ракушками на берегу, я покупал все новые четки и добавлял к своему «собранию», в котором уже насчитывалось без малого две сотни экземпляров. Ничто так не успокаивало и не согревало меня, как их присутствие.

Но я снова возвращаюсь назад.

Больше полугода я не прикасался к кисти и входил в мастерскую, только если необходимо было взять какую-то вещь, нужную в хозяйстве. Нина и дети — вот что стало центром моего мира, но до того, как это произошло, мне понадобилось на время оторваться от них, отойти в сторону и собраться с мыслями. Не так-то просто жить после того, что со мной случилось.

Осенью я провел несколько недель в гостинице на подворье Троицкого монастыря, в двадцати километрах от города. Настоятель, у которого я крестился и чей портрет писал спустя несколько лет, узнал меня и позволил остаться дольше, чем разрешалось обычным гостям. Монастырь был совершенно нищим, постройки разрушались, в здании гостиницы стоял собачий холод, но службы в неотапливаемом храме велись исправно. Все восемнадцать монахов и двое послушников были заняты круглые сутки. Самые простые вещи — топливо, скудная еда, вода для питья — давались упорным каждодневным трудом. Мною никто особенно не интересовался, да и сам я не стремился к сближению, стараясь быть хоть в мелочах полезным: колол дрова, ездил с отцом-экономом на станцию за мукой и постным маслом.

Здесь было тихо, как пять веков назад. Голый лес на холмах вплотную подступал к подворью, к западу тянулись бугристые поля. Южнее, в лощине, располагался поселок, жители которого крестили в монастыре детей, а председатель местного совета писал донос за доносом в управление по делам религий и в КГБ, требуя закрытия рассадника религиозного дурмана. Пару раз хозяйственные постройки монастыря пробовали поджечь, но безуспешно.

Там мне пришло в голову, что пропитанный кровью, гарью и свирепой враждой ветер позднего Средневековья добрался и до наших краев. Что бы ни говорил и ни писал Лютер, речь всегда шла о власти и подчинении. Идея слияния видимой Церкви и государства всегда выглядела соблазнительно, а в шестнадцатом веке она охватила весь христианский мир, как столетием раньше им завладела чума. В православной Руси, где, казалось бы, царило нерушимое вероисповедное единство, внезапно вспыхнул конфликт между богатыми и влиятельными монастырями, близкими к трону, и скитскими монахами, отстаивавшими свою духовную независимость. Первых возглавил Иосиф Волоцкий, фаворит и политик с византийским складом ума, вторых поддерживал престарелый патриарх Никон. Причина крылась совсем не в литургических тонкостях и не в ошибках переписчиков книг. На ближайшем синоде патриарх был отставлен от места, его писания отправили в огонь, а самого старика — в ссылку. Уже в который раз церковь ради близости к власти самое себя посадила на цепь, а в эпоху Петра и окончательно утратила независимость.

Как не оценить правоту Дитмара Везеля, утверждавшего, что Реформация не закончилась ни в шестнадцатом веке, ни в наши дни. Ведь главной ее целью было собрать воедино очищенную от разногласий и предрассудков веру (как бы ни называлась такая всеобщая Церковь), но цель эта никогда не была достигнута. Еще при жизни Лютера начались первые схватки его последователей, и лишь тридцать лет спустя удалось хотя бы на время примирить противоречия лютеран.

Странно, но в голых стенах комнатушки в православной обители, где ничего, кроме солдатской койки, киота с иконой и полки с эмалированным чайником и кружкой, не было, витал дух распри, начатой Лютером, а судьба самого захолустного монастыря, чудом удержавшегося на плаву в годы советской власти, казалась мне неразрывно связанной с событиями на другом конце Европы.

Мое поколение родилось с войной и тюрьмой в крови. И с короткой памятью. Слишком многое на нашем веку хвалили и проклинали, поэтому точки отсчета стерты с доски. Мы даже не подозреваем, насколько все вокруг пропитано отголосками старых распрей и ненависти. Намного более старых, чем мы способны представить.

Это засело во мне еще с тех времен, когда мы с отцом, человеком широко мыслящим и до беспамятства увлеченным историей революционного движения в Российской империи, втайне от матери и, пожалуй, впервые в жизни, поговорили начистоту. Для этого понадобилось плотно прикрыть дверь в мою комнату. Речь тогда шла об Ульянове-Ленине, основателе новой религии, которая в своей первобытной языческой слепоте сама создала из придорожной грязи своих богов. О человеке, который принадлежал к тем, кто был совершенно лишен даже зачатков религиозного чувства.

При всех внешних различиях, сходство вождя большевиков с главой Реформации оказалось разительным. Оба принадлежали к провинциальной мещанской среде и были крайне консервативны во всем, что касалось искусства и любых форм жизни духа. Агрессивность, нетерпимость, властность, предвзятость и твердая убежденность, что только им известна конечная истина, были присущи обоим в равной мере. Не говоря уже об ощущении превосходства над всеми и готовности считаться только с собственными взглядами и суждениями. Лютер в своих трактатах игнорировал в Священном Писании все, что не соответствовало его идеям, и так же поступал Ленин со своими апостолами — Марксом и Энгельсом. Как один, так и другой испытывали непреодолимую потребность свести всю многосложность мира к нескольким тезисам. И при всей огромной силе убеждения, которой обладали оба, эта сила не была целенаправленна, поэтому многие их действия и поступки совершались под влиянием момента. Стоит ли упоминать о том, что проблема лжи не беспокоила ни того, ни другого?

В момент полного отчаяния, когда, казалось бы, не остается ничего другого, как признать безысходность и обреченность человеческого существования, оба оказались перед одним и тем же выбором. Но совершая его, каждый воспользовался собственным опытом: в альтернативе «Бог — воля» Лютер выбрал Бога, отбросив волю, а заодно и ответственность за свои действия, Ленин же выбрал «волю», отмахнувшись от Бога. И оба находили бесчисленное множество доводов в пользу своей правоты, которая затем оборачивалась гибелью и мучениями для целых народов…

Таких параллелей можно выстроить сколько угодно, но никакие умозаключения не могли помочь мне понять, почему я сам вновь и вновь возвращаюсь к шестнадцатому веку, к фигурам Лютера и Филиппа Меланхтона, верного ученика и первого из тех, кто отошел от догмы учителя. Почему, двигаясь по кругу, я неизменно останавливаюсь — в который уже раз! — перед мастером Матисом из Вюрцбурга и в полном недоумении склоняю голову. Единственный из современников, он знал или догадывался о том, куда приведет хитросплетение судеб, надежд и свершений эпохи. За пять лет до того, как Лютер опубликовал свои «Тезисы», им была написана центральная композиция алтаря в монастыре Святого Антония в Изенгейме, где сказано все. Мастер вымыл кисти, скинул рабочую одежду и отправил свое «Распятие» в бессмертие.

Старый итальянец-настоятель Гвидо Гверси знал, что делал, когда пригласил для такой работы Нитхардта, но и он был испуган результатом и пребывал в растерянности. Вместо Христа, каким его привыкли видеть в тысячах храмов по всей Европе, на прогибающемся от тяжести суковатом кресте повис чудовищный иссиза-зеленый гигант, обезображенный следами всех мыслимых и немыслимых мук, увечий и болезней. Здесь не было ни тени физического совершенства и любования телом земного человека, пусть и страдающим. Безмерность боли и молчаливое отчаяние на фоне ночного, без единой звезды, наглухо запертого неба. Обеспамятевшая от ужаса Богоматерь на руках у Иоанна, рыдающая Мария из Магдалы и закутанный в овчину призрак Иоанна Крестителя, давным-давно казненного, — у ног божества, принесенного в жертву.

Два времени слились в одно великое мгновение.

Матис Нитхардт преодолел Лютера, не дожидаясь его появления. А заодно и всю эпоху Возрождения с ее фальшивым блеском и непомерной гордыней. Попросту взял и распял ее. И не потому, что не понимал или страшился, а потому, что предвидел ее неизбежный конец, страшную трансформацию идеи свободы, Европу после Христа. Что, однако, не помешало ему сочувствовать обновлению Церкви…

Мое недолгое затворничество оборвала болезнь. Я подхватил обычную простуду, но все оказалось гораздо серьезнее. Почти месяц в больнице, осложнения после воспаления легких, и на закуску — гнилой хронический бронхит, на полгода лишивший меня возможности делать какие-либо усилия. Я не расставался с карманным ингалятором, а чтобы подняться без одышки и свиста в бронхах на одиннадцать ступеней в мастерскую, мне требовалось не меньше четверти часа.

Вернувшись домой из больницы, я первым делом отыскал дневник Нины и прочитал последнюю запись. Она была давней, речь шла о нелепой смерти Володи Коштенко, которая всегда казалась мне хоть и ужасной, но случайностью, роковым стечением обстоятельств из тех, что подстерегают любого. Однако Нина сумела взглянуть на это событие под таким углом, что я вдруг остро почувствовал: смерть Володи — одно из звеньев в цепочке, которая тянется к тайне Везелей. Я попытался переубедить себя, призвав на помощь логику и факты, но никакие аргументы не помогли.

Чувство невосполнимой потери не покидало меня. Нет, не глупая история с выставкой и не болезнь были тому причиной. И не заточка, со знанием дела всаженная снизу в левое подреберье Володи Коштенко. Что-то сломалось во мне самом, и я не хотел, чтобы об этом кто-либо знал. Даже Нина.

Так что теперь и у меня была своя тайна.

5
(Фиолетовый)

В какой-то момент меня будто взяли за руку и повели другой дорогой, в обход, боковыми ответвлениями туннеля моей жизни. И я подчинился.

Ранней весной 1976 года позвонил Левенталь, директор известной в городе «комиссионки». Мы познакомились год назад, когда Галчинский неожиданно явился вместе с ним в мой день рождения. В «комиссионке» для отвода глаз пылились подержанные радиолы, ленинградский фарфор и мельхиоровые подстаканники, но основной специальностью Левенталя была перепродажа живописи. Не знаю, откуда к нему попадали по-настоящему старые и хорошие вещи — в основном немецкие, фламандские и нидерландские. Ни тогда, ни позже он со мной об этом не заговаривал.

Номер нашего телефона дал Левенталю старик Полуярцев. Коммерсант был краток, попросил о встрече, не объясняя причины, а когда я согласился, сообщил, что прибудет сегодня же около семи.

В назначенное время черная «Волга» Левенталя стояла у калитки.

Мы поднялись наверх, и пока Нина варила кофе, кое-что прояснилось. Он спросил, не возьмусь ли я за работу по реставрации, на что я прямо ответил, что никогда этим не занимался. Левенталь пожевал губами, посверлил меня темными, твердыми, как обсидиан, глазками и сообщил, что слышал от Полуярцева нечто противоположное. Я сказал, что это на совести старика. Мне немало приходилось заниматься технологией средневековой живописи, но опыта реставрационной работы у меня и в самом деле нет. Почему бы ему не обратиться в специализированный центр, например в Эрмитажные мастерские?

Вместо ответа Левенталь спросил: «Хотите взглянуть?» Я ответил — да, и он отправился к машине. Тем временем вошла Нина с подносом и вполголоса спросила: «Зачем он явился?» «Сейчас узнаем», — сказал я.

Когда Левенталь вернулся, с ним был длинный сверток в полиэтиленовой пленке, сквозь которую просвечивал пестрый женский платок. «Кофе?» — предложил я. «К черту! — огрызнулся он. — Сначала посмотрите». Он повозился со свертком, и на свет появилась доска совершенно необычных пропорций — примерно двадцать пять на семьдесят, с глухим, почти черным красочным слоем. Левенталь водрузил ее на пустующий мольберт и отступил, предоставляя мне возможность высказаться.

Я не спеша включил верхний и боковой свет, вооружился лупой и шагнул к мольберту. Осмотр занял у меня всего несколько минут. Затем я перенес доску на стол у окна, расстелил платок и осторожно перевернул картину. Когда я прикуривал последнюю из трех сигарет, разрешенных мне теперь, на языке у меня вертелся один вопрос, и я его задал: «Не боитесь возить в машине?»

Левенталь рассыпался сухим смешком. «Воров она не заинтересует, — наконец проговорил он. — Что касается тряски и сырости... Если бы вы знали, в каких условиях эта вещь пролежала последние полвека!»

«Эта вещь» была изображением святого Иеронима в кардинальском одеянии. Распространенный сюжет — Иеронима обычно писали в паре со святым Августином, но для второго отца Церкви места здесь не оставалось — левый край доски представлял собой свежий и, к счастью, аккуратно сделанный распил. Как будто наследники или совладельцы разделили картину, прихватив заодно край мантии святого. Поверхность красочного слоя местами была повреждена, из-под него выступали участки пожелтевшего, сильно окисленного грунта. Лак, покрывавший живопись, также почернел, но это были не обычные грязь и копоть, как следовало ожидать, а результат воздействия паров какого-то едкого вещества, содержащего серу. Циннабарис — чистая киноварь, которой было написано одеяние Иеронима, едва проступала сквозь лак и казалась пурпурно-пепельной. Сеть глубоких трещин и вздутий покрывала всю поверхность, но хуже всего было то, что ореховая древесина очень тонкой, не больше шести миллиметров, доски была полностью поражена грибком и крошилась под пальцами.

«Что скажете?» — спросил Левенталь. «Варварство, — сказал я. — А куда девался Августин?» Он понял с ходу — опустил тяжелые, словно подведенные коричневым веки, а затем, явно не желая обсуждать эти подробности, потянулся за остывшим кофе. «Можно поконкретнее?» — попросил он. «Само собой. — Я вернул доску на мольберт, по-прежнему опасаясь, что в любую минуту она просто возьмет и рассыплется в прах. — Пятнадцатый век. Художник — голландец, но работал он, скорее всего, во Фландрии. Не могу отделаться от ощущения, что к этой доске приложил руку либо сам Дирк Боутс, либо кто-то из его ближайшего окружения…»

Тут Левенталь энергично закивал и расплылся в улыбке. Я перевел взгляд на мольберт.

«В сущности, картина мертва. Основа необратимо разрушена. Единственное, что можно сделать, — попытаться перевести живопись на другую, здоровую и прочную, основу, попутно устранив кракелюр. Но я пока не знаю, как за это взяться, к тому же у меня нет подходящих досок того времени. Повторяю: в теории мне известно, что нужно для ее спасения, но результат может оказаться хуже некуда. И тогда уже ничего не исправишь».

«Значит, вы отказываетесь?» — быстро спросил он. Я пожал плечами: «При чем тут это? Я говорю то, что есть. Риск слишком велик».

Левенталь неожиданно вскочил, пересек мастерскую и проговорил, дыша мне в лицо: «Вы догадываетесь, сколько эта «половинка» может стоить… предположим, в Лондоне?» — Он по-птичьи вывернул худую шею так, что его нос и в самом деле указал на запад. «А как она туда попадет?» — спросил я, с сожалением гася сгоревшую до фильтра сигарету. «Это уж мои проблемы. Я дам вам восемь… Нет, десять процентов от настоящей цены. Что касается материалов — вы получите все необходимое».

Я открыл было рот, чтобы возразить, но он перебил: «Только ради бога не спешите с решением! Сейчас я ухожу. Картина останется здесь, а вы подумайте. Завтра днем я попробую связаться с вами…»

Когда он уехал, наверх снова поднялась Нина и, с подозрением взглянув на мольберт, произнесла: «Что ему от тебя нужно?» Я объяснил, а заодно привел все доводы за и против. Конечно, соблазн был велик — мы едва сводили концы с концами. И еще мне казалось, что, если я снова возьмусь за кисть, пусть только для того, чтобы подправить фон или складку одежды, прикосновение к чужому замыслу, к гармонии, разрушенной временем и людьми, разбудит во мне уснувшего художника.

Нина спросила: «Если ты откажешься, картина погибнет?» «Никаких сомнений, — сказал я. — Левенталь не станет обращаться к профессиональным реставраторам. Да и это еще не гарантия. С поздним средневековьем работают единицы». «Может, стоит попробовать? — спросила она, но это был даже не вопрос. — Что, собственно, ты теряешь?»

По ее тону я догадался — ей известно все, даже то, что я так старался скрыть: мои бессилие, неспособность писать и зарождающееся отчаяние. Я подошел и обнял Нину, чтобы почувствовать исходящее от нее тепло, и она прижалась ко мне так же, как в юности, и поцеловала в уголок рта.

Но такой беспомощности, как перед этим неизвестно откуда взявшимся святым Иеронимом, я не испытывал давным-давно.

Скажу только, что до кисти дело дошло только спустя четыре месяца. А поначалу, когда я вполне успешно удалил слой лака, непрозрачного, как катаракта, моими инструментами надолго стали скальпель хирурга-окулиста и инсулиновый шприц с тончайшей иглой, наполненный смесью мездрового клея и кедрового масла. Левенталь привез несколько хорошо сохранившихся «смытых» фламандских и нидерландских досок на выбор — примерно того же времени, что и «Иероним», и одна из них, пихтовая, показалась мне подходящей, хотя и чересчур массивной. Но это не было недостатком. Когда я подогнал размеры, отфуговал доску с лицевой стороны, доведя до нужной толщины, а затем покрыл многослойным грунтом из смеси тонкого гипса со свинцовыми белилами и отполировал, — она показалась мне самим совершенством. На ее тыльной стороне сохранились клейма, происхождение которых я так и не смог установить.

Как только лак был удален, картина «проснулась». Вспыхнул кровавый шелк кардинальского одеяния, открылось мягко светящееся теплой сепией пространство позади центральной фигуры, лицо святого — сухое, узкое, не слишком дружелюбное, с тонким переносьем, язвительным ртом и близко посаженными пронзительными серо-синими глазами — изменило выражение. Я раздобыл ультрафиолетовую лампу и сделал несколько снимков. При этом обнаружились следы поздней реставрации, выполненной каким-то ремесленником с использованием первых попавшихся материалов. Именно они и осыпались, обнажив подмалевок и грунт.

Чем дольше я вглядывался в картину, тем больше убеждался, что не ошибся при первом поверхностном взгляде. Кроме Дирка Боутса, никто не смог бы создать эту вещь. Свидетельством тому были не только особенности письма покрытых старческими веснушками рук святого, устало сложенных на оголовке епископского посоха, и хрящеватых ушных раковин, но и сама фактура живописи, ее эмоциональный ритм, который и делает картину картиной, а не «изображением». Даже складки мантии Иеронима лежали так же свободно и небрежно, как на одеянии святого Христофора того же художника, хранящегося в Брюссельском музее.

Наконец пришел день, когда я снял первую чешуйку красочного слоя и бережно перенес ее в точно отмеренное место на новой доске, закрепив каплей клея с ничтожной примесью масла, которое сделало пересохшую краску пластичной и податливой. Таких же чешуек — микроскопических, большей частью деформированных и рассыпающихся, предстояло переместить несколько тысяч, собрав заново в одно целое, как хитроумную головоломку. Лишь в конце лета я смог заняться изготовлением необходимых для восстановления осыпей и повреждений красок, и не последнюю роль в этой работе сыграло все то, что я узнал, пытаясь проникнуть в секрет живописи Матиса Нитхардта.

Закончив, я дал доске выстояться, а затем покрыл ее лаком, составленным по рецептуре, приписываемой Вермеру Дельфтскому.

Только после этого я смог оценить то, что сделал. Я не стремился к первоначальной яркости и блеску красок мастера. Картина как будто даже не стала выглядеть «моложе», но к ней вернулись ничем не замутненные цельность и простота замысла. Отпечаток времени сохранился, но исчезла его разрушительная составляющая. Я не причинил живописи вреда, и одно это стоило того, чтобы гордиться собой.

Левенталь приехал, взглянул, прищурился и, не говоря ни слова, унес святого, которого к этому времени я уже ощущал как часть самого себя. Спустя три недели он вручил мне семь тысяч долларов, грандиозную по тогдашним меркам сумму, и сообщил, что о моей работе отзываются в самой превосходной степени. Как я смотрю на продолжение нашего сотрудничества?

Впрочем, продолжение случилось не скоро, но оказалось длительным.

В промежутке в моей мастерской появились «Мельницы Киндердийка» — пейзаж, который можно было бы приписать очень одаренному голландцу Гансу Сунсу, если бы я не знал об его истинном происхождении. «Мельницы» нравились мне еще и тем, что косвенно напоминали о последних годах жизни Матиса Нитхардта: ландшафты Северной Германии удивительно похожи на прибрежные земли Нидерландов — те же плоские зеленые равнины, изрезанные каналами, ветряные мельницы, редкие усадьбы, дамбы, тянущиеся к горизонту. Над этими сырыми лугами постоянно висит зеленоватая дымка, мистифицирующая зрение так, что трудно определить расстояние и пропорции, а воздух пахнет морской солью и болотной растительностью одновременно...

Так вышло, что этот пейзаж на долгие годы остался у меня в мастерской, а тем временем Левенталь, сам того не сознавая, помог мне стать тем, кем я себя втайне хотел бы видеть: неторопливым и знающим себе цену, уверенным в себе и своем ремесле. Каждый холст или доска, которые при его посредничестве попадали ко мне, представляли собой почти неразрешимую задачу, и, справившись с очередной, я чувствовал себя как альпинист, одолевший «восьмитысячник».

С особой тщательностью я следил, не появятся ли признаки того, что картины, словно из воздуха появлявшиеся в руках Левенталя, каким-либо образом связаны с музейными или частными собраниями. Однако ни разу мне не удалось установить криминальное происхождение этой живописи. Левенталь только посмеивался в ответ на мои наивные расспросы, а мне оставалось теряться в догадках. Однажды он упомянул, что провел детство во Львове, а я знал, что творилось в Закарпатье, Галичине и на Волыни, когда в тридцать девятом туда вступила Красная армия. Имущество и картины из замков Радзивиллов, Сангушко, Потоцких вывозились армейскими грузовиками в неизвестном направлении, а затем исчезали. Никаких описей вывезенного не сохранилось, в музеи ничего не поступило, и, если все это не погибло, где-то должны были существовать подпольные владельцы награбленного.

Точно так же я ничего не знал о том, что происходит в дальнейшем с картинами, которые проходили через мои руки. С меня было достаточно удовлетворения от сделанного и солидных гонораров. Наша с Ниной жизнь приобрела устойчивость и прочную основу. Проблемы оставались только с моей собственной живописью. Она по-прежнему сторонилась меня, и если возвращалась, то лишь на очень короткое время. До начала девяностых годов я написал около десятка работ, большинство из которых так и остались незавершенными.

В девяносто втором, как снег на голову, на меня свалилось приглашение от Себастьяна Монтриоля, заведующего лабораторией реставрации Центра Помпиду в Париже. Я был поражен — оказывается, мое имя каким-то образом было известно в профессиональных кругах на Западе, и Левенталь пользовался им, заключая через своих поверенных сделки с крупными коллекционерами, как гарантией или поручительством за дальнейшую судьбу той или иной картины.

С документами помог секретарь французского посольства, и двадцать дней, проведенных в Париже, обернулись не только новыми связями, но и знакомством с самыми современными технологиями и оборудованием, применяемыми в Европе. Далеко не все мне понравилось. На мой взгляд, французы чересчур доверяли технике и увлекались новыми материалами, которые неизвестно как поведут себя лет через сто — сто пятьдесят. Зато их методы анализа привели меня в полный восторг — я до сих пор, можно сказать, жил в позапрошлом веке, чуть ли не на зуб испытывая составы красок и грунтов.

Монтриоль предложил мне сотрудничество, а напоследок меня свозили в Брюссель, Шантийи и Кольмар, где с позапрошлого века хранится Изенгеймский алтарь Нитхардта.

Я могу сказать лишь одно: он превзошел мои ожидания. Я испытал ни с чем не сравнимый ужас и восторг, воочию увидев потрясающее свидетельство мастера о вечности. Его живопись невозможно постичь ни природным опытом, ни логикой — то, что в ней открывается сердцу, вообще невозможно переносить длительное время. Матис Нитхардт, ошибочно называемый Грюневальдом, постоянно жил в окружении демонов, но одержимость ни в чем не коснулась его своим смрадным когтистым крылом. В этом я убедился окончательно.

По возвращении домой я был арестован — впервые в жизни.

Странно, что Нина нигде об этом не упоминает. Но и объяснимо. Все кончилось для нас обоих почти благополучно, и она постаралась вычеркнуть этот эпизод из памяти. В ее детстве уже был арест отца, когда мир вокруг в одночасье рухнул и распался, и пережить такое еще раз было бы для нее окончательной катастрофой. Позже она говорила с иронией, что за те двадцать два часа, которые я провел даже не в следственном изоляторе, а в загаженном «обезьяннике» в райотделе милиции, она как никто поняла, что чувствовала жена Лота, обращенная в безжизненный соляной столп.

Лот был, как всякий знает, праведником, а городок Содом, где он проживал с семейством, кротостью нравов не отличался. Я тоже не чувствовал себя безгрешным — люди в милицейской форме с полным основанием предъявили мне обвинение в незаконных операциях с иностранной валютой и уклонении от уплаты налогов. В тот год, накануне распада Союза, кампания по борьбе с валютчиками шла полным ходом.

В машине по дороге в райотдел я ломал голову: каким образом милиции стало известно, что Левенталь расплачивался со мной долларами, если свидетелей при этом не было никаких, кроме Нины? Все прояснилось во время короткого допроса, где не велся протокол и не соблюдались другие процессуальные формальности. Следователь по-домашнему доверительно сообщил, что за время моего отсутствия Левенталь угодил под следствие, до суда оставлен на свободе, но при этом охотно дает показания. Каким-то образом была упомянута и моя фамилия.

Остальное я понял позже — после обыска в доме и ночи в «обезьяннике». На следующий день меня выпустили, сунув в руки липовый протокол об изъятии без печати и с неразборчивыми подписями. Бумажка не имела юридической силы, а цифра, стоявшая в ней, была занижена ровно вдесятеро. Мне посоветовали не суетиться, если я не хочу получить в паспорт штамп о судимости, и тут уж было легко догадаться, что это обычный милицейский рэкет. Иными словами, меня просто ограбили.

Винить Левенталя было не в чем — он спасал себя и в конце концов вышел из этой истории сухим. Я же лишился заработка без надежды, что все вернется на круги своя. Мой «тимос» — этим словечком Платон называл присущее человеку чувство достоинства и внутренней свободы — понес ощутимые потери.

Вот тогда я и совершил неожиданный для себя шаг — продал «Мельницы Киндердийка», поддавшись настойчивым просьбам Кости Галчинского. Я знал, что он выступает в этой сделке всего лишь посредником, а настоящим покупателем была Светлана Борисовна, тогдашняя его пассия, но даже это меня не остановило. У Кости в ту пору был с этой дамой роман — не роман, а какой-то сложный и, как всегда у Галчинского, донельзя запутанный узел отношений, и он уверял меня, что голландский пейзаж должен сыграть в нем чуть ли не решающую роль.

Я принял его объяснения, не вникая в подробности. «Мельницы» были случайной вещью, пролежавшей несколько лет у меня в мастерской. О картине мало кто знал, вернее, знали всего двое — Нина и Галчинский. И так же случайно, как этот пейзаж появился у меня, так же случайно он и ушел. Я всегда относился к нему так, будто у него не было хозяина, хотя это и может показаться странным. Но для этого у меня были серьезные основания, о которых я сейчас писать не хочу, да, пожалуй, и впредь не стану. Пусть факт остается фактом.

Возможно, я поспешил. Не прошло и трех недель, как мне позвонили из Москвы. Сотрудник посольства Франции завел речь о какой-то консультации, но когда я туда приехал, выяснилось, что за этим звонком стоит месье Монтриоль. Он оказался не только серьезным специалистом, но и человеком слова, к тому же влиятельным. Мне был вручен плоский футляр, в котором лежала удивительная овальная дубовая панель с едва различимым миниатюрным изображением, предположительно, как значилось в документах, работы одного из живописцев династии Клуэ — Жана, Жеанне или Франсуа. Обнаруженные в запасниках галереи Шантийи, эти «Три грации» были фактически уничтожены при попытке смыть лак неизвестного состава обычным способом. В сопроводительном письме месье Себастьян писал, что даже частичное восстановление изображения представляется ему задачей нереальной, но если бы я, отрешившись от всего, что мешает сосредоточиться, рискнул попробовать...

Еще бы я не рискнул! Загнанный в тупик, со сплошными прорехами в семейном бюджете, лишившийся работы и заработка...

Молоденький глазастый клерк дал мне подписать бумагу, согласно которой я принимал на себя ответственность за сохранность имущества, принадлежащего Французской республике, а когда с формальностями было покончено, вызвал машину, чтобы доставить меня и «Трех граций» на вокзал. Подозреваю, что в тот момент я выглядел не лучшим образом, и временами в глазах молодого человека — четвертого атташе по культуре, кажется, — мелькало сомнение, словно он был готов дать делу обратный ход.

Так началось мое сотрудничество с французами, затем появились чехи и австрийцы. «Три грации» изрядно попортили мне кровь, но то же самое можно сказать и о любой из более полусотни картин, которые прошли через мои руки за эти годы. Я приобрел бесценный опыт, в том числе и практический, в тех областях, о которых прежде понятия не имел. Банкоматы, мобильная связь, компьютеры, таможенные службы, страховые агентства раньше казались мне молчаливыми злобными чудищами, созданными только для того, чтобы отравлять жизнь, но и их мне удалось укротить.

Примерно в это время я установил в доме сигнализацию и соорудил тайник за каминной доской в своем кабинете. Без этого никак нельзя было обойтись: порой в мастерской у меня находились сразу два, а то и три поврежденных уникума.

Я стал спокойнее — и дело тут не в возрасте, а в том, что на рубеже нового, так неумеренно пышно встреченного столетия ко мне окончательно вернулась моя собственная живопись. Реставрация оказалась отменной терапией. Я снова, как в детстве, стал «видеть картинки», очень простые, но именно те, которые больше всего нравились Нине.

Так я и странствовал между двумя эпохами — серединой второго тысячелетия и началом третьего. Не знаю, способен ли человек и в самом деле вместить два времени сразу (а я в это верил), но век шестнадцатый и век двадцать первый представлялись мне похожими на два больших зеркала, глядящихся друг в друга. Попробуйте поставить между ними свечу — и отражение превратится в туннель из уходящих в бесконечность туманных огней и пространств. А поскольку бесконечность место далеко не пустое, рано или поздно в туннеле кто-то появится…

6
(Черный)

На исходе зимы 2006 года я снова заглянул в дневник Нины и убедился, что в показаниях этого чуткого прибора нет тревожных отклонений. То есть вообще ничего — в течение нескольких месяцев Нина не прикасалась к своему блокноту. Последняя запись, спокойная и сдержанно нежная, была сделана в июле прошлого года и так и осталась незаконченной.

В отличие от нее я чувствовал себя неважно. И болезни тут ни при чем — когда тебе перевалило за семьдесят, эта причина не в счет. Меня по-прежнему преследовали «Мельницы Киндердийка», о которых, казалось бы, давно пора забыть. Картина сидела во мне занозой, и эту занозу еще больше растревожил Галчинский, когда в далекую новогоднюю ночь девяносто первого года восторженно сообщил, что пейзаж неожиданно вернулся к нему и теперь он является его единственным законным владельцем. Насчет того, что «неожиданно» — это еще вопрос. К тому же Костя, будучи навеселе, проболтался о том, что я и сам давно подозревал: при заключении сделки он, ссылаясь на меня, приписал картине такие свойства, которыми та не обладала ни в малейшей степени.

Не знаю, зачем ему это понадобилось. Возможно, он пытался взвинтить цену или им двигали иные соображения, но, оглядываясь на эти события, я не могу отделаться от ощущения, что комбинацию с «Мельницами» Галчинский замыслил уже тогда.

Почему я так в этом уверен? Косвенные признаки, догадки, некоторые умозаключения. В ту новогоднюю ночь у Кости не было никакой необходимости заводить речь о картине в присутствии Нины, тем более что он подозревал, что ей ничего не известно о сделке со Светланой Борисовной. Нина лучше, чем кто-либо другой, знала историю «Мельниц», и слова Галчинского ее неприятно поразили. Что касается меня, то я был представлен мелким лжецом.

Недаром Дега говорил, что картина и все с ней связанное требуют столько же ловкости, хитрости и порочности, сколько серьезное преступление. Преступником, правда, я себя не чувствовал. Просто Костя Галчинский, старинный приятель, незлой, в сущности, человек, поймал меня в волчий капкан. Только сделан этот капкан был не из стали, а из слов. В дарственной, которая была составлена его отчалившей в Южную Африку бывшей пассией, стояло: «Голландский пейзаж, картина неизвестного нидерландского мастера конца 16 столетия».

Спустя несколько дней я позвонил Галчинскому и задал прямой вопрос: что он намерен делать с картиной? Костя рассмеялся, и в этом смехе звучало нескрываемое удовлетворение. «Чего ты всполошился? — воскликнул он. — В чем дело? Доказательств никаких, а ты тут вообще ни при чем. Я получил то, что всегда хотел, и нечего комплексовать. Беречь девственность в твои годы — просто смешно. Ты в каком веке живешь, Матвей?»

Все это мне чрезвычайно не понравилось. Я знал, что Галчинский втайне меня недолюбливает, и виной тому его давняя и нескрываемая сердечная привязанность к Нине. Подозреваю, что в его холостяцкой жизни она так и осталась единственным серьезным и глубоким чувством. Поэтому у меня не было уверенности, что в неопрятной ситуации вокруг картины Костя захочет повести себя деликатно. Однако в то, что он способен на подлость, я тоже не верил.

«Мельницы» оказались миной замедленного действия, и прошло немало лет, прежде чем она сработала.

После достопамятной новогодней ночи мы несколько отдалились. У нас установились ровные, прохладные, без прежних вспышек обоюдной симпатии, отношения. А вскоре Галчинский как-то быстро и по-деловому сошелся с Павлом — как раз в ту пору сын болтался без дела и цели. Антикварный бизнес возник как бы сам по себе, вполне спонтанно, но мне вдруг почудилось в этой затее двойное дно, и я воспротивился, хотя поделать уже ничего не мог. Павел был взрослым мужчиной и никому не позволил бы посягать на свое право принимать ответственные решения — я сам учил его этому.

Гром грянул только теперь, когда я и думать забыл об этой старой истории. Орудием был избран Павел. В начале мая сын позвонил и между прочим поинтересовался, не знаком ли мне случайно старый голландский пейзаж с мельницами — где-то семнадцатого века, принадлежащий Галчинскому. Я ответил утвердительно и тут же стал лихорадочно припоминать, не мог ли и сам Павел каким-то образом видеть эту картину у меня в мастерской. «Что ты молчишь?» — спросил он, но я продолжил разговор только после того, как отбросил все сомнения и окончательно решил — нет, не видел, не мог видеть: с середины семидесятых и вплоть до дня злополучной сделки со Светланой Борисовной я не вынимал «Мельницы» из ящика, который постоянно держал на замке. «Да, — повторил я. — Представление об этой доске я имею. Только не семнадцатый, а конец шестнадцатого. Что от тебя понадобилось Галчинскому?»

Павел почему-то обрадовался как мальчишка, а у меня тупо заныло сердце. «Отлично! — воскликнул он. — Просто отлично! Дело в том, что Константин Романович намерен продать картину, с этим он и обратился ко мне. Но у меня возникло… гм… ну, скажем, впечатление, что эта вещь оценена им... не по достоинству. Я, в конце концов, не полный профан, как ты всегда считал, и сразу отметил — очень хорошая рука. Свободная, изящная линия, чудный, жаль только угасший, колорит... Это мог бы быть, например...»

«Ну а от меня ты чего хочешь?» — перебил я, поймав себя на том, что мой голос звучит почти враждебно. «Ничего сверхъестественного, — бодро отозвался сын. — Но вообще-то, ты мог бы помочь. Все, что нам требуется, — аргументированное и нотариально заверенное заключение специалиста, а ты у нас теперь светило, почти небожитель...» Меня передернуло. «...Такой документ позволит поднять цену если не впятеро, то уж как минимум втрое. На голландцев сейчас сумасшедший спрос, а уж про шестнадцатый век я и вовсе молчу. Мы с Галчинским...»

Это «мы» меня доконало. «Ничего не получится, — сухо отчеканил я. — Даже и не думай. У меня в ближайшие месяцы ни минуты свободной. К тому же тебе известно, что такие пустяки меня никогда не интересовали».

Тут Павел обиделся. На мгновение мне показалось, что сын швырнет трубку, но он все-таки справился с собой. «Послушай, — произнес он; теперь в его тоне не было глупой иронии, как минуту назад, когда он вдруг понес чепуху про «светило», — никто не говорит, что от тебя требуется акт благотворительности. Твой труд будет соответственно оплачен. Просто назови сумму, и дело с концом».

На мгновение я почувствовал, как пол гостиной уходит у меня из-под ног. И не потому, что сын разговаривал со мной, как со строптивым работягой. Я внезапно понял: «Мельницы Киндердийка» вновь окажутся у меня!

Больше я не колебался, потому что замысел Кости стал для меня совершенно ясен. Я сказал — хорошо, а затем спросил, когда будет доставлена картина, — ведь для полного исследования потребуется немало времени. Устроит ли это Галчинского?

Павел с облегчением выдохнул: «А куда он денется?» — и я не мог с ним не согласиться. Потому что больше всего на свете Костю интересовала не картина, не деньги, а то, что я собственноручно напишу в экспертном заключении. Вот чего он ждал — свихнувшийся на старости лет почтенный профессор философии и верный поклонник моей жены. При этом он был твердо уверен в двух вещах: что я солгу, а картина в целости и сохранности вернется к нему. То есть, с одной стороны, не сомневался в моей порядочности, а с другой — стремился доказать, что я полная свинья, а моя репутация — фикция. Вряд ли такая позиция может служить подтверждением ясности ума.

Сын привез «Мельницы» в тот же вечер, и мы обстоятельно обсудили, какие шаги придется предпринять, чтобы в точности выявить всю подноготную голландской доски. Затем я поинтересовался, какова начальная цена картины, и Павел назвал цифру. Про себя я посмеивался: если бы я и в самом деле собирался сделать все, о чем говорил, мне понадобилась бы масса времени и сил. Под конец я предположил, что работа может действительно принадлежать кисти Ганса Сунса, но это еще предстоит доказать. Сын необычайно воодушевился, но я охладил его, заметив, что процесс идентификации живописи почти не отличается от технологии идентификации вещественных доказательств в криминалистике. Уверенно утверждать что-либо можно только тогда, когда будут обнаружены как минимум три четверти признаков, характерных для творчества того или иного художника.

Нина ждала нас с ужином, но Павел, извинившись, отказался и скоро уехал. Расстались мы сердечно — я окончательно убедился, что ему ничего не известно о планах Галчинского.

Утром я установил «Мельницы» на старом мольберте в мастерской, прикрыл их тканью и больше не прикасался к доске. Мне нужно было время, чтобы обдумать все детали. Я все еще колебался, хотя и знал, что никакой альтернативы у меня нет. В какой-то момент я даже начал писать экспертное заключение. На шести страницах я изложил все, что хотелось бы там видеть Галчинскому, дважды перечитал, сунул постыдную бумажку в ящик рабочего стола и постарался о ней забыть.

«Мельницы Киндердийка» безмолвно простояли в мастерской несколько недель. Иногда я снимал ткань и всматривался в пейзаж — и в конце концов мне стало чудиться, что у картины появилось новое выражение. Примерно такое, как у самоубийцы в окне десятого этажа, который никак не решается прыгнуть.

Утром 16 июля я сделал то, что был обязан сделать. То, что считал своим долгом.

В этот субботний день Нина с утра отправилась в гости к Анне и внуку. Как только все было закончено, я позвонил ей и спросил: как она смотрит на то, чтобы вечером мы с ней поужинали, как в прежние времена, — у камина. Есть повод.

И тут она спросила: «Значит, ты все-таки вспомнил?»

«О чем?» — удивился я.

Она засмеялась. «Ты неисправим. Сегодня ровно полвека, как мы вместе. Или ты имел в виду что-то более важное?»

ЧАСТЬ IV

Петр Интролигатор

1

— Нет, — сказал я. — Не получишь.

Время будто не сдвинулось с места, хотя прошли ровно сутки с того момента, как Ева впервые попросила у меня сигарету.

— Ты видела, что теперь пишут на пачках? В траурной рамке?

— Видела, — сказала Ева. — Рак, инфаркт, инсульт, импотенция. Некролог от Минздрава. Все равно — дай!

Я протянул ей «Ротмэнз» и похлопал по карманам в поисках зажигалки. В левом нагрудном у меня лежала бумажка за подписью самой Сквирской. Несколько лет назад нам с Майей Михайловной пришлось решать одну головоломную задачку, и с тех пор эта женщина относилась ко мне с симпатией. Я побывал у нее в лаборатории с утра, а в конце рабочего дня у меня на руках уже были результаты.

Ева сделала пару затяжек, поморщилась и неловко ткнула сигарету в пепельницу. Тем временем я извлек на свет листок с грифом областного экспертно-криминалистического центра и еще раз убедился, что с первого раза все понял правильно.

— Что это у тебя? — спросила Ева.

— Пепел, — сказал я. — Пепел из муфельной печи в подвале Кокориных. Хочешь знать, что здесь написано?

— Хочу. Если, конечно, для нас это имеет значение.

— Не сомневайся. Майя пишет…

— Кто это — Майя? — настороженно спросила Ева.

— Майя Михайловна Сквирская, старший эксперт-криминалист. Между прочим, ей за шестьдесят.

— Допустим, — сказала Ева. — И что же она там пишет?

— В пробе, которую я ей передал, свыше девяноста пяти процентов массы составляет органика. Остальное — соли и сложные соединения кальция, серы, сурьмы, свинца и цинка. Есть следы кадмия и стронция.

— Органика? — спросила Ева. — Что ты имеешь в виду?

— Уголь, — пояснил я. — Обычный древесный уголь, образовавшийся без доступа воздуха. Он так долго находился под действием высокой температуры, что превратился буквально в прах.

— Древесный уголь? — оживилась Ева.

— Ну да. Исходное вещество — древесина какого-то дерева из семейства ивовых, но скорее всего одного из тополей. Осина, тополь пирамидальный, тополь туркестанский, тополь серебристый, бальзамический и так далее. Все они сходны по химическому составу.

— Как и черный тополь… — подхватила Ева.

— Нет, — твердо сказал я. — Я знаю, о чем ты думаешь. Вся остальная таблица Менделеева, кроме угля, — это краски и грунт. Майя это также допускает. Есть только одна неувязка: пигменты на основе кадмия и стронция до конца девятнадцатого столетия в живописи не применялись — их просто не существовало. Картину Ганса Сунса, датированную концом шестнадцатого века, Кокорин определенно не сжигал.

— Тогда где же она, по-твоему? — с вызовом спросила Ева.

— У стоматолога Меллера. Хотя поклясться не могу — собственными глазами я ее не видел.

— А что пошло в печь? — Ева подперла подбородок ладонями и некоторое время смотрела сквозь меня. Затем она со вздохом проговорила: — Я думаю, ты невнимательно читал записи.

— Чьи? — ее замечание почему-то задело меня. — Жены или мужа?

— Матвея Ильича. Там все ясно сказано.

— Ничего там не сказано. — Я начал злиться. — Сплошная путаница. Ты когда-нибудь слыхала про контент-анализ?

— Нет.

— А меня, между прочим, этому учили. Есть такой способ исследования текстов, который позволяет выявить и прояснить факты. И не только те, что содержатся в самом тексте, но и такие, которые существовали до его создания. Так вот, если единицами анализа выбрать чаще всего встречающиеся имена и использовать формулу Яниса...

— Егор!

— ...выяснится, что в жизни семьи Кокориных, как ни странно, необычайно важное место занимают два персонажа: некто Мартин Лютер и некто Матис Нитхардт, он же Грюневальд. К ним обоим вполне применим термин «проблемообразующий субъект». Насколько отрицательно характеризуется один, настолько же положительно — другой, и причины этого лежат далеко за пределами записок, которые мы с тобой прочитали. Но тенденция...

— Егор! — Еве наконец-то удалось меня осадить. — А тебе не приходило в голову, что «Мельницы Киндердийка»...

— Не перебивай! Оба этих персонажа действовать сами по себе не могут, поскольку они фигуры, так сказать, виртуальные и в наше время просто не существуют. Но при этом постоянно влияют на мысли, оценки и чувства самого Матвея Кокорина и, косвенно, — его жены...

Не дослушав меня, Ева закончила фразу:

— ...что автором «Мельниц Киндердийка» был сам Матвей Ильич?

— Как? — вспыхнул я. — Чепуха! В записках он утверждает, что картина оказалась в его мастерской случайно, то есть раньше принадлежала кому-то другому.

— Но ведь это же очевидно! Кокорин даже не особенно пытается замаскировать правду. Просто недоговаривает, когда не хочет, и имеет на это полное право. Ведь писал-то он для себя, а не для нас. К тому же «Мельницы» действительно появились на свет во многом благодаря случаю. Сам подумай!

Ева встряхнула своей рыжей копной и отправилась ставить чайник, пока я лихорадочно собирал этот пазл.

Он, между прочим, сходился без остатка. При одном условии — если предположить, что в паузе между первой своей серьезной реставрационной работой и какой-то другой, о которой он не счел нужным упомянуть в записях, Матвей Ильич и в самом деле создал пейзаж-стилизацию в совершенно не свойственной ему манере.

Мотив? Да сколько угодно. Во-первых — проблемы с собственной живописью, то, что называется «творческий кризис». Затем — острый интерес и желание «почувствовать время», хотя бы ненадолго перевоплотиться в цехового живописца шестнадцатого столетия. Попытка художника посмотреть на вещи другими глазами. В конце концов — возможность снова взяться за кисть, к чему он так стремился.

За материалами для виртуозной стилизации, в которой Кокорин использовал все, что знал о технике немецкой и голландской живописи, далеко ходить не пришлось. В запасе у него имелись «смытые» старые доски, привезенные Левенталем, в том числе одна из черного тополя. Ее он и выбрал. Краски, изготовленные по средневековым рецептурам для реставрационных работ, также были под рукой — за исключением одной-двух. Этим объясняется присутствие кобальта и стронция в анализах пепла, и это же служит серьезным доказательством того, что художник не имел намерения изготовить высококлассную подделку. Кто-кто, а уж он-то знал, что на рентгенограмме каждый мазок синего кобальта или крона стронцианового вспыхивает, как крохотная сигнальная лампочка, и только полный невежда может не обратить внимания на такую очевидную вещь.

И последнее. Эту работу, голландский пейзаж в манере Ганса Сунса, Матвей Ильич действительно не считал своей. Поэтому и не поставил подпись, пусть даже и скрытую под слоем краски. Оттого и держал старую-новую доску подальше от посторонних глаз. Такие вещи нелегко понять — проще прочитать какую-нибудь популярную книжку о причудах и странностях людей незаурядных и одержимых идеей.

Другое дело — Константин Романович Галчинский…

— Как, по-твоему, — спросил я, — Галчинский и вправду считает, что картина похищена?

Ева закусила губу, взялась за чашку и в два приема утопила всплывший на поверхность пакетик с заваркой.

— Нет, — сказала она. — Я думаю, он до сих пор в шоке и не может понять, что произошло в доме на Браславской и почему. Результат, так сказать, превзошел ожидания… Как, кстати, он выглядит — наш Константин Романович? По дневнику Нины Дмитриевны я представляла его седовласым джентльменом с хорошими манерами. Как-то это не вяжется с интригой, которую он закрутил вокруг «Мельниц».

— Все точно. Седеющий, неплохо сохранившийся для своих преклонных лет господин. Тщательно следит за собой, подтянут, отлично одет. Если не присматриваться, то и не заметишь, что у него проблемы с рукой. По-прежнему не прочь порассуждать на отвлеченные темы, но не более того. У меня возникло впечатление, что Галчинский видит себя личностью творческой, в каком-то смысле тоже художником, но проявляется это только в его пристрастии к предметам искусства, причем далеко не бескорыстном. Можно подумать, что его прадедушку звали Сальери.

Ева мрачно усмехнулась.

— Во всяком случае, Кокорина и его жену отравил не он.

— А кто спорит? Если их и в самом деле кто-то отравил. С другой стороны, золотая свадьба и кремация пейзажа, написанного четверть века назад, — тоже не повод для самоубийства, да еще и двойного. Я уже не говорю про нейротоксин TeNT — ему просто неоткуда было взяться. Следствие отмахнулось от факта, основываясь на ничем не обоснованном допущении, что Матвей Ильич каким-то образом раздобыл эту дрянь за границей. Можно подумать, что там этим делом вовсю торгуют в каждом втором супермаркете! Нормальные самоубийцы пользуются сильными снотворными, изредка им в руки попадают цианиды или мышьяк. TeNT известен только узким специалистам — токсикологам и сотрудникам отделов спецслужб, которые решают свои задачи с помощью полония, диоксина и бромида панкурония. Англосаксы называют такие вещи «state sponsored terrorism» — террор против отдельных лиц, осуществляемый государством, но что-то я плохо представляю, кому могли помешать двое пожилых и совершенно безобидных людей. А заодно и их собака.

— Что ты имеешь в виду?

— Скажи на милость, зачем им понадобилось убивать еще и Брюса?

— Ты все-таки нашел его? — охнула Ева. — Нашел и молчал?

— Извини, — пробормотал я. — Как-то упустил из виду. И потом, это всего лишь пес, пусть и с отличной родословной.

— Где он?

— В саду за домом. В дальнем углу участка, в малиннике. Там старая выгребная яма, прикрытая щитом из гнилых досок. Труп собаки лежит на дне.

— Его тоже отравили?

— Не знаю. В нашем экспертном центре никто не делает анализов тканей на присутствие следов нейротоксинов, это выше их возможностей. Конечно, если бы делом опять заинтересовалась прокуратура, но на это рассчитывать не приходится…

— А как он туда попал?

— Скорее всего, уже мертвым. Где ты видела пса, который угодил бы в яму на территории, где он знает каждую травинку? Но есть еще один момент. Пролом в досках можно было бы заметить издали, но кто-то его аккуратно прикрыл и засыпал сверху сухими листьями. Вряд ли это дело рук соседей.

— Ты считаешь, что Брюс погиб не в доме?

— Это очевидно, иначе люди Гаврюшенко обнаружили бы его труп, а они только зафиксировали отсутствие собаки. Перед смертью пес мог забиться в заросли — не забывай, что стоял июль. Видела бы ты этот малинник! Там не то что лабрадора, и приличного носорога можно спрятать.

— Я не понимаю… — вдруг жалобно протянула Ева.

— О чем ты, детка? — Я с трудом расфокусировался: перед глазами у меня все еще стояли голые ветви яблонь, ограда, заплетенная диким виноградом, и дышащая смрадом горловина ямы, где обрел последнее пристанище симпатяга Брюс.

— Я никак не могу понять, почему сработала сигнализация в доме. Ты сказал, что Кокорины включили ее в десять, как всегда. Сигнал тревоги поступил на пульт в десять тридцать. Если дверь была на замке, кто-то же ее открыл?

— Необязательно на замке. Достаточно ее просто прикрыть, и датчик покажет, что все в норме… — Тут я вспомнил, как искал фонарь в стенном шкафу в прихожей, и следы собачьих когтей на дверной филенке. Входная дверь в доме Кокориных открывалась наружу.

— Это Брюс, — уверенно произнес я. — Больше некому.

Ева сообразила мгновенно.

— Ну-ка представь: Кокорины накрыли стол к праздничному ужину, включили сигнализацию, но входную дверь при этом запирать не стали. Затем скормили порцию отравы лабрадору, так как не могли знать, насколько быстро яд подействует на них самих, после чего оба покончили с собой, сделав по паре глотков вина с TeNT. Яд подействовал на Брюса медленнее, и он пополз из дома в сад — помирать. Для этого ему пришлось открыть входную дверь. Тут-то и сработала сигнализация… Господи! Ты-то сам, надеюсь, не веришь в эту чушь? Говорю тебе — в доме находился еще один человек.

Я попытался вернуть ее к фактам.

— Не забывай, что следственная группа не обнаружила никаких следов присутствия посторонних в доме. Отпечатки, вещдоки — ноль. Только при условии, что Кокориных посетил бесплотный дух…

— Следственная группа! — презрительно фыркнула Ева. — Пса они тоже не нашли. Это в двух шагах от дома! А записка в кухонном контейнере, согласно которой Матвей Ильич собирался двадцать второго июля связаться со своим французским коллегой?

Я пожал плечами:

— Скорее всего, Брюса они и не искали — он им ни к чему. Что касается записки, она могла попасть в контейнер вместе с мусором позже, уже после похорон. Павел и Анна занимались уборкой, не читать же им всякую скомканную бумажку!

— Не знаю… — Ева потерла висок и отвернулась к окну. Во дворе было темно и тихо, как на обратной стороне Луны. Только два-три окна еще горели в пятиэтажке напротив. — Не могу отделаться от ощущения, что все эти годы Кокорины прожили как под колпаком. Я не знаю, почему за ними следили и что там числилось за семейством Везелей, но нужно быть слепым или полностью погруженным в свой собственный мир, как Матвей Ильич, чтобы этого не замечать. Одна Нина Дмитриевна знала все, но у нее хватило мужества, чтобы не подавать виду и не проговориться даже в собственном дневнике…

Она обогнула кухонный стол и оказалась у меня за спиной. Я почувствовал, как ее ладони мягко легли мне на плечи.

— А самое главное, — произнесла Ева, — ничего не закончилось, не думай. Тот, кто явился к ним вечером шестнадцатого июля, придет в этот дом снова. Потому что он не получил того, за чем приходил. А иначе Кокорины были бы живы и здоровы. Если хочешь, можешь считать меня деревенской дурочкой.

— На этот счет будь спокойна, — заверил я. — Он уже приходил.

Ева напряглась. Наверное, мне следовало бы рассказать ей обо всем, что я заметил в доме на Браславской, в тот же день, но я был целиком поглощен чтением рукописей покойных супругов.

— Почему ты так думаешь?

— Ты хорошо помнишь комнату Нины Дмитриевны?

— Еще бы! Замечательная комната, мне понравилось. Сразу виден характер — ничего лишнего, все продумано, у каждой вещи постоянное место. Определенность и устойчивость. И знаешь еще что: если бы я не знала, то подумала бы, что она принадлежит гораздо более молодой женщине.

— Да, — сказал я. — Довольно точно. Только я не об этом. И у Нины Дмитриевны, и в кабинете Кокорина есть признаки, указывающие на то, что в доме кто-то побывал. Выведенный из строя датчик сигнализации на окне, которое выходит на верхнюю террасу и, соответственно, в сад —

раз. Оставленная открытой ригельная защелка на том же окне — два. Приписать это случайности я не могу — провода, ведущие к датчику, не оборваны, а перерезаны и аккуратно заизолированы кусочком лейкопластыря. И похоже, что это было сделано в день похорон. При осмотре места происшествия окно оперативники не могли прошляпить — это азы.

— Ты, кажется, говорил, что в этот день в комнате побывал Галчинский?

— Ему понадобилось срочно прилечь — что-то с сердцем. Наверх его сопровождала некая Евгения Синякова.

— А это еще кто такая?

— Понятия не имею. Вроде бы знакомая Галчинского и Кокорина-младшего. Со слов Павла, не то искусствовед, не то журналистка. У Синяковых темно-вишневый «дэулэнсер». На этой машине Евгения с мужем подвозили Галчинского в день похорон. Потом ее или точно такую же машину видели соседи пару дней спустя. «Дэу» простояла на Браславской почти весь день, но не рядом с одиннадцатым номером, а метрах в ста. В машине никого не было.

— Вот как? — Ева прищурилась. — А что там вообще делала эта Синякова?

— Галчинский утверждает, что супруги просто подвезли его, а затем Евгении пришлось остаться, так как он еще по дороге почувствовал себя неважно.

— Она что, еще и сиделка?

— Вряд ли. Он, видите ли, крайне нуждался в дружеской поддержке и без Евгении вряд ли справился бы с ситуацией. Собственно потому Галчинский и позвонил с утра Синяковым — у него ведь есть своя машина.

— Слишком много Галчинского, — с сомнением проговорила Ева. — Уж больно он вездесущий. Интересно, успел он обнаружить, что картины в мастерской Кокорина уже нет? Тоже, между прочим, повод для тахикардии.

— Как бы там ни было, но я не думаю, чтобы Константин Романович стал собственноручно резать провода. Не его стиль. И потом — внизу, в гостиной, стояли два гроба, в одном из которых лежало тело женщины, которую он любил всю жизнь. И с которой ему не дали по-человечески проститься.

— Почему? — удивилась Ева.

— Об этом стоило бы спросить у Анны. Павел неохотно упомянул, что между сестрой и Галчинским произошла какая-то сцена, после которой Константин Романович вынужден был удалиться, чтобы прийти в себя. Именно тогда он и поднялся в комнату Нины Дмитриевны. В сопровождении Синяковой, разумеется.

— Странно. Брат и сестра не похожи на людей, способных устроить скандал на похоронах собственных родителей. Анну мне видеть не приходилось, но уж Павел Матвеевич — точно... Знаешь, Егор, иногда мне кажется, что Галчинского просто использовали. Втемную, как говорится. Кто-то взял и вскочил ему на плечи...

— Кто? — спросил я, поднимаясь, чтобы прикрыть окно. Оттуда сквозило, и Ева то и дело натягивала полы своего куцего халатика на голые колени. — Синяковы? Но ведь он сам им позвонил и попросил его сопроводить. Константин Романович далеко не так прост, чтобы дать себя обвести вокруг пальца.

— Пусть даже и так, — сказала Ева. — Все равно я рада.

— Чему тут радоваться? — возмутился я. — Все окончательно запуталось!

Ответом мне был грудной смешок.

— Тому, что все-таки смогла тебя убедить. Насчет картины. Я-то думала, ты станешь упрямиться.

— Респект, — буркнул я. — С того дня, как ты в два счета расправилась с кодовым замком на дверях нашего подъезда, я включил тебя в основной состав.

— Это я тебя включила в основной состав, — возразила Ева. — Ты даже и не заметил, когда… Кстати, а пресловутое «экспертное заключение», составленное Кокориным, — ты его видел?

— Еще бы! У меня даже есть ксерокопия. Хочешь взглянуть?

— Не хочу. — Ева сморщила нос. — Что бы там ни было написано, он наверняка уничтожил бы эту бумажку, если бы ему удалось пережить вечер шестнадцатого.

Ева была права, но сейчас у меня на уме вертелось совсем другое, вернее, *другой* — тот, кто посетил Кокориных в тот вечер. Кто сидел с ними за одним столом, иначе ему бы не удалось подсунуть супругам отраву.

— Послушай, — сказал я, — события могли выглядеть совсем иначе, чем мы поначалу представляли, но Брюс все-таки сыграл в них важную роль. Допустим, что за столом в гостиной Кокориных сидели трое. После того как их гость ухитрился добавить яд в бутылку «Шато-Марго» и угостить пса ломтиком сыра с той же приправой, он первым делом убедился, что супруги мертвы, а затем отправился на поиски того, за чем приходил. Возможно, перед тем у них состоялся разговор, из которого гость сделал вывод, что получить то, что ему нужно, обычным путем не удастся. Он абсолютно профессионально уничтожил следы своего пребывания в гостиной и поднялся наверх, чтобы продолжить поиски в мастерской, в комнатах Нины Дмитриевны и Матвея Ильича. Тем временем Брюс на короткое время очнулся и пополз к входной двери. Вот тогда и сработала сигнализация — об этом жильцов оповещает мигание неоновой лампочки и пищалка вроде тех, что теперь ставят на детских велосипедах; одновременно сигнал поступает на пульт отделения охраны. Гостю не оставалось ничего другого, как по-быстрому убраться… То есть шестнадцатого — я подчеркиваю: именно шестнадцатого — ему так и не удалось добыть искомое. И я не думаю, чтобы он, зная, что вот-вот появится патрульная машина с мобильной группой, стал заниматься такими второстепенными вещами, как окно в комнате наверху. Вот почему понадобился еще один визит, а проблема с окном и сигнализацией была решена в день похорон... Из чего, кстати, следует, что как минимум один человек из пары Галчинский — Синякова лично знаком с убийцей. Как тебе это нравится?

— Да, — сказала Ева, — выглядит правдоподобно. Но концы с концами не сходятся. Объясни, зачем Кокориным понадобилось включать сигнализацию, если у них в это время был гость?

— Откуда мне знать, я что — ясновидящий? Предположим, это был рефлекторный акт.

— Какой еще рефлекторный акт?

— Привычка. Сигнализацию ежедневно включали в десять, почему бы и шестнадцатого не включить ее в то же время? У большинства пожилых людей вся жизнь сплошь состоит из таких ритуалов. И не только у пожилых.

— Логично. — Ева нахмурилась. — Даже чересчур. А хочешь знать, кто и почему это сделал?

— Ну?

— Нина Дмитриевна. Только она знала, что от визита этого человека — неважно, мужчина это или женщина — ничего хорошего ждать не приходится, и не надеялась на телефон. В крайнем случае сигнализация могла послужить соломинкой для утопающего, единственным средством позвать на помощь. Жаль только, что все случилось слишком быстро. Само его появление было для нее знаком серьезной опасности — возможно, он имел отношение к тому, что Кокорин называет «тайной Везелей».

— Не принимается, — желчно возразил я, копируя одного из чиновников апелляционного суда, с которым мне както пришлось иметь дело. — Выводы ваши, коллега, целиком умозрительны. Может, для романа это и подойдет, но в нашем случае было бы неплохо иметь хоть какие-то доказательства. Ты можешь назвать мне какое-нибудь конкретное лицо, упомянутое в записках Нины Дмитриевны, которое годилось бы на эту роль?

Ева задумалась. Я видел, что она уже готова согласиться со мной, но услышал совсем не то, что ожидал.

— Хорошо, — скулы Евы порозовели. — Попробуем по-другому. Нам с тобой совершенно ясно, что «гость», который проник в дом между восемнадцатым и двадцать вторым июля, грабителем не был. Имущество, картины и другие ценности остались в неприкосновенности. Можем мы считать, что он приходил за тем же, за чем приходил и шестнадцатого, в день смерти Кокориных?

— Можем, — сказал я, еще не понимая, к чему она клонит. — Я, во всяком случае, в этом уверен.

— А что, по-твоему, это могло быть? — выпалила Ева. — Что он там искал?

— Одно я знаю точно — в мастерскую Матвея Ильича никто не входил, кроме Павла и Анны. Сигнализация там в полной исправности. Поиски велись без всякой системы — среди старых писем и открыток, в книгах, в папках с рисунками, среди документов и бумаг в письменных столах. О существовании тайников визитер не подозревал и, скорее всего, не знал ничего определенного о том, где следует искать. Похоже, что объект его поисков — какой-то документ.

— Бумага, — печально проговорила Ева. — Всего лишь бумажонка... Какая жалость... Знаешь, когда такую вещь хотят спрятать понадежнее, ее держат на самом виду. Но ему все-таки не хватило ума догадаться!

— Почему ты думаешь, что не хватило? — я попытался через силу улыбнуться. — Сумел же он провернуть комбинацию с окном и датчиком. Сработано вполне чисто.

На задах к участку Кокориных примыкает стройка и раскорчеванный сад с выходом на параллельную улицу — вот оттуда он и прибыл. Темно-вишневый «дэу», который торчал перед домом двадцать первого, нужен был только для подстраховки. Заметь, я предпочитаю говорить «он», потому что единственный путь на верхнюю террасу — подняться метра на четыре с половиной по совершенно гладкому стволу грецкого ореха, который растет рядом. Не всякая дама решится.

На лице Евы неожиданно появилось выражение горького разочарования.

— Что случилось? — спросил я. — О чем ты думаешь?

— Бесполезно. — Ева слабо махнула рукой и уставилась на чашку с логотипом колумбийской кофейной фирмы. — Как же я раньше не догадалась? Понимаешь, им ведь просто нечего было ему отдать! Во всем виноват твой дурацкий контент-анализ…

— Он-то тут при чем?

— Повтори, что ты там говорил насчет отобранных единиц?

— С самого начала выбираются наиболее значимые имена, факты или понятия, которые в дальнейшем и служат…

— Стоп, — прервала меня Ева. — Значит, все зависит от того, кто выбирает?

— В известной степени.

— Поэтому я и ошиблась. Больше всего в записках Нины Дмитриевны меня интересовали имена и события семейной жизни. А на самом деле главное в них — глагол. То есть действие.

— И что же это за глагол?

— «Сжечь». Понимаешь? Если у нее что-то и было, она давным-давно это сожгла, хоть и долго колебалась. Да только ей не захотели поверить… Дьявольская насмешка: эта женщина выполнила последнюю волю убитого неизвестно кем отца, которого нежно любила, и за это поплатилась собственной жизнью!

— Может, ты и права, — рассеянно пробормотал я.

Неожиданно Ева спросила:

— Послушай, Егор, а почему ты никогда не ходишь в церковь?

— А ты? — резонно возразил я.

— Я плохая католичка, — вздохнула Ева. — Мама всегда так говорила. Но шанс исправиться у меня еще есть. Между прочим, Сабина Георгиевна обещала взять меня с собой на мессу. Ты пойдешь с нами?

— У меня очень скромные религиозные потребности, — заявил я и ретировался в комнату.

Там я запустил компьютер и, когда мой старичок, скрежеща и охая, загрузился, скормил ему дискету с файлом, который стащил сегодня на службе из базы данных городской администрации — из той ее части, которая закрыта для посторонних. Двадцать четыре страницы с именами, адресами, характеристиками деятельности, номерами регистрационных документов и датами.

Там было все, что угодно, и на любой вкус. Помимо традиционных конфессий я обнаружил «Церковь последнего завета», «Новоапостольскую церковь», церковь «Свет Истины», которую однажды упомянула Сабина Новак, «Сияющий Путь», «Новый Акрополь», «Золотых воинов Творца», «Орден Волков Луны», «Общество сознания Кришны», какие-то «Субуд» и «Сахаджа-йогу» и, наконец, совершенно загадочную секту, носившую непроизносимое название «Тхиеу Лам Фат Сон Йен Чай-Ван Винчун Куен». В таком ряду сайентологи и последователи методики Айванхова смотрелись скучно, как уличные воробьи.

— Детка, — позвал я, — хочешь взглянуть?

Как только я уступил ей место у монитора, она спросила:

— Что это у тебя?

— Перечень зарегистрированных в городе и области религиозных организаций и движений. Для служебного пользования.

На просмотр файла у нее ушло около получаса. За это время я успел проглотить черствый круассан с остывшим чаем и сбегать в душ. Наконец Ева оторвалась от экрана и спросила именно то, чего я ждал:

— А почему здесь нет евангелическо-лютеранской церкви?

— В десятку! — я прищелкнул пальцами. — Ты совершенно права. Местная лютеранская община, как мне сказали, распалась еще в девяносто восьмом. Прихожане, за исключением самых верных, разбрелись по неохаризматическим церквям различных толков. Но знаешь, чего бы я сейчас хотел больше всего?

Она окинула критическим взглядом мою небритую физиономию, задержалась на полотенце, обмотанном вокруг бедер, и скроила скептическую гримаску.

— Не похоже, чтобы после сегодняшнего дня ты был на это способен.

— Ошибаешься! — ухмыльнулся я. — Больше всего я хотел бы побеседовать с глазу на глаз с кем-нибудь из старых лютеран.

2

Накануне мы с Евой успели обсудить еще одну вещь. И единодушно пришли к выводу, что возвращать записи Матвея Ильича и Нины Дмитриевны законным наследникам еще не время. Поэтому к особняку, где располагались «Вещи с биографией» и галерея, принадлежащие Кокорину-младшему, я прибыл с пустыми руками.

Официально я исполнял служебное поручение. Примерно в километре отсюда, в Гусарском переулке, находилось здание приказавшей долго жить школы ДОСААФ. На самом же деле — памятник архитектуры, великолепная, в ренессансном духе, резиденция бывшего предводителя губернского купечества, миллионера и мецената позапрошлого века, сахарозаводчика Онищенко. Некогда роскошное и причудливое здание было сдано в аренду на условиях полного восстановления, однако новый хозяин начал с того, что снес с десяток облупленных нимф на фасаде и прорубил несущую стену в полуподвале. Общественность содрогнулась и накатала телегу в десяток инстанций, и теперь передо мной стояла задача: выловить прячущегося арендатора и вбить ему в башку, что сделанного им вполне достаточно не только для расторжения договора, но и для возбуждения дела в суде.

Сразу скажу: в этот пасмурный полдень купеческий ренессанс и дурак-арендатор по фамилии Толстоухов интересовали меня меньше всего.

В дверях галереи меня едва не сбили с ног двое рабочих, волочивших гигантский холст в пудовой раме. Мелькнули фиолетовые лица, сведенные столбнячной судорогой конечности персонажей, — и картина проплыла мимо. За рабочими, покрикивая, следовал бородатый молодой человек, обмотанный шарфом, как бедуин. Очки в золоченой оправе прыгали на его потном носу.

Я протиснулся внутрь. В галерее, занимавшей весь первый этаж, царила разруха. Снятые с кронштейнов полотна, закутанные мешковиной, сиротливо жались к стенам. Между ними суетились девушки-консультантки. Пол был затоптан и усыпан стружкой, обрывками шпагата, клочьями оберточной бумаги.

Никем не замеченный, я пересек помещение и уже взялся было за перила, как наверху лестницы возник Павел Матвеевич Кокорин. Хлопая полами плаща и весь развеваясь, он шумно скатился вниз, с разбегу сунул мне руку и энергично закричал:

— Валентин! Суффальдинова — на северную стену. Там свет получше!

С улицы в дверь просунулась голова в очках и бурнусе и закивала. Сквозь витрину было видно, как ко входу в галерею неуклюже пятится здоровенный трейлер.

— Что у вас тут происходит? — спросил я.

— Экспозицию меняем. Полностью. Хватит с меня этих позавчерашних концептуалистских винегретов! Галерея существует для того, чтобы продавать живопись... Жутко спешу, Егор Николаевич, — добавил он уже поспокойнее. — Вас подвезти?

— А что покупают сегодня? — спросил я, словно не расслышав предложения.

— О! — Кокорин широко распахнул руки, словно обнимая этим жестом сразу всех потенциальных клиентов, и тут же их уронил: — Настоящей живописи все равно на всех не хватит, да и недешевое это удовольствие. Зато существует грандиозный ресурс, и ресурс этот только-только начинают осваивать. Не золотое, скажу вам, дно, но бизнес требует определенных усилий. С тех пор как это направление вошло в моду, трудно уже представить солидный офис без одного-двух холстиков...

— Это о каком же направлении речь?

Павлу Матвеевичу явно было не до того.

— Да господи! Обычный академизм совкового разлива. Социалистический, пардон, реализм. Послеполуденный отдых комбайнеров, праздник первого надоя, мартены гудят и прочее в том же духе. Запасники провинциальных музеев набиты этим мусором по самые люстры, и отдают его за бесценок... Так вы едете?

— Еду, — сказал я. — Только мне совсем рядом.

Мы выбрались из галереи, обогнули изжеванный колесами трейлера газон, и, как только погрузились в зеленый «ниссан» Кокорина, я спросил:

— Скажите, Павел Матвеевич, вам удалось вернуть Галчинскому те деньги, которые вместе с запиской находились в тайнике?

Он как раз выруливал задним ходом со стоянки, и в зеркале заднего обзора я увидел, что глаза у него округлились. Как если бы позади возникло неожиданное препятствие. Закончив разворот, Кокорин вдруг заглушил двигатель, надул полные щеки и с шумом выпустил воздух. Я ждал, что сейчас он резонно поинтересуется, какое мне до этого дело, но Павел Матвеевич проговорил, слегка запнувшись на первом слове:

— Д-да... И скажу я вам — странное у меня при этом было ощущение.

— Почему?

— Трудно объяснить... С Константином Романовичем мы близки с незапамятных времен, он меня еще грудным знал. Опять же у нас деловые отношения. Он, можно сказать, научил меня всему в этом бизнесе, хотя сам — парадокс, конечно, — никогда не оставлял научной работы ради предпринимательства. Знаете, как это бывает — от умного дилетанта часто больше толку, чем от кучи лопающихся от спеси специалистов... Да что там!.. Одним словом, денег поначалу он у меня не взял.

— Как это — не взял?

— Отказался наотрез. Заявил, что ничего не знает о долге и никаких финансовых отношений с отцом у них нет и никогда не было. При этом мне показалось, что Константин Романович неприятно поражен и злится, а потом он вдруг сник, схватился за сердце, за больную руку и полез за таблетками. Я продолжал настаивать, ссылаясь на записку, в которой совершенно недвусмысленно выражена воля отца. И вдруг он сдался! Представляете себе эту сцену?

— Более-менее, — буркнул я. — И как же он объяснил свою забывчивость?

— Эстетически.

— То есть?

— Подтвердил, что действительно давал отцу деньги взаймы, а затем сослался на то, что, как человек пожилой и не совсем здоровый, испытывает весьма двойственные чувства, когда ему возвращают долг с того света. Именно так он и сказал — и добавил, что на его месте у меня тоже возникли бы неприятные ассоциации... Вот уж кого бы я ни за что не заподозрил в суеверии!

Тут сыпанул дождь, и Кокорин включил дворники, хотя мы по-прежнему стояли в двух шагах от выезда со стоянки с неработающим двигателем.

— Значит, деньги он все-таки взял?

— Взял.

— Несмотря на ассоциации?

— Смеетесь, Егор Николаевич? А вот мне в тот момент было не до смеха. Я, честно признаюсь, даже испугался. Выглядел дядя Костя так, будто только что с привидением в коридоре столкнулся...

Он замолчал и какое-то время сидел неподвижно, исподлобья глядя на спидометр, стрелка которого застыла на нуле. Мне почудилось, что на самом деле никуда он не спешит, а вся эта суета с галереей — для отвода глаз. Между прочим, он впервые назвал при мне Галчинского «дядей Костей», чего раньше не делал.

— Павел Матвеевич! — В салоне стало душно, и я нажал кнопку стеклоподъемника. Сырой ветер ворвался в машину. Дождь разошелся — по лужам прыгали грязные пузыри, тугие струи гуляли по крыше «ниссана», наполняя салон слитным гулом. — Я хотел бы уточнить одно обстоятельство. Вы действительно видели «Мельницы Киндердийка» в мастерской отца в день похорон?

Ему понадобилось несколько секунд, чтобы сосредоточиться. Наконец он произнес:

— Да… то есть… Что, собственно, вы имеете в виду?

— Картину. Она находилась в мастерской?

— Я… Мольберт, как обычно, был закрыт тканью. Куском старого темно-синего шелка — вы его наверняка видели… У меня не было никаких оснований сомневаться, что… Представляете мое состояние в тот день?

— Извините, — сказал я. — Но ваша сестра ее видела?

— Она вообще не входила в мастерскую… Погодите, вы, кажется, хотите сказать, что…

— Я ничего не утверждаю. Двадцать второго июля, когда вы с сестрой приехали наводить порядок, мольберт был пуст?

— Абсолютно. Доски на нем не было.

— А ткань? Она осталась на месте?

Кокорин замешкался, а затем через силу, словно ожидая подвоха, выдавил:

— Н-ну… где же ей еще быть? Не понимаю, при чем тут этот шелк, Егор Николаевич?

Растерянность на его лице сменилась выражением детской обиды.

— Хорошо, — сказал я. — Оставим его в покое. Скажите, Павел Матвеевич, откуда вам стало известно, что «Мельницы» у дантиста Меллера?

— От Галчинского.

Я даже не удивился.

— А когда вы обнаружили заключение о картине, составленное вашим отцом?

— В тот же день, то есть двадцать второго. Мы с Анной в поисках картины перевернули вверх дном всю мастерскую и наткнулись на него в ящике рабочего стола.

— Константину Романовичу было известно содержание этого документа?

— Естественно. Я познакомил его с заключением сразу — после того как мне пришлось сообщить ему об исчезновении «Мельниц».

— Откуда же у Галчинского информация о Меллере и о том, что он намерен добиваться разрешения на вывоз картины за пределы страны?

— Я думаю, от Зубанова. Это известный коллекционер и состоятельный предприниматель. Его интересы лежат, в основном, в области античной культуры — скорее археология, чем история искусства, но и современная живопись ему не чужда. Он был знаком с отцом и проявлял интерес к его оригинальным работам.

— Правда, что ваш отец отказывался продавать свои работы?

— Насколько я знаю — да. — Он как бы слегка удивился моей осведомленности. — Зубанов известен еще и тем, что ни одна сделка с предметами искусства в городе не ускользает от его внимания. У него свои источники, и они редко ошибаются. Именно он предположил, что приобретенная Меллером работа снабжена фальшивыми документами и на самом деле является собственностью Галчинского.

— Еще при первой нашей встрече вы сказали, что посылали кого-то к Меллеру для переговоров…

— Да-да, к нему ездил Валентин, он работает у меня. Вы его видели — тот молодой человек в очках и шарфе.

— …и он так и не смог убедиться, что картина, которая находится у Меллера, идентична картине, которая стояла на мольберте в мастерской Матвея Ильича. Верно?

— Все-таки я не понимаю, к чему вы клоните, Егор Николаевич!

— Взгляните-ка на это, — сказал я, протягивая ему бланк с цифрами, вписанными рукой Майи Михайловны Сквирской. — Думаю, вам будет любопытно.

Кокорин-младший недоверчиво покосился на меня, скользнул взглядом по колонкам цифр, повертел листок в руках и вернул.

— И что же это означает? — спросил он.

— Сейчас, — пообещал я. — Всего один вопрос. Не могли бы вы назвать мне сумму, в которую Галчинский предварительно оценил «Мельницы», передавая их вам? Разумеется, если это не коммерческая тайна.

— Какая там тайна! Смешно произнести — пять тысяч пятьсот. Я сразу же стал возражать, что это просто мизер, работа стоит намного больше. Но дядя Костя только развел руками и заметил, что, с его точки зрения, цена выглядит вполне приемлемой, а если я сомневаюсь, можно попробовать проконсультироваться со специалистами. И добавил, что готов уплатить двойные комиссионные с каждой копейки сверх назначенной им суммы. Меня удивило…

— Что? — нетерпеливо подстегнул его я. — Что именно?

— Ерунда. Он и сам мог обратиться к отцу — тот наверняка не отказал бы старому другу, но мне показалось, что по какой-то причине ему не хочется этого делать. Хотя я могу и ошибаться. В тот же вечер я сам позвонил и договорился с отцом об экспертной оценке, исследовании пейзажа и его реставрации, если таковая окажется необходимой.

— А вам ничего не напоминает эта цифра — пять тысяч пятьсот? — спросил я.

Павел Матвеевич схватился за руль и заерзал на сиденье. Внезапно он круто развернулся всем корпусом, и его лицо с мягкими, почти бабьими чертами оказалось прямо передо мной.

— Уж не хотите ли вы, Егор Николаевич, — с вызовом произнес он, — убедить меня в том, что мой отец…

— Не хочу, — перебил я, отодвигаясь. — Я просто пытаюсь довести до вашего сознания тот факт, что «Мельницы Киндердийка» ни до, ни после кончины ваших родителей не покидали дома на Браславской. Картина и сейчас там.

— Что-о? — Кокорин обмяк, его редеющая макушка откатилась на подголовник водительского кресла. — Это не шутка? Вы отвечаете за свои слова? И где же они, по-вашему?

— Отвечаю. — Я прикурил и выпустил дым за окно, где его сразу же слизнул ветер. — То, что вы сейчас держали в руках, — данные структурного анализа пепла, обнаруженного мною при осмотре нагревательной печи, которая находится в подвальном помещении дома ваших родителей. Согласно выводам лаборатории, которая заслуживает доверия, его состав полностью совпадает с тем, что должно было бы остаться от картины, написанной на доске с использованием средневековой технологии и материалов. Удалось установить даже породу древесины доски — один из видов тополя.

— Абсурд, — с неожиданным спокойствием произнес Кокорин. — Можете говорить все, что угодно, но никакие бумажки не смогут меня убедить, что отец на самом деле мог так поступить. Полная чепуха, — повторил он. — Неужели вы не понимаете, Егор Николаевич, что он просто неспособен был уничтожить живопись, кем бы она ни была создана, точно так же, как нормальный человек не может убить ребенка или женщину? Здесь какая-то досадная ошибка. Я рассчитывал на вашу помощь, а вместо этого вы подсовываете мне какую-то невероятную историю. Мало ли откуда там могла взяться эта зола!..

— Пепел, — поправил я. — Всего лишь косвенное доказательство. Скажу еще более невероятную вещь: ваш отец не только уничтожил «Мельницы» — он имел на это полное право. Особенное уважение у меня вызывает то, что он все-таки счел необходимым вернуть деньги владельцу картины, хотя мог бы этого не делать, если учесть ее происхождение и целый ряд особых обстоятельств.

Тут нервы у Кокорина-младшего сдали.

— Какие обстоятельства? — визгливо закричал он. — Я не желаю больше слушать ваши нелепые измышления! Что все это значит?

Терпеть не могу театральных эффектов. Но тут деваться было некуда.

— Дело в том, — начал я, — что «Мельницы Киндердийка», то есть голландский пейзаж, приписываемый то Гансу Сунсу, то одному из его талантливых учеников, на самом деле был создан вашим отцом. Примерно в середине семидесятых годов прошлого столетия.

— Бред какой-то! — Кокорин решительно распахнул дверцу со своей стороны, словно собираясь демонстративно удалиться, но дождь тут же загнал его обратно в машину. Несмотря на пронизывающий ветер, лоб его был усыпан горошинами пота, а щеки горели. — Прошу вас, прекратите наконец это издевательство! Мои мать и отец умерли, и этого достаточно, чтобы не чернить их память. Я не знаю, откуда вы выкопали вашу галиматью — мне, во всяком случае, ничего подобного не известно, хотя я прожил рядом с отцом целую жизнь. Я ждал от вас помощи и совета: как остановить ворюгу и перекупщика Меллера, не дать ему вывезти картину и исчезнуть вместе с нею в каком-нибудь захолустном

Гармиш-Партенкирхене. Для меня это вопрос не только финансовый, но и принципиальный. Я обманул доверие клиента, и мой долг — вернуть картину во что бы то ни стало. А вместо этого я без конца слышу какие-то мутные намеки!..

В таком же духе он продолжал еще минут пять. Я сидел смирно, иногда кивая, и все больше убеждался, что история с «Мельницами» для Кокорина-младшего — как гвоздь в сапоге. Но как только он начал иссякать, я воспользовался паузой.

— Как вы думаете, Павел Матвеевич, — осторожно спросил я, — ваш отец смог бы написать нечто подобное «Мельницам»?

Он умолк, словно с разбегу налетел на стену, быстро облизал губы и пробормотал:

— Мог, не мог... Да он мог практически все! Среди художников, которых я знаю, нет ни одного с такими возможностями, такой широтой. Но это вовсе не означает, что Кокорин...

— А что, если для Матвея Ильича, как и для вас, было делом принципа изъять из оборота замечательную стилизацию, написанную им для себя в момент преодоления творческого кризиса, которую некое лицо уже второй раз пытается перепродать и при этом выдает за подлинное творение голландского мастера? Вашему отцу легко было бы смириться с положением изготовителя фальшивок?

Мне пришлось подождать, пока он осознает сказанное. Наконец Кокорин-младший осторожно, словно не доверяя себе, поинтересовался:

— Вы кого, собственно, имеете в виду? Кто это «лицо»?

— Константин Романович Галчинский, — сказал я.

Рот Павла Матвеевича остался полуоткрытым, будто ему только что удалили коренной зуб.

Момент был самый подходящий — и я выложил ему все, что действительно знал и о чем только догадывался. Теперь он слушал не перебивая; по его полному ухоженному лицу попеременно пробегали выражения изумления, горечи, отчаяния, которые под конец сменились классической маской недоумения.

В заключение я добавил:

— Мне не ясны мотивы, которыми руководствовался Галчинский. Об этом спросите у него сами. А заодно и об авторстве «Мельниц». Лгать он, скорее всего, не станет, как только поймет, что вам многое известно. Если вы нуждаетесь в дополнительных доказательствах, попробуйте спокойно, без обвинений, объясниться с Меллером. Не такой уж он законченный дурак и наверняка покажет то, что у него имеется. Ставлю бутылку джина против трамвайного билета — это не «Мельницы». Константин Романович кое-что понял, но так и не смог примириться с мыслью, что безвозвратно утратил картину, а потому и принял желаемое за действительное и поверил Зубанову. Только когда вы явились к нему с деньгами, ровно с той суммой, в которую он оценил «голландскую» доску, ему стало ясно, что он проиграл.

Кокорин-младший выглядел ошеломленным, но надо отдать ему должное: способность рассуждать и сопоставлять факты он не утратил. Поэтому закончил я так:

— Надеюсь, вы понимаете, что вся эта история не имеет прямого отношения к смерти ваших родителей?

Он дернулся и испуганно взглянул на меня.

— С чего вы взяли, что я так думаю?

— Просто показалось. Когда вы в последний раз виделись с отцом?

— Я? Дня за три или четыре до того как… как все случилось.

— И как себя чувствовал Матвей Ильич?

— На подъеме. Он только что появился из мастерской, уже темнело, и я спросил, как ему удается работать при искусственном освещении, когда тона красок так сильно меняются. Он пошутил — что мог бы писать, например, голландские пейзажи даже в полной темноте.

— Таким образом, можно считать, что картина отправилась в печь в один из трех следующих дней, скорее всего именно шестнадцатого. Хочешь не хочешь, а трудно отделаться от мысли, что эти два события — смерть ваших родителей и сожжение «Мельниц» — связаны между собой. Сразу хочу предупредить — это ошибка. «После этого» не значит «вследствие этого».

— Почему вы так уверены?

— Есть кое-какие вещи, о которых вам следует знать. В выгребной яме в конце участка на Браславской лежит труп Брюса, любимца ваших родителей. Он убит — вероятно отравлен, хотя сейчас я не могу этого доказать. Вряд ли это могли сделать Нина Дмитриевна или Матвей Ильич. Кроме того, двадцать первого июля, накануне вашего с сестрой приезда, в доме побывал посторонний. Он проник в комнату Нины Дмитриевны через верхнюю террасу и окно, которое по какой-то причине осталось незапертым. Целью этого визита было не ограбление — деньги и ценности, остававшиеся на тот момент в доме, этого человека не интересовали…

— Ради бога! — Кокорин протестующее выбросил перед собой широкую ладонь, и мне вдруг почудилось, что он вот-вот расплачется. — Погодите, у меня сейчас голова от всего этого расколется… Значит, вы, как и Анна, думаете, что смерть наших родителей — никакое не самоубийство?

— Именно так. Поэтому я считаю, что необходимо…

— Нет! — внезапно перебил он меня. — Нет, нет и нет. Я не хочу! Пусть все останется как есть. Убедительно прошу вас, Егор Николаевич, откажитесь от этой мысли. Все закончено. Следствие не нашло оснований сомневаться, и я с ним совершенно, полностью согласен!

— Я уже говорил вам, что многое было упущено, а кое-что просто не принято во внимание. Все выглядело слишком очевидным.

— Таким оно и было. Эти вещи не имеют объяснений, кроме одного — они оба приняли свое решение. И никакое, даже самое квалифицированное расследование не сможет вернуть нам с Анной отца и мать. Я глубоко признателен вам за все, что вы сделали, Егор Николаевич, но остальное не в наших силах… Похоже, что сейчас самое время поговорить о вознаграждении за ваши усилия и потраченное время. Сколько я вам должен?

Такого поворота я не ожидал. Павел Матвеевич прятал голову в песок. Не вижу зла, не слышу злого, удаляюсь от злых — старый принцип, сам по себе натворивший немало бед. Залог душевного равновесия и комфорта.

На секунду я заколебался — передо мной промелькнула ехидная усмешка Евы, но все-таки мне хватило ума произнести:

— Денег у вас, Павел Матвеевич, я не возьму.

— С какой стати? — вспыхнул он. — Несправедливо: вы угробили уйму времени и сил! По крайней мере, мне теперь совершенно ясна ситуация с картиной. Если вы не согласны с моей позицией, это еще не повод, чтобы меня унижать!

— Не будем продолжать бесплодную дискуссию, — сказал я. — Это я ваш должник: у меня до сих пор находится ваша Библия и…

— Что за чепуха! — вскричал он, и вдруг его разгоряченное лицо озарилось чем-то вроде вдохновения: — Послушайте, Егор Николаевич! Раз уж вы отказываетесь от совершенно заслуженного гонорара — оставьте ее себе. В качестве сувенира.

— Кого — ее? — я был озадачен.

— Да Библию же! Солидная вещь, хоть и на немецком. Отличный лютеровский перевод Нового Завета, конец семнадцатого века — это вам не шутки. Вашей очаровательной супруге понравится.

В его голосе теперь звучало нескрываемое облегчение.

— Позвольте, — начал я, — ведь вы сами говорили, что книга переходит из поколения в поколение, что она в своем роде и хронология, и родословная вашей семьи. Как же я могу ее принять? И что скажет ваша сестра?

Кокорин-младший отчаянно махнул рукой.

— Какая там, к лешему, родословная! Честно говоря, в детстве я ее даже боялся. Меня по ней учили немецкому, и я буду просто счастлив, если она наконец-то перестанет попадаться мне на глаза. Ну, согласны?

Дождь внезапно прекратился, будто его срезали косой. В машине повисла оглушительная тишина.

— Согласен, — без особой уверенности сказал я.

Странный порыв. Павел Матвеевич этим жестом с Библией словно перечеркивал свою и Анны прежнюю жизнь, все годы, оставшиеся позади. В его несокрушимой решимости ничего не знать и не помнить было что-то героическое. Он сжигал мосты.

Кокорин-младший запустил двигатель, выжал сцепление — и тут же в недрах его плаща мобильный завел свою битловскую музычку.

— Слушаю! — буркнул Павел Матвеевич.

Метрах в двадцати от нас по мокрому асфальту улицы, огибающей бульвар, одна за другой с шумом проносились машины — будто кто-то разматывал тугой рулон скотча. Но я хорошо слышал жёнский голос, отчаянно рвавшийся из телефона. Потом женщина вскрикнула, и слова сменились каким-то хлюпаньем.

Кокорин сложил аппарат, внимательно посмотрел на него, а затем убрал ногу с педали. «Ниссан» дернулся и заглох.

— Это Агния, домработница Галчинского, — сказал Павел Матвеевич. — Она утверждает, что Константина Романовича похитили.

3

Когда во второй половине дня Кокорин-младший позвонил, чтобы проинформировать меня о том, что Галчинский дома и как будто в порядке, голос его звучал сухо и официально, словно он выполнял некую малоприятную обязанность. Я поблагодарил его за обнадеживающую новость и, не давая ему опомниться, попросил номер домашнего телефона его сестры.

Он назвал цифры, и в трубке зазвучали короткие гудки. Ничего удивительного: Павел Матвеевич уже вычеркнул меня из списка тех, кто допущен в его новую жизнь.

Анну я тоже оставил бы в покое, если бы не наше с Евой решение — передать записи Матвея Ильича и Нины Дмитриевны именно ей, а не Павлу. При этом сама Ева наотрез отказалась отправиться вместе со мной, сколько я ее ни упрашивал.

— А я-то тут при чем? По-моему, ты просто трусишь, — в конце концов заявила она. — Вот уж никогда бы не подумала. И потом, у меня на субботний вечер большие планы.

— Это какие же? — поинтересовался я.

— Мы с Сабиной собрались в костел.

— Что ж, — обиженно проворчал я, — дело, конечно, святое. Мне со Всевышним не тягаться. Кто-то должен позаботиться и о земном. Между прочим, мы могли бы сразу вернуть записи Павлу, и дело с концом. Но ведь именно ты убедила меня встретиться с Анной!

Конец последнего дня рабочей недели мы коротали дома, и, как всегда, вдвоем. Но сейчас я еще раз мысленно упрекнул себя за решение вернуться в этот город. Тот, кто хоть раз побывал осенью в Устье, меня поймет. Вода в озерах становится густо-синей и хрустально прозрачной, березняки сеют по ветру латунный мусор листвы, боры темнеют, в лучах холодного октябрьского солнца их своды становятся угрюмыми, как грозовые облака, а в мшистых низинах, в вереске и под молодыми елками бодро торчат подосиновики и белые... В местных магазинах падает спрос на спиртное, а щука начинает клевать как бешеная...

Ева мгновенно запеленговала перемену в моем настроении.

— Послушай, дорогой мой, — ее легкие пальцы накрыли мою руку, машинально разминавшую сигарету. От них шло ободряющее тепло. — Ты, конечно, умник, кто бы спорил, но с интуицией у тебя средне. Неужели ты не понимаешь, что все эти свидетельства прошлого нужны только одному человеку — Анне? Только она понимает, что никакое это не самоубийство, вот поэтому ты и должен ей все рассказать. Что ты вдруг скис? У нас опять денег нет?

— Не то чтобы совсем. Кстати, а куда подевалась Библия Везелей? — Я убрал руку. Ева говорила со мной как с неразумным дитятей, а такое кому угодно не понравится. — Завтра же попытаюсь ее продать. Гонорар он и есть гонорар.

Ева приподнялась и смерила меня ледяным взглядом, в котором не было ни капли сострадания. Словно это были не наши с ней общие проблемы.

— Книга у Сабины Георгиевны, — сказала она. — Ей захотелось взбодрить свой немецкий. И знай — я велела ей ни при каких обстоятельствах не отдавать Библию тебе, чтобы ты не вздумал потащить ее к букинистам. Без денег проживем — нам не привыкать. Туфли твои из ремонта я забрала, обедаем мы завтра у Сабины, а вечером ты отправишься к Анне Матвеевне. Точка.

...И все-таки я нервничал, пробираясь между припаркованными машинами к подъезду дома Анны.

По телефону она была со мной вежлива, как с туповатым пациентом, и никак не могла взять в толк, почему я настаиваю на встрече именно у нее дома. Разве она не могла бы заглянуть ко мне на службу, пересечься со мной на остановке, в кафе или где-либо еще? Я настаивал, и она в конце концов сдалась, но я-то хорошо помнил то презрительное недоумение, которое читалось в ее взгляде при нашей первой встрече.

Дверь мне открыл рослый парнишка лет десяти. Светловолосого Митю, внука Кокориных, я признал сразу. И даже не потому, что на столе в комнате Нины Дмитриевны стояла его фотография. Он и в самом деле был прямым продолжением рода. Высокий лоб, густые брови, крепкие плечи и упорный взгляд исподлобья. В вырезе рубашки подрагивал от дыхания православный крестик на плоской серебряной цепочке. Митя смотрел на меня не мигая, с абсолютным спокойствием, и дешевые фразы типа: «Приветик! Как жизнь? Мама дома?» — мигом вылетели у меня из головы.

Он сказал: «Вас ожидают» — и тут же скрылся, предоставив мне самому возиться с замком.

Только с большой натяжкой наше с Анной свидание можно было бы назвать ожидаемым и желанным. Она приняла меня в комнате, служившей хозяевам двухкомнатной квартиры одновременно спальней, гостиной и рабочим кабинетом. Помещение было разделено на зоны, и угол, в котором мы с ней осели, с натяжкой походил на кабинет, в котором нашлось место столу с компьютером, креслу и вращающемуся стулу. Все сверкало стерильной чистотой, хотя ремонт здесь делали лет десять назад, не меньше. Угощения и обмена любезностями программа не предусматривала, и разговор с самого начала принял неожиданный оборот.

— Как поживает Алексей Владимирович? — спросил я.

Вопрос как вопрос — для затравки, но не успел я договорить, как сообразил, что имя ее мужа ни разу не упоминали ни сама Анна, ни ее брат. Знал я его из записок Нины Дмитриевны.

— Вы, собственно, кто? — сразу напрягшись, спросила Анна. — И что вам от нас нужно?

— Я представлялся, если вы помните. Егор Башкирцев, юрист, в прошлом — адвокат. — Под ее прямым, как стальной прут, взглядом я вдруг почувствовал себя недоумком. — А хирурга Муратова, между прочим, знает весь город…

— А я-то тут при чем? — она слово в слово повторила вчерашний вопрос Евы. — Вам что-то нужно от Муратова? Он консультирует по средам, но записаться к нему трудно. Минимум за месяц. То, что мы с вами однажды виделись, ни к чему меня не обязывает. Можете даже не пытаться использовать меня и мое время для своих делишек.

Это было уж слишком. Особенно «делишки».

— У вас где-нибудь тут можно выкурить сигарету? — Я редко краснею, но сейчас щеки у меня горели так, что впору прикуривать.

— Пошли! — Анна встала, и я двинулся следом за ее медицинской спиной, полагая, что сейчас меня выставят на лестницу, однако спина привела меня в кухню.

Там было попросторнее, чем в комнате. Набитая всякой электрической всячиной, кухня казалась самым обжитым местом в доме. Дверь на балкончик, обшитый светлым кленом, оставалась открытой, на веревке сушился мужской свитер. Мне велели сесть на уголок жесткого диванчика, обтянутого фальшивой кожей, при этом подошвы моих кроссовок уперлись в полупудовые гантели хирурга. Анна поставила на стол массивную хрустальную пепельницу.

— Курите, — уже миролюбивее сказала она. — И я с вами за компанию. Муж сегодня дежурит…

Не знаю, какое отношение к ритуалу перекура имело дежурство мужа, во всяком случае напряжение спало. Анна отказалась от предложенной сигареты, сходила за сумочкой и принесла свои. Я мельком взглянул, чем там травится прогрессивная медицина, и щелкнул зажигалкой

Хватит этой бессмысленной дипломатии. Тем более что толку от нее — нуль.

— Анна Матвеевна, я принес бумаги, которые обнаружил в доме ваших родителей при осмотре второго этажа. Дневник Нины Дмитриевны и записи ее мужа, вашего отца. В этом и состоит цель моего визита, если не считать того, что мне хотелось бы задать вам пару вопросов.

— Вы прочитали все?

— Да.

— Зачем? — Анна поежилась и поднялась прикрыть дверь балкончика. — Когда вы там побывали?

— Неважно. Тайники, где находились блокнот и тетрадь, были обнаружены совершенно случайно. Разумеется, мы занимались поисками с разрешения вашего брата — Павел вручил мне ключи…

— Меня не интересует эта дурацкая история с картиной! Плевать я на нее хотела! — грубо оборвала меня Анна, но, заметив выражение моего лица, спохватилась: — Извините… Кажется, вас зовут Егор? Так вот, Егор, я и представить не могла, насколько то, что случилось с мамой и отцом, выбьет меня из колеи. Я уже много недель подряд не способна ни работать, ни думать, ни видеть Павла… Я только-только начала приходить в себя, а тут вы со своими «бумагами»… Скажите честно: это хоть что-нибудь объясняет?

Я вздохнул.

— Нет. Но нигде, ни на одной странице нет и намека на мысль о самоубийстве.

— Какое самоубийство, — снова перебила она, — что вы говорите?

— Верно, — согласился я. — Ваши родители убиты, для меня это очевидно. Но в чем смысл? Кому это могло понадобиться?

Расстегнув портфель, я извлек из него сверток. Анна пристально следила за моими руками, и лицо ее болезненно передернулось, когда я выложил то, что принес с собой, на стол.

Как ни дико это звучит, но я вдруг ясно почувствовал: Анна предпочитает, чтобы смерть ее родителей оказалась насильственной. Ее душа не могла смириться с добровольным уходом из жизни самых близких.

— Расскажите мне о похоронах, — попросил я.

— А что именно вас интересует?

— Посторонние. Были в тот день в доме люди, которых вы не хотели бы там видеть?

— Как будто нет. Павел совершенно растерялся, да и мы с Муратовым держались на голых нервах… К тому же мне приходилось все время приглядывать за Митей — для него это было особенно тяжелым испытанием… — Анна потянулась за следующей ментоловой сигаретой. — Но я хотела, чтобы сын попрощался с ними обоими. Бабушка души в нем не чаяла… Простите, Егор… — она едва сдержала слезы. — Мы решили, что на кладбище ему нечего делать, и сразу после того, как прибудут автобусы ритуальной службы, Митю заберет Марья Сергеевна — это давняя мамина подруга. Сейчас она живет в Крыму, но как только мы дали телеграмму, прилетела первым же рейсом… У них с мамой была какая-то размолвка, но года три назад все наладилось, и они постоянно перезванивались; Митя с бабушкой даже съездили как-то к ней в Новый Свет… Она остановилась у нас, и мы договорились, что когда прощание закончится, она сейчас же заберет Митю и уедет домой… Я привела сына в гостиную внизу, где они… где оба они лежали… побыла там с мальчиком, и мы вышли в сад…

Я не перебивал Анну, хотя больше всего меня интересовал Галчинский. Однако я не знал, как подобраться к этой теме. Вопрос решился сам собой, едва женщина продолжила:

— Марья Сергеевна находилась в ужасном состоянии, хотя она из тех старушек — знаете, железных. Маленькая, высохшая, вся в черном, платок до бровей и правду-матку в глаза невзирая на лица. Она только что разругалась в пух и прах с каким-то важным иереем — тот отказался исполнить обряд по всем правилам, а рядовой священник согласился приехать лишь на кладбище. При этом она была совершенно уверена, что родители покончили с собой, и, как человек церковный, понимала, что не права. Я отдала ей Митю, и когда они уже направлялись к калитке, прибыл Галчинский в сопровождении какой-то относительно молодой пары...

— А дальше?

— Да ничего такого особенного, только Марья Сергеевна, увидев Галчинского, вдруг прошипела: «Ну что, профессор, дождался-таки?» Женщина, которая была с ним, возмущенно воскликнула: «Да как вы смеете!», а Марья Сергеевна схватила Митюшу за руку и буквально поволокла к калитке. На ходу она обернулась и вдруг как закричит, обращаясь к этой женщине: «А ты, курва, исчадие адово, что тут делаешь, в приличном доме?!» Я просто онемела — тетя Маша всегда казалась мне такой спокойной и мягкой.

— Я думаю, Марья Сергеевна очень любила ваших родителей, — сказал я. — Фамилия этой пары — Синяковы, женщину зовут Евгения. Раньше вам случалось видеть их на Браславской?

— Мы с мужем уже много лет там не живем. А раньше... нет, не случалось. Папа вел исключительно замкнутый образ жизни, они оба много работали. Гости, правда, бывали, но этих я не припоминаю.

— А как Синякова повела себя потом? И что Галчинский?

— О ней ничего не скажу, она как-то выпала из поля зрения, должно быть, прошла в дом. Константин Романович обнял меня и произнес: «Прими мои соболезнования, дорогая… Какое горе, какое горе!.. Ты позволишь мне проститься с Ниной одному, без посторонних глаз?» Не знаю, то ли тетя Маша меня так взвинтила, то ли две предыдущие бессонные ночи и вся обстановка похорон, но я ему резко отказала. Говорю: нет, не надо этого, будьте как все. А потом мучилась, особенно после того, как ему стало плохо. Эта, как ее… Синякова поднялась к Константину Романовичу на второй этаж, потом я отправила туда мужа — он осмотрел Галчинского и ввел платифиллин с папаверином, после чего тот вроде бы задремал… Мне некого было винить в том, что случилось, кроме себя. Поэтому, когда он неожиданно позвонил нам вчера и попросил ключи от дома на Браславской, чтобы забрать там несколько книг и какие-то памятные вещицы, принадлежащие ему, я, конечно же, ни секунды не раздумывала. Просто обрадовалась. Он был, как и в старые времена, любезен, даже шутил, и у меня словно гора с плеч свалилась. Единственное, что меня удивило, — почему Константин Романович до сих пор не обратился с этим к брату?

Кто-кто, а я знал — почему.

— И когда же он туда собирался? — рассеянно спросил я у Анны.

— Завтра у нас воскресенье? Он обещал завезти ключи еще до полудня… Вас интересует еще что-нибудь?

— Нет, благодарю.

— Тогда, может быть, вы объясните мне, что натолкнуло вас на мысль о том, что мои родители стали жертвами преступления?

Я был предельно краток.

— Осмотр дома на Браславской. Некоторые детали, которые упустило следствие, — о собаке я умолчал. — Косвенные улики, наблюдения соседей. Но этого недостаточно. Даже если бы мне удалось полностью доказать факт преступления и добиться пересмотра дела, установить исполнителя при таких обстоятельствах практически нереально.

Я имею в виду процессуальную сторону вопроса. Что касается человеческой... Записи, которые оставили ваши родители, полностью опровергают версию самоубийства. Там много личного. — Я кивнул на сверток, все еще лежавший на столе. — Возможно, кое-что окажется для вас более понятным, чем для меня.

Тут я лукавил, однако выкладывать наши с Евой соображения насчет призраков и их роли в жизни семьи Везелей в мои планы не входило.

— Я понимаю ваше облегчение, Анна Матвеевна, — продолжал я, — после того как Галчинский обратился с просьбой именно к вам. Если не ошибаюсь, Константин Романович был близким человеком в доме еще тогда, когда был жив ваш дед, он сыграл роль... ну, скажем, доброго ангела-хранителя. Вы никогда не замечали, что между ним и вашей матерью существуют какие-то особые отношения?

Анна быстро взглянула на меня и сейчас же отвела взгляд.

— Что вы имеете в виду? — спросила она. — Для меня он всегда оставался одним и тем же — другом семьи. Он больше возился с Павлом, чем со мной, но я об этом не жалела. Наши миры не пересекались, не говоря уже о том, что я была девчонкой, а он пожилым человеком, ученым. Это уж потом, когда я стала врачом, мы не раз оказывали друг другу услуги... Что касается мамы...

Она замолчала — на пороге возник младший Муратов, потомок Везелей и Кокориных. Потомок жалобно произнес:

— Мам, мы сегодня собираемся ужинать?

Анна встрепенулась.

— Скоро, — сказала она. — Буквально сейчас. Я позову, Митя.

Парнишка скрылся. Анна спросила:

— Вы поужинаете с нами, Егор?

Не думаю, чтобы она была настолько недогадлива или ненаблюдательна, но касаться личной жизни своей матери

Анна определенно не хотела. Поэтому мне ничего не оставалось, как принять приглашение — дома никого, в пустом холодильнике сплошные торосы, а жена моя в данный момент возносит Всевышнему молитвы о том, чего я никогда не узнаю.

Пока женщина хлопотала у плиты, я прихватил пепельницу и вышел на балкончик. Там, в обществе серого исландского свитера знаменитого хирурга мне почему-то стало грустно, и я представил саркастическую ухмылочку Сабины Георгиевны Новак в тот момент, когда они с Евой поднимаются по стертым ступеням единственного в городе католического храма и Сабина произносит: «Голубушка, даже не спрашивайте меня, когда я здесь была в последний раз. Страшно подумать! Вот вам судьба — и все так просто!»

Анна накормила нас ужином, состоявшим из копченых куриных крыльев, разогретых в микроволновке, спагетти и наспех нарубленного салата. Мите полагался чай со сливками, а для меня на столе появилась початая бутылка красного «Саперави». Анна тоже выпила полбокала, и ее напряженное лицо слегка порозовело.

Я помог убрать со стола, на посуду она махнула рукой, и мы вернулись к прерванной беседе. Галчинский больше не упоминался, и я не стал настаивать, но на всякий случай поинтересовался:

— Скажите, Анна Матвеевна, в последнее время никто не пытался вас расспрашивать о прошлом семьи Кокориных?

Вопрос ее не удивил — она как будто его ждала. Что-то переменилось, и теперь Анна уже могла говорить о том, что случилось в доме на Браславской, не пересиливая себя и не мучаясь.

— Я не назвала бы это прямыми расспросами, хотя… Почему-то эта встреча мне запомнилась. — По ее лицу проскользнуло и исчезло выражение досады. — Спустя неделю после похорон на прием ко мне записался… к сожалению, не запомнила данных... одним словом, господин лет тридцати, который, как бы это помягче выразиться, не слишком мне приглянулся... — Я неожиданно уловил интонацию ее матери, не раз возникавшую в дневнике, и не смог сдержать улыбку. — Он привел с собой мальчика — то ли сына, то ли племянника. Ребенок выглядел странно заторможенным, с жуткой формой экссудативного диатеза — лет сто пятьдесят назад это называли золотухой. Оба дождались своей очереди и вошли в кабинет. Господин сразу же повел себя демонстративно — был говорлив и как будто чему-то все время радовался, в отличие от ребенка. Излучал, так сказать, свет всем своим отлично выбритым лицом. Я начала заполнять формуляр на мальчика, так как он попал к нам впервые, и стала задавать мужчине вопросы, но тут заглянула какая-то дама и вызвала в коридор медсестру. Замечу, что я совершенно не терплю, когда во время приема больного мне мешают. Едва Леночка вышла, этот господин мгновенно перестал сиять, навалился на стол и вполголоса произнес: «Анна Матвеевна, вам известен адрес Шпенеров в Германии?» И уставился мне прямо в лицо своими блестящими, похожими на спелые каштаны глазами без зрачков...

Я перестал дышать.

— ...«А кто это?» — спросила я. Он не ответил и продолжал меня гипнотизировать. Наконец он сказал: «Друзья Нины Кокориной, вернее — ее отца. Разве родители вам ничего о них не рассказывали? Ваш дед, Дитмар Везель, родился в Москве, в Лефортово, у него был близкий друг — пастор Шпенер. Прежде чем их семейство отправилось куда-то в Германию, пастор приезжал сюда повидаться с вашей покойной матушкой. Не могу поверить, что ваши родители не поддерживали с ними связь!» Я хотела спросить, кто он такой, этот бесцеремонный тип, но от растерянности пробормотала: «Моему деду было бы сейчас больше ста лет. Полагаю, что пастору Шпенеру никак не меньше. Скорее всего, он давно умер».

«Вам об этом Нина Дмитриевна сказала?» — оживился господин. «Мама никогда при мне этого имени не произносила», — отрезала я. «А Матвей Ильич?..»

Тут вернулась Леночка, и он выпрямился, как ни в чем ни бывало отвел взгляд и потрепал волосы ребенка. Мальчик раскачивался у него на коленке, и господин этот его как бы придерживал. Я посмотрела на кисть мужчины — небольшая, крепкая, волосатая с тылу рука, на коротком мизинце — золотая печатка с изображением скорпиона…

— Слегка вьющиеся темные волосы, зачесанные назад и схваченные на затылке резинкой, крупный нос, музыкальные уши… — перебил я Анну.

— Насчет резинки не помню, остальное сходится, — мрачно заметила она.

— И что же дальше?

— Да ничего. Ребенка я осмотрела, выписала направления на анализы и к ларингологу — у него вдобавок оказались аденоиды и гнойный отит. Эта история что-то проясняет?

— Нет, — отмахнулся я. — Забудьте, Анна Матвеевна. О Шпенерах вы кое-что прочтете в дневнике матери. Скорее всего, вас посетил дальний родственник, обиженный при разделе наследства.

Не мог же я сказать Анне, что у нее побывал не кто иной, как Олег Иванович Соболь, лидер церкви «Свет Истины», в прошлом — мелкий посредник между региональными политиками и криминалитетом, и бог весть кто еще. Весь спектакль с больным ребенком был разыгран в точности в той же манере, с которой я имел сомнительное удовольствие познакомиться пару лет назад, еще в бытность адвокатом. Но при этом я был уверен, что ни к пастору Шпенеру, ни к семье Кокориных этот человек не имеет ни малейшего отношения, и логично было бы спросить: зачем он приходил? И если Соболь всего лишь выполнял чье-то поручение, кто его послал или нанял?

Тут подал голос мой мобильный, и мне пришлось извиниться. Анна вышла к сыну, а я спросил в микрофон:

— Ты дома, детка?

— Ну да, — сказала Ева, — где же еще? Сабина отправилась гулять с собакой, а потом — спать. У человека режим, не то что у некоторых... Я соскучилась. Ты когда появишься?

— Уже выхожу.

— Поторопись, — загадочно произнесла она. — У меня для тебя сюрприз.

Из общего числа сюрпризов, которые мне когда-либо преподносили, только десятую часть можно было бы считать приятными, и то с натяжкой. Однако я заторопился и, когда Анна вернулась, поднялся ей навстречу.

— И что же, на этом — все? — вдруг спросила она. — Больше ничего нельзя сделать?

В отличие от брата она не хотела подводить черту.

— Вы имеете в виду тех, кто убил ваших родителей?

— Да, — твердо сказала Анна. — Именно. Я хочу знать — кто, и почему это произошло.

Я не был ничем обязан этой женщине и все-таки почувствовал себя не в своей тарелке. Почти предателем.

— Я позвоню, — пообещал я, — если, конечно, мне что-то удастся выяснить. Но не думаю, что мы сумеем получить серьезные доказательства.

— Неважно, — тень скользнула по ее лицу. — По улицам ходят десятки убийц, которые никогда не будут наказаны. Но я-то буду знать!.. — с нажимом повторила она.

Я поспешил сменить тему — и неудачно:

— Вы не собираетесь перебраться на Браславскую?

— С чего бы это? — удивленно произнесла Анна. — Нам с Муратовым и здесь неплохо. Остальное пусть решает Павел...

Когда мы прощались в прихожей, из своей комнаты снова появился наследник и, подчиняясь знаку матери, пожал мне руку своей крепкой прохладной ладошкой. Его рыжие вихры стояли дыбом. В дверном проеме позади мальчика мерцал экран монитора, хотя время и в самом деле было позднее.

На улице я поднял воротник куртки. Было по-настоящему холодно, и тонкий ледок, затянувший лужи на асфальте, похрустывал под ногами…

— Отдал? — спросила Ева, как только я появился в дверях. — Есть хочешь?.. Представляешь, Сабина даже прослезилась — молодой священник заставил-таки ее понервничать. Не тот, что вел службу, а другой — к которому она пошла на исповедь. Она сказала, что этот падре чересчур умный, а религия и вправду опиум.

— Вы, я вижу, неплохо повеселились, — заметил я, плюхаясь в кресло и с наслаждением вытягивая ноги. — Я поужинал. Устал как собака. Хочу спать.

Ева уютно устроилась напротив на нашем диванчике. Вид у нее был умиротворенный и в то же время слегка возбужденный, что я приписал посещению храма.

— Представляешь, Сабина в последний раз причащалась еще в прошлом веке! — будто не слыша меня, продолжала Ева. — А какое же причастие без исповеди? Вот ей и пришлось попыхтеть… Я думаю, в следующий раз тебе стоит пойти с нами — в конце концов, мы же с тобой венчались!..

— Ну уж нет, — проворчал я. — Вы с Сабиной хоть в монастырь, а у меня и без того дел по горло. Что там за сюрприз?

Ева хихикнула. Это было в ее манере — не обращать внимания на мои эмоции, дождаться момента и все повернуть по-своему, а заодно затянуть удавку на моей шее, так что и деваться некуда. За это я ее и любил.

— После того как служба закончилась, мы с Сабиной решили прогуляться, и она заявила, что хочет мне кое-что показать. Мы пошли к метро — там вокруг множество магазинчиков, муниципальный выставочный центр, все, конечно, закрыто…

Я рассеянно кивал, глаза у меня слипались от усталости, от бесчисленных сигарет першило в горле.

— Ты не слушаешь, Егор!.. Потом я увидела уютный особнячок, и Сабина сказала, что это здание «Немецкого дома», там по субботам собираются лютеране, среди которых есть старики из прежней общины. Свет внутри еще горел, дверь была не заперта, и мы вошли. В холле нам навстречу выпорхнула какая-то замечательная старушенция. Видел бы ты ее шляпку — я просто онемела, а Сабина успела шепнуть, что этот реликт — ее сокамерница, отсидела два срока и лично знала Дитмара Везеля, хоть и не близко. Бабулька эта — звать ее Луиза Либенталь — кинулась целоваться с Сабиной, а когда обе угомонились, говорит…

— Ева, — пробормотал я, — радость моя! Не обижайся, но давай-ка ты все это расскажешь завтра. Что-то я сейчас плохо соображаю, а вставать мне в половине седьмого…

— Хорошо, — с неожиданной легкостью согласилась она. — И все-таки — как там Анна?

— Завтра, — повторил я. — Завтра, детка, ты получишь полный отчет.

4

Половина восьмого утра, воскресенье. По моим расчетам, я должен был оказаться на Браславской раньше Галчинского, но у ограды номера одиннадцатого уже стояло желтое такси.

Улица была совершенно пуста. Водитель дремал, прикрывшись «Аргументами и фактами», но когда я прошел мимо, приподнял голову, и газета соскользнула, обнаружив слегка помятую, совсем юную физиономию.

Я взялся за ручку калитки, как бы зафиксировав свою принадлежность к этому дому, убедился, что калитка не заперта, но входить не стал. Вместо этого я развернулся, сделал несколько шагов к машине и озабоченно спросил:

— Давно подъехали?

— Минут двадцать, — таксист скосил глаз на счетчик. — Долго еще стоять?

— Не знаю. — Я развел руками. — По обстоятельствам.

Сквозь трещины в бетоне дорожки пробилась трава, которой я раньше не замечал. Листьев на яблонях за неделю заметно поубавилось, а кусты пионов и георгинов полегли, будто их стебли окончательно потеряли упругость и желание сопротивляться непогоде. Сад уходил в осень, как тонущий корабль.

Я взбежал по ступеням на нижнюю террасу и дернул входную дверь, которая, в отличие от калитки, оказалась запертой. Тогда я надавил кнопку звонка и держал, пока не услышал возню в прихожей. Дверь распахнулась, и от неожиданности я отступил — на пороге стояла невысокая женщина лет пятидесяти в сером полупальто, отделанном рыжим мехом. Ее темные, без единой нити седины, волосы были туго стянуты узлом на затылке, тонкогубый, слегка подкрашенный рот плотно сжат, а в выпуклых, как у пинчера, глазах читался испуг.

Несмотря на то что она не произнесла ни слова, я все-таки узнал в ней Агнию, «домработницу» Галчинского, как определил ее Павел.

— Константин Романович здесь? — спросил я.

Эта Агния и не подумала ответить. Только закончив полный осмотр моей персоны, она произнесла:

— А вы кто такой будете?

— Я по срочному делу. Вы позволите?

Я слегка отодвинул женщину плечом и прошел в прихожую. На секунду мне померещилось, что она вцепится в меня и закричит, но обошлось без эксцессов. Пока я размашисто шагал в гостиную, «домработница» висела у меня на хвосте, дыша в затылок, а на пороге комнаты вдруг воскликнула низким взволнованным контральто:

— Константин Романович! Это вас!..

Известие о том, что Галчинский намерен посетить дом на Браславской, застало меня врасплох. Что ему могло здесь понадобиться, ведь не книги же в самом деле? Что они все тут искали, и почему этот дом притягивал их, как черствый пряник кухонных тараканов? Плюс мутная история с якобы похищением Константина Романовича, о которой Павел не счел нужным сообщить ничего конкретного. Я уже не говорю о том, что Галчинский — неважно, какую роль он играл в действительности и что у него сейчас на уме, — оставался последней ниточкой, единственным каналом связи с прошлым Кокориных…

На пороге гостиной я остановился так резко, что женщина, спешившая за мной, ткнулась мне в спину и охнула. Меня снова настигло дежавю.

Галчинский поднялся мне навстречу с нескрываемым удивлением. Для этого ему пришлось опереться на стол, но и выпрямившись, он нуждался в опоре — ею послужила высокая резная спинка любимого стула Матвея Кокорина. Стул стоял на своем привычном месте, второй — по другую сторону просторного полированного стола, под углом и поодаль. Точно такое же положение стулья занимали в момент кончины супругов Кокориных в тот июльский вечер.

Именно здесь сидели однажды и мы с Евой. Теперь персонажи в кадре сменились, но декорация осталась прежней.

— Егор Николаевич? — скрипуче осведомился Галчинский. — Чем обязан?

Куда и подевался его бархатистый вальяжный баритон. Павел был прав — Константин Романович выглядел и в самом деле неважно. Рослый и поджарый, обычно аккуратный до педантизма в одежде, сейчас он больше всего походил на плохо перезимовавшего лося, чья массивная голова едва держится на шее, а шерсть свалялась. Нижняя губа, довершая сходство, брезгливо оттопыривалась, подбородок серебрился двухдневной щетиной, кожа приобрела желтовато-оливковый оттенок.

— Вы виделись с Павлом Матвеевичем? — с ходу спросил я, усаживаясь напротив и обводя взглядом комнату. Все на своих местах. На столе — несколько томиков с неудобопроизносимыми названиями на корешках.

— Агния, будь добра, закрой дверь! — откашлявшись, произнес Галчинский.

Женщина удалилась, но дверь, тем не менее, осталась приоткрытой. Константин Романович покосился на щель из-под налитых синевой век и сказал:

— Не далее как вчера. Ваша роль во всей этой истории мне известна.

На этом мы закрыли тему. «Мельниц» он касаться не станет ни при каких обстоятельствах. Разговор с Кокориным-младшим, похоже, вышел крупный, поэтому за ключами Галчинский обратился к Анне.

— Константин Романович, могу я узнать, что вас сюда привело?

Только теперь Галчинский опустился на прежнее место. Я услышал короткий смешок, словно нож скользнул по фаянсу, а потом он произнес:

— Книги, молодой человек. Ничего, кроме книг. Все остальное касается только меня лично и не имеет отношения к делу. Старческие сантименты, если вы в состоянии понять. Дом, по всей вероятности, будет продан, а с ним связано полвека моей жизни. О которой вам, оказывается, известно довольно много. Откуда бы это?

Темнить не имело смысла.

— Вчера я передал Анне две рукописи, найденные здесь, в доме, — дневник Нины Дмитриевны и тетрадь с записями Матвея Ильича. Многое в них имеет к вам прямое отношение.

Это произвело впечатление. Галчинский втянул голову в плечи и навалился на столешницу. Я больше не видел его лица — только просвечивающую желтизной макушку и кончик хрящеватого носа.

— Дневник? Нина пишет обо мне? — глухо спросил он, почему-то пользуясь настоящим временем.

— Да, — подтвердил я, — и немало. Она всегда считала вас другом — своим и мужа, и никогда не забывала о тех днях, когда Дитмар Везель и его дочь вернулись из ссылки. Я думаю, за исключением Матвея Ильича, вы были для нее самым близким человеком. Вам повезло — она не успела в вас разочароваться.

Тут Галчинскому полагалось бы расчувствоваться, но едва я упомянул Матвея Ильича, он сорвался. Его лицо налилось опасной темнотой, а нижняя губа отвисла еще сильнее.

— Матвей!.. — странно вздергивая левый локоть, вскричал он. — Великий эгоист! Всю жизнь он носился со своей драгоценной особой и со своим не таким уж великим даром, не замечая великолепной, единственной в своем роде, преданной и великодушной женщины! Той, которая изо дня в день предоставляла ему возможность играть в свои безумные игры… Недаром сказано: душа любого художника, будь он из гениев гений, битком набита малыми, а порой и большими подлостями! Этот спектакль тянулся годами, и Матвей со своим чистоплюйством, снобизмом, со всеми своими четками и обожаемым Грюневальдом, на котором он просто помешался, сковывал ее по рукам и ногам. Настоящее рабство! И ведь что убийственно — из этого ничего не вышло. Матвей остался таким же, каким и был, не поднялся ни на миллиметр и в конце концов вынужден был заняться тем, с чего начинал!..

— Вы имеете в виду его работу в последние годы?

— Что же еще?! Любому невежде ясно, что реставратор, каким бы специалистом он ни являлся, всего лишь бледная копия настоящего художника. Halbfertige Geselle! — с отвращением выговорил он. — Недоделанный подмастерье! За его фальшивым самоуничижением пряталось не что иное, как творческое бессилие — уж я-то знаю… Они оба порой казались мне брейгелевскими слепцами, заблудившимися в собственном доме, и Нина, как сомнамбула, всегда шла за ним, только за Матвеем, слушая его одного и не обращая внимания на других. Любовь, скажете вы? Чепуха! И я совершенно уверен — слышите! — что именно Матвей, поняв наконец, что потерпел окончательное поражение, подбросил ей идейку о совместном уходе — подлую, напыщенную, как в плохом балагане, страшную в своем цинизме, и Нина покорилась, как покорялась всегда и во всем!..

Он уставился на меня, будто я возражал, но я и не собирался спорить. Впервые в его словах прорвалось обнаженное чувство. Мне даже показалось, что на глазах у него выступили слезы.

— Вы, должно быть, его ненавидели? — спросил я.

Ответа на свой вопрос я не получил. Скрипнула половица в коридоре, Галчинский отрывисто пролаял:

— Ступай в кухню, Агния Леонидовна! Нечего тебе делать под дверью.

Когда шаги женщины затихли, я сказал:

— Неужели вы в это верите, Константин Романович?

— Во что? — хрипло пробормотал он.

— В то, что Матвей и Нина Кокорины все-таки покончили с собой?

Он дернулся, очки в тонкой золотой оправе спорхнули с края стола и приземлились на ковре. Я наклонился, одновременно за очками потянулся Галчинский, и наши пальцы соприкоснулись. Его лицо оказалось всего в нескольких сантиметрах от моего. Я перевел взгляд — на запястье Константина Романовича лиловел приличный синяк.

— Молодой человек, — произнес он сдавленно, — вы просто не представляете, во что вы впутались... Мой вам совет — возвращайтесь домой как можно скорее и забудьте все, что случайно узнали. Это в ваших интересах...

Галчинский выпрямился, тяжело дыша, и схватился за бок.

— Это связано с тем, о чем писала Нина Дмитриевна? Тайна Везелей?

Константин Романович шагнул к окну, водрузил очки на нос, пристально обозрел пустой сад, а затем обернулся ко мне. На его губах играла желчная усмешка.

— Тайна Везелей! Не знаю, что вы под этим подразумеваете, но уверен, что Нина не пишет об этом ни слова. Сама она о чем-то смутно догадывалась, Матвей ни о чем не подозревал, да и никто не подозревал. Последним, кто знал все доподлинно, был Дитмар Везель, но он мертв и молчит; с тех пор прошло полвека — все окончательно забыто... Нина как-то пожаловалась мне, что ей кажется, будто за ней следят, что вокруг сгущается какая-то потусторонняя жуть, но я-то понимал: никакой слежки нет, просто она смертельно устала, а на душе у нее невыносимая тяжесть. И что тут удивительного? Ей приходилось в одиночку бороться со всем миром, а я не мог ей ничем помочь!

Я подтвердил, что Нина Дмитриевна действительно упомянула слежку и еще несколько неприятных эпизодов, и спросил: если все и в самом деле так и обстояло, то что означает его совет убраться отсюда и побыстрее все забыть?

Он промолчал, а я припомнил те места в дневнике, которые касались самого Константина Романовича. Образ верного друга дома, симпатичного, но скучноватого витии и жизнелюба, порой начинал двоиться в глазах Нины Кокориной, и один из этих раздвоенных Галчинских выглядел далеко не таким славным и простецким малым, как другой.

— Зачем вас послали сюда? — наугад спросил я, не надеясь услышать что-нибудь вразумительное.

Реакция Галчинского оказалась неожиданной. Он вскочил, дважды пересек гостиную из угла в угол, задержался у лестницы, ведущей наверх, и только после этого бросил через плечо:

— Глупо. Бросьте вы эти ваши смехотворные выдумки. Кто меня мог послать?

— Тот, кто уже однажды использовал вас. В день похорон Кокориных.

— Каким же это, извините, образом?

— Вы ведь не станете отрицать, что некоторое время провели тогда в комнате Нины Дмитриевны, тем более что сами же и сообщили мне об этом?

— С какой стати? Так и было. Эта нелепая стычка с Анной и неизвестно откуда взявшейся подругой Нины…

— Ну конечно, — сказал я. — Но есть и еще кое-что. Окно на втором этаже осталось открытым. А спустя несколько дней через него проник в дом посторонний, о котором нам ничего не известно, кроме того, что грабителем он не был. Как вы думаете, что ему могло здесь понадобиться?

— Окно… — Галчинский пожевал губами. — Возможно, кто-то и открывал его, не помню…

— Кроме того, был отключен датчик сигнализации. Преднамеренно. Если это сделали не вы, остается только ваша спутница. Кто она такая, эта Синякова?

— Евгения? — растерянно пробормотал он. — Невозможно! Да у нее не хватит ума обвести вокруг пальца трехлетнего ребенка, не то что… Обычная молодая женщина, вполне милая, в прошлом филолог, подрабатывает журналистикой, живо интересуется искусством. Я знаю ее с незапамятных времен, еще когда она была девчонкой-первокурсницей; они с мужем не раз оказывали мне дружеские услуги, и отношения у нас самые теплые. Есть в ней, разумеется, некоторая, скажем, экзальтация… Мне, например, никогда не нравилось, что они с мужем посещают какую-то новомодную церковь — «Светоч Правды» или что-то в этом роде…

— «Свет Истины», — подсказал я.

— Совершенно верно, — согласился Галчинский, — «Свет Истины». Но я представить не могу, что она могла бы…

У меня было достаточно времени, чтобы сопоставить историю с «похищением», которое продолжалось всего несколько часов, общее состояние Константина Романовича и его действия в следующие двадцать четыре часа.

— Чего они от вас добивались? — спросил я.

— Кто? — удивился Галчинский, но острый кадык на его жилистой, обтянутой гусиной кожей шее заходил ходуном.

— Те, кто вас похитил.

— А с чего вы взяли, что меня кто-то похищал?

— Я сидел в машине рядом с Павлом Кокориным, когда позвонила Агния Леонидовна. Это ее слова.

— Что за чепуха! — довольно натурально возмутился он. — Ничего подобного. Просто я не смог с ней вовремя связаться, и Агния, решив, что со мной что-то случилось, перепугалась. Вполне естественно.

Теперь он лгал вместо того, чтобы просто проигнорировать мои вопросы.

— Тогда почему вы сразу по возвращении домой бросились к Анне за ключами, а сегодня с утра оказались в гостиной Кокориных? И прошу вас — давайте оставим в покое книги, можно было изобрести предлог поубедительнее. Ностальгические воспоминания? Бросьте, Константин Романович. Скажите лучше — что вам приказали здесь найти?

— Никто ничего не приказывал, — с угрюмым упрямством произнес он, затем дернул головой, будто отгоняя назойливую муху, и неожиданно закончил: — Вас когда-нибудь били по ребрам горным ботинком?

Странный был вопрос, но ничуть не более странный, чем весь этот разговор.

— Неоднократно, — сказал я. — Если прозевать момент и не закрыться предплечьями, не исключены множественные переломы ребер и разрывы плевры. Печень опять же... но это уж как повезет.

— А меня впервые, — скорбно выдавил Галчинский. — Сильное впечатление для человека, которому далеко за семьдесят.

Общность негативного опыта нас и сблизила. В следующие четверть часа Константин Романович на одном дыхании выложил все, что с ним случилось накануне.

Взяли его в двух шагах от дома. Именно «взяли»: он неторопливо возвращался к себе, когда у бордюра притормозил заляпанный грязью серый «опель», откуда выбрался невысокий блондин располагающей наружности и обратился к Галчинскому с вопросом, как проехать на улицу Гарибальди. Пока профессор обдумывал кратчайший маршрут, из машины появились еще двое, зашли со спины и зажали его «в клещи», как он выразился. Иными словами — подхватили под локти и, пользуясь тотальным физическим превосходством, затолкали на заднее сиденье. Блондин рысью вернулся за руль, и «опель» рванул с места.

О сопротивлении не могло быть и речи — Константин Романович сидел, намертво зажатый между двумя крепкими бычками невыразительной внешности, которые на все его попытки выяснить, куда и зачем его везут, отвечали многозначительным молчанием и воротили морды. Завязывать глаза профессору или натягивать ему на голову мешок, как это сплошь и рядом делается в кино, троица не сочла необходимым.

С полчаса «опель» кружил по городу, потом замелькали новостройки Северного района. За окружной поток транспорта разредился, машина резко набрала скорость и устремилась по одной из второстепенных дорог, которая — Галчинский знал — вела к водохранилищу.

Мобильный у него отобрали сразу. Малый, сидевший справа, ловко вскрыл корпус, подковырнул чип-карту, приспустил дверное стекло и щелчком отправил ее на дорогу. Мертвую «Моторолу» швырнули на колени владельцу.

Только когда водитель свернул с асфальта на проселок, проскочил с ходу деревеньку с ничего не говорящим Галчинскому названием и за изумрудным горбом озимого поля раскрылся дубовый лес в бронзовой ржавчине, Константин Романович по-настоящему испугался. В голове засуетились, путаясь, панические мысли, среди которых не было ни одной толковой. Он лихорадочно искал причину того, что с ним случилось, — и не находил.

Наконец «опель» нырнул в мелколесье, накренился, а затем, прыгая и переваливаясь, проехал еще метров триста по заросшей волчьей ягодой лесной дороге. Ветви орешника свисали так низко, что временами казалось, будто машина таранит глухую чащу.

Дорога оборвалась небольшой прогалиной. Водитель заглушил двигатель, оглянулся и скомандовал: «На выход!» Первым выскочил сидевший справа бычок в пестрой спортивной куртке с логотипом «Lotto». Константин Романович нехотя последовал за ним, но как только его легкие, не по сезону туфли коснулись влажного лиственного покрова, пронизанного там и сям бледными стеблями трав, профессора сбили с ног.

Мягкая фетровая шляпа, купленная в Вене, трепеща, полетела в кусты. Галчинский рухнул ничком, и уже лежачему ему нанесли несколько жестоких ударов в область грудной клетки, от которых у Константина Романовича пресеклось дыхание, а сердце забултыхалось, как подыхающая лягушка. Полыхнула такая боль, что на мгновение все вокруг превратилось в черно-зеленый негатив. При этом никто так и не произнес ни слова, будто главной задачей этих молодых парней было доставить профессора именно сюда, в пронизанную великолепным светом переменчивого осеннего дня дубраву, и без всяких разговоров вышибить из него дух.

Обессиленно лежа на животе и чувствуя, что больше не в силах сделать хотя бы один-единственный вдох, а остатки воздуха в сплющенных легких вот-вот иссякнут, он с какой-то особой, почти запредельной четкостью увидел лес. Ракурс был необычный — так, наверное, видит мир шлепнувшийся на бегу годовалый ребенок за секунду перед тем, как зареветь белугой. Крутая каша дубовых крон шевелилась где-то на периферии поля зрения. Прошлогодний и свежий опад переливался всеми оттенками серого, коричневого и перламутрового с редкими вкраплениями занесенных ветром багровых последышей осины, словно старинное шелковое покрывало. В метре от лица Галчинского покачивалась потревоженная ветка с еще зелеными, бархатистыми с исподу округлыми листьями. Дальше стояла машина — задняя дверь распахнута, а на краю затравевшей колеи, в сантиметре от рубчатого и еще теплого заднего колеса, торчал новорожденный опенок — тугой, с присыпанной младенческой канареечной пыльцой шляпкой в пятак. Было совершенно ясно: как только машина начнет разворачиваться, опенку конец.

Галчинский застонал: удушье сводило бронхи, но тут кто-то рванул его сзади за ворот, ставя на ноги, и одновременно дыхательный центр в мозжечке разблокировался. Воздух оказался сладким и вязким, как сгущенка.

— Раздень его! — скомандовал блондин, и Константин Романович почувствовал, как с него торопливо и грубо срывают плащ, свитер, теплую рубашку из голландского хлопка и обувь.

Холода он поначалу не почувствовал, хотя и было от силы градусов десять-двенадцать. Стоя босиком, Галчинский жадно глотал воздух, пока не нашел взглядом опенок в колее, убедился, что тот пока еще в полном порядке, и вдруг успокоился.

— Если вы будете продолжать в том же духе, — раздельно произнес он, — я просто умру. От холода или от сердечного приступа. Вам ведь не нужен мой труп?

Парни загоготали, а белобрысый спросил:

— Где оно?

— Что? — удивился профессор.

— Сам знаешь, — ответил блондин. — Дай ему еще, Сань!

Стриженый парень, где-то под сотню килограммов накачанного живого веса, придвинулся к Галчинскому.

— Не надо бить, — быстро проговорил Константин Романович, чувствуя спиной и затылком, что ветерок в лесу далеко не июльский. — Объяснитесь!

Из дальнейшего он понял только одно — их интересовало нечто такое, что находилось или находится в данный момент в доме Кокориных, в саду, а может, где-то еще, и он якобы обязан об этом знать. Они не могли толком объяснить, что им нужно, однако были хорошо осведомлены в других областях. Им было известно о больной руке Галчинского, о жизни и смерти Нины и Матвея, о расположении комнат в доме на Браславской и о многом другом.

На то, чтобы убедиться, что Константин Романович не имеет ни малейшего понятия о том, что им требовалось, ушло полчаса. К этому времени профессор окончательно продрог. Холод сковал суставы, зубные протезы выбивали дробь, зато слева в груди, будто туда плеснули крутого кипятку, пульсировала пугающая боль — несильная, но упорная. Вдобавок его привязали запасным ремнем безопасности к небольшому клену, скрутив запястья позади ствола.

До настоящих пыток, правда, дело не дошло; Галчинский подробно и с готовностью отвечал на любые вопросы, лишь бы все это поскорее кончилось, и как только он начинал говорить, белобрысый совал ему под нос серебристый брусок цифрового диктофона.

Постепенно профессор понял, что убивать его все-таки не станут, но и двусторонняя пневмония в его возрасте тоже не бог весть какой подарок.

Трясли его основательно. Как только подтвердилось, что Галчинскому неизвестно главное, они перешли к Павлу и Анне, затем к друзьям и знакомым, в основном Нининым, но когда неожиданно прозвучало имя пастора Шпенера, Константин Романович был ошеломлен.

Выходит, Нина стократно права. Многие годы кто-то упорно и неотвязно приглядывал за жизнью в доме на Браславской, вникал во все подробности и фиксировал события. Затем у него потребовали дюссельдорфский адрес пастора, и тут выяснилось, что терпеливому соглядатаю ничего не известно о том, что Николай Филиппович давным-давно покинул этот суетный мир, а его сын, собиратель гравюр, с которым Галчинский еще некоторое время поддерживал деловые контакты, перебрался в Аргентину и переписка с ним прекратилась.

Следом посыпались вопросы о тех, кто так или иначе мог знать Дитмара Везеля или был связан со старой лютеранской общиной…

На этом месте Константин Романович вдруг запнулся, побагровел и уставился в угол.

— В чем дело? — встревожился я. — Вам нехорошо?

— При чем тут это! — поморщился Галчинский. — Они настаивали, понимаете... а я больше не мог выносить весь этот ужас. Сначала я сказал, что никого нет, все умерли, а если кто и жив, то я о них ничего не ведаю. Тогда блондин лениво протянул: «Ну-у, подождем, спешить нам некуда. Может, кто и воскреснет», а я точно знал, что еще четверть часа на этом собачьем холоде — и со мной все кончено. Мне ничего не оставалось, как назвать имя и адрес... Клянусь, я бы не сделал этого, если бы не мое отчаянное положение!

— Чье это было имя?

— Вам оно наверняка ничего не скажет. Петр Ефимович Интролигатор. Он был близок с отцом Нины.

— Интролигатор! — я едва не свалился со стула. — Он жив?

— Жив и относительно здоров. Сейчас ему девяносто три, он на тринадцать лет моложе Дитмара Везеля. Когда ему исполнилось девяносто, он продал свою квартиру и перебрался за город, в «Эдем».

— В каком смысле?

— В самом прямом. Отличный пансионат, солидное заведение для людей пожилых, одиноких и обеспеченных. Это в Малой Филипповке, где Троицкий монастырь.

— А дальше? — спросил я. — Как они себя повели?

— После того как я назвал адрес Интролигатора, все трое потеряли ко мне интерес. Ушли к машине и стали совещаться, но я не слышал ни слова. К этому времени у меня начались перебои сердечного ритма, и я стал просить, чтобы меня хотя бы развязали. Так они и поступили. Потом из машины выбросили мою одежду. Парни погрузились в «опель», развернулись и уехали, а я остался...

Едва звук мотора затих, Константин Романович доковылял до груды вещей и первым делом накинул на себя плащ на теплой подкладке. Затем натянул, охая и стеная, все остальное, но теплее от этого не стало. Пошарив по кустам, профессор отыскал шляпу, нахлобучил на уши и, осторожно неся избитое тело, двинулся вдоль колеи к опушке.

Через час Галчинский был в деревне. Деньги в кармане брюк, пенсионное удостоверение и бесполезный мобильный ему оставили, и вскоре он сговорился с местным инвалидом Лукичом, который на своей «Таврии» с ручным управлением доставил его прямиком к подъезду городского дома.

При виде профессора Агния охнула и запричитала. Константин Романович категорически призвал ее к порядку, велел готовить ванну, запер дверь на все имеющиеся замки и задвижки и решительно направился к письменному столу. Там его настиг телефонный звонок. После секундного колебания Галчинский снял трубку — звонил Павел Кокорин…

К своему изумлению, Константин Романович отделался легкой простудой, как часто бывает при сильнейшем нервном напряжении. Правда, ему еще предстоял разговор с Павлом с глазу на глаз…

Добравшись до относительно благополучного финала, Галчинский прикрыл глаза и откинулся на спинку стула.

— Номеров машины вы, конечно, не запомнили? — спросил я.

— Нет. — Профессор схватился за локоть и принялся нянчить его здоровой рукой.

— Это понятно, — кивнул я. — Ну а в салоне «опеля»? Вам не попалось на глаза ничего примечательного? Какой-то особый сувенир, безделушка?

— Не припоминаю. Я был совершенно сбит с толку. Хотя, погодите… Знаете, Егор Николаевич, вы правы — там имелась-таки вещь, которая показалась мне… из другого контекста, что ли.

— Что это было?

— За спинкой сиденья под задним стеклом лежало карманное издание Нового Завета в мягком пластиковом переплете. Я сразу его узнал — из тех, что печатаются в Теннесси «Гедеоновыми братьями», есть такая евангелическая структура. Эти томики предназначены для бесплатного распространения, их легко отличить от любых других: вместо знака креста на переплете оттиснут золотом какой-то двуручный сосуд вроде неуклюжей амфоры.

— Кем они вам показались, эти парни?

— Ну, уж во всяком случае не профессиональными бандитами.

— Почему вы так решили?

— Несмотря на то что они доставили мне массу неприятностей, временами у меня возникало ощущение, что я имею дело с непрофессионалами. Хотя признаю: они довольно-таки усердно следовали своему сценарию. То есть я хочу сказать, что они были не теми, за кого пытались себя выдать. И еще один момент: блондин, который у них за старшего, задавая вопросы, сверялся с записями в блокноте. В особенности когда упоминались имена и фамилии…

Дверь в гостиную распахнулась, и на пороге, неотвратимая как судьба, возникла Агния Леонидовна.

— Ваш кордарон, Константин Романович! — ревниво косясь на меня, произнесла она. В голосе ее звучала обида. — Вы опоздали с приемом на целых полчаса!

— Сейчас. — Галчинский втянул голову в плечи и поднялся.

Я спросил вдогонку:

— Значит, среди них не было господина лет двадцати семи — двадцати восьми, с гладко зачесанными назад темными, слегка вьющимися волосами и неприятной манерой говорить — вежливой и одновременно наглой?

— Нет. — Галчинский принял стакан с водой из рук «домработницы» и почему-то внимательно посмотрел сквозь него на свет. — Обычные туповатые щенки. И господами их можно назвать разве что спьяну.

Он вернулся к столу ровно в тот момент, когда с улицы требовательно заквакал клаксон таксиста. Константин Романович как-то мелко засуетился, поглядывая то на меня, то на книги. И вдруг спросил:

— А вы-то сами, Егор Николаевич? Почему вы сюда пришли?

— У меня и выбора не было. Если бы я сунулся к вам домой, вы бы меня просто выставили. Ведь так?

— Пожалуй, — впервые за это утро усмешка тронула его синеватые губы. — Отсюда я вас выставить не могу, хотя предпочел бы сейчас остаться в одиночестве. Вам известно, что Павел собирается продать этот дом?

— Нет. Но что-то в этом роде я предполагал.

— Вот я и решил использовать последнюю возможность.

— Возможность? — удивился я.

— Да. Возможность попрощаться. И если *она* меня услышит, попросить помощи и совета. Ненавижу кладбища!

— Кто это — она? — удивился я и тут же сообразил, что сморозил глупость. Непростительно, тем более что все это время я просидел там, где находилось привычное место покойной Нины Дмитриевны...

На террасе, дожидаясь, пока Галчинский запрет дверь, я с наслаждением закурил, прислонившись к сырой кладке парапета. По ступеням профессор спустился с преувеличенной осторожностью, поддерживаемый под руку Агнией Леонидовной, но едва ступил на гладкий бетон — выпрямился, приподнял шляпу, привычным жестом пригладил растрепавшиеся волосы и, уже не оглядываясь, зашагал к калитке.

Его верная раба и повелительница семенила в шаге позади.

Я взглянул на часы. У меня оставалось ровно столько времени, чтобы не опоздать к началу воскресного служения в церкви «Свет Истины».

5

Несмотря на то что я неплохо знал Олега Ивановича Соболя, мне не терпелось взглянуть на него в новом воплощении — раз уж роль мелкого беса с некоторых пор перестала его устраивать.

Добраться с Браславской по адресу, который сидел у меня в памяти, было несложно. Районный дом культуры, где общественно-религиозный центр «Свет Истины», согласно реестру, арендовал помещение, находился почти в центре, и мой автобус прибыл в аккурат к ограде небольшого парка, окружавшего серое конструктивистское здание. В такую погоду охотников прогуливаться по аллеям, заваленным мокрой листвой, не найти. Согревшись в автобусе, я мигом продрог и рысью помчался по пустынному парку к парадному входу, на бегу примеривая выражение сосредоточенной отрешенности от земного.

Каково же было мое удивление, когда я обнаружил, что все двери клуба заперты наглухо! На всякий случай я побарабанил в стекло, и минут через пять через фойе проковыляла вполне добродушная старушка в синем сатиновом халате и с веником наперевес. Приоткрыв дверь ровно на ширину ступни, она прокричала: «Сегодня с шести! Никого нету!» и тут же загремела засовом.

Я закурил и перебрался к доске объявлений по соседству. Она располагалась в простенке между окнами первого этажа. За пыльными стеклами было сумрачно, на подоконниках чахли блеклые суккуленты. На доске ярким пятном выделялась афишка, возвещающая о дискотеке, которая должна состояться сегодня в половине десятого. Остальные бумажки были месячной давности, однако я просмотрел их и неожиданно наткнулся на узкую полоску бледно-голубой бумаги, на которой типографским способом было оттиснуто: «Церковь «Свет Истины»: воскресные богослужения в 12-00, библейские чтения по средам в 18-00. За дополнительной информацией обращаться по телефону такому-то, адрес такой-то».

Я записал адрес — это был спальный микрорайон, туда можно без спешки добраться на метро. Пока я возился с блокнотом, ко мне с опаской приблизилась тощая дворняга, обнюхала мои кроссовки и потрусила по своим делам. Мне вдруг захотелось плюнуть на все и вернуться домой, к Еве, однако свидание с Галчинским не позволяло мне остановиться до тех пор, пока я не выясню, какую информацию пытался получить Соболь от Анны и профессора.

Спустя двадцать минут я уже был на пути к цели, которая, как выяснилось из расспросов, располагалась буквально в двух шагах от станции метро, позади стройплощадки, где высился костлявый остов будущего супермаркета. «Там сразу увидите, — сказал словоохотливый прохожий, — слева — двухэтажное здание колледжа озеленения, прямо — двенадцатиэтажки, а справа — детская поликлиника и молочная кухня. Крест заметен издалека — по вечерам горит синими лампочками».

Кое-что о «нетрадиционных» конфессиях я успел вычитать в Интернете. Размножались они со скоростью дрожжей, и авторы обозначали это явление как «экспансию тоталитарных сект», не вдаваясь в подробности, однако пугая читателей мрачными перспективами. Никто, впрочем, особенно не паниковал. Жизнь в городе текла вполне мирно, несмотря на интригующие планы изменения мирового порядка ради защиты «народа Божьего», с которыми носились некоторые особенно ретивые гуру. Ни бывший «пятидесятник» Ледяев, поразивший меня наглой самоуверенностью, ни собирающий тысячные толпы где-то в Киеве нигерийский проповедник Сандей Аделаджа, ни полузабытый Кашпировский и его последователи почему-то не интересовали местные власти. С другой стороны, в их служебные обязанности и не входило препятствовать людям сходить с ума.

Вероисповедные тонкости меня не интересовали, как и то, чьим детищем на самом деле была церковь «Свет Истины». Каждый из несчетных харизматов на скорую руку лепил собственный вариант эрзац-христианства, буддизма или, допустим, бахаизма, а затем принимался возделывать эту плодородную ниву, снимая ежемесячный урожай. И все до единого предлагали радикальное духовное обновление во имя Христа, Дао или Сатья-бабы, будто до них тут со времен Адама простиралась выжженная пустыня.

Примерно так я рассуждал, пробираясь через лабиринт новостройки и поминутно рискуя свернуть шею в каком-нибудь котловане.

Трехметровый крест я заметил только тогда, когда выбрался на пешеходную тропу, вкривь и вкось выложенную бетонными плитами. Тропа вела к двенадцатиэтажным корпусам, а крест торчал из груды бутового камня прямо посреди голой площадки, примыкающей к вполне современному зданию, напоминающему компактный спортзал, но с некоторым намеком на сакральную начинку. Все это хозяйство окружала мощная решетчатая ограда, калитка в ней по случаю воскресного дня была гостеприимно распахнута.

«Кто бы это так раскошелился?» — подумал я, направляясь к зданию, и сразу получил ответ: справа от входа солидная бронзовая табличка — вроде тех, что можно видеть на воротах посольств, извещала, что здесь находится церковь Христова «Свет Истины». Точно такая же, но на английском, виднелась слева.

Охраны не оказалось никакой. В пустом гулком холле со множеством дверей и лестницей, ведущей на второй этаж, еще пахло непросохшей штукатуркой и цементной пылью. В углу были свалены мешки со строительным мусором, линолеум на полу отсутствовал, а на широких подоконниках громоздилась верхняя одежда прихожан. Одна из дверей была широко открыта — оттуда доносились детские голоса. Я приблизился, ступил на мокрую мешковину у порога и постучал по косяку.

Ко мне тут же поспешила худощавая женщина средних лет. Позади взревела музыка, и чтобы услышать меня, ей пришлось прикрыть за собой дверь, однако смотрела она приветливо.

— Не боитесь воров? — Я кивнул в сторону подоконника.

— Господь бережет нас от варварства, — в ее глазах мелькнул упрек, но затем они снова засияли. — Опоздали на служение? Вы у нас недавно?

Я наклонил голову, как бы сокрушаясь, что мои помыслы недостаточно чисты.

— Это все из-за переезда, — дружелюбно проговорила женщина. — Конференц-зал наверху, но по лестнице вы туда не попадете. Поэтому лучше идите через малый...

Я поблагодарил, а женщина окинула меня ободряющим взглядом и вернулась к детям, оставив дверь открытой.

Малым залом тут называлось странное помещение полукруглой формы, украшенное искусственными цветами и множеством воздушных шаров. На небольшом возвышении виднелись стопки пестрых брошюр, газет и буклетов. Искусственное освещение отсутствовало или было в данный момент выключено, и свет пробивался сюда через единственное щелевидное окно от пола до потолка в торце. Ощущение было, словно находишься в пещере. Штукатурные работы здесь также не были окончены, но пол имелся —

светлый ясеневый паркет. У стены виднелось загадочное сооружение из светло-зеленого мрамора, напоминающее небольшой парковый фонтан с дном, облицованным розоватой, в разводах, итальянской плиткой. Оно было наполнено водой, вполне чистой на вид, и про себя я назвал его «купелью».

Сунув мимоходом несколько брошюр в карман куртки, я поднялся на второй этаж.

Зная, что память на лица у Соболя почти фотографическая, массивную дубовую дверь конференц-зала я приоткрыл почти бесшумно, после чего, согнувшись в три погибели, проскользнул в задний ряд и втиснулся в пустующее кресло. Просторный зал был заполнен едва наполовину; ближе ко входу угнездились с десяток припоздавших прихожан, поэтому никто не обратил на меня ни малейшего внимания. Все взоры были прикованы к ярко освещенной сцене. Там витийствовал лидер, и каждое его слово отчетливо доносили микрофоны и отличная акустическая система.

Олег Иванович Соболь не особенно изменился за минувшие два года. Правда, от пучка на затылке, стянутого резинкой, не осталось и следа; он слегка пополнел, но по сцене двигался по-прежнему легко и упруго, словно цирковой вольтижер, готовый в любую минуту выкинуть опасный трюк. В остальном — то же: гладкий темный зачес со лба на затылок, выбритое до синевы породистое лицо, точно дозированные жесты маленьких, почти женских рук, в одной из которых был зажат фаллического вида микрофон. Сцена была убрана цветами и транспарантами с текстами из Писания; кроме того, на ней виднелся простецкий стол и пара кресел. Я попытался вникнуть.

«...Будем честны и признаем, что в страданиях есть своя польза, — в голосе проповедника строгие отеческие интонации смешивались с искренним сочувствием к падшим. —

Что было бы с нами, если бы мы не испытывали боли? Предположим, что на ком-то из вас вдруг вспыхнула одежда...»

Я мгновенно вспомнил дачу Варшавиных, где Олег Иванович собственноручно попытался удавить меня угарным газом, и ухмыльнулся.

«...Если бы не боль, этот человек мог бы сгореть заживо, прежде чем понял, что происходит. Иногда, испытывая боль, мы обращаемся к врачу, чтобы тот вылечил наше тело. Но с болью приходит страх, а это — полезное чувство, ибо человеку заповедано жить в страхе Божьем. Так говорит Библия, и если вы будете открывать ее ежедневно...»

Я устроился поудобнее, но куртку не стал снимать — в зале было прохладно. Соболь направился к столу на сцене и нежно провел рукой по переплету лежавшей там книги. Затем стремительно обернулся к залу и вдохновенно воскликнул: «Братья и сестры! Все вы помните слова Иисуса в стихе втором: «Не останется камня на камне: все будет разрушено». Давайте поразмышляем вместе. В стихах с пятнадцатого по двадцать четвертый людям Иудеи дано наставление — бежать в горы. Но прочитайте внимательно стихи с семнадцатого по двадцатый. Если бы здесь шла речь о втором пришествии Спасителя, то какая кому была бы разница, успеют ли люди вернуться в дома за своими пожитками? — Голос его набрал силу, в нем теперь звучал сарказм. — Даже если бы это случилось зимой или в субботу — абсолютно все равно... А теперь внимание: Божья кара все-таки наступила, Иерусалим действительно был разрушен! Кем и когда — безразлично! События, предсказанные Иисусом, имели место, и это главное. Он предсказал — и сбылось!..»

В зале стояла гробовая тишина. Я никак не мог вникнуть в суть того, что говорил Соболь, однако с интересом следил за его перемещениями по сцене, интонациями и мгновенно меняющимся выражением лица. В какой-то момент мне показалось, что он заметил меня, хотя там, где я сидел, было темновато. Олег Иванович внезапно сделал решительный шаг к рампе и вперил гневно горящий взор в первый ряд. Прихожан охватил трепет.

«Все мы предстанем на суд Христов! — прогремел Соболь и ткнул пальцем в одного из несчастных. — И ты, брат! И ты, сестра! Все мы должны будем понести ответственность за сделанный нами выбор и ответить перед Богом за то, как жили! И самый коварный грех — это непослушание. Дьявол не дремлет, он насквозь видит тайные помыслы каждого из вас! Толкает к греху! Заливает вам уши смолой, дабы вы не слышали слов истины Христовой, и потирает когтистые лапы, когда вы спотыкаетесь! Отнимает у вас страх! Вникните — дьявол вас не пугает, нет. Он добр с виду, но подстерегает вас на каждом шагу... — Голос моего старого знакомца оборвался. Соболь смахнул пот с чела и закончил на проникновенной ноте: — В Слове Божьем более чем достаточно свидетельств того, что человек будет судим и ему воздастся по грехам... А теперь, друзья мои, перейдем к следующей теме: какова цель суда? В восемьдесят восьмом стихе говорится...»

Слушать дальше всю эту белиберду не было сил, и я начал осторожно перемещаться к выходу. Споткнись я, упади с воплем — ни один человек в зале не шелохнется и не повернет голову. Зомби сидели как пришитые и не дыша внимали поводырю...

Дальнейшее я представлял себе отчетливо. После промывания мозгов наступит светлый экстаз и очищение. Затем последует психоделический сеанс. Возможна также демонстрация скромных чудес. В особых случаях караются отступники и колеблющиеся, но без кровопролития, и тут же кнут сменяется пряником: в праздничные дни раздаются подарки, и зал ликует во славу Господа, который, вообще-то, несколько отодвинут в сторону, а его место занимает непогрешимый лидер. Развеваются флаги, хор исполняет духовные гимны, гремит рок — или фолк, или хип-хоп, что подвернется. Собираются пожертвования в режиме состязания между «отличниками веры». Одно слово — драйв…

Выбравшись на улицу, я поспешил к метро. Взглянув на ходу на дисплей мобильного, я удостоверился, что звонков не поступало, а время приближается к трем. При этом я никак не мог отделаться от навязчивого голоса Соболя — он продолжал звучать где-то в затылке, несмотря на городской шум и грохот поездов в подземке. Он убеждал меня в том, что мир — говно, а сам я беспомощное, неприятное с виду и набитое гнусными пороками насекомое. На эскалаторе я стал всматриваться в поднимающиеся из глубины замкнутые и отчужденные лица моих соплеменников в надежде, что хоть одно из этих лиц подаст мне знак, опровергающий весь этот бред, но так и не дождался никаких опровержений.

Воскресная толпа внесла меня в вагон и прижала к противоположной двери. За стеклом, как только поезд тронулся, поползла, а затем понеслась вприпрыжку бурая тьма пополам с промельками пыльного света. И только когда какой-то качок всадил мне пудовый локоть между лопаток, я возликовал — жив! И у меня есть Ева…

В одном Олег Иванович был прав — дьявол никогда не пугает до смерти. Иначе его жертвы держались бы от своего господина подальше.

Дом мой, однако, оказался пуст, но я не стал тревожиться и, прежде чем позвонить Сабине Новак, у которой наверняка сейчас сидела Ева, сварил кофе и соорудил приличных размеров сэндвич. «Свет Истины» и его лидера я постарался выкинуть из головы, тем более что мне нужно было сделать кое-какие заметки после беседы с Галчинским.

Покончив с кофе, я сполоснул чашку, опустошил пепельницу и отправился к телефону. Вчера, когда я уже засыпал, Ева пыталась мне рассказать о чем-то, но я, честно говоря, все пропустил мимо ушей.

Рядом с телефоном на столе лежал листок бумаги, вырванный из моего блокнота. На нем крупным почерком Евы было написано:

«Егор! Я разыскала Петра Интролигатора — ты наверняка помнишь, кто это. Прямо сейчас отправляюсь к нему в «Эдем».

На десерт — вчерашний сюрприз. Дорогой мой, мне кажется, то есть я уже совсем уверена — у нас с тобой будет бамбино!»

* * *

...Она постучала в самую дальнюю дверь в конце коридора. В ту, что под номером девять. Совсем рядом была другая — застекленная, выкрашенная в белое. Сквозь чисто промытые стекла видны были пара ступеней и сад — вечнозеленые кустарники, усыпанная гравием дорожка огибала свежевскопанную клумбу и терялась в зарослях барбариса.

Ответа не последовало, однако дверь была закрыта не полностью, и Ева все-таки решилась войти. Но для начала приоткрыла ее еще чуть-чуть и заглянула. Стала видна узкая, необычно длинная кровать, угол свежей, даже на вид хрустящей простыни, а под мохнатым одеялом — очертания фигуры.

Когда Ева вошла в этот тесноватый одноместный угловой номер, Петр Интролигатор неподвижно лежал на кровати, развернутой изголовьем к открытому окну с наполовину задвинутыми легкими шторами, отчего в комнате было слегка сумеречно и прохладно. Он не спал — голова его сразу же повернулась на звук ее шагов. И прежде чем губы Евы успели сложиться в приветливую улыбку, Петр Ефимович подумал: «Наконец-то!»

Он был жутко старый — или казался таким. Машина его длинного костлявого тела работала с невероятным напряжением. Все то время, пока он молча смотрел на нее, Ева слышала, как свистит воздух в его окостеневших бронхах, как тонко скрипнул коленный сустав, когда он слегка подтянул ногу, как бурлит изношенный кишечник, мучительно справляясь с пищеварением. Как щелкнул зубной протез, когда он, собравшись с мыслями, пошевелил челюстью, намереваясь приветствовать рыжеволосую и совсем юную гостью. На мгновение Еве показалось, что еще минута, и Петр Переплетчик рассыплется в пыль прямо у нее на глазах. Однако рассудок его, в отличие от всего остального, пребывал в полной исправности.

Ева деликатно отвела взгляд, давая возможность старому человеку приготовиться к разговору.

— Сумочку можете повесить на вешалку, — наконец прозвучал низкий, слегка надтреснутый голос. — Однако снимать верхнюю одежду я бы вам не порекомендовал. У меня прохладно — так легче дышится.

Ева сделала шаг к деревянной трехрогой вешалке и пристроила свою плоскую сумочку рядом с мужским банным халатом. Затем скользнула взглядом по книжным полкам. На низкой тумбочке стоял выключенный CD-проигрыватель с приемником, рядом — аптечка, где за матовым стеклом пестрели упаковки с лекарствами. Дальше — встроенный шкаф, два стула — в головах и в изножье кровати, и никелированный штатив для капельницы. Цветов в комнате не было, хотя в холле и даже в коридоре их хватало с избытком; не было также зеркала, фотографий и каких-либо репродукций, и комната от этого все-таки походила на больничную палату.

Ева распахнула куртку и присела на ближайший к окну стул, но перед тем помогла Интролигатору приподняться и подсунула под широкую костистую спину еще одну подушку. Сделала она это не потому, что старик был уж настолько беспомощным, — ей внезапно захотелось дотронуться до него, как иногда хочется дотронуться до ребенка.

Ладонь почувствовала мягкость ткани шерстяной, в серую клетку, рубашки, а под ней ровное тепло некогда мощного тела.

— Давно вы сюда перебрались? — спросила Ева. — Неплохое местечко, но я бы не решилась поселиться здесь надолго.

— Ну почему же? — усмехнулся Петр Ефимович. — Вполне подходящее. Inter mortem et officium debet esse intersticium — между земными хлопотами и смертью должен быть промежуток покоя. Как вас прикажете величать?

— Ева. — Он не поинтересовался, зачем она пришла, и Ева проговорила: — О вас мне рассказала одна милая пожилая дама в «Немецком доме» с фантастическим птичьим гнездом на голове. Она, конечно, немного эксцентрична...

— Луиза Либенталь, помню, — прогудел Интролигатор. — Мой отец Иоахим пользовался услугами ее дядюшки-адвоката. Впервые я увидел Луизу, когда она еще бегала в панталончиках, а потом уже спустя целых сорок лет. И она, поразительно, узнала меня с первого взгляда! Луиза помнит все и всех, а ее швабское упрямство вошло в поговорку. Представьте — несмотря ни на что осталась в этом городе!..

— Но ведь и вы тоже!

— Мне совершенно безразлично, — сухая, как сосновый корень в песке, рука Интролигатора напряглась и замерла, — а у Либенталей по всему миру родня.

— Фрау Луиза наотрез отказалась говорить со мной о Дитмаре Везеле, причем вела себя так, будто между ними что-то произошло. Она была влюблена в него?

— А-а, вот вы о чем... — лицо старика неожиданно замкнулось, губы насмешливо дрогнули. — Я уж было подумал... Сами-то вы откуда знаете о Дитмаре? О нем никто, кроме меня, пожалуй, уже и не помнит.

— Ошибаетесь, Петр Ефимович. А Галчинский?

Казалось, он перестал ее слышать. Ева растерялась: что случилось? Где она допустила ошибку? Как ей вести себя теперь, когда единственная ниточка, связывавшая ее с этим человеком, угрожающе натянулась и вот-вот лопнет?

Интролигатор пожевал синеватыми губами.

— Луиза была замужней женщиной и матерью, когда Галчинский привез сюда Везелей. Она увидела Дитмара во время службы — и ушла оттуда в полуобморочном состоянии. Ее муж в это время нянчил их второго сына. Везель избегал людей, пострадавших от режима. Подобные отношения быстро заходят в тупик, и он понимал это лучше кого бы то ни было. Мы с ним подружились на совершенно иной основе... Нам было о чем поговорить; кроме того, я сидел без денег, а он находил для меня заказы на переплетные работы... Луиза? Это у нее было пустое, чистая блажь. Что касается Галчинского... Знаете, Дитмар однажды сказал о нем: «Multa dicimus, et non pervenimus». Таким вот образом...

— Переведите! — с неожиданным раздражением воскликнула Ева. — Я не знаю вашей латыни, разве что пару молитв.

— Много говорим, но немногого достигаем. — Интролигатор гулко кашлянул, словно выстрелил. — А вот я, дорогая Ева, полюбил этот язык. Читать мне уже трудно, и долгими вечерами я сижу на пороге, гляжу в сад и беседую сам с собой. Разумеется, на латыни. А иногда, если повезет, удается поговорить и с Дитмаром Везелем. — Он взглянул на Еву равнодушно, словно предлагая ей немедленно оставить его в покое, но все-таки добавил: — Не понимаю, зачем вам понадобилось собирать старые сплетни в лютеранской общине? Не думаю, что это может заинтересовать редактора вашей газетки... Дитмар в этой жизни зависел только от одной вещи — любви к своему ребенку. Все остальное не имело значения. Вы что-нибудь слышали о Нине Кокориной-Везель? Да что я говорю — конечно же нет! Откуда вам было ее знать?

— Вы ошибаетесь, Петр Ефимович, — проговорила Ева. — Никакая я не журналистка, хотя можете считать меня кем угодно. Ответьте мне: что сказал вам Дитмар Везель перед тем, как уехать в Москву в пятьдесят седьмом? Ведь именно к вам он пришел в тот день, верно?

— Не будем ворошить прошлое, Ева, — остановил ее Интролигатор. Пергаментные веки старика дрогнули и начали опускаться, словно он собирался вздремнуть. — Всем воздастся по заслугам...

— Прекратите! — Ева низко наклонилась над стариком и почувствовала легкий запах туалетной воды. Впалые щеки и тяжелый подбородок Интролигатора были тщательно выбриты чьей-то умелой рукой. — Если бы вы не... я бы сейчас вас как следует встряхнула! Бросьте эти штучки и не изображайте из себя святошу. Мне некогда ждать, пока мы с вами оба окажемся в чистилище! Я прочитала дневник Нины Везель!

Старик тут же открыл глаза и с живым любопытством взглянул на Еву.

— Нина обо всем написала?

— В том-то и дело, что нет!

— Но она уничтожила...

— Нет, нет! — с отчаянием вскричала Ева. — Почему ни ее отец, ни вы ничего ей не рассказали?

— Дитмар не успел, потому что надеялся, что все обойдется, а меня Нина сторонилась. Я пытался, но она была человеком нерелигиозным, а эта сторона дела чрезвычайно важна... Вы, Ева, к какой ветви христианства принадлежите?

— Я католичка. Мои предки из Западного края.

— Ну конечно, как я сразу не догадался... Так что вы хотели бы услышать?

— Неужели вы оба не понимали, чем это грозит Нине Дмитриевне?

— Я понимал, поэтому и просил ее все сжечь. А потом ждал, что она сама ко мне придет, — голос Интролигатора вздрогнул и надломился. Он начал приподниматься с подушек, Ева кинулась помогать, но на этот раз он отвел ее руку, помедлил, пока одышка пройдет, и проговорил: — Погодите, я сам… Я ведь еще в состоянии передвигаться по комнате, хотя в сад уже не рискую выходить… Вы правы, я обязан все объяснить. Должен признаться — я надеялся, что вы успеете меня разыскать… Сейчас мне необходимо взять одну из книг — там у меня заметки и даты, вы сами не найдете… Дело в том, что…

Закончить фразу ему не удалось — дверь распахнулась, и в комнату деловито вошли двое. Рослый молодчик в громадных, как ласты, кроссовках сразу же перекрыл выход, второй — с волосами, как овсяная солома, и шелушащейся кожей альбиноса, — оттолкнул Еву, схватил старика за руку и рванул на себя, выдергивая из-под одеяла.

Интролигатор глухо охнул, и в ту же секунду Ева прыгнула на спину блондину и запустила ногти в его тощую шею. Дуболом в ластах немедленно отшвырнул ее к стене, а белесый оставил Петра Переплетчика, схватился за загривок и с изумлением уставился на замаранную кровью ладонь.

От удара комната поплыла у Евы перед глазами, но она все-таки нашла в себе силы закричать:

— Не трогайте его! Не смейте к нему прикасаться! Он давно не в своем уме, даже по-русски не говорит — только по-латыни. Это я, я знаю все, что вам нужно!..

6

«Дорогой мой, мне кажется, то есть я уже совсем уверена — у нас с тобой будет бамбино!..»

Пришлось трижды перечитать фразу, прежде чем до меня дошел ее смысл. Когда я очнулся от короткого полубезумия, в которое впадает человек при неожиданных потрясениях, в голове у меня смешались Галчинский, Анна, явившийся из небытия Интролигатор, церковь «Свет Истины» и ее лидер, но поверх этого хаоса настойчиво пульсировала одна мысль: Ева!

Я попытался связать факты — и волосы у меня на макушке зашевелились.

«Эдем», — пробормотал я, изо всех сил стараясь припомнить, где и в какой связи мне приходилось слышать это название еще до того, как его произнес Галчинский, но так и не припомнил.

Все дальнейшее походило на уличный квест, и впервые в жизни я пожалел, что так и не обзавелся машиной.

Тем не менее уже через час я был в Малой Филипповке. Поселок лежал в глубокой лощине, окруженной пологими холмами, поросшими сосняком. В центре, у автостанции, вокруг которой сгрудились мелкие магазинчики, таксист притормозил, чтобы спросить дорогу. Пара девчонок лет пятнадцати, разряженных по случаю воскресенья в розовые штанишки со стекляшками и сапоги садо-мазо со стальными шпильками, хихикая, переспросили: «В богадельню?» — и указали на противоположную сторону мутного пруда.

Проскочив плотину, машина поползла в гору по вполне сносной бетонке. Я оглянулся: позади, на самом верху противоположного ската лощины, поверх неразберихи разномастных филипповских кровель, труб, сараев и картофельных соток, у самой границы леса вспыхнули на скупом солнце купола трехглавой церковки и колокольня заново отстроенного Троицкого монастыря. Того самого, где в середине семидесятых какое-то время прожил Матвей Кокорин.

Но сейчас мне было не до символических совпадений. Всю дорогу я торопил водителя.

Когда машина наконец-то оказалась на самой окраине поселка, упорно карабкавшегося на холмы, миновала березовую рощицу, где пряталось местное кладбище, и остановилась у металлических ворот, я сунул таксисту деньги, попросил подождать четверть часа, а если за это время я не появлюсь — спокойно отчаливать.

«Эдем» выглядел на уровне. Два недавно отремонтированных небольших двухэтажных корпуса с яркой облицовкой лоджий располагались под прямым углом друг к другу. За легкой оградой — ухоженные газоны, аллея штамбовых роз вела к входу в главный корпус; правее — хозяйственные постройки, труба автономной котельной, вблизи от которой на ветру полоскалась стая простынь, и повсюду идеальная чистота.

Три старые сросшиеся липы у входа окружала кольцом скамья. Оттуда на меня уставились парочка шахматистов в теплых куртках и старушка в инвалидном кресле, наблюдавшая за игрой. Ни посторонних машин, ни охраны нигде не было видно, только у гаража стоял разутый микроавтобус «мазда» с синим васильком на борту.

Все это я успел зафиксировать краем глаза, пока одолевал стометровку от ворот до крыльца корпуса. В вестибюле мне навстречу выдвинулась полная женщина в белом халате с точно таким же стилизованным васильком на кармане — должно быть, эмблемой заведения.

— Молодой человек, молодой человек! — энергично закричала она. — Остановитесь! Вы к кому?

Я затормозил, и пока переводил дух, женщину окликнули откуда-то сверху:

— Надежда Михайловна, вы куда запропастились? Я вас ищу, ищу…

— Тута я, Людочка! — отозвался белый халат. — Ходите сюда, у нас опять гости!

По ступеням лестницы, совмещенной с пандусом для инвалидов, застучали каблучки. Вниз сбежала молодая и весьма элегантная особа, которая при виде меня слегка взвизгнула, всплеснула руками, а затем влепила мне сочный поцелуй, измазав помадой.

— Башкирцев, паршивец… — пробормотала она мне в самое ухо.

Свет падал сзади, но ошибиться было невозможно: Люська Цимбалюк, моя однокурсница и подружка! Я тут же припомнил наш с нею единственный после возвращения в город телефонный разговор и наконец-то сообразил, откуда мне известно про «Эдем».

Люся отступила на шаг и окинула меня тем самым неподражаемым взглядом, под которым чувствуешь себя так, словно тебя только что извлекли из чулана, но еще не успели стряхнуть пыль.

— Изменился, — обобщила она свои наблюдения. — Пошли ко мне. С чего это тебя занесло в наш геронтологический скит?

— Потом, — отмахнулся я, шаря по карманам в поисках платка. — Скажи-ка лучше: не появлялась ли у вас сегодня такая яркая девушка лет двадцати с небольшим? Рыжеволосая, с хорошей фигурой, одета, скорее всего, в джинсы и короткую зеленоватую куртку мягкой кожи.

Люся засмеялась:

— С каких это пор ты специализируешься на рыжеволосых нимфах?

— Перестань, Людмила! — взмолился я, вытирая взмокший лоб, а заодно и помаду. — Тут не до шуток... Так была или нет?

— Была, конечно. Надежда Михайловна, гостья Петра Ефимовича еще здесь?

— Здесь. Давно уже сидят. Если б ушла, я бы видела.

Меня отпустило, но не сразу. С того момента как я прочитал Евину записку, казалось, миновала вечность, и все это время в крови у меня было полным-полно адреналина.

Хозяйка «Эдема» схватила меня за локоть, словно опасаясь, что я исчезну так же неожиданно, как и появился, и потащила за собой по длинному коридору. В дальнем конце виднелась еще одна застекленная дверь, выходившая в сад. Пол сверкал, отражая бронзовые светильники. Стены коридора были обшиты панелями из цельного дерева, в холле, заставленном монстерами и драценами, лежал мохнатый ковер, пустые кресла сгрудились напротив здоровенной плазменной панели. Все это напоминало вполне приличную гостиницу, но уж никак не богадельню. Из двери ближайшего номера, опираясь на резную трость, выплыла пестрая дама в итальянских бифокальных окулярах; в ее оттянутых, как у бассета, мочках поблескивали бриллианты. При виде нас дама величественно пророкотала: «День добрый, Людмила Борисовна! Благоволите распорядиться, чтобы двери в сад запирались как положено. По коридору гуляют сквозняки!» — и отправилась по своим делам.

Люся любезно кивнула, поймала мой взгляд, а когда дама скрылась за поворотом, состроила гримаску:

— Сам понимаешь — благотворительностью тут никто не занимается, кроме исключительных случаев. У нас недешево… Между прочим, эта рыженькая девушка очень даже ничего себе. Я бы на твоем месте…

— Между прочим, это моя жена, — ухитрился вставить я. — Ее зовут Ева.

Моя собеседница негромко присвистнула.

— Так я и знала! Мои поздравления!

— Врешь! — ухмыльнулся я. — Откуда тебе знать? Она что, представилась?

— Неважно, — отмахнулась моя бывшая однокурсница. — У меня чутье. К тому же я ей страшно обрадовалась.

— С какой стати?

— К моему обожаемому Петру Ефимовичу никто никогда не приезжает. Разве это дело — такой человек, и один как перст! Он у нас появился три года назад, среди первых — сам пришел. Обычно все эти проблемы решают родственники. После продажи квартиры у него образовалась крупная сумма, и он внес ее полностью, поставив единственное условие: не навязывать никакого режима. А я за это выторговала у Петра Ефимовича обещание не уклоняться от медицинских процедур и регулярных осмотров. Наши старые язвы прозвали его Аллигатор. У него действительно необычная фамилия, но с крокодилами, конечно, ничего общего… Ты тоже с ним знаком?

— Заочно, — сказал я. — И совсем поверхностно.

— Девяносто три, светлая голова… а знал бы ты, с каким мужеством он справляется со всеми неприятностями, которые преподносит человеку старость! Да ты сам сейчас увидишь…

Тут она неожиданно остановилась, заглянула мне в глаза и произнесла совершенно другим тоном:

— Хорошо, что ты приехал… У меня было так тяжело на душе после разговора с этим типом… Прямо все внутри оборвалось, когда я увидела, как он вылезает из своей машины. Ты же знаешь, он никогда не появляется просто так. В те времена, когда мы с Владиком держали кафе, он…

— Постой, о ком ты говоришь? — перебил я ее.

Мне вдруг снова стало не по себе.

— Олег Соболь — помнишь такого? Минут двадцать назад он свалил отсюда на своем навороченном джипе. И слава Богу!..

Вот это оперативность! Только что Соболь полоскал мозги своим адептам со сцены — и вот он уже тут как тут.

Взглянув на Люсю, я понял, что ей совсем худо.

— Успокойся. — Я взял ее запястье и погладил, но это не помогло. Уверенная в себе, деловитая и властная Людмила Борисовна Цимбалюк куда-то испарилась.

— Тебе хорошо говорить! — Она вздрогнула. — А я точно знаю: если он появился — жди беды.

— Что ему тут понадобилось?

— Ничего. — Она тряхнула головой, словно отгоняя наваждение. — Пока ничего. Прибыл, проторчал битый час у меня в кабинете, плел какую-то елейную чепуху вперемежку с комплиментами, пока не выяснилось, что ему, видите ли, необходимо на пару недель поместить к нам престарелого родственника. Его интересуют условия проживания и расценки. Я выложила прайс, рекламные буклеты, описала набор услуг — все до мелочей, — потом предложила подняться на второй этаж, чтобы осмотреть освободившийся номер. Слушал он невнимательно, а подниматься наотрез отказался… Не верю я в этого родственника, Егор! У него другое на уме…

— Я тоже. Как у вас с охраной?

— Не очень. Тут ведь обычно спокойно, разве что по ночам поселковая молодежь дурака валяет. Завели моду тусоваться в Березках — это у нас тут неподалеку кладбище, бывает, кто-нибудь и забредет с пьяных глаз… Охранников в штате двое, сейчас дежурит Гарик — он где-то возле гаража, помогает водителю. Подвеска полетела, а здесь без машины как без рук…

Мы все еще топтались в холле, и я то и дело поглядывал в коридор, чтобы не прозевать Еву.

— Неважно он у тебя дежурит, — сказал я. — Позже я сам с ним поговорю. Скажи, Люсь, Соболь приехал один?

— Я вышла следом и видела, как он отъезжал. В джипе больше никого не было. Ты добирался сюда на такси?

— Да. — Пока мы беседовали, моего таксиста, надо думать, и след простыл.

— Вы с ним не должны были разминуться. У него здоровенная такая «тойота», серебристая…

— Не видел, — сказал я. — Может, он поехал другой дорогой?

— Нету тут никакой другой дороги, — вздохнула Люська и спохватилась: — Что ж мы стоим! Петр Ефимович в девятом номере — он сам его выбрал. Комната небольшая, но там два окна, свежо и вид замечательный.

Она мгновенно взяла себя в руки. Демонстрировать растерянность — не в Люсином характере, и по коридору шла уже прежняя хозяйка пансионата — прямая, с размашистой походкой от бедра, в облачке запаха «Берберри», с высоко поднятой головой и грудью, на которую и не хочешь, а косишься.

В самом конце она остановилась, с силой захлопнула застекленную дверь, за которой виднелись стриженые кусты буксуса и пустые клумбы, пробормотала сквозь зубы «Чертов замок!», а затем развернулась и постучала в другую, с номером девять. Дверь эта располагалась справа, в небольшой нише.

На стук никто не ответил.

— Герр Питер Интролигатор! — звонко окликнула Люся и постучала настойчивее.

Я не стал дожидаться — повернул ручку, и дверь распахнулась. В небольшой светлой комнате, обставленной с аскетической простотой, занимая почти все свободное пространство между узкой кроватью и входом, головой к двери лежал мужчина в серой клетчатой шерстяной рубашке и темных трикотажных брюках с белыми полосками. Лица видно не было — оно уткнулось в веселенький, бежевый с синим ковролин, — только редкие седые пряди на куполообразной макушке. Тело мужчины казалось громадным.

Евы в номере девятом не было.

— Господи Боже! — выдохнула где-то рядом Люся. — Петр Ефимович!

Я шагнул вперед, наклонился над лежащим и запустил руку за ворот рубашки, нащупывая спереди, между жесткими сухожилиями и гортанью arteria carotis. Пульс отсутствовал.

Люся протиснулась мимо меня к изголовью кровати и нажала кнопку на стене. Она не отпускала ее до тех пор, пока в коридоре не послышались торопливые шаги. В дверном проеме появилась запыхавшаяся девушка. В одной руке она держала чемоданчик портативного кардиографа, в другой — бокс с реанимационным комплектом.

Бросив всю эту амуницию на угол стола, она мгновенно оттеснила нас от тела, тем же движением нащупала артерию, прислушалась и махнула рукой.

— Поздно, Люсенька, — проговорила она. — Кончено. Молодой человек, помогите мне его перевернуть...

Я присел на корточки и только тогда заметил застывшую в дверях пару совершенно одинаковых старушек: обеим за восемьдесят, коротко стриженные, чистенькие, курносые. У одной слегка тряслась голова, другая держала на руках большого смирного кота. В глазах у обеих горело адское любопытство.

— Ариадна Степановна, Гликерия Степановна, прошу вас! — расстроенно проговорила Люся, захлопывая дверь перед носом двойняшек.

Пока мы перекатывали тяжелое и неподатливое, как бронзовое изваяние, но еще теплое тело Петра Интролигатора, а затем укладывали его на кровать, я бегло осмотрел пол. Следов крови нигде не было видно. Лицо старика — узкое, с далеко выдающимся носом и мощными надбровными дугами, не пострадало при падении.

Девушка-врач расстегнула рубаху старика, присела рядом и еще раз тщательно прослушала сердце и легкие, после чего сложила стетоскоп.

— Что с ним, Галочка? — спросила Люся.

— Ну что еще может быть в его возрасте? — отвечала та. — Сердце. Срок эксплуатации, как говорится, истек. Раз-два — и готово. Повезло человеку...

Затем они принялись обсуждать детали — как организовать похороны так, чтобы не слишком тревожить «контингент», среди которого большинство с расшатанными нервами и кучей хворей. До меня доносились озабоченные реплики то одной, то другой, но я не слушал, удивляясь, почему никто до сих пор не вспомнил о Еве, которая была здесь и, возможно, застала последние минуты Петра Ефимовича. Но тогда где она сейчас?

Я обвел взглядом последнее пристанище Интролигатора: все как у всех. Минимум личных вещей. Стол, стулья, книжные полки, маленький холодильник, аптечка с лекарствами, музыкальный центр с хорошим приемником. Телевизора нет. Легкие занавеси на окнах, одно приоткрыто — то, что выходит в сад, а второе смотрит в долину, где дымит и лениво шевелится Филипповка, но не прямо на поселок, а на Березки, куда Петру Ефимовичу вскоре предстоит отправиться.

Он теперь лежал на кровати, и выражение его лица поразило меня. Совершенно спокойное, почти величественное — как у человека, до конца исполнившего свой долг.

В ногах кровати на тумбочке сиротливо стояла недопитая чашка — в ней размокал пакетик зеленого жасминового чая. На вешалке у двери болтался полосатый банный халат, а рядом — плоская темно-зеленая дамская сумочка от Беллини с двумя вертикальными застежками-молниями. Я знал, кому она принадлежит, как знал и то, что, если с Евой все в порядке, ее вещей тут быть не должно.

Никто на меня даже не взглянул, когда я боком протиснулся мимо женщин, снял сумочку с вешалки и выбрался в коридор.

Здесь чувствовалось мрачное оживление — слух о происшествии уже распространился по этажам. Однако и обычная жизнь продолжалась: в столовой гремели посудой, пахло свежей сдобой, а из двери в сад по-прежнему тянуло сырым холодком.

Я миновал холл, свернул в вестибюль, но привратницы в белом халате на месте не оказалось. На крыльце я закурил, с жадностью глотая горький дым, и попытался реконструировать события, однако в голову лезла всякая дичь. Допустим, у Интролигатора во время разговора с Евой случился приступ и она испугалась настолько, что просто сбежала, забыв про сумочку... Возможно? Да, но только если бы на месте Евы была совершенно другая особа. Примерно в это же время Соболь больше получаса продержал Люсю в кабинете, болтая о чем угодно, но не проронил ни слова о старике из девятого номера, хотя из-за него он сюда и явился...

Привратницу — или кем там она числилась в «Эдеме» — я заметил издали. Женщина торопливо семенила в сторону прачечной с узлом стирки. Отшвырнув сигарету, я пустился вдогонку.

— Надежда Михайловна, — окликнул я еще на ходу, — вы сегодня все время были у главного входа?

— Да как вам сказать, — дружелюбно откликнулась она. — Когда как. Работа у меня — видали? — все на бегу. Белье, посуда, халаты, все на мне... Но вообще-то я поглядываю...

— Вы видели большую машину — ту, что въезжала на территорию часа два назад?

— Конечно! Я и водителя видела. Чернявый такой господинчик.

— А другие?

— Какие другие?

— Других машин здесь не было?

Тут в кармане у меня заверещал мобильный. Я выхватил его, мельком взглянул на дисплей — и оторопел. Номер не определялся. Там вообще ничего не было, но телефон продолжал упорно звонить. Я нажал кнопку и услышал голос Евы.

Женщина остановилась, с любопытством глядя на мою физиономию.

— Ты хорошо меня слышишь? — спросила Ева.

— Детка, это ты?! — заорал я. — С тобой все в порядке?

— Да, — произнесла она без всякого выражения. — Не кричи и слушай меня внимательно. Где бы ты сейчас ни был, немедленно возвращайся домой. Сиди и жди — тебе позвонят по городскому. Ни о чем не беспокойся. Ты меня понял?

— Понял. — В висках у меня застучало. — Можешь сказать, что случилось?

— Нет, — ответила Ева. — Главное, сделай все, что тебе прикажут.

— Интролигатор… — начал было я.

— Я знаю, — отрывисто проговорила Ева. — Это то, что ты думаешь…

Она не успела закончить фразу, как связь оборвалась.

Я остался стоять, тупо глядя на дисплей.

Женщина в белом халате вдруг произнесла:

— Это вы про такую серенькую, зачуханную? Так она к нам не заезжала…

Я никак не мог сообразить, о чем речь, потому что лихорадочно искал ответ на вопрос: почему Ева ни разу не назвала меня по имени. Наконец я очнулся.

— Как вы сказали?

— Я говорю: серая машина, они с утра крутились в Березках. Я на работу бежала и еще подумала — кого это спозаранку на кладбище принесло? Вроде в Филипповке таких не видно. Только они там недолго пробыли, подались вон на тот край. — Женщина указала тугим подбородком в сторону ограды «Эдема».

— Куда именно?

— А вон по-над оградой грунтовка через сосняк. Наши ею не ездят — сплошной песок.

— Что это за дорога?

— Километра два лесом, потом развилка. Направо — в лесхоз, налево, километров шесть — трасса, там уже асфальт… Вы ведь к Петру Ефимовичу приехали? — неожиданно спросила она.

— Да, — сказал я. — К нему. Только опоздал. Спасибо вам!

Она крикнула еще что-то мне вслед, но я не расслышал, потому что во весь дух мчался к воротам «Эдема», которые, похоже, никогда не запирались…

На пустынной в этот предвечерний час автостанции в центре Малой Филипповки я проголосовал, и меня подбросили на попутной до трассы, а спустя несколько минут мне удалось тормознуть пригородную маршрутку.

Я плюхнулся на заднее сиденье, открыл Евину сумочку и выложил на колени содержимое. Ничего особенного: ключи, походный набор косметики, распечатанная упаковка бумажных носовых платков, один из них скомканный, крохотная телефонная книжица, где на букву «И» подробно расписано, как добраться до «Эдема». Все.

Мы уже въезжали в город, когда мое воображение окончательно распоясалось, и только отчаянным усилием мне удалось справиться с паникой. Сейчас главное — Ева, поэтому я должен сохранять хладнокровие. Одна-единственная ошибка может обойтись нам так же дорого, как Матвею и Нине Кокориным…

К себе на пятый я влетел так, будто в доме полыхал пожар, но звонка пришлось ждать намного дольше, чем я предполагал.

Уже начало смеркаться, в комнате висел зеленый туман от бесчисленных сигарет. В раковине было черно от кофейной гущи. Я распахнул дверь на балкон, чтобы глотнуть хоть немного воздуху, и в ту же секунду телефон взорвался. Одним прыжком я пересек комнату и схватил трубку.

— Это по поводу вашей супруги, — с некоторой игривостью произнес голос, который я мгновенно узнал. В параллельном режиме в голове у меня произошло нечто вроде короткого замыкания, и до меня наконец-то дошло, почему Олегу Ивановичу Соболю не должно быть известно, с кем он сейчас беседует. Ева поняла это сразу.

— Слушаю! — угрюмо произнес я.

— Ставлю вас в известность, что она жива-здорова и даже в хорошем настроении. Но есть проблемка. Ситуация может резко измениться, если вы не выполните одно наше условие, — вы понимаете? Вам это не составит труда.

— Какое условие?

— Ровно в девятнадцать ноль-ноль возле станции метро «Звездная» вас будут встречать мои люди. При себе вам следует иметь экземпляр Библии, изданной в славном городе Лейпциге в 1724 году, — помните такую книжицу?

— Помню, — буркнул я.

— Отлично! — воодушевился говоривший. — Вас проведут ко мне, и мы, так сказать, совершим обмен. Устраивает?

— А гарантии? — произнес я.

— Какие еще гарантии? — в трубке послышался смешок. — Никаких гарантий, кроме нашей с вами доброй воли. И не вздумайте тащить за собой хвост — придется пожалеть.

— Исключено, — сказал я. — Но информацию о том, куда меня пригласили, я передам человеку, который сможет доставить вам некоторые неприятности.

— Ваше право, — теперь он уже веселился вовсю. — Значит, согласны?

— При одном условии. Я хочу слышать Еву.

— Проще простого, — с готовностью произнес мой собеседник. — Ева Владиславовна, подайте голос!

До меня донеслась приглушенная расстоянием реплика. Слов я не разобрал, но голос был действительно Евин, а интонация спокойная.

— Удостоверились? — осведомился Соболь. — К сожалению, ваша супруга сейчас не может подойти к телефону, а шнур, пардон, коротковат. Вы довольны?

— Если вы причините ей боль, — теряя самообладание, рявкнул я, — Библии вам не видать. А вас, достопочтенный, я из-под земли вырою!..

— Ну-ну-ну, — засмеялся он, — зачем же такие крайности! У нас с вами ничего личного — просто бизнес. Как вас опознать?

— Без особых примет, — сказал я. — На вид меньше тридцати. При мне будет желтый кейс.

— Значит, я жду.

Он швырнул трубку, и я остался один на один с собственной дуростью и страхом за Еву. Единственное, на что меня хватило, — пробормотать короткую молитву, суть которой сводилась к тому, чтобы Сабина Георгиевна Новак оказалась дома.

Там она и была. Как только дверь ее квартиры распахнулась, Сабина воскликнула:

— Ну наконец-то! Здравствуйте, Егор!.. — Тут она разглядела мою опрокинутую физиономию и озабоченно спросила: — Что случилось, дорогой мой, почему вы...

— Библия у вас? — выпалил я.

— Но… — заикнулась Сабина.

— Никаких «но», — отрезал я. — Мне она нужна немедленно. Прямо сейчас! Это просьба Евы, и пожалуйста, — никаких вопросов.

Глаза Сабины округлились, она бросилась в комнаты, а я остался подпирать стену на площадке. Через минуту я держал в руках увесистый кирпич в восьмую долю листа, затянутый в потертую тисненую кожу. Я поблагодарил, а в ответ услышал: «Ради всего святого — будьте осторожны!» Будто она и в самом деле знала, что происходит.

Дома, то и дело поглядывая на часы, я упаковал Библию так, чтобы ее можно было поместить под курткой и надежно закрепить, а заодно приготовил кейс, набив его всяким хламом вроде комментариев к старому уголовному кодексу.

Покончив с этим, я снял трубку и набрал домашний номер Алексея Валерьевича Гаврюшенко, надеясь, что удача опять улыбнется и новоиспеченный начальник следственного отдела окажется дома хотя бы в воскресный вечер.

Повезти-то мне повезло, но пока жена Гаврюшенко бегала к соседям, где мой бывший руководитель практики заседал по случаю чьего-то семейного торжества, я вконец извелся. Минутная стрелка, казалось, ползет раз в двадцать быстрее, чем положено, и я уже собрался было плюнуть на это дело, когда в трубке раздался оживленный голос:

— Слушаю вас!

— Алексей Валерьевич, — начал я, — это Башкирцев…

Весь кураж у Гаврюшенко пропал.

— Ну, — спросил он. — Чем порадуешь? Опять неприятности?

Я попытался взять иронический тон, но ни черта у меня не вышло. Поэтому я сжато изложил ситуацию с Евой, сообщил, куда и к кому сейчас направляюсь, а затем сформулировал главное: если до десяти я не перезвоню, значит, у нас большие неприятности.

Убеждать моего собеседника не понадобилось — Олега Ивановича Соболя он знал как облупленного.

— И что, по-твоему, мне тогда делать? — буркнул Гаврюшенко. — Ну, допустим, с подрайоном я свяжусь, да только пока они будут чесаться... Чего в самом деле ты сам суешь башку в капкан? Давай сделаем иначе...

— Не надо иначе, — сказал я. — Там Ева. Если он что-то учует, ни перед чем не остановится. Так что придется действовать по обстоятельствам.

Он пожелал мне удачи и повесил трубку. Через десять минут я уже ехал в метро.

«Звездная» — последняя на этой линии, причем находится она в противоположном конце города от «Света Истины». По вечерам на станции и вокруг народу мало. Рядом стадион — он уже несколько лет на реконструкции, рынок, который в это время закрыт, несколько новых жилых корпусов, трамвайная колея, а за ней район старой послевоенной застройки. Если сразу, как только я появлюсь на поверхности, мне не врежут битой и не отберут кейс с макулатурой, значит, Еву держат на какой-то съемной квартире в радиусе метров трехсот от метро.

Я старался не думать о ней и о том, как ей там. Тем более что в такой ситуации ничего нельзя предугадать. Библия была приторочена двумя полосами широкого скотча у меня за спиной и практически незаметна под курткой. Угол переплета врезался мне под лопатку, и я чувствовал себя вроде шахида с его пресловутым поясом.

Поднявшись по эскалатору, я покинул вестибюль станции, закурил и, помахивая кейсом, прогулочным шагом направился к облупленным колоннам у входа на стадион. Ворота венчал одноногий гипсовый футболист — вместо второй ноги, якобы занесенной для удара по мячу, торчала ржавая скрученная арматура.

Пока я глазел на сталинского андроида, из-за колонн вынырнули и направились ко мне двое. В здоровенном косолапом малом с безмятежной физиономией, шаркавшем найковскими прохорями примерно сорок седьмого размера, я признал одного из парней, описанных Галчинским, второй был чуть пониже меня, остроскулый, с забинтованной шеей и невыразительными чертами — будто по его землистому лицу основательно прошлись ластиком.

— Кого-нибудь ждете? — поинтересовался он.

— Точно, — сказал я и переложил кейс в левую руку.

— Ну пошли. — Мой жест не остался незамеченным, однако держались парни без напряжения. По крайней мере здесь, на виду у милицейского патруля, бдительно охранявшего турникеты, они меня не тронут.

Мы пересекли трамвайные пути, свернули налево, но вместо того чтобы углубиться в темные закоулки старой застройки, направились вдоль колеи. Запоздало вспыхнули фонари, и через два квартала я сообразил, что мы приближаемся к девятиэтажному корпусу отеля «Спорт», о существовании которого я начисто позабыл.

Гостиница эта пользовалась особого рода известностью с тех пор, как ее нижние этажи были сданы в аренду мелким фирмам, а верхние номера заселили на постоянной основе владельцы рыночных контейнеров и лавчонок. Народ здесь обитал темпераментный, и разборки со стрельбой в местном ресторане стали в порядке вещей. В сущности, никакой это был не отель, а пьяная и довольно замызганная общага с тараканами, неряшливыми феями по вызову и затюканной обслугой.

На входе, у стойки рецепции, околачивался опухший милицейский сержант, которому оба моих спутника по-приятельски кивнули. Спустившийся лифт привез важного меднолицего таджика в ватном халате; мы погрузились и со скрежетом вскарабкались на четвертый. Пока лифт полз, я пялился на надписи на пяти языках, украшавшие стены кабины, а оба моих спутника помалкивали. И только когда я первым шагнул в коридор, тот, что поменьше, скомандовал:

— Налево!

Мы промаршировали по затоптанному паркету, свернули еще раз и наконец остановились. Большой парень погремел ключами и отпер расхлябанную дверь, носившую явственные следы былых сражений.

Я переступил порог — и сразу увидел Еву. Она сидела в кресле в глубине комнаты, у стены, глядя прямо на меня. Руки ее смирно лежали на подлокотниках. При моем появлении она даже не пошевелилась, только едва заметно повернула голову.

В первое мгновение мне показалось, что в номере она одна. Я стоял в крохотной прихожей, позади топтались мои провожатые, справа находились туалет и душевая кабина, а угол перегородки позволял видеть только половину жилого помещения.

— Ева, — выдохнул я, едва сдерживаясь, чтобы не броситься прямо к ней, — ты в порядке?

Она молча кивнула, каким-то образом дав мне понять, что в номере находится кто-то еще, кого я не вижу. Я сделал шаг, но меня тут же резко развернули, и один из провожатых прошелся по моим карманам — довольно небрежно, потому что книга за спиной так и осталась незамеченной. Только после этого оба вышли и заперли дверь снаружи.

У окна, в точно таком же казенном кресле, как и Ева, закинув ногу на ногу и поигрывая носком начищенного башмака, восседал Олег Иванович Соболь в строгом темном костюме с жилетом и пестрым шелковым галстуком. При виде меня игривая улыбка исчезла с его лица — он приподнялся, хмурясь, и с неподдельным изумлением воскликнул:

— Ба! Кто к нам пожаловал! Знаменитый адвокат Башкирцев собственной персоной… Вот так сюрприз! Что ж вы, Ева Владиславовна, до сих пор молчали? Право, нехорошо с вашей стороны…

Тут он снова развеселился и продолжал, вертя в руке выключатель от торшера:

— Знай я, что это именно вы, Егор Николаевич, — да разве стал бы я устраивать нашу, можно сказать, историческую встречу в таком клоповнике! Вы только принюхайтесь: сущий кошмар. Аммиак, скверное курево, низменные пороки, тонны и тонны сгоревшего алкоголя, какая-то тухлятина — и весь этот букет впитали в себя злополучные стены старого притона. Порядочным людям вроде нас с вами здесь просто нечего делать…

— Книга со мной, — остановил я его, отказавшись от соблазнительной мысли немедленно врезать между блестящих от возбуждения и удовольствия глаз Соболя.

— Отлично! — воскликнул он, прочитав мою мысль. — Просто великолепно. Мы почти у цели. Давайте ее сюда, и пожалуйста, — без эксцессов. Думаю, ваша супруга со мной солидарна.

Я опустил кейс на пол и взглянул на Еву. Она по-прежнему сидела безучастно, и ее молчание было красноречивее всяких слов. Только теперь я заметил, что ее запястья туго обмотаны полосками лейкопластыря, а с кресла свисает и змеится вдоль плинтуса скрученный шнур, который заканчивается тем самым выключателем, с которым забавлялся Олег Иванович. Вилка торшера торчала в розетке.

Вот она — его главная фишка.

— Надеюсь, вам не придет в голову использовать это ваше… устройство? — произнес я, дергая молнию куртки. — Вы ведь у нас — духовное лицо.

Он хлопнул себя по колену и произнес:

— Давайте-ка, Егор Николаевич, книженцию, и покончим с этим. Где вы там ее прячете? Что касается духовного лица…

— Снимите с нее это, — сказал я, — иначе…

— Что? — Он подался вперед, и всякий намек на улыбку смыло с его физиономии. — Вы, кажется, мне угрожаете? Лихо! Это в вашем-то положении!

Лидер церкви «Свет Истины» слегка оскалился, сделавшись похожим на потревоженную летучую мышь.

— Хорошо, — произнес я. — Отложим дискуссию.

Я наконец-то справился с молнией и начал разматывать желтый скотч, накрученный поверх свитера и Библии. Соболь с любопытством наблюдал, одновременно держа Еву в поле зрения.

Наконец я швырнул липкие обрывки в угол и подал ему книгу.

— Забавный раритет, — лениво протянул он. — Посмотрим, посмотрим… Жаль, что я раньше не догадался обратить на него внимание.

Я поразился его наглости.

— Где это вы могли его видеть?

— От вас, господин адвокат, у меня буквально никаких секретов! — Он шутовски пожал плечами. — Конечно же, в доме семейства Кокориных, там она и находилась до того, как попала к вам. К сожалению, в ту пору я не располагал той поистине драгоценной информацией, которой поделилась — заметьте, совершенно добровольно! — ваша очаровательная супруга.

Он зафиксировал меня на месте еще одним коротким взглядом исподлобья, перевернул Библию обрезом вниз, раскрыл обе крышки переплета и основательно встряхнул. Ничего не произошло, и тогда, неожиданно крякнув, Соболь натужился и с треском вырвал блок в шестьсот сорок плотных желтоватых листов из переплета, отбросил в сторону и низко склонился к корешку, словно принюхивался.

— Не здесь, — односложно проговорила Ева, и это были ее первые слова с момента моего появления в гостинице. — Задняя крышка.

— Задняя так задняя, — пробормотал Соболь, и в руке у него, как у ярмарочного фокусника, вдруг образовался золингеновский охотничий нож с костяной рукоятью. Лезвие бесшумно выпорхнуло на свет.

— Ну и как вам понравилось «Шато-Марго»? — спросил я.

Соболь хмыкнул, осторожно подрезая окантованный кожей другого тона край переплета.

— Я попросил бы вас, Егор Николаевич, отойти к двери. Руки у меня, как вы видите, заняты, и всякое ваше неаккуратное движение может привести к серьезным последствиям… Что касается «Шато-Марго» — нет слов, оно просто превосходно. Только очень удачливые люди могут позволить себе на закате дней наслаждаться вином по двести евро за бутылку… И знаете, что я вам скажу? Именно к этому я и стремлюсь. Поистине светлая цель: ни в чем и никогда себе не отказывать. По поводу обвинений, которые ваш внутренний голос сейчас выдвигает против меня, заявляю — они совершенно бездоказательны. Господь — уж вы мне поверьте — не жалует упрямцев и заблуждающихся, а именно такими и были эти двое, несмотря на возраст. В отличие от милейшей Евы Владиславовны…

Покончив с окантовкой, он просунул лезвие на пару сантиметров в толщу задней крышки переплета, подрезал ее по периметру и надорвал. Посыпалась какая-то труха, клочки пергамента или бумаги с расплывшимися бурыми пятнами, какие оставляют галлюсовые чернила; Соболь ввел пальцы в щель — и бережно извлек оттуда сложенную пополам четвертушку бумаги с неровными краями, словно ее второпях оторвали от листа побольше.

Всего секунду он держал ее на весу, сладко щурясь и пожевывая влажными губами, а затем развернул и взглянул сквозь бумагу на свет.

То, что он обнаружил, его удовлетворило. Я успел заметить, что листок заполнен больше чем наполовину, строчки казались мелкими и острыми, внизу, как и положено в письме, чернела размашистая подпись.

Немедленно после этого Олег Иванович заново сложил листок, сунул его в плоский кожаный бювар, а бювар поместил в небольшую дорожную сумку вроде тех, в которых таскают ноутбуки. Затем он выдернул вилку из розетки, поднялся во весь рост и объявил, сопровождая новость тем же жестом, каким призывал со сцены свою паству к покаянию:

— Все свободны!

Ева рванулась ко мне, за ней потянулся шнур, теперь уже безопасный. Первым делом я освободил ее запястья от пластыря и туго прикрученных оголенных проводов и только после этого прижал к себе. Соболь взял со стола мобильный, пробубнил в трубку несколько слов — и почти сразу снаружи в замке заскрежетал ключ.

Однако просто так расстаться с Олегом Ивановичем я не мог. И хотя Ева отчаянно толкала меня в бок, все-таки спросил:

— Так что же это такое?

— Это? — Соболь приподнял сумку за ремень и слегка покачал ее перед собой, явно наслаждаясь моментом. — Это стоит дороже, чем ваш… — он покосился на Еву, — чем ваш собор Святого Петра со всеми его цацками. Да-да, я не шучу. И покупатель ждет уже без малого шесть десятков лет.

— Надо же, какое терпение! — заметил я.

На этот раз он не засмеялся, а смерил меня тяжелым взглядом, словно прикидывая, нет ли ошибки в том, чтобы позволить нам с Евой просто уйти. И вдруг, словно что-то его толкнуло, произнес:

— Скажу больше — этот документ будет уничтожен. Как только попадет в руки покупателя.

— Только и всего? — сказал я. — А если бы Нина Кокорина уничтожила его раньше, как она поступила с другими бумагами отца?

— Это ничего не могло изменить. Она не смогла бы представить убедительных доказательств, а на слово я ей все равно бы не поверил.

Он говорил правду. Ева и бедняга Интролигатор ошибались, думая, что, выполнив волю Дитмара Везеля, Нина Дмитриевна могла спасти себя и мужа.

Вот теперь нужно было уходить. Я пропустил вперед Еву, и пока шел к двери, взгляд убийцы не отпускал моего затылка.

— Да благословит вас всемогущий Господь, — с иронией произнес он нам вслед, но я даже не обернулся.

Из отеля «Спорт» нас вынесло, словно щепки в половодье. Я остановил первое попавшееся такси, мы рухнули на заднее сиденье, и когда машина тронулась, я сгреб Еву, бормоча всякую бессвязную чепуху.

Все это продолжалось до тех пор, пока позади не осталась станция метро «Звездная» и еще много разного. И только когда впереди показался ведомственный дом МВД — безобразный шестиэтажный чемодан, захвативший целый квартал, — Ева отодвинулась от меня, шмыгнула носом и сказала:

— Знаешь, почему я все это сделала?

7

Она догадывалась, что рано или поздно этот вопрос всплывет, но я нашел в темноте ее ледяную ладошку, сжал и спросил совсем о другом:

— Это правда — то, что ты написала в записке, в самом конце?

— О маленькой рыбке? — удивилась Ева. — Конечно! Кто же шутит такими вещами?

Я почувствовал, как в горле у меня набухает колючий ком, и отвернулся.

Она не думала о том, чем мог окончиться для нее сегодняшний вечер, если бы, например, Сабины Новак не оказалось дома. Или просто не подавала виду.

— Когда я понял, что ты в одиночку отправилась в «Эдем»... — мне пришлось откашляться, чтобы голос звучал твердо. — Нет, иначе — когда я увидел тело Интролигатора на полу и понял, что...

— Он мертв? — вскрикнула она так, что водитель покосился на нас через плечо. — Петр Ефимович умер?!

— Да, — сказал я. — Тут уже ничего не поделаешь. Это случилось без тебя?

— Бедняга... — пробормотала Ева. — Я была там, когда они набросились на него, эти двое, — ты их видел в гостинице. Я сразу поняла, что, если они не оставят его в покое, он просто отдаст Богу душу. И закричала, чтобы его не трогали, что я сама все знаю... Тогда один из них зажал мне рот ладонью, заломил руку и потащил к двери, но я успела заметить, как Интролигатор поднялся, пытаясь их остановить, а второй, похожий на дохлую моль, толкнул его. Тут дверь захлопнулась, и больше я ничего не могла видеть. В коридоре было пусто, и меня сразу же вытолкали в сад...

— Зачем ты так рисковала? — возмутился я. — Что ты могла знать? Он сказал тебе?

— Нет, — Ева выпустила мою руку и покачала головой. — Не успел.

— Тогда почему?

Она промолчала. Я вытащил мобильный. Батарея была вчистую разряжена, и я спросил у водителя:

— Который час?

— Четверть девятого, — отозвался он.

— Теперь направо и во двор, — сказал я. — Остановите у шестого подъезда.

— Куда мы едем? — спросила Ева.

— Сейчас увидишь.

На повороте я на всякий случай оглянулся — улица позади была пуста.

Такси втянулось в подворотню ведомственного чемодана, облепленного по фасаду бахчевыми, гроздьями и колосьями, будто тут обитали не милицейские и прокурорские чины, а сплошные селекционеры. У шестого подъезда я расплатился и отпустил машину, но попасть в квартиру Гаврюшенко оказалось не так-то просто.

Пока хромой вислоносый охранник в камуфляже с чужого плеча допрашивал нас, а затем звонил наверх, со мной произошла одна вещь. В какой-то момент в моей голове начало прокручиваться кино. Это случилось совершенно неожиданно, но небеспричинно, и длилось не больше минуты. Когда закончилось, я мог точно сказать, что произошло в доме на Браславской шестнадцатого июля сего года.

— В чем дело? — спросила Ева, обнаружив, что я не отрываю взгляда от маленького аквариума на столе у охранника. Там суетились меченосцы и гуппи, а на поверхности воды плавала кормушка, которой не давала утонуть винная пробка.

— Не обращай внимания, — сказал я.

— Вам на пятый. — Охранник щелкнул тумблером домофона и уселся на место. — Проходите!

Мы прошли.

Тут я должен сказать без всяких преувеличений — мне еще не приходилось видеть на лице моего бывшего руководителя практики такого выражения. Не знаю, чему это приписать: мы с Гаврюшенко в прошлом немало грызлись, а порой дело доходило и до серьезных обид, но сейчас на его физиономии было написано чистейшее облегчение.

Прямо на пороге я представил ему Еву; он пожал нам руки и потащил через коридор, заваленный стройматериалами. В квартире бог знает который год шел ремонт, и, кроме как в кухне, поговорить было негде. Ева тут же уселась, опасливо поглядывая на кухонный процессор, не выключенный из сети, а я так и остался стоять. Гаврюшенко сразу же полез в холодильник.

— Ну, — произнес он, выныривая оттуда, — «Каберне» будете? Молдавское, хотя по такому случаю полагалось бы водки. Но нету.

Откуда-то возникли три бокала. Я проглотил свою порцию залпом, подождал, пока в пустом желудке слегка потеплеет, и сказал:

— Алексей Валерьевич! Я знаю, кто убил Кокориных.

Гаврюшенко поперхнулся, отставил недопитое вино и потянулся за своим «Совереном».

— Снова здорово, — произнес он, закуривая и усаживаясь на край подоконника, заставленного кастрюлями. — Тебе не кажется, что это уже попахивает психиатрией?

— Ничего подобного, — возразил я. — Чем угодно, только не этим. Мне известны имя исполнителя, мотив, обстоятельства преступления и парочка пособников, которые, если поработать с ними как следует, могут дать показания. У вас есть для меня двадцать минут?..

— Найдем, — Гаврюшенко выплеснул на дно моего бокала остатки «Каберне». Заглянувшая в кухню как раз в этот момент симпатичная пухленькая жена главы следственного отдела закатила глаза и только после этого поздоровалась. Гаврюшенко махнул на нее рукой, а Ева спросила, можно ли ей привести себя в порядок.

Когда обе женщины удалились, я выложил ему все — начиная с осени пятьдесят седьмого по сегодняшний вечер включительно. Я не забыл Галчинского, супругов Синяковых, несчастного Брюса в яме, прямое признание Соболя, Интролигатора и еще целую кучу вещей и событий. Не упомянул я только «Мельницы Киндердийка», которые тут были ни при чем. Слушая меня, Гаврюшенко не проронил ни слова.

Закончил я вопросом:

— Хотел бы я знать — вещдоки сохранились?

— То есть? — нахмурился Гаврюшенко.

— Я имею в виду вещественные доказательства. Дело давно в архиве, но то, что было собрано на месте, где-то же хранится?

Гаврюшенко хмыкнул.

— Или да, или нет. Прямо сейчас не могу сказать.

— Если я что-нибудь понимаю, там среди прочего должна быть бутылка из-под вина. «Шато-Марго» восемьдесят второго года. А также пробка от него. Пусть кто-нибудь займется этой пробкой.

— Что ж в ней такого замечательного?

— На внешней стороне могут оказаться остатки устройства, с помощью которого Соболь отравил вино. Выглядит оно, очевидно, как крохотная французская булавка с острием длиной миллиметра три-четыре и головкой размером с просяное зернышко. Головка частично отсутствует. Технология проста. — Я схватил пустую посудину из-под «Каберне» и показал. — Чтобы налить вина, вы откупориваете пробку, одновременно вводя в нее острие капсулы, и разливаете. Первая порция совершенно безвредна — можете пить сами и потчевать знакомых. Однако перед тем как вернуть пробку на место, ее переворачивают и капсула оказывается внутри. Теперь достаточно слегка взболтать вино, и оболочка устройства растворится... Если остатки этой штуки сохранились на пробке — а у Олега Ивановича времени было в обрез, потому что с собакой вышла накладка, — их можно рассматривать как вновь открывшееся обстоятельство. Этого хватит, чтобы вернуть дело из архива.

— Дьявол! — пробормотал Гаврюшенко. — Борджиа хренов... Что собой представляет та бумажонка, за которой он гонялся? А заодно хотелось бы поглядеть и на того, кто заказал всю эту музыку.

— Мне тоже. — Улыбка вышла у меня кривой.

Гаврюшенко покатал свой бокал между ладонями и брезгливо понюхал содержимое. Похоже, моя демонстрация получилась убедительной.

— Не представляю, как к этому подойти. Каким образом ты собираешься доказать, что шестнадцатого Соболь побывал на Браславской? Время ушло. Ты говоришь, он теперь что-то вроде пастора?

— Глава независимой церкви. Вполне легальный бизнес. Свидетельство о регистрации, действующий храм и все такое.

— Совсем паршиво, — Гаврюшенко поморщился.

— Почему?

— А ты прикинь — если придется брать его в оборот, как минимум два десятка прихожанок в один голос покажут, что именно в тот вечер они со своим гуру до полуночи камлали святому духу. Или кому они там поклоняются? В общем, суши весла. Я бы на твоем месте все-таки плюнул на это дело, тем более что все обошлось.

— А на своем? — Я поймал себя на том, что уже далеко не впервые задаю ему этот вопрос, и засмеялся, хотя ничего веселого тут не было. Обычно с этого и начинались наши с ним перебранки.

— Чего ты скалишься? — набычился Гаврюшенко. — Я — другое дело, хотя официально обо всем этом знать не знаю. Да и ты Кокориным никто, чтобы требовать возобновления следствия... Кстати, — он вдруг оживился, — тебе еще не осточертело твое гуманитарное управление? Ты чем там, собственно, занимаешься?

— Понятия не имею, — огрызнулся я. — Спросите у начальства.

— А я, между прочим, в понедельник собирался тебе звонить. Как насчет того, чтобы сменить работу?

— Не возражаю, — сказал я. — Интим и выезд в страны Ближнего Востока не предлагать.

— Идиот, — буркнул Гаврюшенко. — Я же серьезно. В городе появилась сильная адвокатская фирма — зовется «Монтескье». Они существуют всего два года, но уже успели сделать себе имя, несмотря на дурацкое название. У меня были с ними контакты, и я упомянул тебя. Оказывается, они кое-что слышали о твоих старых подвигах, а их шеф берется возобновить твою лицензию, хотя это ему недешево обойдется. Что скажешь?

— Монтескье был великий правовед, — произнес я и умолк.

Мне полагалось бы выразить признательность или хотя бы обрадоваться, ведь именно это и было целью нашего с Евой возвращения в город, который обошелся со мной по-свински. Но сил на эмоции у меня уже не было — слишком много всего для одного, пусть даже и воскресного дня.

— Спасибо, Алексей Валерьевич! — наконец выдавил я.

— Не стоит! — фыркнул Гаврюшенко.

Тут в кухню вернулась Ева — свеженькая как огурчик, если, конечно, это расхожее сравнение можно применить к юной зеленоглазой женщине со сливочной кожей, нахальным носом в веснушках и копной не поддающихся укладке, вьющихся от природы волос. Только легкие тени под ее глазами свидетельствовали о том, что денек выдался непростой.

Гаврюшенко уставился на нее, словно увидел впервые, а я, слегка раздувшись от гордости, напыщенно произнес:

— Я даже знаю, кто станет моим первым клиентом. Если, конечно, «Монтескье» и в самом деле интересуют адвокаты с подмоченной репутацией.

— Вот как? — насмешливо спросил Гаврюшенко. — И кто же?

— Анна Матвеевна Кокорина, — сказал я…

В половине одиннадцатого мы вышли на проспект, залитый натриевым светом, и, не сговариваясь, повернули в противоположную от ближайшей остановки сторону. Я обнял Еву — было прохладно, вот-вот начнет подмораживать, но порывистый ветер, упорно дувший все последние дни, наконец-то стих. Пешком до нашего дома отсюда минут двадцать не спеша, вокруг не было ни души — только редкие машины со свистом проносились мимо. Что-то случилось с кленами по обе стороны проспекта: деревья, словно по команде, за несколько часов сбросили всю листву и теперь стояли почти голые, по щиколотку в собственном наряде, отслужившем срок. Листья все еще продолжали осыпаться с таким звуком, будто непрерывно шел тихий дождь.

Все кончилось, подумал я под аккомпанемент листопада. Пазл, хорошо ли, худо ли, все-таки сошелся, а то, что случилось с нами, можно было считать или поражением, или победой — в зависимости от точки зрения. Мы трое — Ева, я и маленькая безмолвная рыбка, смирно ожидающая своего часа, — плыли в прохладном, ярко освещенном и вполне безопасном пространстве. В том самом, где встречаются концы и начала, времена и вечность — как на той картине, что и сейчас висит в кабинете Матвея Кокорина. Которую пятьсот лет назад написал Матис Нитхардт, а потом кто-то назвал «Ангельский концерт».

Внутри картины было уютно, несмотря на то что от зарплаты у меня в кармане оставалась только мелочь, а ел я в последний раз ранним утром. Ева прижалась ко мне и слегка боднула лбом в плечо, а я наклонился и поцеловал ее. Голова у меня окончательно пошла кругом.

Возможно, поэтому я все испортил. Мы только что пересекли проспект, и едва ступив на тротуар, я остановился и растерянно произнес:

— И все-таки — не понимаю!

Ева удивилась:

— О чем ты, Егор?

— Откуда Соболь мог пронюхать о Библии?

— Я сама ему сказала, — с безмятежной улыбкой сообщила Ева.

— Ты?!

— Ну да, кто же еще! Ведь об этом знали всего четверо: Дитмар Везель, Нина Дмитриевна, Интролигатор и… и пастор Николай Филиппович Шпенер. Правда, Шпенер не догадывался о Библии, зато ему откуда-то было известно, что именно хранится в семье Везелей. Он-то и стал источником информации для тех, кто столько лет охотился за письмом… Если бы они с самого начала знали про Библию, вся эта история закончилась еще до того, как мы с тобой появились на свет.

— Значит, Интролигатор все-таки успел…

— Ничего он не успел, — возразила Ева. — Говорю тебе — я и без него все поняла.

— Ты?

Выпустив ее руку, я резко ускорил шаг. Потом остановился и подождал, пытаясь успокоиться. Мне ли не помнить: когда я вернулся от Павла Кокорина и сообщил, что книга останется у нас, Ева не обратила на это никакого внимания.

Просто проигнорировала. Она ни разу не прикасалась к Библии, которая затем перекочевала к Сабине Новак.

Наконец Ева догнала меня, и я тут же спросил:

— Хорошо, допустим. Каким же это образом?

— Дурачок! — Ева просияла, приподнялась на цыпочки и коснулась теплыми губами мочки моего уха, где болталась крохотная платиновая сережка. — Не кипятись. Пока ты изображал из себя частного детектива, я просто взяла и еще раз прочитала записи Нины Дмитриевны. Результат налицо. Помнишь сцену венчания Эльзы и промокшую Библию? Там же все ясно сказано! Когда я это поняла, оставалось только аккуратно вскрыть переплет. Я окончила сельскую школу, но на уроках труда нас обучали не сажать картошку, а переплетать книги. Это было единственное, что умел наш учитель. Так что я тоже в какой-то степени «интролигатор».

— Ты держала в руках этот документ?

— Ну конечно! Иначе я бы просто умерла от любопытства. Мне ничего не стоило восстановить все как было — понадобилась всего пара часов, не больше. Но все равно я ничего не поняла. Это старое письмо, написанное по-немецки. Почерк неразборчивый, будто писал немощный старик, к тому же страдающий артритом. Там есть и подпись, и дата, но мне ее сейчас не вспомнить.

— Почему ты мне ничего не сказала? — завопил я.

— Я пыталась, — проворковала Ева, — но ты хотел спать…

— Гос-споди! — выдохнул я. — Зачем тогда тебе понадобился Интролигатор?

— Я должна была знать. Понимаешь? Я хотела понять, в чем тут дело и почему за пять веков ни у кого не поднялась рука отделаться от письма. То есть просто его уничтожить. Ради этого стоило ехать, правда?

— Ну да, — буркнул я. — Такая же правда, как и то, что ты сделала все возможное, чтобы Соболь добился своего. Я тебя не виню — никто не мог предвидеть, что все так повернется. А это письмо, кроме всего прочего, еще и мотив преступления. Двух смертей, о которых скоро все забудут. Как с этим быть? Кто тебя тянул за язык, Ева?

— А что, по-твоему, мне еще оставалось? — удивилась она. — Смотреть, как они добивают беспомощного старика?

— Так или иначе, а он умер, — возразил я, если это можно считать возражением, — и все оказалось впустую. Да-да, впустую... Огромный, ничем не оправданный риск, а Соболь все равно получил, что хотел. И как бы я ни убеждал Гаврюшенко, я до сих пор понятия не имею, как добраться до этого типа...

Становилось все холоднее, и нам пришлось ускорить шаг. Теперь Ева шла молча и казалась на удивление спокойной.

— Послушай! — Она вдруг остановилась. — Неужели ты не понимаешь, что эта охота могла продолжаться бесконечно? Они начали с отца Нины Кокориной и закончили Петром Интролигатором. Рано или поздно они добрались бы до Анны, до записей ее родителей, а потом и до нас с тобой. Тебе нравится перспектива пополнить список мертвецов из-за какой-то трухлявой бумажки? Что бы в ней ни было — она того не стоит!

— Может быть. — Помолчав, я добавил: — Откуда мне знать?

Мы пересекли полутемный двор, заваленный палой листвой, гремевшей под ногами, как жесть, и вошли в подъезд своего дома, где вахтер Кузьмич мгновенно стрельнул у меня сигарету. Когда двери лифта за нами закрылись, я закончил фразу:

— Но кто-то же готов заплатить за нее сумасшедшие деньги, верно?

— Я хочу подняться к Сабине, — словно не услышав меня, проговорила Ева. — Она не уснет, пока не убедится, что с нами все в порядке.

— Мне все равно. — Я пожал плечами. Мое раздражение никуда не делось. — К Сабине так к Сабине — какая разница?

На звонок мощным лаем отозвался Степан. Всего несколько часов назад, когда я заявился сюда за Библией, скотчтерьер молчал и даже не вышел в прихожую, зато сейчас он приветствовал нас по полной программе: едва дверь распахнулась, он сунулся мне под ноги, а потом встал на задние лапы, энергично работая хвостом-морковкой, и полез целоваться с Евой.

— Эй, парень, полегче! — сказал я ему, но пес только засопел.

— Слава Богу! — воскликнула Сабина, глядя на нас поверх очков совершенно круглыми сияющими глазами. Ее коротко остриженные полуседые волосы были взлохмачены, между пальцев дымилась сигарета. — Проходите скорее!

Она тут же кинулась ставить чайник, но Ева остановила ее вопросом:

— Получилось?

— Шутите? — усмехнулась пожилая дама. — Егор, что вы до сих пор делаете в прихожей? Снимайте вашу куртку. И хотя по мне что кулинария, что кабалистика, я все-таки попробую вас обоих накормить.

— Потом, — отмахнулась Ева. — Давайте сюда!

— Как, прямо сейчас? — Сабина всплеснула руками, роняя пепел на Степана.

— Когда же еще? — произнесла моя жена.

— Ну что ж… — Наша приятельница освободилась от цветастого фартука, в который уже успела облачиться, опустилась на корточки и выдвинула нижний ящик письменного стола.

То, что она искала, лежало прямо сверху: два пластиковых файла из тех, в которых секретарши в офисах хранят договора, месячные отчеты менеджеров и распечатки кулинарных рецептов. Не вставая, Сабина протянула файлы Еве.

Та мельком взглянула и обернулась ко мне.

— Вот, — сказала она, — возьми!

Я медлил.

— Бери, — повторила Ева с тем непередаваемым выражением, значение которого я до сих пор не раскусил. — Не бойся.

В каждом из прозрачных конвертов находилось по одному листку. В первом — покрытый бурыми разводами, с сальным пятном в левом верхнем углу и слегка обгоревший. Чернила выцвели настолько, что почти сравнялись с тоном бумаги. Второй листок был снежно-белым, с ровными строками лазерной печати.

— Что это? — спросил я.

— Письмо. — Ева опустила глаза, и ее щеки порозовели.

— Копия? — Я впился глазами в побуревший листок, на котором, словно призраки в заброшенной часовне, вели длинные хороводы слова чужого языка. Они и в самом деле выглядели так, будто вот-вот исчезнут в толще бумаги. — Ты все-таки догадалась сделать копию?

— Нет, — сказала Ева. — Копия досталась Соболю. А это — оригинал.

— Детка! — Едва ли я смог бы лучше выразить то, что сейчас чувствовал.

— Ничего особенного, — скромно заметила она. — Проблемы были разве что с бумагой. Но я решила использовать чистую страницу из Библии — ту, что шла сразу после семейной хроники Везелей—Кокориных. Между прочим, на ней обнаружились водяные знаки одной старой немецкой фирмы, про которую Сабина говорит, будто она снабжала бумагой еще типографию Гуттенберга. Ну а найти приличный ксерокс, чтобы передать цвет чернил и фактуру, — пара пустяков.

Единственным, что мне удалось разобрать, оказалась подпись:

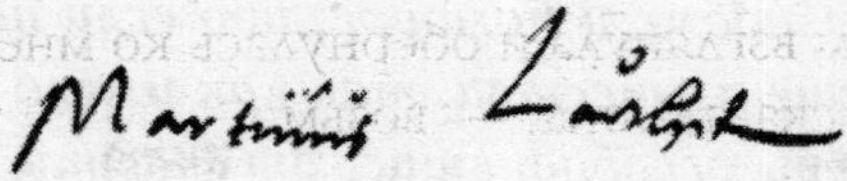

— Лютер!.. — ошеломленно пробормотал я.

— Он самый, — подала голос Сабина, о существовании которой я успел начисто забыть. — И написано это примерно за двадцать часов до его кончины… Посмотрела бы я на вас, Егор, если бы вам вздумалось найти в этом городе человека, который хоть что-нибудь смыслит в саксонском диалекте! Только сегодня во второй половине дня я получила перевод. Человек, который его сделал, не из болтливых. Читайте!

Я отложил письмо с такой осторожностью, будто оно было изготовлено из тончайшего фарфора, и взялся за распечатку.

Февраля 17 дня года от Рождества Христова 1546
Господину доктору Филиппу Меланхтону в Виттенберге

Милость тебе и защита от Бога, Отца нашего, любезный брат Филипп!

Извещаю о благополучном разрешении тяжбы между графами Альбрехтом и Гебхардтом Мансфельдскими, которые первоначально искали не моего, а твоего посредничества. Но ты был слишком болен, чтобы ехать, а я слишком болен, чтобы надеяться на продление жизни. Оттого я здесь, в Эйслебене, где родился шестьдесят два года назад. Нет числа различным смертям в нашем теле, и нет в нем ничего, кроме смерти!

Горькой желчью отдает моя победа в этом деле, ибо она — всего лишь случайность в те времена, когда распри и хищения церковных имуществ стали правилом, общи-

нами верных правят лукавые стряпчие, а каноническое право, принятое в Риме, вновь вводится по всей Германии. Мы живем в Содоме и Гоморре, ибо если папство было отчасти лучше язычества, так как имело заповеди от Бога, то теперь, освободившись от скверны папизма, мы погрязаем в гнуснейшем язычестве: никто не делает добра, никто не молится, и все воюют со всеми. Наше учение, к распространению которого ты приложил столько сил, должно было служить исправлению людей, но вышло наоборот — и вот мир благодаря ему становится все хуже и хуже. Виной тому, конечно же, дьявол, да только люди теперь — и знатные, и попроще — скупее, безжалостнее, развратнее, — словом, во сто крат хуже, чем при папстве.

Что же из этого следует? При всех различиях в толковании Писания, которые мы имеем, не остается другого средства поддержать единство веры, как принять решения Соборов и прибегнуть под защиту церковной власти. Народ не созрел для истины, и вместо обновления она производит в нем один соблазн.

Остается только с душевной скорбью признать: труд наш был напрасен.

Я изнурен, уже тринадцать лет подряд я ни дня не чувствовал себя здоровым и крепким; не раз я был на волосок от смерти, а сейчас едва в состоянии управляться с пером и бумагой, выводя эти строки. Я больше не могу молиться, ибо не в силах произнести «Да святится имя Твое», не прибавив: «И да будет проклято имя папы и папистов!» Но Иисус, вручив нам Благую Весть, повелел прощать, а не проклинать, ибо тем, кто не будет прощать, Отец Небесный также не простит их согрешений. В иные минуты мне кажется, что в своем безбожии и неправедной жестокости я равен, а порой и превосхожу того, кто надменно восседает в Риме; что мы с ним суть одно и то

же, а значит, и уничтожить скверну папизма можно только одним-единственным способом.

Отправляясь сюда, я не рассчитывал возвратиться в Виттенберг и даже наказал Катарине распродать все, что осталось от моего добра. Я слишком устал, чтобы продолжать жить, поэтому прощай. И что бы тебе ни говорили о моей смерти те, кто сейчас толпится в соседнем покое и стучит в мою дверь, — среди них князь и княжна Ангальтские, графиня Альбрехт, Иоганн Аурифабер, записавший за мной целую кучу глупостей, незадачливый доктор Юст Ионас и множество неизвестных мне людей, — не верь ни единому их слову!

Мартин Лютер

Как только я закончил, Сабина поставила передо мной синюю, видавшую виды чашку с крепким, как деготь, чаем. Вернее, не синюю, а цвета индиго. Над ней лениво поднимался пар. Я спросил:

— Ну и что же, по-вашему, это значит?

— Неужели вы ничего не поняли? — Сабина выглядела потрясенной. — Ведь это же... Это...

Я повернулся к Еве.

— А ты? Что ты об этом думаешь?

Ева молча покачала головой. И неудивительно — она в глаза не видела перевода.

— Егор, дорогой мой, — наконец произнесла пожилая дама. — Я не историк и не богослов. Тут предостаточно всяких нюансов, но главное в том, что он, как мне кажется, отрекся от того, что проповедовал, и задумался о примирении с Римской церковью. Это потрясающе!.. И не состоялось оно только потому, что Мартин из Эйслебена принял кончину. Только не ту, благообразную, которую утопили в елее сотни наемных биографов, а совсем иную... Недаром уже четыреста лет не прекращаются слухи об истинной причине его смерти.

Не знаю, возможно, к тому времени он уже был не в себе, измученный страшными болями в кишках и безобразно распухших суставах, — но письмо этого не подтверждает. Если бы в свое время этот документ стал известен в Германии, а значит, и во всей Северной Европе, то… — Она внезапно умолкла.

— Говорите же, Сабина! — потребовал я.

— …наш с вами мир был бы совсем другим. Скорее лучше, чем хуже, и даже карта Европы выглядела бы иначе. Потому что Мартин Лютер был из той породы, чья власть над людскими душами намного длиннее их собственной жизни, какой бы она ни была…

* * *

Я пишу эти строки в начале апреля, такого же холодного и ветреного, как ушедший в прошлое октябрь, — и уже после того, как мы с Евой приняли окончательное решение опубликовать обнаруженное нами в Библии Везелей письмо. Оригинал его хранится в банковской ячейке, код которой известен еще четырем людям, чьи имена, как и название банка, вам знать необязательно.

Моя адвокатская лицензия возобновлена, а в июле появится на свет наш с Евой сын.

За это время я кое-что прочитал и пришел к выводу, что адресат Лютера, «канцлер Реформации» Филипп Меланхтон, последнее послание учителя все-таки получил. Чем же еще объяснить тот факт, что почти немедленно после смерти Лютера его любимый ученик заявил, что спасение человека — результат совместного действия благодати Божьей и человеческой воли, а также поддержал идею соглашения между христианами Европы разных исповеданий, которое и было заключено в Лейпциге спустя шесть лет. За что его едва не съели живьем те, кто называл себя «истинными лютеранами». Случись подобное десятью годами раньше, к ним наверняка присоединился бы и сам Мартин Лютер со всем своим громовым красноречием и пылом.

Однако Меланхтон никогда даже словом не обмолвился о письме.

О том, как оно попало к Везелям, до сих пор ничего не известно.

Теперь, как и полагается, — о мотивах. Я не знаю, способен ли какой-нибудь, даже самый важный документ, изменить мир. На это смешно надеяться. Важнее другое: поскольку существует сила, готовая убивать ради того, чтобы сохранить тайну, есть только одно средство: она должна перестать быть тайной.

Вот, собственно, и все.

Содержание

Книжный Клуб «Клуб Семейного Досуга»

УКРАИНА
служба работы с клиентами:

тел. +38-057-783-88-88
E-mail: *support@flc-bookclub.com*
www.bookclub.ua

Адреса фирменных магазинов смотрите на сайте и в каталоге
По вопросам приобретения оптовых партий обращайтесь по тел. +38-044-255-19-86

РОССИЯ
служба работы с клиентами:

тел. +7-4722-36-25-25
в Интернете: *www.ksdbook.ru*
«Книжный клуб», а/я 4, Почтамт, Белгород, 308000

Літературно-художнє видання

КЛИМОВИ
Світлана й Андрій
Ангельський концерт
(російською мовою)

Збережено авторську стилістику й пунктуацію

Головний редактор *С. С. Скляр*
Відповідальний за випуск *О. Е. Лісовикова*
Редактор *С. М. Губська*
Художній редактор *Н. В. Переверзєва*
Технічний редактор *А. Г. Верьовкін*
Коректор *І. В. Набока*

Підписано до друку 16.07.2007.
Формат 84х108/32. Друк офсетний.
Гарнітура «Alliance». Ум. друк. арк. 21,84.
Наклад 12 000 пр. Зам. №210.

Книжковий Клуб «Клуб Сімейного Дозвілля»
Св. № 04059243Ю0017536 від 13.03.2000
61140, Харків-140, просп. Гагаріна, 20а
E-mail: cop@flc-bookclub.com

Віддруковано з оригінал-макету замовника у ДП «Видавництво і друкарня «Таврида»
95040, Україна, АРК, м. Сімферополь, вул. Ген. Васильєва, 44

Литературно-художественное издание

КЛИМОВЫ
Светлана и Андрей
Ангельский концерт

Сохранены авторская стилистика и пунктуация

Главный редактор *С. С. Скляр*
Ответственный за выпуск *Е. Э. Лесовикова*
Редактор *С. М. Губская*
Художественный редактор *Н. В. Переверзева*
Технический редактор *А. Г. Веревкин*
Корректор *И. В. Набока*

Подписано в печать 16.07.2007.
Формат 84х108/32. Печать офсетная.
Гарнитура «Alliance». Усл. печ. л. 21,84.
Тираж 12 000 экз. Зак. №210.

ООО «Книжный клуб
"Клуб семейного досуга"»
308025, г. Белгород, ул. Сумская, 168

Отпечатано с оригинал-макета заказчика в ГП «Издательство и типография « Таврида»
95040, Украина, АРК, г. Симферополь, ул. Ген. Васильева, 44

Климовы Светлана и Андрей

К65 Ангельский концерт. — Харьков: Книжный Клуб «Клуб Семейного Досуга»; Белгород: ООО «Книжный клуб “Клуб семейного досуга”», 2007. — 416 с.: ил.

ISBN 978-966-343-694-4 (Украина).

ISBN 978-5-9910-0109-0 (Россия).

Новая книга Андрея и Светланы Климовых написана в жанре арт-детектива. И когда переворачиваешь последнюю страницу, первое, что приходит на ум, это «решетка Декарта» — старинное изобретение для чтения тайнописи. Вертикали времен и горизонтали событий и судеб людей искусства, от позднего Средневековья до наших дней, сплетаются в загадочный узор, сквозь который проступают полустертые знаки давних и новых трагедий. Ничто не исчезает в прошлом бесследно и бесповоротно, и только время открывает глубину и подлинный смысл событий, на первый взгляд ничем между собой не связанных. Это завораживает — как завораживает мысль о том, что от нескольких слов, произнесенных пять веков назад, и сегодня могут зависеть судьбы миллионов людей.

Нову книжку Андрія та Світлани Климових написано в жанрі арт-детективу. І коли перегортаєш останню сторінку, перше, що спливає на думку, це «решітка Декарта» — стародавній винахід для читання тайнопису. Вертикалі часів і горизонталі подій і доль людей мистецтва, від пізнього Середньовіччя до сьогодення, сплітаються в загадковий візерунок, крізь який проступають напівстерті знаки давніх і нових трагедій. Ніщо не зникає в минулому назавжди і невідворотно, і тільки час розкриває глибину і справжній зміст подій, на перший погляд нічим між собою не пов'язаних. Це причаровує — як причаровує думка про те, що від декількох слів, які було вимовлено п'ять століть тому, і сьогодні можуть залежати долі мільйонів людей.

ББК 84.4УКР